DIRK HUSEMANN
Die Windsor-Akte

Weitere Titel des Autors:

Ein Elefant für Karl den Großen
Die Seidendiebe
Die Eispiraten
Die Bücherjäger
Das schwarze Feuer von Byzanz
Die Romanfabrik von Paris
Die Beute

DIRK HUSEMANN

DIE WINDSOR AKTE

HISTORISCHER ROMAN

Lübbe

Die Bastei Lübbe AG verfolgt eine nachhaltige Buchproduktion. Wir verwenden Papiere aus nachhaltiger Forstwirtschaft und verzichten darauf, Bücher einzeln in Folie zu verpacken. Wir stellen unsere Bücher in Deutschland und Europa (EU) her und arbeiten mit den Druckereien kontinuierlich an einer positiven Ökobilanz.

MIX
Papier | Fördert gute Waldnutzung
FSC® C014496
FSC www.fsc.org

Originalausgabe

Textredaktion: Susanne George, Bergisch Gladbach
Umschlaggestaltung: Johannes Wiebel | punchdesign
Einband-/Umschlagmotiv: © ysbrandcosijn – stock.adobe.com; Alexey Fedorenko – shutterstock.com; © Lee Avison – trevillion.com
Satz: hanseatenSatz-bremen, Bremen
Gesetzt aus der Minion Pro
Druck und Verarbeitung: GGP Media GmbH, Pößneck

Printed in Germany
ISBN 978-3-404-18952-6

5 4 3 2 1

Sie finden uns im Internet unter: luebbe.de
Bitte beachten Sie auch: lesejury.de

Prolog

Im Harz,
April 1945

Wenn du aussprichst, was du dir wünschst, wird es niemals eintreten.

Corporal Lance Ennis erinnerte sich an diese Worte seines Vaters, als er durch den Wald stapfte. Seine Armeestiefel waren schwer vom Schlamm, der bei seinem Marsch quer durch das vom Krieg verwüstete Europa daran kleben geblieben war. Auf dem mit Kiefernnadeln bedeckten Waldboden machten sie nur leise knisternde Geräusche. Ennis hielt das Gewehr mit beiden Händen umklammert und packte noch fester zu, als Colonel Pickett seinen Aberglauben erneut herausforderte.

»Bald sind wir da!«, rief ihm Pickett über die Schulter zu. »Dann ist der Krieg für uns vorbei.«

Nur zu gern hätte Ennis seinem Vorgesetzten gesagt, er solle den Mund halten. Kannte Pickett denn die alte Regel nicht? Oder war sie ihm gleichgültig?

Tief unter den beiden Männern, an den Hängen des Brocken, donnerten die Geschütze im Kampf um die letzten Stellungen der Wehrmacht. Ging dieser Krieg denn nie zu Ende? Wohl nicht für ihn, für Corporal Lance Ennis. Er hatte das Pech, zur verfluchtesten Einheit der britischen Streitkräfte zu gehören: zur Kompanie Wiltshire Yeomanry, die den Auftrag hatte, die Akten der Deutschen zu sichern, bevor der Feind sie vernichten konnte. Leben gegen Papier. Ennis hatte nie verstanden, warum die britische Armee so einen Nonsens zum Missionsziel erklärte. Städte erobern, Konzentrationslager befreien, Frauen und Kinder beschützen – das waren Aufgaben für Soldaten, das war der Sinn und Zweck seines Hierseins. Das Sammeln von Unterlagen war etwas für Bürokraten.

Colonel Pickett war anderer Ansicht. »Da vorn!«, rief er und deutete zwischen den Bäumen hindurch. »Das muss die Stelle sein.« Es war kaum zu glauben, doch obwohl es schon seit einer halben Stunde bergauf ging, lief der Offizier schneller. In der einen Hand hielt er seinen Webley Revolver, in der anderen schwenkte er einen Klappspaten.

»Vorsicht, Colonel!«, rief Ennis und blieb stehen. Pickett wusste doch genau, dass die Wehrmacht den Wald vermint hatte, um Verfolger aufzuhalten. Ungeachtet dessen stürmte der Colonel weiter. Sollte er doch! Ennis hatte genug. Er streifte sein Marschgepäck von den Schultern und ließ es zu Boden fallen. Kurz überlegte er, ob er sich einfach an einen Baum setzen, die schmerzenden Beine ausstrecken und warten sollte, bis Pickett zurückkehrte. Aber dieser Verrückte brachte es fertig und hängte ihm noch einen Prozess wegen Befehlsverweigerung an – nachdem sie so viel gemeinsam durchgemacht hatten.

Ennis versetzte seinem Rucksack einen wütenden Tritt, hängte ihn sich wieder um und ging weiter. Dabei bemühte er sich, genau in den Fußspuren Picketts zu bleiben, den feinen Abdrücken im Waldboden, weil sie garantierten, dass dort keine Mine auf ihn wartete. Nach etwa hundert Metern fand er den Colonel vor einer Gruppe seltsam geformter Felsen wieder. Er grinste Ennis entgegen und stellte einen Fuß auf einen Stein wie ein Großwildjäger, der über einem Elefantenkadaver posiert.

»Die Hexensteine«, rief der Colonel. »Das müssen sie sein.«

Die Felsen sahen auf geradezu unheimliche Weise aus wie drei aufrecht stehende Gestalten, die sich aneinanderschmiegen. In ihrer Mitte klaffte ein Hohlraum, eine Art Höhle. Danach hatte der Trupp gesucht, denn in Goslar hatten sie den Hinweis erhalten, dass unter den Steinen etwas vergraben worden sei. Diesen Hinweis hatten zwei von Ennis' Kameraden mit dem Leben bezahlt: Millner und Shaftsbury waren auf dem Weg hier hinauf von einem Heckenschützen getötet worden. Nun waren nur noch der Colonel und er übrig.

Pickett warf Ennis den Spaten vor die Füße. »Graben Sie!«, befahl er. »Dafür bekommen wir einen Orden.«

Mit »wir« meinte der Colonel nur sich selbst, aber das war ohnehin egal, denn auch in diesem Fall galt: Was man aussprach, ging niemals in Erfüllung.

Ennis legte das Lee-Enfield-Gewehr beiseite und klappte den Spaten auseinander. Er sicherte die Scharniere. Bevor er sich an die Arbeit machte, schaute er sich noch einmal nach Verfolgern um, dann rammte er das Blatt der Schaufel in den Boden.

Es war sofort klar, dass erst vor Kurzem jemand unter den Hexensteinen etwas vergraben hatte. Eigentlich hätte der Boden von Baumwurzeln durchzogen sein müssen, aber der Spaten in Ennis' Hand drang tief ein und ließ sich mühelos wieder herausziehen, mit einem Pfund lockerer Erde beladen. An dieser Stelle hatte zuvor schon jemand die Wurzeln weggehackt, ihre hellen Stümpfe waren in dem größer werdenden Loch zu sehen.

Pickett begleitete die Arbeit, indem er sich gegen einen Felsen lehnte und seine Pfeife stopfte. Als er sie anzündete und paffte, stieß er eine Wolke Rauch aus, die von der Zugluft zu Fähnchen zerteilt wurde. Deutlicher kann man einen Scharfschützen wohl nicht auf sich aufmerksam machen, dachte Ennis. Wahrscheinlich wurde dem Colonel gleich die Pfeife aus dem Mund geschossen.

Vielleicht lag es daran, dass er den Spaten immer wieder voller Wut ins Erdreich gerammt hatte, vielleicht war die Kiste nur oberflächlich verscharrt worden. Schon nach wenigen Minuten stieß er auf etwas Hartes. Das Geräusch der Schaufel auf einer metallischen Oberfläche kannte er gut von anderen Aktionen, die ihn und seine Truppe durch deutsche Städte wie Frankfurt, Hannover, Göttingen geführt hatten.

Gemeinsam holten die beiden Männer etwas hervor, das in den dunkelgrünen Regenmantel eines Wehrmachtsoffiziers eingewickelt war. Pickett schlug den Mantel zurück und legte eine Blechkiste mit Vorhängeschlössern an den beiden Klappen frei. Ennis brauchte lange, um die Schlösser mit dem Gewehrkolben aufzubrechen, aber ein Schuss wäre verräterisch gewesen.

»Treten Sie zurück, Corporal«, befahl Pickett und paffte Ennis dabei Wolken aus der mit seinem Mundwinkel verwachsenen Pfeife ins Gesicht.

Ennis blinzelte gegen den Rauch an. »Warum?«, fragte er. »Wird schon kein Sprengstoff in der Kiste sein.«

»Vielleicht doch«, sagte Pickett und lächelte vielsagend. »Aber ein anderer, als Sie vermuten. Los jetzt! Sichern Sie das Gelände.«

Ennis wich einige Schritte zurück. Dass sich der Colonel in die vorderste Linie stellte, sah ihm überhaupt nicht ähnlich. Hier war etwas faul, Ennis konnte es riechen, trotz des Duftes von Kiefernnadeln, Moos und Erde.

»Mehr Abstand, Corporal!«, bellte Pickett. »Gehen Sie auf die andere Seite der Felsen und observieren Sie den Bereich unter uns. Ich brauche hier ein wenig Zeit. Sobald ich fertig bin, rufe ich Sie.«

Was führte Pickett im Schilde? Ennis warf misstrauische Blicke über die Schulter, als er die Hexensteine umrundete. Schließlich konnte er den Offizier nicht mehr sehen. Die Granitformation zwischen den Männern sorgte überdies dafür, dass er auch nicht hören konnte, was Pickett trieb.

Ennis bezog seinen Posten, stützte sich auf sein Gewehr und schaute über das Land. Tiefgrüne Wälder und Schlüfte – die Ausläufer des Harzes lagen zu seinen Füßen. An einigen Stellen stieg Rauch zwischen den Wipfeln empor. Fast hätte man meinen können, die Wälder dampften vor Feuchtigkeit. Doch Ennis wusste es besser: Diese Rauchfahnen waren Spuren der Zerstörung. Die Kämpfe gegen die Deutschen dauerten an. Er konnte sogar den Qualm der Geschütze riechen.

Ennis schnupperte. Der Geruch war zu intensiv, um von dort unten zu kommen. Er fuhr zusammen. Es brannte auf der anderen Seite der Hexensteine. Pickett!

Vor Schreck hätte er beinahe das Gewehr fallen lassen. Er lief um die Felsen herum und kam gerade noch rechtzeitig, um zu sehen, wie der Colonel vor der geöffneten Kiste kniete, die Hände schützend um ein kleines Feuer gelegt, das darin loderte, und hineinpustete.

Ennis überlegte nicht lange. Er versetzte Pickett einen Tritt. Der Colonel fiel zur Seite, und Ennis rammte den Stiefel, der gerade noch Picketts Schulter getroffen hatte, in die Kiste. Unter seiner genagelten Sohle erlosch das Feuer. Schlammbrocken fielen von ihr ab und bröselten auf die Dokumente, die jetzt in der Kiste zu erkennen waren. In das Deckblatt der oberen Akte war ein schwarz umrandetes Loch hineingebrannt.

»Was haben Sie getan?«, schrie Ennis.

»Corporal …«, hob Pickett an, aber Ennis ließ ihn nicht zu Wort kommen. Er baute sich breitbeinig über dem Offizier auf und legte das Gewehr auf ihn an.

»Für die Dokumente in dieser Kiste sind Millner und Shaftsbury gestorben. Und Sie stecken den Preis für den Tod meiner Kameraden einfach in Brand?« Ennis sah den Colonel wie durch einen roten Nebel. »Sie sind ein Verräter. Sie arbeiten für die Nazis. Ich sollte gleich hier kurzen Prozess mit Ihnen machen.« Er ballte die Fäuste um den Lauf und den Schaft seines Gewehrs.

In Picketts Gesicht mischte sich Zorn mit Verzweiflung. »Ich befehle Ihnen beiseitezutreten, Corporal. Weg mit Ihnen, Sie dummer Idiot. Sie verstehen überhaupt nichts. Und ich dürfte es Ihnen selbst dann nicht erklären, wenn ich wollte.«

»Versuchen Sie es, bevor ich Ihnen eins auf den Pelz brenne«, verlangte Ennis.

Pickett leckte sich die Lippen, seine Zunge war spitz und beinahe farblos. »Die Dokumente in dieser Kiste werden, wenn Sie in die falschen Hände geraten, das Vereinigte Königreich in den Grundfesten erschüttern, vielleicht sogar zerstören. Diese Papiere müssen vernichtet werden. Je früher, desto besser.« Er schluckte, wechselte den Tonfall. »Helfen Sie mir, Corporal! Helfen Sie mir, diese Beweise zu vernichten.« Damit streckte er Ennis eine Hand entgegen.

Ennis schaute auf Picketts Finger. Irgendwie hatte der Offizier mitten im Krieg Zeit gefunden, seine Nägel zu schneiden und rund zu feilen. Sie sahen aus wie etwas, das nicht hierhergehörte, nicht an diesen Ort, nicht in diese Zeit. Ennis ließ das Gewehr sinken und griff nach der Hand.

Zu spät bemerkte er die Pistole in Picketts anderer Hand. Er lag schon auf dem Boden, da erst registrierte sein Gehirn den Knall. Mit dem Gesicht war er in den Kiefernadeln gelandet, er keuchte und saugte die trockenen Nadeln ein. Husten schüttelte ihn. Dann spürte er durch das Aroma von Baumharz den metallischen Geschmack von Blut.

Er rollte sich herum. Die Bewegung dauerte lange. Immerhin jagte ihm Pickett nicht sofort eine zweite Kugel in den Kopf. Der Colonel hatte sich erhoben.

»Verräter!«, keuchte Ennis. Er spürte sein Herz mit der Wucht von Paukenschlägen hämmern.

»Sie kapieren es nicht«, sagte Pickett und klopfte sich den Dreck vom Hosenbein, »nicht mal jetzt, nachdem ich Ihnen alles erklärt habe. Sorry, Corporal Ennis. Aber die Sicherheit unseres Landes hängt von mir ab. Ich kann nicht riskieren, dass Sie mich an der Vernichtung dieser Akten hindern oder jemandem von ihrer Existenz erzählen.« Pickett hob die rechte Hand mit der Pistole, stützte sie in der linken ab und kniff ein Auge zu, als er durch Kimme und Korn in Lance Ennis' totenbleiches Gesicht blickte. »Ich werde Sie jetzt erschießen, Ennis.« Er machte einen Schritt auf sein Opfer zu. »Vergeben Sie mir.«

Die Detonation der Tretmine zerfetzte Pickett auf der Stelle und schleuderte Ennis gegen einen Baumstamm. Er brach sich drei Rippen und das linke Handgelenk. Dreck und die Überreste von Colonel Pickett spritzten ihm ins Gesicht, und die Explosion machte ihn für Stunden taub. Aber er überlebte. Das Pfeifen in seinen Ohren sollte er zeit seines Lebens nicht mehr loswerden. Noch in hohem Alter erinnerte es ihn daran, dass man niemals laut aussprechen sollte, was man sich wünscht. Denn dann, das wusste Ennis dank Colonel Pickett besser als jeder andere, würde es niemals in Erfüllung gehen.

Teil 1

Kapitel 1

Cambridge,
April 1992

»Und was wünschen Sie von mir?«, fragte die Archivarin. Ihr graues Haar war zu einem Zopf geflochten, dessen Ende ihr über die Schulter fiel. Eigentlich war die Frisur zu jugendlich für ihr Alter, aber auf eine eigentümliche Weise passte sie zu ihrem wachen Blick. Ihre Augen schillerten wie Ölflecken in einer Regenpfütze. Die Haut ihres Gesichts war noch straff, nur ihre Hände ließen ihr Alter erahnen. Es waren die Hände von jemandem, der in seinem Leben schwer zu tragen gehabt hatte, nicht nur im wörtlichen Sinn.

»Was ich von Ihnen wünsche?«, wiederholte er und schmunzelte. »Wenn Sie mir gerade zugehört haben und mein Großvater Lance Ennis mit seinem Aberglauben auch nur ansatzweise recht hatte, dann sollte ich diese Frage besser nicht beantworten. Aber ich werde trotzdem …«

»Dann befinden Sie sich in einer Zwickmühle«, unterbrach sie und schenkte ihm ein Lächeln. Ihre Zähne waren ebenmäßig und weiß. An dieser bemerkenswerten Frau war alles glänzend, vor allem ihr Verstand, und mit dem musste er es aufnehmen, wenn er ans Ziel gelangen wollte.

»Was für eine Zwickmühle?«, fragte er und versuchte, seine verkrampften Schultern zu lockern.

Sie legte ihren Bleistift auf die weinrote Schreibtischunterlage, die leer war bis auf Rogers Visitenkarte. Er fragte sich, ob er damit Eindruck machte. »Roger Ennis. Chefreporter. Evening Standard. London«

»Ihre Zwickmühle«, erklärte die Archivarin, »besteht darin, dass Sie mir schon sagen müssen, was Sie hier wollen, sonst werde ich Ihnen nicht helfen können. Nach der Logik der Geschichte, die Sie mir gerade erzählt haben, dürfen Sie das aber nicht, da das Schicksal Sie sonst nicht ans Ziel kommen lässt.« Ihre Miene war ernst, als sie schlussfolgerte: »Sie werden also unverrichteter Dinge wieder gehen müssen, Mister Ennis. Es sei denn, Sie haben mir einen Bären aufgebunden. Nur in diesem Fall können Sie Ihre Fragen stellen, aber ich wäre beleidigt, denn dann hätten Sie meine Zeit mit einer Anekdote verschwendet.«

Roger räusperte sich, um seine Sprachlosigkeit zu verbergen. Diese Miss Imbert ließ sich nicht so leicht in die Karten schauen. Er musste sich eingestehen, mit jemandem gerechnet zu haben, den Jahrzehnte im Archiv in einen menschlichen Aktenordner verwandelt hatten, den er, der Chefreporter, aus einem Regal ziehen und aufschlagen konnte. Aber nun stellte sich heraus, dass dieser Aktenordner ein Panzerschrank war. Und er kannte die Kombination für das Schloss nicht.

»Vielleicht lassen wir die alten Geschichten besser ruhen«, sagte er. »Was ich eigentlich von Ihnen möchte, ist eine Auskunft. Mehr nicht.«

»Und Sie dachten, die Erlebnisse Ihres Großvaters während des Krieges würden Sie in meinen Augen legitimieren, diese Auskunft zu erhalten.« Bei dem Wort »Auskunft« hatte Miss Imbert bedeutungsschwer die Augenbrauen gehoben. Dabei geriet ihre Brille mit der dünnen Goldfassung ins Rutschen, und sie musste sie wieder zur Nasenwurzel hochschieben. Selbst diese Geste gelang ihr mit perfekter Grazie.

Roger beschloss, es so aussehen zu lassen, als würde er sich geschlagen geben. »Ja, genau. Sie haben es erfasst. Mein Großvater Lance Ennis hat am Ende des Krieges diese Dokumente gefunden und sie vor der Zerstörung bewahrt. Er hat mir nie erzählt, was drinstand. Nur, dass er sie abgeliefert hat. Sie befinden sich hier in Cambridge. In diesem Archiv. Ich würde sie gerne sehen.« Er beugte sich vor, suchte nach einem vertraulichen Ton. »Mein Großvater hat für diese Dokumente sein Leben aufs Spiel gesetzt. Er hat sie schwer verwundet durch den Harz geschleppt. Schließlich haben ihn GIs gefunden und in ein amerikanisches Lazarett gebracht. Die Kiste ist von den Amis nach Washington transportiert worden. Mein Großvater hat sich bestätigen lassen, dass er den Inhalt vollständig abgeliefert hat.« Roger zog ein Papier aus seiner Aktentasche und schob es Miss Imbert zu. »Ich habe die Empfangsbestätigung von US-General McCammon.«

Die Archivarin hielt das Schreiben in die Höhe und las es durch. Sie schien es intensiv zu studieren, denn sie brauchte lange für die zehn Zeilen. Anschließend drehte sie es um, stellte fest, dass es auf der Rückseite unbeschrieben war, und blickte Roger über den Rand des Papiers an. »Ich verstehe nicht, wieso Sie dann hier sind und nicht in Washington?«

Mit dieser Frage hatte Roger gerechnet. »Dort war ich bereits. In der Library of Congress in Washington D.C. bin ich auf Briefe gestoßen, die Winston Churchill als damaliger Premierminister an den amerikanischen Präsidenten geschickt hat. Darin bittet Churchill Eisenhower um die Herausgabe gewisser Dokumente. Eisenhower hat daraufhin etwas nach London geschickt, für das sich Churchill überschwänglich bedankt hat. Ich weiß nicht, was da den Atlantik überquert hat. Aber offenbar war es den Amerikanern lieber, nicht selbst weiter für die Sicherheit dieser Unterlagen verantwortlich zu sein. Ich konnte die Spur von Washington nach London verfolgen, und von dort führte sie hierher, ins National Archive of Government Obligations during World War II. Ich möchte diese Dokumente sehen.«

»Sie machen mich neugierig«, sagte die Archivarin leise. »Geheime Dokumente. Und sie waren Churchill persönlich wichtig. Was vermuten Sie dahinter? Und warum wollen Sie darüber berichten?«

Roger wurde es warm. Jetzt würde sich zeigen, ob die sechs Monate Arbeit, die er in diese Geschichte investiert hatte, umsonst gewesen waren oder ob der Drache ihm Zugang zum Hort gewährte. Am liebsten hätte er seine Krawatte gelockert und den oberen Knopf seines Hemds geöffnet, aber er riss sich zusammen. Wenn er unsicher wirkte, würde ihn das in ihren Augen nur fragwürdig erscheinen lassen.

»Ich glaube, dass es historisch bedeutsame Papiere sind, Miss Imbert. Und die Geschichte unseres Landes geht alle an. Sie, mich, den Mann auf der Straße …«

»Und Ihren Verleger, der Ihr Salär für eine Auflage steigernde Räuberpistole erhöhen wird. Das ist es doch, was Sie sich erhoffen.« Sie wartete Rogers Reaktion nicht ab, sondern schnippte mit den Fingern gegen das Papier, dass es knallte. »Vielleicht ist an der Geschichte etwas dran«, sagte sie. »Vielleicht gibt es eine solche Kiste mit geheimnisvollen Dokumenten. Und vielleicht«, sie hob einen Zeigefinger, »sind Sie dazu berechtigt, einen Blick hineinzuwerfen.« Sie schob Roger das Papier hin, lehnte sich auf ihrem Stuhl zurück und formte die Finger beider Hände zu einem Dach. »Aber um diese Unterlagen zu finden, brauche ich eine Signatur. Haben Sie eine?«

Roger runzelte die Stirn. »Was für eine Signatur?«

»Wir sind ein Archiv«, erklärte Miss Imbert. »Bei uns lagern zwei Millionen vierhundertachtundvierzigtausend Dokumente aus dem Zweiten Weltkrieg. Damit wir uns bei dieser Menge zurechtfinden, arbeiten wir mit Signaturen. Von so etwas haben Sie bestimmt schon gehört.«

»Natürlich weiß ich, was eine Signatur ist.« Rogers Blick flog durch den Raum, in einem kurzen Moment jenseits des vernünftigen Denkens glaubte er, die gesuchten Buchstaben und Ziffern würden an der Wand hinter Miss Imbert aufleuchten wie ein Menetekel. Dann hatte er sich wieder gefasst und bekämpfte die Empörung in seinem Innern. Hatte sie allen Ernstes geglaubt, ihn mit einem fadenscheinigen Vorwand ins Leere laufen lassen zu können? »In den meisten Archiven ist es doch so, dass die Angestellten die Signaturen kennen und den Besuchern helfen, das Gewünschte zu finden.«

Miss Imbert nickte. »Wir sind hier nicht ›die meisten Archive‹. Ich wäre aber trotzdem bereit, Ihnen diese Signatur zu besorgen. Doch zu diesem Zweck müssten Sie mir mitteilen, wonach genau ich suchen soll. Geht es um die Abteilung ›Großbritannien‹ oder ›Deutsches Reich‹? Stammen diese Dokumente aus dem Jahr 1945, oder sind sie in diesem Jahr aufgefunden worden?«

»Das … das weiß ich nicht.« Sein eigenes Stottern ließ Roger nun doch die Fassung verlieren. »Deshalb bin ich ja hier. Damit Sie mir helfen.« Die Eindringlichkeit seiner Stimme ließ Miss Imberts Augenbrauen wieder in die Höhe wandern. Ihre Miene zeigte jetzt Überheblichkeit. Roger konnte nicht länger an sich halten. Er hob seine Aktentasche in die Höhe und ließ sie auf Miss Imberts Schreibtisch knallen. »Hören wir doch endlich auf mit diesem Theater! Ich glaube, Sie wissen ganz genau, was ich will. Und die

Leute, die der Inhalt der Dokumente betreffen könnte, sind aller Wahrscheinlichkeit nach längst tot. Es wird Sie schon niemand verklagen, wenn Sie mir einen kleinen Gefallen tun.«

Ihr kühler Blick genügte, um Roger verstummen zu lassen. »Tot, sagen Sie? Ob Sie es glauben oder nicht: Auch ich gehöre zur Kriegsgeneration. Und ich fühle mich noch ausgesprochen lebendig. Oder sind Sie etwa anderer Ansicht?« Sie wirkte äußerlich ruhig, doch an ihrem Hals pochte eine Ader. Mit gespreizten Fingern schob sie die Aktentasche über den Schreibtisch, bis sie zu Boden fiel.

Roger spürte, wie die Haut an seiner Stirn und seinen Wangen heiß wurde. »So habe ich das nicht gemeint.«

»Tatsächlich?«, sagte die Archivarin. »So habe ich es aber verstanden. Auf wessen Perspektive kommt es an?«

Roger sah ihr stumm in die Augen, suchte darin nach einem Flackern, einem Zucken der Lider, irgendetwas, das einen wunden Punkt verriet. Aber ihr Gesichtsausdruck war so starr vor Überzeugung, dass er ebenso gut mit einer Fotografie hätte reden können.

»Also gut«, sagte Roger, bückte sich und hob die Aktentasche auf. Das schwarze Leder mit den brüchigen Stellen an den Rändern fühlte sich kalt und leblos an. Er schlug die Lasche über die Öffnung und klickte den Verschluss zu. »Wenn Sie mir nicht helfen wollen, werde ich den offiziellen Weg gehen und einen Anwalt einschalten. Ich habe mich bereits über meine Möglichkeiten informiert.« Das war ein Bluff, und vermutlich wusste sie es. Aber die Drohung half Roger, erhobenen Hauptes aus dem Ring zu steigen.

Er stand auf, nahm seinen altmodischen Hut vom Haken und setzte ihn auf.

Auch Miss Imbert erhob sich, ging an ihm vorbei und öffnete die Tür. »Auf Wiedersehen, Mister Ennis«, sagte sie.

»Und noch viel Erfolg mit Ihrer Reportage.« Ein Lächeln flackerte in ihrem Gesicht auf, ein Zucken um die Mundwinkel.

Roger verließ das Büro. Im Korridor hörte er, wie die Tür hinter ihm mit einem leisen Klicken ins Schloss gedrückt wurde, und danach das Geräusch eines sich drehenden Schlüssels.

Kapitel 2

Cambridge,
April 1992

Das »Coat & Arms« lag am Ufer des River Cam. Im Obergeschoss des Wirtshauses waren die Zimmer für Gäste. Sie zeichneten sich durch unsinnliche Kargheit aus. Roger wusch sich das Gesicht an einem Becken voller unangenehmer Gerüche und warf sich danach auf die durchgelegene Matratze des Bettes. Das Licht aus dem farbigen, mit Glasperlen behangenen Lampenschirm drängte Schatten in die Ecken. So schäbig und trostlos alles war, so gut passte es doch zu diesem Tag, zu dieser ganzen Geschichte. Er verschränkte die Arme hinter dem Kopf und verfolgte mit seinem Blick eine Spinne, die damit beschäftigt war, an dem Lampenschirm ein bizarres Netz zu weben.

Neben dem Bett stand das Telefon und wartete darauf, dass Roger den Hörer abhob und Jennings anrief. Er wusste bereits, wie das Gespräch ablaufen würde. Der Chef seines Ressorts würde ihn fragen, wie es mit der Reportage lief, jener Story, mit der Roger vom Boulevardschreiber zum investigativen Journalisten aufzusteigen hoffte. Jennings hatte ihn nur widerwillig von seinen üblichen Aufgaben freigestellt, dem Verfassen von Artikeln auf den Klatschseiten, in denen es vor allem um die Skandale aus dem Königshaus ging. Roger hatte seinem Chef die Geschichte seines Großvaters Lance Ennis erzählt und ihn überzeugt, dass er hinter das Geheimnis der Dokumente aus dem Zweiten Weltkrieg gelangen könnte. Jennings hatte angebissen. Offenbar geheim gehaltene Schriften, um deren Herausgabe Churchill den amerikanischen Präsidenten Eisenhower gebeten hatte, versprachen Zündstoff. Daraus konnte eine Titelstory beim Evening Standard werden. Jennings hatte sogar die Spesen für die Reise nach Washington bewilligt. Wenn Roger jetzt mit leeren Händen in die Redaktion zurückkehrte, würde er nicht mal mehr über den Klatsch der Royals berichten dürfen. Dann war er geliefert.

Er richtete sich auf, setzte sich auf die Bettkante und schloss die Augen. Er atmete schwer. Was nutzte es, noch länger zu warten? Früher oder später würde er dieses Telefonat ja doch führen müssen. So langsam, als würde der Hörer aus glühendem Eisen bestehen, streckte er eine Hand zum Telefon aus. Im Geiste sah er bereits Jennings' zorngerötetes Gesicht vor sich, wenn er von der geplatzten Geschichte erfuhr. Aber: Wer schwieg, kämpfte nicht.

Roger ließ die Hand schwer auf den Hörer fallen. In diesem Moment klingelte es. Er zuckte zusammen und sah den braunen Apparat verwundert an. War Jennings ihm zuvorgekommen? Niemand sonst hatte diese Nummer, nicht einmal Sarah.

Rogers Finger krampften sich um den Hörer, als er abhob und versuchte, souverän zu klingen. »Jennings, ich bin ganz dicht dran. Geben Sie mir noch ein, zwei Tage. Ich muss eine Archivarin weichkochen.«

»Hier spricht Miss Imbert«, kam es aus der Hörmuschel. Es folgte ein Räuspern. »Mister Ennis, Sie waren heute Morgen bei mir im Archiv.«

Wie elektrisiert riss Roger den Hörer vom Ohr weg und starrte ihn an. Ihre Stimme drang jetzt dünn und nasal daraus hervor. »Mister Ennis? Sind Sie da?«

Roger hielt den Hörer wieder ans Ohr. »Ja«, sagte er nach einigem Zögern, »ich bin hier.« Er hüstelte. »Woher haben Sie diese Nummer?«

»Treffen Sie mich um drei Uhr im Stourbridge Common. Betreten Sie den Park über die Green Dragon Bridge und halten Sie sich links. Am Fluss steht eine alte Trauerweide, der größte Baum weit und breit. Auf der Bank darunter werde ich sitzen.«

»Was? Warum? Sie haben meine Frage nicht beantwortet.« Roger lauschte, aber die Archivarin hatte bereits aufgelegt. Immer noch den Hörer in der Hand, schaute er aus dem Fenster. Sonnenlicht glänzte wie Messing auf den Dächern der gegenüberliegenden Häuser. Er hatte das Gefühl, wieder freier atmen zu können, den Kopf wieder über Wasser zu haben. Vielleicht würde er Jennings doch noch eine gute Nachricht übermitteln können.

Die Green Dragon Bridge überspannte den Cam und führte an die von Miss Imbert beschriebene Stelle im Park. Roger blieb einen Moment auf der Brücke stehen. Unter ihm glitt ein Ruderboot hindurch, ein schnittiger Achter. Die Sportler trugen hautenge Trikots und waren trotz der Kälte schweißgebadet, sie tauchten die Ruder mit erstaunlicher Synchronizität ins Wasser. Die Mannschaft bewegte sich wie ein einziger Organismus.

Die Trauerweide auf der anderen Seite des Flusses war tatsächlich nicht zu übersehen. Der große Baum stand herrschaftlich am Ufer. Roger erblickte zwei Beine unter den herabhängenden Zweigen. Miss Imbert wartete auf ihn.

Er überquerte die Brücke und fragte sich, ob sie absichtlich den Weg über die Green Dragon Bridge für ihn ausgewählt hatte, weil sie wusste, dass er sie in Gedanken als Drachen bezeichnet hatte.

Als er den Vorhang der Zweige teilte, sah er sie in einem blauen Mantel, der an einen Uniformmantel der Marine erinnerte, vor ihm auf der Bank sitzen. Große Messingknöpfe an den Aufschlägen blitzten wie Orden in der Frühlingssonne. Ihre Füße steckten in hohen braunen Lederstiefeln, die unter dem Saum ihres Tweedrocks verschwanden. Sie war außerordentlich gut gekleidet.

»Sie sitzen ja im Schatten«, sagte Roger. »Wollen wir nicht lieber eine Bank in der Sonne nehmen? Da ist es wärmer.«

Miss Imbert klopfte auf die Holzlatten neben sich. »Setzen Sie sich, junger Mann. Sie werden schon nicht erfrieren, nicht mal neben einer eiskalten Schreckschraube wie mir. Glauben Sie, ich habe diesen Platz ausgesucht, um mich zu sonnen?«

Roger ließ sich neben ihr nieder. Sofort spürte er die Kälte des grün lackierten Holzes. Außerdem stellte er fest, dass man von hier aus alles überblicken konnte, selbst aber nahezu verborgen war.

Der Geruch von Bergamotte drang in seine Nase. »Schauen Sie, die Ruderer!« Die Archivarin deutete auf den Fluss, keine zehn Fuß von ihnen entfernt. Ein weiterer Achter rauschte vorbei. Das Wasser trug das schnelle Atmen der Sportler zu ihnen hinüber, untermalt vom Aufklatschen der Riemenblätter.

»Auf dem Cam geht es zu wie auf dem Motorway«, sagte Roger.

»Sie sollten mal in der Frühe hier sein«, erwiderte sie. »Vor Arbeitsbeginn trainieren so viele Ruderclubs, da gibt es regelrechte Staus auf dem Wasser.« Miss Imbert zog die Nase kraus. »Riechen Sie das?«

Roger schnüffelte. Da war ihr Parfüm, der Geruch des Flusses und …

»Gänsekacke«, sagte sie. »Die kann einem in dieser Jahreszeit als Thermometer dienen. Wenn sie stinkt, dann ist es warm genug zum Trainieren. Riechen Sie hingegen nichts, ist es kalt auf dem Wasser. Dann steigen nur die Tapfersten ins Boot.«

Er schaute sie an. »Sie scheinen sich im Rudersport auszukennen. Ich dachte immer, das sei eine Männerdomäne.«

Sie lächelte den Fluss an, lehnte sich zurück und streckte die Beine aus.

Jetzt war es aber genug mit dem Small Talk. Roger brannte vor Neugier. »Warum bin ich hier? Haben Sie es sich anders überlegt? Wollen Sie mir nun doch erzählen, was in der Kiste, die mein Großvater gefunden hat, verborgen war?«

Sie schaute ihn aus großen Augen an, mit demselben funkelnden Blick, den er schon am Vormittag bewundert hatte. »Nein«, sagte sie. »Da muss ich Sie enttäuschen, Mister Ennis. Von einer Kiste weiß ich nichts.«

Roger runzelte die Stirn. Hielt sie ihn zum Narren? »Warum treffen wir uns dann hier? Damit wir uns über Rudersport unterhalten können?«

Sie lächelte, ein warmes Lächeln. »Gewissermaßen ja. Aber ich will Sie nicht länger auf die Folter spannen. Wie sagt ein altes Sprichwort? Nur wer zuhört, kann verstehen. Wollen Sie verstehen, Mister Ennis?«

Ihr Blick traf den von Roger. Sie sahen sich schweigend an. Einen Atemzug lang, zwei, drei. Dann griff Roger in die Innentasche seines Jacketts und holte einen Kugelschreiber und sein Notizbuch hervor, einen in safranfarbenem Leder gebundenen Stamford. »Schießen Sie los.«

Sie legte eine Hand auf seinen Arm. »Stecken Sie das weg.« Als er zögerte, setzte sie nach: »Ich werde jetzt mit Ihnen in der Zeit zurückreisen, und das gelingt nur mit dem Verstand.«

Roger ließ die Mine des Kugelschreibers mehrmals klickend ein- und ausfahren, dann klappte er das Notizbuch zu. »Hoffentlich ist diese Geschichte nicht allzu lang. Mein Gedächtnis ist nicht das Beste.«

»Gute Geschichten zeichnet aus, dass man sich wünscht, sie mögen niemals enden«, gab sie zurück. »Diese hier ist eine davon.«

Kapitel 3

CAMBRIDGE,
MÄRZ 1940

Gänsekacke. Dieser beißende Gestank, dazu der Geruch von Wasserpflanzen und die Schweißfahne des Vordermanns. Ajax atmete tief ein und zog die Riemen durch. Das Boot schoss über den Fluss, als würde es fliegen. Eintauchen. Er suchte den Widerstand und verankerte das Ruder präzise im Wasser. »Backbord überziehen.« Das Kommando des Steuermanns wurde von allen acht Ruderern in derselben Sekunde befolgt. Ajax spürte sein Herz im Rhythmus der Ruderschläge klopfen. Dieses Team war einzigartig – und er war ein Teil davon.

Da er wie seine Mitstreiter mit dem Rücken zur Fahrtrichtung saß, konnte er sehen, wie die Konkurrenz zurückblieb. Der Achter aus London verschwand gerade hinter einer Flussbiegung, etwa dort, wo der Park von Stourbridge Common begann. Nur Oxford blieb dran. Die Ruderer klebten am Heck des Bootes aus Cambridge. Ein einziger Fehler würde genügen, und die Erzrivalen würden vorbeiziehen und das Rennen für sich entscheiden. Aber einen solchen Fehler würde sich sein Team niemals erlauben.

»Wuff! Wuff! Wuff!« Am Ufer reihten sich Zuschauer, einige hatten Stühle mitgebracht, andere standen auf Obstkisten, um besser sehen zu können. Ajax schmunzelte über die Anfeuerungsrufe. Sie galten ihm, nahmen seinen Nachnamen aufs Korn. Doggerton. Anfangs hatte er sich über Spötteleien mit Hunden geärgert und mehr als einmal einem Mitstudenten zu verstehen gegeben, dass man einen echten Schotten besser nicht verhöhnen sollte. Doch dann hatte er gelernt, dass er die Welt und die Menschen mit seinen Fäusten nicht würde ändern können. Er war Ajax Doggerton, Dog für seine Freunde und seine Feinde gleichermaßen. Und er war als einer der besten Ruderer von Cambridge geachtet und gefürchtet.

»Frei weg!«, rief der Steuermann. Die Kurskorrektur war beendet. Das Boot hielt auf das Ziel zu. Für Ajax war dies der einzig unbefriedigende Moment beim Rudern: nicht sehen zu können, wie das Ziel näher kam.

»Wuff! Wuff!« Die Rufe vom Ufer folgten jetzt einem rascheren Rhythmus. Der Wettkampf näherte sich dem Höhepunkt. »Cambridge! Cambridge!«, tönte es von allen Seiten. Nur wenige Stimmen für Oxford und London waren zu hören. Das hielt die Gegner aber nicht davon ab, sämtliche Kräfte zu mobilisieren. Erschrocken sah Ajax, wie sich die Spitze des gegnerischen Bootes heranschob, im nächsten Moment erreichte sie schon die Höhe ihres Steuermanns.

Ein Mann. Zwei Arme. Eine Bewegung. Der Achter aus Cambridge legte noch einmal an Geschwindigkeit zu. Dabei war das fast unmöglich. Normalerweise zog die Mannschaft fünfunddreißig Mal in der Minute durch. Nun aber lagen sie vermutlich schon bei vierundvierzig. Ajax versuchte, nicht mehr auf die Rufe vom Ufer zu hören. Ihr Rhythmus war ein anderer als der, dem er folgen musste. Er stellte sich taub und hoffte, dass seine Mitstreiter das ebenfalls taten. Das kleinste Zögern würde sie den Sieg kosten.

Wie es kam, dass er das Geschrei der Katzen trotzdem hörte, wusste er später nicht zu sagen. Es war ein helles

Kreischen, kräftig und verzweifelt, aber so zart, dass er im selben Moment wusste, dass es von jungen Tieren stammte. Er wollte es ignorieren, redete sich ein, spielende Kätzchen im Park zu hören. Doch in dem Rufen lag eine Dringlichkeit, die ihm durch Mark und Bein ging. Er erlaubte sich, den Blick von den Verfolgern zu nehmen.

Ajax drehte sich um. Hinter ihm saß Ben und schaute ihn unter seinem verschwitzten Haar verständnislos an. Und hinter Ben, mitten im Fluss, schäumte das Wasser. Es schien, als würde der Cam an einer winzigen Stelle kochen. Da war ein Stück Sackleinwand, braune, engmaschige Jute. Und sie bewegte sich wild.

Ajax erfasste die Situation sofort. Er sah den älteren Herrn in der forstgrünen Strickjacke am Ufer stehen. Er sah den auf der Wasseroberfläche tanzenden Sack. Der Alte da vorne versuchte, einen unerwünschten Wurf Katzen zu ersäufen.

Das Boot hielt genau auf den Sack zu. Das Bündel ging gerade in diesem Moment unter. Ajax' Gedanken rasten wie Roulettekugeln durch seinen Kopf. Er schaltete ihn aus wie einen Motor, der zu laut röhrt, und drehte sich wieder gegen die Fahrtrichtung. An seiner linken Seite ließ er den Riemen los und klemmte ihn unter sein Knie, damit das Blatt nicht ins Wasser hing und bremste. Dann lehnte er sich backbord über den Rand des Boots und tauchte seinen Arm bis zur Schulter ins Wasser.

»Doggerton!« Er hörte nicht, wer da seinen Namen brüllte. So laut und voller Hysterie war der Ruf, dass die Identität desjenigen darin absoff. Nur einen Augenblick, antwortete er in Gedanken. Er spürte den nassen Sack zwischen den Fingern, hievte ihn hoch und warf ihn ins Boot zwischen seine Füße. Dort zuckte und kreischte es aus der Jute hervor. Aber mehr konnte Ajax nicht tun. Er nahm das

Ruder wieder in die Hand, wartete auf den richtigen Moment und drosch es in perfekter Gleichzeitigkeit mit seinen Mitkämpfern ins Wasser.

Oxford gewann. Immerhin fuhr Cambridge noch vor London ins Ziel. Aber das war kein Trost. Erst als er die betretenen Gesichter seiner Teamkameraden sah und ihre hängenden Schultern, als sie aus dem Boot stiegen, wurde Ajax bewusst, wie eigenmächtig er gehandelt hatte. All die Stunden harten Trainings hatte er im Bruchteil einer Sekunde über Bord geworfen, hatte zunichtegemacht, wofür neun Sportler ihre ganze Kraft gegeben hatten – neun Sportler und eine ganze Stadt. Er blieb im Boot sitzen.

Am Anleger hatten sich kaum Menschen versammelt. Wenn Cambridge gewonnen hätte, wäre das Bootshaus hinter geschwenkten Hüten und Taschentüchern verschwunden. Jetzt aber mied das Publikum den Ort der Schande. Nur die Ruderer waren da, Handtücher um die muskulösen Schultern geschlungen, und schauten verständnislos vom Anleger zu Ajax herunter.

»Willst du dein Geschenk nicht öffnen?«, fragte Ben und deutete auf den nassen Sack, der noch immer zwischen Ajax' Füßen lag und zuckte.

Natürlich wollte Ajax das nicht. Nicht vor allen anderen. Aber er konnte die jammervollen Tiere nicht länger in ihrem Gefängnis lassen. Er suchte nach dem Strick, der den Sack zusammenhielt. Das Wasser hatte den Hanf glitschig gemacht, und er brauchte eine Weile, bis er den Knoten gelöst hatte. Schließlich schüttelte er sechs junge Katzen auf den Boden des Bootes. Die winzigen Körper waren klitschnass, das Fell klebte an Beinen und Köpfen. Die Tiere waren schon einige Wochen alt. Erschöpft krabbelten sie übereinander. Eins fiel auf Ajax' Schuh. Alle lebten.

»Danke, Dog«, sagte Ben. »Das hast du fein hinbekommen. Das gesamte Team ist dir dankbar.«

»Wir sollten ihn aus dem Club ausschließen«, schlug Frank, der Bootsführer vor. Ihm kam dieses Debakel gelegen, denn er war schon immer eifersüchtig auf die Popularität, die Ajax im Ruderclub genoss.

»Willst du dich nicht wenigstens entschuldigen?«, fragte Ben. »Dein dummes Manöver hat uns den Sieg gekostet, falls du das noch nicht bemerkt haben solltest.«

Ajax sah die anderen an. Eine Reihe zorniger Gesichter leuchtete zu ihm herab wie eine Reihe grell eingestellter Scheinwerfer auf eine Bühne. »Entschuldigen?«, fragte er. »Wofür? Was hättest du denn getan, wenn du an meiner Stelle gewesen wärst? Ich hatte halt das Pech, die Tiere als Einziger zu bemerken.«

Ben schloss den Mund und presste die Lippen zusammen. Carl, Drew, Abbot und Henry drehten sich um und gingen weg. Für sie war der Fall anscheinend erledigt, Doggerton war abgeschrieben.

Frank stieg ins Boot zurück, beugte sich hinunter und griff nach einem der strampelnden Körper. Für einen Moment befürchtete Ajax, der Steuermann wolle die Katze zurück ins Wasser werfen. Doch Frank hielt ihm das nasse Bündel Leben demonstrativ vors Gesicht und schüttelte es. »Du hast es immer noch nicht kapiert, oder? Der Sack mit den Katzen war nicht zufällig da, ausgerechnet in dem Moment, als wir vorbeigefahren sind.«

Ajax spürte, wie sein Gesicht den Ausdruck großer Unbedarftheit annahm, aber er konnte nichts dagegen tun. »Was willst du damit sagen?«

»Dass jemand die Katzen in den Fluss geworfen hat, um uns abzulenken. Die Chancen standen hoch. Neun Mann in einem Boot. Da muss ja einer ein gutes Herz haben und den

Sieg seines Teams gegen einen Sack voller Katzen eintauschen. Stochastik, Dog. Wie hoch liegen da die Chancen?«

Ajax fuhr sich durchs Haar und biss sich auf die Unterlippe. Ihm fiel der Mann ein, der am Ufer gestanden hatte. Wenn Frank mit seinem Verdacht richtig lag, stammte der Kerl sehr wahrscheinlich aus Oxford.

»Verdammt«, sagte er und nahm Frank das Kätzchen aus der Hand. Die Kräfte des Tiers waren erschöpft. Es bewegte sich nur noch schwach. Wenn die Katzen nicht bald ins Warme kamen, war die Rettungsaktion umsonst gewesen.

»Genau: verdammt!«, blaffte Frank. »Das nächste Mal denkst du erst nach, bevor du dich zum Herrn über Leben und Tod aufschwingst. Wenn es nach mir geht, wird es dieses nächste Mal allerdings nicht geben.« Damit wandte er Ajax den Rücken zu und stapfte davon.

»Der beruhigt sich schon wieder«, sagte Ben. »Ich gehe dann auch mal. Wir können das Boot später einholen. Henry bringt den Anhänger.« Er folgte den anderen. Immerhin winkte er Ajax noch einmal zu.

Ein kühler Wind riffelte das Wasser des Cam. Ajax begann zu frösteln. »Also los«, sagte er zu dem nassen Wurf. »Zurück mit euch in den Sack. Einmal muss es noch sein. Danach gibt es einen warmen Ofen und eine Schale Milch. Oder besser gleich ein ganzes Fass.« Nur wo, überlegte er, während er die Kätzchen in den Beutel bugsierte.

Er wollte gerade aufstehen, da streckte sich ihm eine Hand entgegen. Ajax schaute auf. Über ihm, auf dem Anleger, standen zwei Männer. Der eine, etwa vierzig Jahre alt und mit schütterem sandfarbenem Haar, trug einen ausgebeulten grauen Anzug, der an den Ellbogen ein wenig glänzte. Der andere war älter, wie seine silbrigen, streng zurückgekämmten Haare verrieten, und war in einen mausgrauen Mantel mit schwarzem Kragen gekleidet. »Dürfen wir Ihnen aus dem Boot helfen?«, fragte der Jüngere der beiden.

Ajax ergriff die Hand und ließ sich hochziehen. Den Sack hielt er fest in seiner Linken. »Danke. Das war ein ziemliches Debakel gerade«, sagte er in entschuldigendem Ton. »Sollten Sie extra wegen des Rennens hergekommen sein, kann ich Ihnen nur …«

»Wir sind wegen Ihnen hier«, sagte der Ältere. Dann stellte er sich mit dem Namen Cowell vor und den anderen als Mister Cook. »Wir möchten Ihnen ein Angebot machen.«

Ajax durchfuhr es heiß. Er hatte schon davon gehört, dass Talentscouts zu den Vorrunden des großen »Boat Race« kamen, jenes weltberühmten Wettbewerbs, bei dem die besten Ruderer aus Oxford und Cambridge auf der Themse in London gegeneinander antraten. Standen ihm zwei solche Scouts gegenüber? Das wäre eine einmalige Chance. Nur hatte er sie dummerweise verspielt. Um was für ein Angebot also konnte es sich handeln?

»Das besprechen wir besser an einem anderen Ort«, sagte Cook. Oder war das Cowell? »Nicht hier, wo so viele Leute zuhören.«

Ajax sah sich um. Der Steg war leer. Einige Radfahrer waren unterwegs. Im Park auf der anderen Seite des Flusses ging ein älteres Paar spazieren. »Welche Leute meinen Sie?«, wollte er wissen.

»Sie haben anscheinend noch das ein oder andere zu erledigen.« Cowell ignorierte seine Frage und warf stattdessen einen abschätzigen Blick auf Ajax' Trikot und den Sack. »Wir warten im Trinity College auf Sie, in der Vorhalle der Kapelle.«

»Wenn Sie binnen einer Stunde nicht dort sind, gehen wir davon aus, dass Sie kein Interesse haben«, ergänzte Cook.

»Interesse woran?«, fragte Ajax. Aber diese beiden Männer waren offenbar nicht bereit, seine Fragen zu beantworten.

Cook und Cowell stießen die Hände tief in die Taschen und gingen den kleinen Pfad am Fluss entlang.

Ajax fühlte sich mit einem Mal, als sei er aus der Realität gerissen worden. Er stand allein und in einem durchnässten Trikot auf dem Anleger und war in wenigen Minuten von einem hochgerühmten Sportler zum schlimmsten Versager von Cambridge abgestiegen. Und dann waren diese Gestalten mit einem dubiosen Angebot zu ihm gekommen. Er wurde das Gefühl nicht los, dass die beiden so etwas wie Aaskrähen waren, die aufpickten, was auf der Strecke blieb. Natürlich, dachte er. So musste es sein. Das waren keine Talentscouts. Die wollten einem jungen Mann keine Träume erfüllen. Sie wollten ihn verheizen, weil er gerade von der steilen Leiter des öffentlichen Ansehens in eine Jauchegrube gefallen war. Er war nicht länger Ajax, der härteste Hund auf dem Cam. Er war ein Narr in einer Jauchegrube.

Sie werden mich doch nicht zwangsrekrutieren und zum Militärdienst schicken? Seit über sechs Monaten herrschte Krieg auf dem Kontinent, und England war an der Seite Frankreichs angetreten, um die deutschen Faschisten aufzuhalten. Aber dass Engländer in Waffen gegen Deutsche kämpften, davon hatte Ajax bislang noch nichts gehört.

Was also sollte schon geschehen? Er beschloss, rechtzeitig am verabredeten Ort zu erscheinen. Das Trinity College lag nur einen kleinen Fußmarsch entfernt. Vielleicht offenbarte sich ihm in dem altehrwürdigen Gemäuer eine glänzende Zukunft? Er griff nach dem Sack und hielt auf das Bootshaus zu.

Kapitel 4

CAMBRIDGE,
MÄRZ 1940

Ajax brachte die Katzen ins Bootshaus. Er hatte Glück: Charlie, der Hausmeister, bereitete den Tieren einen Platz mit den herrenlosen Socken aus den Umkleidekabinen, er polsterte damit eine Stelle im Keller aus, neben dem Kohleofen. Ajax überzeugte sich, dass sie genug Milch bekamen. Als er auf die sechs jungen Katzen herabschaute, die erschöpft zu einem Haufen zusammenkrochen und, sich gegenseitig wärmend, augenblicklich einschliefen, hatte er keinen Zweifel mehr, richtig gehandelt zu haben. Dann brach er, in eine helle Hose und einen Fair-Isle-Pullover gekleidet, in Richtung Trinity College auf.

Die Gleichgültigkeit des Sonntags lag über den Straßen von Cambridge. Die Frühlingssonne gleißte durch den Nachmittag, seit Monaten war es nicht so hell gewesen, Ajax hatte das Gefühl, das Licht mit den Händen greifen zu können. Die Menschen auf den Bürgersteigen schienen wie ausgewechselt, selbst die Geschäftigsten wirkten gelöst. Der Frühling veränderte die Stadt und ihre Bewohner.

Wie gut hätte es da gepasst, wenn das lokale Ruderteam an diesem Tag gewonnen hätte. Ajax bog in die Bridge Street ab, passierte die alte Parish Church of St Clement – hinter der Kirche hatte er zum ersten Mal Christine geküsst, die inzwischen Bens Freundin war –, ging über die

St-Johns-Street und hielt auf das Trinity College zu. Der helle Sandstein der Universitätsgebäude bestimmte das Erscheinungsbild von Cambridge und verlieh der Stadt einen leuchtenden Charakter. Da machte es auch nichts, wenn es – wie jetzt – leicht zu regnen begann und sich feine Tropfen auf den Fasern seines Wollpullovers niederließen. Ajax erreichte das Torhaus des Trinity. Um den Apfelbaum daneben hatte sich eine Gruppe von Touristen versammelt. Die Frauen und Männer lauschten den Ausführungen eines Stadtführers. Viele hielten den Baum für denjenigen, unter dem Isaac Newton die Schwerkraft entdeckt hatte – nachdem ihm ein Apfel auf den Kopf gefallen war. Tatsächlich war dieser Baum nur ein Ableger. Das Original, so hatte Ajax einmal gehört, sollte vor Newtons Geburtshaus in Lincolnshire stehen. Echt oder nicht: Unter den Ästen des Baums vor dem Trinity College ließ sich immer wieder jemand nieder und wartete auf eine Eingebung, wie sie der große Denker einst gehabt hatte. Manch einer schlief vor lauter Erwartung ein.

Ajax durchquerte das Torhaus. Obwohl er hier studierte – Englische Literatur bei Professor Sami – und diesen Weg schon Hunderte Male gegangen war, fühlte er sich wieder überwältigt von der Weite des Great Court und den historischen Bauwerken ringsum. Die Rasenfläche war so grün, dass es in den Augen stach, umso mehr, da nun wieder die Sonne durch die Wolken schien und die Regentropfen auf dem Gras zum Glitzern brachte.

Warum wollten Cook und Cowell ihn ausgerechnet hier treffen, wo sich Ajax auf seine Zukunft vorbereitete? Er würde doch nicht für seinen Fehler auf dem Fluss Konsequenzen im Studium zu befürchten haben?

Aber dann hätte man ihn ins Büro des Masters bestellt, nicht in die Vorhalle der Kapelle. Master Thomson, das wusste Ajax genau, war ein großer Freund des Reitsports, er liebte nichts mehr, als sich beim Polo zu verausgaben. Für Ruderer in ihren lächerlichen Booten hatte Thomson nicht mal ein herablassendes Lächeln übrig. Dementsprechend war es ihm gleichgültig, wer auf dem Cam gewann oder verlor. Nein, dachte Ajax, der Master konnte nicht dahinterstecken.

Cook und Cowell standen links und rechts der Tür zur Kapelle und sprachen mit einem Mann, der einen Reiseführer in der Hand hielt und mit einem Finger auf den Umschlag tippte.

»Tut uns leid, Sir«, sagte Cowell gerade, »aber die Kapelle ist geschlossen.«

Ajax wartete in einigem Abstand. Warum war die Kapelle geschlossen? Das wollte auch der Besucher wissen, der jetzt die Öffnungszeiten der Sehenswürdigkeit aus dem Reiseführer vorlas. Unterdessen erblickte Cook Ajax und winkte ihn heran. Cowell öffnete die Tür und schob Ajax mit sanftem Druck ins Innere. Dann fiel die Tür wieder ins Schloss und schnitt den Protest des Touristen ab. Eine tiefe Stille, wie man sie nur in alten Gotteshäusern erlebt, empfing Ajax. Er hatte den Eindruck, dass sich das Schweigen von Generationen von Gläubigen unter den Gewölbebögen gesammelt und verdichtet hatte.

Warum waren Cook und Cowell ihm nicht gefolgt? Das wurde ja immer merkwürdiger. Er wanderte an den Statuen berühmter Trinity-Absolventen entlang, er kannte sie alle. Schließlich kam er jeden Sonntag her, um am Gottesdienst teilzunehmen. Einmal, das war ihm noch in beschämender Erinnerung, hatte er, statt für seine Mutter, seinen Vater und seine Schwester zu beten, Gott um Hilfe angefleht, um die nächste Prüfung bei Professor Sami zu bestehen. Anschließend war er zur Beichte gegangen. Der Priester hatte Verständnis. Er sei nicht der erste Student, der versucht habe, Prüfungsfragen von Gott zu erfahren.

Ajax schüttelte den Kopf über sich selbst. Vermutlich hatten auch die Genies, vor deren Statuen er jetzt stand, einmal solche Ängste ausgestanden. Und sich in ihrer Not an Gott gewandt. Da, links von ihm, schickte Isaac Newton seinen Blick visionär in die Ferne. Neben Newton saß Alfred Lord Tennyson auf seinem Dichterthron, und Sir Francis Bacon stützte den von Gedanken schweren Kopf auf eine Faust. So wie der ausschaut, fand Ajax, hat er wohl Zweifel, ob seine fünfhundert Jahre alten, bis zu den Knien reichenden Melonenhosen heute, im Jahr 1940, noch zeitgemäß waren.

»Haben Sie schon mal daran gedacht, dass eines Tages Ihr Ebenbild neben diesen Giganten der Geschichte stehen könnte?« Die Stimme hatte einen heiseren, kehligen Klang. Ajax fuhr herum. Unter der Orgelempore war ein Mann aufgetaucht, er musste dort im Schatten gestanden und ihn eine Zeit lang beobachtet haben.

Er kannte den Mann. »Sie?«

»Sie erkennen mich wieder? Dabei haben Sie mich nur für den Bruchteil einer Sekunde gesehen, vom Boot aus.« Der Mann blieb unter der Empore stehen. Die forstgrüne Strickjacke, der runde Kopf, der schmale Oberlippenbart. Es gab keinen Zweifel.

»Warum haben Sie die Katzen ins Wasser geworfen?«, fragte Ajax, obwohl ihm Ben und Frank das ja schon erklärt hatten.

Die Augen des Unbekannten waren dunkel, beinahe schien es, als bestünden sie nur aus Pupillen, so wenig Weiß war darin zu sehen. Die Lider zogen sich zusammen, wenn er sprach. »Ich wollte Sie treffen, um Ihnen ein Angebot zu unterbreiten, Mister Doggerton.«

Der Mann musste zu Cook und Cowell gehören, denn er

schien dieselbe Abneigung zu haben, Fragen zu beantworten. Mit einem Mal fühlte sich Ajax wie eine Gitarre, deren Saiten zwei Oktaven zu hoch gestimmt waren. Er hatte genug von dem seltsamen Verhalten dieser Leute. Dieser Kerl da war dafür verantwortlich, dass sich Ajax vor seinen Ruderkameraden blamiert hatte. Und er hatte das Leben unschuldiger Kreaturen aufs Spiel gesetzt.

»Gehen Sie bei Ihren Anwerbungsgesprächen immer so vor?«, blaffte Ajax. »Erst bringen Sie Ihre Kandidaten in Verruf, blamieren sie, und dann kommen Sie mit einem Angebot, von dem Sie glauben, dass man es nicht ausschlagen kann.« Er ging auf den Mann zu, die Sohlen seiner Schuhe quietschten auf den spiegelnden Fliesen. »Ich sage Ihnen jetzt, was Sie mit Ihrem Angebot machen können. Sie können es in einen alten Sack stecken, selbst hineinklettern und mich dann fragen, ob ich so freundlich wäre, den Sack zuzubinden und in den Fluss zu werfen.«

»Mister Doggerton …«

»Oxford kann mir gestohlen bleiben. Ich rudere für Cambridge. Nur für Cambridge. Und wenn Sie mich jetzt nicht in Ruhe lassen, werde ich Sie melden und von hier entfernen lassen. Damit ist die Zeit unserer Bekanntschaft beendet. Sie war ohnehin schon viel zu lang.« Ajax wandte sich zur Tür. Er war ein wenig stolz darauf, das vermeintlich aussichtsreiche Angebot abgelehnt zu haben. Vielleicht würde er für Cambridge nie wieder an den Start gehen, aber immerhin hatte er seine Seele nicht an den Teufel verkauft – einen Teufel, dessen Hölle in Oxford lag.

Er wollte die Tür aufreißen, doch die Klinke ließ sich nicht herunterdrücken. Zugesperrt! Ajax fuhr herum. »Was erlauben Sie sich?«

»Mein Name ist Gallagher.« Er streckte eine Hand aus und ging auf Ajax zu.

»Öffnen Sie sofort die Tür!«, verlangte Ajax.

Gallagher zog die Hand zurück. »Ich bin von der britischen Regierung beauftragt, Sie um einen Gefallen zu bitten.«

Ein Gefallen? Gerade noch war es ein Angebot gewesen, etwas, für das man eine Gegenleistung erwarten konnte. Ajax stutzte. »Die Regierung? Sie kommen nicht aus Oxford?«

»Hören Sie mir bitte zu«, versuchte es Gallagher noch einmal.

»Erst, wenn Sie mir beweisen, dass Sie wirklich nicht aus Oxford kommen«, verlangte Ajax. »Woher soll ich wissen, dass Sie und die beiden Trottel vor der Tür nicht irgendwelche Schauspieler sind, die meine Rudermannschaft engagiert hat, um mir eins auszuwischen?« Das wäre der Studentenstreich des Jahres, dachte Ajax, und ein kleines bisschen hoffte er, dass gleich Ben, Henry, Frank und die anderen in die Vorhalle stürmen und ihn lauthals auslachen würden.

Doch die Türklinke bewegte sich nicht, und alles blieb still.

Gallagher schaute Ajax vom Grund seiner dunklen Augen an. Dann sagte er mit beinahe tonloser Stimme: »Ihr Name ist Ajax Doggerton. Sie sind einundzwanzig Jahre alt und studieren Literatur hier am Trinity College.«

Ajax wollte den Mann unterbrechen, doch etwas in Gallaghers Stimme ließ ihn abwarten. Er fühlte sich wie der einzige Zuschauer einer Magiershow. Er wusste, dass das Kaninchen noch aus dem Hut gezaubert werden würde. Was er nicht wusste, war, welche Farbe es haben würde.

»Sie sind sechs Fuß und zwei Inches groß«, fuhr Gallagher fort, »ein Schotte von der Westküste. Ihr Körpergewicht betrug heute Morgen hundertvierundvierzig Pfund. Sie sind Rechtshänder, können aber auch mit der linken Hand schreiben. Manchmal machen Sie das, damit Ihre Handschrift undeutlich wird, zum Beispiel, wenn Sie Prüfungsergebnisse fälschen. Sie haben ein Talent für das Kopieren von Handschriften und finanzieren Ihr Studium, jedenfalls zum Teil, damit, die Originaldokumente aus dem Museum des Colleges zu kopieren und zu verkaufen, natürlich mit der Behauptung, es handele sich um die Originale. Ihre Eltern, Bert und Doris Doggerton, ahnen nichts davon. Ihr Vater war Krabbenfischer, bis er bei einem Schiffsunglück ein Bein verlor. Seither lebt Ihre Familie von seiner kleinen Invalidenrente. Ihre Mutter, deren Familie aus Deutschland stammt, verdient mit Deutschunterricht etwas dazu. Oft muss sie sich in den Familien, deren Söhne und Töchter sie unterrichtet, auch um die Wäsche und das Essen kümmern. Ihre Schwester Enid ist siebzehn und seit drei Monaten schwanger, was die prekäre finanzielle Lage der Familie noch erschweren wird. Das Geld, das Sie Ihren Eltern anbieten, lehnen diese ab.«

Ajax sprang auf Gallagher zu und packte ihn am Saum der Strickjacke. Unter seinem Griff riss ein Knopf ab und sprang über den Marmorboden. »Halten Sie den Mund. Wenn Sie meine Familie noch ein einziges Mal erwähnen, werde ich Ihnen zeigen, dass ich tatsächlich Links- und Rechtshänder bin.«

Gallaghers Gesicht war jetzt ganz nah. Auf der hellen Haut des Mannes glitzerten Speicheltropfen aus Ajax' Mund. Trotzdem blinzelte Gallagher nicht, er versuchte nicht einmal, Ajax' Hände zu lösen. Er hing wie ein Sack in seinem Griff, ein Sack, in dem etwas Gefährliches steckte. »Sie wollten doch einen Beweis dafür, dass ich mir keinen Scherz mit Ihnen erlaube«, sagte er mit tonloser Stimme. »Soll ich weitersprechen?«

Ajax stieß Gallagher von sich. Der schwere Mann taumelte rückwärts, fing sich, zupfte an seiner Jacke und wischte sich über das Gesicht.

»Das beweist nur, dass Sie Erkundigungen über mich eingezogen haben«, zischte Ajax. »Weiter nichts.«

»Und Ihre Schwester?«, fragte Gallagher.

»Enid ist noch ein Kind«, knurrte Ajax. »Wenn Sie noch einmal …«

Gallagher fischte einen Briefumschlag aus der Innentasche seiner Jacke und reichte ihn Ajax. Er riss das Kuvert mit zitternden Fingern auf, zog einen Bogen Papier hervor, entfaltete ihn und studierte die Rechnung über vierundzwanzig Pfund für die Durchführung eines Aschheim-Zondek-Tests an Miss Enid Doggerton, wohnhaft Harbour Street 84, Plockton. Das Testergebnis war positiv. Der Arzt, Doktor Robbsen, vermutete, dass Miss Doggerton im dritten Monat schwanger sei.

Ajax ließ das Schreiben sinken. Die Vorhalle drehte sich wie ein langsam fahrendes Karussell. Die Gesichter von Newton, Tennyson und Bacon schienen auf ihn hinabzugrinsen. Nur Gallaghers Konterfei blieb unbeweglich wie das einer Statue. »Das kann doch nicht sein«, stammelte Ajax. »Enid. Sie hat ja nicht mal einen Freund, es gibt da niemanden, der …« Er stutzte. »Wenn das hier echt ist – wie kommen Sie überhaupt an dieses Papier? Ärzte unterliegen der Schweigepflicht.«

»Wie gesagt«, Gallaghers Stimme war noch immer tonlos und ruhig, als er jetzt eine Hand ausstreckte und das Untersuchungsergebnis wieder an sich nahm, »ich arbeite für einflussreiche Leute. Habe ich jetzt Ihre Aufmerksamkeit, Mister Doggerton, oder wollen Sie noch weitere Details hören? Über ihren Vater Bert zum Beispiel?«

Ajax wollte gar nicht wissen, was dieser Kerl noch über seine Familie wusste. Sein Vater war seit dem Unfall ein gebrochener Mann und trieb sich herum. Manchmal kam er tagelang nicht nach Hause und brachte das wenige Geld, das seine Frau verdiente, mit Alkohol und Straßenhuren durch. »Nein, danke«, sagte er. »Ich kenne meinen Vater.«

»Kommen Sie«, schlug Gallagher vor, »gehen wir ein Stück. Bewegung hilft, die Gedanken zu ordnen.« Er begann die Länge der Vorhalle abzuschreiten, und Ajax gesellte sich an seine Seite. Wie der Hund, der dem Schäfer folgt, dachte er. Bei einem Blick zu Gallagher stellte er fest, dass dessen Rücken gebeugt war, so wie bei jemandem, der viele Jahre an einem Schreibtisch gearbeitet hatte.

»Die Behörde, für die ich arbeite, möchte Sie darum bitten, eine Anstellung auf dem Kontinent anzunehmen«, sagte Gallagher. Er hob eine Hand, als Ajax den Mund öffnete, und brachte ihn zum Schweigen. »Warten Sie, ich werde es Ihnen erklären.« Sie erreichten die Orgelempore und machten auf dem Absatz kehrt, schritten den Raum nun in der umgekehrten Richtung ab. »Ich nehme an, Sie wissen, wer der Herzog von Windsor ist?«

»Edward? Der ehemalige König von England? Natürlich weiß ich das.«

»Seit seiner Abdankung im Dezember 1936 lebt der Herzog in Frankreich. Derzeit hält er sich in Paris auf. Sein Lebensstil ist, sagen wir, extravagant. Er schwelgt im Luxus, um es zurückhaltend auszudrücken. Seine Partys sind in der französischen Hauptstadt berüchtigt, und es gibt kaum jemanden aus der feinen Gesellschaft, der nicht regelmäßig an der Dinnertafel im Hause Windsor gesehen wird. Natürlich erfordern solche Festivitäten eine Menge Personal. Deshalb haben der Herzog und seine Frau die königliche Familie darum ersucht, ihnen einige zuverlässige junge Männer zu schicken, die auch unter … nun, ungewöhnlichen Umständen die Fassung wahren können. Verstehen Sie, Ajax?

Der Herzog sucht Briten, die ihm zu Diensten sind. Denn von Franzosen hält er nicht viel.«

»Warum kommen Sie da ausgerechnet zu mir?«, wollte Ajax wissen. »Ich bin mitten im Studium, ich habe keinerlei Ambitionen, nach Frankreich zu gehen. Außerdem bin ich sicher, dass es ausgebildete und erfahrenere Männer gibt, die den Herzog in seinen Angelegenheiten besser beraten als jemand wie ich.«

»Verzeihen Sie, wenn ich mich missverständlich ausgedrückt haben sollte.« Gallagher rieb sich eine seiner fleischigen Wangen, dass die Bartstoppeln darauf knisterten. »Wenn ich sagte, Sie sollen dem Herzog zu Diensten sein, dann meinte ich das wörtlich. Der Haushalt der Windsors in Paris sucht Leute für die gewöhnlichen Alltagsverrichtungen. Sie verstehen? Einkaufen, Auftischen, Abräumen, Abwaschen. Solche Sachen.«

Ajax blieb stehen. »Sie wollen mich als Kammerdiener für den Herzog von Windsor anheuern?«

Gallagher schaute betreten zu Ajax herüber. »Kammerdiener wäre schon eine gehobene Position im Vergleich zu dem, was Ihre Aufgaben dort wären.«

Ajax lachte, ein kurzes Bellen. »Kommen Sie, Mister Gallagher! Raus mit der Sprache! Was steckt hinter diesem Unsinn? Sie glauben doch nicht im Ernst, dass ich mein Studium an den Nagel hänge, um einem abgedankten König den Aschenbecher auszuputzen. Ich stehe kurz vor dem Abschluss. Ich habe Aussicht auf eine Stelle als Universitätsdozent oder in der Shakespeare-Forschung. Wieso sollte ich stattdessen Ihren Chef Edward …«

Gallagher räusperte sich und senkte die Stimme, bis sie kaum mehr als ein Flüstern war. »Der Herzog ist nicht mein Chef. Er ist bloß jemand, den wir unter Kontrolle halten wollen. Schauen Sie, Ajax, Edward war, wenn auch nur für kurze Zeit, König von England. Er hatte Zugang zu Staatsgeheimnissen und weiß mehr über unser Land, als ein Privatmann wissen sollte. Und ein Privatmann ist er ja jetzt nun mal.«

Ajax wusste, was Gallagher meinte. Edward VIII. war im Januar 1936 zum König ernannt worden und hatte noch im selben Jahr abgedankt, um die bürgerliche Wallis Simpson heiraten zu können, eine US-Amerikanerin, die ihm, so glaubten viele, den Kopf verdreht hatte, um selbst Königin zu werden. Edward hatte wählen müssen zwischen seinen Pflichten als König und einem Leben an der Seite seiner Geliebten, und er hatte niemandem im Zweifel darüber gelassen, was ihm wichtiger war. Seither war Edwards jüngerer Bruder George König, und der Ex-Monarch lebte als Privatmann in Frankreich. So jedenfalls berichteten es die Boulevardzeitungen. »Sprechen Sie weiter«, forderte Ajax Gallagher auf.

»In Paris hat sich eine delikate Situation entwickelt. Zu den Gästen des Herzogs zählen Leute aus vielen europäischen Staaten, Leute, die ein Interesse an seinem Wissen haben. Damit meine ich …«

Etwas in Ajax zog sich zu einem Knoten zusammen. »Sie meinen Spione?«

»So weit würde ich nicht gehen. Aber es sind hochrangige Diplomaten dort aufgetaucht, einige aus dem faschistischen Spanien, andere aus dem Deutschen Reich. Wir sind über Versuche dieser Personen unterrichtet, dem Herzog Informationen zu entlocken. Aber unser Kontaktmann im Haus der Windsors ist leider nicht mehr im Dienst.«

Was auch immer das bedeuten mochte. Ajax runzelte die Stirn. »Warum schicken Sie nicht jemand neuen hin?«

»Das versuche ich ja gerade«, sagte Gallagher.

»Nein, nein.« Ajax schüttelte den Kopf. »Sie sind von

der Regierung. Es muss doch Leute bei Ihnen geben, Scotland Yard, SIS oder woher auch immer Sie kommen, Leute, die für solche Aufgaben geeignet sind. Ich bin es jedenfalls nicht. Bestimmt nicht.«

Jetzt war es Gallagher, der stehen blieb. »Unsere Leute stehen für diese Aufgabe nicht zur Verfügung. Wegen des Kriegs ist jeder aus unseren Reihen mit Aufklärung beschäftigt. Das sind Spezialisten, ausgebildete Frauen und Männer. Ihre Fähigkeiten wären bei der Überwachung des Herzogs von Windsor verschwendet. Überdies passt das Alter nicht. Der Herzog sucht ausdrücklich junge Männer, die in ihren Livrees schneidig und frisch aussehen, keine teiggesichtigen Bürohengste wie mich.« Er machte eine Pause, seine Stimme nahm einen förmlichen Ton an. »Wir bitten Sie, Mister Doggerton, in den Dienst des Vereinten Königreichs zu treten und diese verantwortungsvolle Aufgabe zu übernehmen. Ich gebe zu, nach außen hin könnte es so aussehen, als landeten Sie auf einem Posten, der weit unter Ihren Fähigkeiten liegt. Aber in Wirklichkeit … Nun, ich will es einmal so sagen: Ihre Beobachtungen im Hause Windsor wären für uns von unschätzbarem Wert.« Ein mattes Lächeln ging über sein Gesicht.

»Wie kommen Sie ausgerechnet auf mich?«, fragte Ajax. »Hier gibt es doch genug Leute in meinem Alter.«

»Sie bringen die idealen Voraussetzungen mit«, erwiderte Gallagher. »Sie sind jung und klug. Sie sind ein Meister im Kopieren von Dokumenten, eine Fähigkeit, die Ihnen in Paris gute Dienste leisten würde. Sie haben eine rasche Auffassungsgabe und können in Windeseile Entscheidungen zugunsten anderer treffen, auch wenn Sie damit Ihr persönliches Glück aufs Spiel setzen.«

Jetzt verstand Ajax. »Deshalb haben Sie die Katzen in den Fluss geworfen. Um mich auf die Probe zu stellen.«

»Ich war mir ziemlich sicher, wie Sie reagieren würden. Das war nur eine Bestätigung. Sie haben den Test bestanden«, antwortete Gallagher. »Wären Sie einfach weitergerudert, ständen wir jetzt nicht hier.«

Vielleicht wäre das besser so, dachte Ajax. »Ich lehne Ihr Angebot ab«, sagte er. »Ich habe kein Interesse, einem Adeligen aufzuwarten. Mein Studium und meine Familie …«

»Darum kümmern wir uns«, unterbrach ihn Gallagher. »Nach Ihrer Rückkehr aus Frankreich könnten Sie Ihr Studium wieder aufnehmen. Ich kann Ihnen sogar einen erstklassigen Abschluss in Literaturwissenschaft ausstellen lassen und eine Anstellung Ihrer Wahl, irgendwo in England, verschaffen.« Er schnippte mit den Fingern. »Das ist gar kein Problem.«

Ajax musste sich zusammennehmen, um nicht genussvoll die Lippen zu kräuseln. Das Studium verkürzen, keine Prüfungen, kein Versagen? Er wäre am Ziel seiner Wünsche. Natürlich wäre das Betrug. Er würde sich seinen Abschluss erschleichen. Und er würde sich diesem Gallagher ausliefern.

»Ich bleibe dabei«, sagte Ajax. Die Worte wollten nicht so recht aus seinem Mund, sie verhakten sich auf seiner Zunge. Er hatte das Gefühl, ein Angebot in den Wind zu schlagen, das er kein zweites Mal bekommen würde. Jeder andere Student in Cambridge hätte für einen Abschluss ohne Prüfung seine Großmutter an den Teufel verkauft.

Ajax warf einen raschen Blick zu Gallagher hinüber. War es das? War der Mann neben ihm in Wirklichkeit so etwas wie der große Versucher? Trafen Sie sich deshalb in der Vorhalle der Kapelle und nicht in der Kapelle selbst, weil die unlauteren Angebote das Ohr Gottes beleidigten?

Gallaghers Gesicht wurde rot. »Mister Doggerton, überlegen Sie sich das noch einmal. Wir bieten Ihnen nicht bloß den Abschluss, sondern auch ein Leben, wie Sie es sonst niemals kennenlernen würden. Paris. Die Seine. Schöne Frauen und eine Umgebung voller Luxus. Vielleicht wird man Ihnen sogar einen Orden verleihen.«

Ajax lachte. »Sie meinen das vielleicht ernst, aber in meinen Ohren klingt das geradezu lächerlich.«

Gallagher war nicht aufzuhalten. Er führte an, dass er Ajax' Schwester ein Leben mit einem Kind ermöglichen und dass er seinen Eltern eine Rente anweisen könnte, mit der sie ein bequemes Leben abseits von Suff und Verzweiflung führen könnten. Und wenn Ajax das wolle, würde er sogar für die Katzen aus dem Cam ein Zuhause finden.

Je umfangreicher das Angebot wurde, umso mehr fühlte sich Ajax in seiner Zurückhaltung bestätigt. »Ich könnte alles von Ihnen haben, nicht wahr?«, sagte er. »Wissen Sie, was mich wirklich reizen würde?«

Gallagher schaute ihn erwartungsvoll an. »Ein Platz als Steuermann im Achter von Cambridge? Auch das ließe sich einrichten.«

»Die Wahrheit«, gab Ajax zurück. »Was steckt hinter alldem?«

Gallagher schwieg, er schien zu überlegen. Sie erreichten die Säulen und kehrten um, um den Weg in der entgegengesetzten Richtung zu gehen. Zum wievielten Mal? Ajax hatte den Eindruck, schon seit Stunden in der Vorhalle auf- und abzulaufen. Schließlich lächelte Gallagher, es war ihm anzusehen, dass er seine Gesichtsmuskeln nicht oft auf diese Weise gebrauchte. »Sie wollen die Wahrheit hören? Also gut. Wir haben den begründeten Verdacht, dass sich der Herzog von Windsor mit den Deutschen verbünden will. Wir glauben, dass er bei der nächsten Gelegenheit nach Berlin reisen und dort mit Adolf Hitler gemeinsame Sache machen wird. Es gibt … sagen wir, Gerüchte, dass Edward den Deutschen bei der Eroberung Englands helfen soll. Im Gegenzug stellt ihm Hitler in Aussicht, wieder König von England zu werden, König eines Reichs, das dann von Hitler kontrolliert wird.«

Ajax sah sein Gegenüber ungläubig an.

»Wir waren zunächst auch skeptisch, als wir davon hörten«, fuhr Gallagher fort. »Aber dann ist Ihr Vorgänger in Paris verschwunden. Er hatte die Aufgabe, diesen Gerüchten nachzugehen.«

Ajax spürte, wie seine Hände kalt wurden. »Er ist verschwunden?«

»Für kurze Zeit. Bis ihn die Gendarmerie aus der Seine gefischt hat. Er muss wohl betrunken von einer Brücke in den eiskalten Fluss gestürzt sein. So etwas passiert in Paris jeden Tag.« Gallaghers Stimme, bislang tonlos, klang mit einem Mal zornig. »Das ist die Wahrheit, Mister Doggerton. Es steht viel auf dem Spiel.«

Die Haut auf Ajax' Schädeldecke fühlte sich gespannt an. Jetzt war ihm klar, warum sich Gallagher ausgerechnet für ihn interessierte. Kaum jemand würde ihn vermissen, wenn man ihn ebenfalls in der Seine fand. Seine Eltern waren einfache Leute. Sie würden zwar Fragen stellen, aber niemand würde sie beantworten. Und dann geriete Ajax Doggerton einfach in Vergessenheit, und jemand anders würde seinen Platz einnehmen, ein neues Opfer von Gallaghers Plänen, ein neuer Hund, der seinem Herrn zu Diensten war. Es sei denn, Ajax erfüllte seine Aufgabe und kehrte lebendig nach England zurück, in ein Land, dem er einen großen Dienst erwiesen hatte. Er spürte sein Herz schlagen. Mit einem Mal war ihm so warm, dass er sich am liebsten den Pullover ausgezogen hätte. Er blieb stehen und fasste Gallagher am Arm. Die beiden Männer standen sich gegenüber und sahen sich an.

»Sie kümmern sich um Enid, meine Eltern und die Katzen«, sagte Ajax so laut und entschieden, dass seine Stimme von den Wänden widerhallte. »Ich werde das nachprüfen, und wenn ich in einem Fluss ende, kehre ich als Geist zurück und suche Sie heim, Gallagher, das verspreche ich Ihnen.«

Kapitel 5

PARIS,
APRIL 1940

Das also war Paris! Die Stadt der Liebe. Die Stadt der Lichter. Ajax stand, einen Koffer in jeder Hand, unter dem Ausgang des Gare du Nord und stellte fest, dass sich die französische Dunkelheit und der französische Regen in nichts von dem unterschieden, was er aus England gewohnt war. Und die Pariser verhielten sich auch nicht anders als die Menschen in Cambridge, wenn der Himmel seine Schleusen öffnete: Sie flüchteten ins Trockene und schimpften aufs Wetter.

Die Straße vor dem großen Bahnhofsportal war beinahe menschenleer. Einige verlorene Gestalten hasteten vorüber. Ein schwarzer Citroën mit bulligen Kotflügeln brauste durch eine Pfütze, und das hochspritzende Wasser durchnässte Ajax' helles Sportsakko. Er fluchte und rettete sich zurück in die Bahnhofshalle. Jetzt sah das Jackett aus, als habe er damit in einem Schützengraben gelegen. So konnte er unmöglich vor seinem neuen Arbeitgeber erscheinen. Der Herzog musste denken, ein Landstreicher bettele an seiner Tür um Almosen.

Dann musste es eben ohne gehen. Immerhin war es April, und der Abend war warm. Ajax zog das Jackett aus, schüttelte es und hing es sich über den Arm. Unterdessen beobachtete er die Menschen in der großen Halle. Gallagher hatte ihm versichert, dass er abgeholt werden würde, jemand vom Personal des Herzogs sollte ihn am Gleis erwarten und sich durch einen Regenschirm in den britischen Nationalfarben Rot, Blau und Weiß – wie die französischen Farben – zu erkennen geben.

Doch weder Farben noch Schirm waren zu sehen. Ajax schaute hinauf zu der großen Uhr. Zwanzig vor zehn. Er war pünktlich angekommen. Was mochte geschehen sein? Wurde sein Kontaktmann aufgehalten? War jemand krank geworden? Oder hatte man ihn schlichtweg vergessen? Die Ankunft eines Dienstboten stand in der Prioritätenliste eines herzoglichen Haushalts gewiss weit unten. Er schlenderte durch die Halle, schaute erwartungsvoll in die Gesichter der Vorübereilenden. Zehn Minuten vergingen. Eine Viertelstunde. Wie lange mochte man im Haus des Herzogs wach sein? Wann wurden die Türen zugesperrt? Ajax sah sich bereits in einem Park übernachten. Dann sähe er am nächsten Morgen vollends aus wie ein Clochard.

Er verfluchte Gallagher. Kein Wunder, dass dessen Spione Probleme bekamen. Wenn schon die erste Verabredung nicht funktionierte, was würde Ajax hier dann noch erwarten? Ob überhaupt jemand wusste, dass er kam?

Er beschloss, nicht länger zu warten, sondern ein Taxi zu nehmen. Sein Französisch würde schon ausreichen, um die Adresse am Boulevard Souchet anzugeben. Er stellte sich in den Eingang, der Regen prasselte mit unverminderter Heftigkeit, und schaute auf die vorbeifahrenden Wagen. Schon nach wenigen Minuten entdeckte er das erleuchtete Taxischild auf dem Dach eines blau-gelben Citroën. Er winkte. Das Taxi fuhr weiter.

Nach zwei weiteren Versuchen gab Ajax auf. Offenbar verhielt man sich in Paris anders als in Cambridge und London, um ein Taxi anzuhalten. Nur wie? Musste man todesmutig auf die Straße springen und darauf hoffen, dass der Fahrer rechtzeitig bremste?

Da stand er also, Ajax Doggerton, mitten in Paris, unterwegs in geheimer Mission, und schon in den ersten Augenblicken fühlte er sich hilflos. Es würde ihm wohl nichts anderes übrig bleiben, als zu Fuß bis zur nächsten Metrostation zu laufen.

Weiter hinten, wo die Züge einliefen, war das Zischen hydraulischer Bremsen zu hören und das Rattern eines anfahrenden Zuges. Eine Lautsprecherstimme quäkte: »Attention à la fermeture des portes!«

Wie zur Antwort brüllte jemand im Tonfall von Empörung und Wut. Bei den Verkaufsständen in der Bahnhofshalle gab es einen Tumult. Ein korpulenter Mann rangelte mit einem Knaben, der sich befreien konnte und loslief, und der Dicke rannte, erstaunlich behände für seine Körperfülle, hinter ihm her. Dabei rief er immer wieder: »Au voleur! Haltet den Dieb!«

Einige Passanten schauten sich um, doch niemand unternahm etwas. Schließlich stolperte der Verfolger über seine eigenen Füße und schlug mit einem dumpfen Laut auf den Hallenboden. Der Junge drohte zu entkommen. Jetzt kam er geradewegs auf Ajax zu, sah nur nach hinten. Ajax ließ die Koffer fallen, machte einen Satz nach rechts und breitete die Arme aus, Rudererarme, lang und muskulös.

Der Dieb rammte ihn. Sein gesenkter Kopf hämmerte in Ajax' Bauch. Im nächsten Augenblick gingen sie beide zu Boden. Ajax' Hinterkopf schlug schmerzhaft auf. Für einen Moment nahm er die Bahnhofshalle mit dem verschwommenen Blick eines Tauchers wahr. Als er wieder klar sehen konnte, blickte er in aufgerissene Augen, kupferfarben mit Sprenkeln im Ton von Granit, auf eine kleine Nase mit einer leichten Kurve und einem Tropfen darunter, auf einen Mund, der vor

Wut verzogen war. Darin zuckte eine rosafarbene Zunge, die ihm französische Worte ins Gesicht schleuderte.

Wo kam die Frau plötzlich her? »Pardon, Mademoiselle«, krächzte Ajax.

Hinter ihrem halblangen kastanienbraunen Haar sah er den Dicken heranwalzen, das Gesicht rot und die Hände mit den kurzen Fingern zu Fäusten geballt. Was würde der mit ihr anstellen?

»Lassen Sie mich los«, klirrte sie ihm ins Gesicht.

Er hielt sie fest umklammert. Sie war zwar eine Frau, aber offensichtlich eine Kriminelle.

Sie biss ihn in die Nase. Er riss beide Hände vors Gesicht. Sie sprang hoch. Da sah er das Tuch zwischen ihren Fingern. Ein Halstuch aus Seide, ein Souvenir für Reisende von einem Andenkenstand. Es zeigte die Nationalfarben Frankreichs. Und Englands.

Dann begriff er. »Kommen Sie vom Herzog?«, fragte er auf Englisch.

Sie erstarrte. »Sind Sie Ajax?«

Der Dicke war nur noch einen Steinwurf entfernt. Ajax sprang auf. »Laufen Sie!«, zischte er.

Vielleicht hörte sie seine Worte, vielleicht war die Angst vor dem Verfolger groß genug, um einfach loszurennen, jedenfalls wischte sie durch den Ausgang des Bahnhofs.

Das Tuch blieb in Ajax' Hand zurück. Er stellte sich dem Dicken in den Weg. Dabei wedelte er mit dem Stoff. »Monsieur!«, rief er. »Monsieur, ich habe dem Dieb die Beute entrissen.« Wie sagte man das auf Französisch? Egal, der Mann schien ihn auch so zu verstehen. Er fischte Ajax das Tuch aus der Hand, breitete es aus und inspizierte es von allen Seiten. Dann schüttelte er es ein paarmal und strich es glatt, dabei schaute er Ajax prüfend an. »Merci, Monsieur«, brummte er und noch etwas, das aber die Borsten seines

Vollbartes kaum durchdrang. »Anglais, oui?«, knurrte er dann und fügte an: »Bienvenu á Paris. Willkommen in Paris.« Dann drückte er Ajax mit einem zweiten »Merci« das Tuch in die Hand und watschelte davon.

Er fand sie in einem dunklen Hauseingang. Besser gesagt: Sie fand ihn. Als er an dem Eingang vorüberging, streckte sie eine Hand aus und zog ihn zu sich in den Schatten.

»Ist er weg?«, fragte sie leise.

Ajax nickte und stellte seine Koffer ab. Die nasse Jacke legte er darüber. »Ich habe eine Belohnung bekommen.« Er hielt das Tuch hoch. »Was ist aus dem Regenschirm geworden, unserem Erkennungszeichen?«

»Als ich die Villa verlassen wollte, war der Schirm nicht da. Und die Herzogin auch nicht. Sie muss ihn mitgenommen haben.«

»Die Herzogin wusste wohl nicht, dass ich komme«, sagte Ajax.

Sie stutzte, dann lachte sie. »Die Herzogin? Soll wissen, dass Sie kommen? Sie scheinen sich ja für sehr bedeutend zu halten.« Sie streckte ihm die Hand entgegen. »Ich bin Lydie. Hausmädchen in der Villa Windsor.«

Er ergriff ihre Hand. »Ajax.« Ihr Händedruck war kräftig und bestimmt, sie schien es gewohnt zu sein zuzupacken – so wie an dem Andenkenstand im Bahnhof.

»Ich sollte Sie abholen.« Sie lehnte sich mit dem Rücken gegen die Wand. »Aber ich wusste nicht, wie Sie aussehen. Ohne den Schirm mussten wir uns verpassen. Also wollte ich Sie im Bahnhof ausrufen lassen, aber der Ansager ließ sich zu viel Zeit. Dann sah ich diese Halstücher an dem Souvenirstand und dachte mir, dass immerhin die Farben stimmen. Dummerweise hatte ich nicht genug Geld und der Verkäufer nicht genug Verständnis für meine Not. Er wollte mir das Tuch partout nicht ausleihen, nicht einmal für einen günstigeren Preis wollte er es mir lassen. Was blieb mir übrig? Ich habe es einfach genommen, ich durfte Sie doch nicht verpassen.« Sie strich sich das nasse Haar zurück. »Hat ja funktioniert.«

Ajax lachte. Dabei weckte er den Schmerz in seiner Nase. Sein Lächeln wurde schief.

Lydie nahm ihm das Seidentuch aus der Hand und tupfte sich den Regen vom Gesicht. »Ist es schlimm?«, fragte sie und gab ihm das Tuch zurück. »Tut mir leid, aber Sie wollten mich ja nicht loslassen.«

Ajax schüttelte den Kopf. »Halb so schlimm. Da werde ich mich vermutlich mit einem roten Ballon im Gesicht beim Herzog vorstellen. Zur Erklärung werde ich sagen, dass ich mit einer französischen Art der Begrüßung Bekanntschaft gemacht habe.«

Eine Bö fuhr in den Hauseingang. Fröstelnd legte Lydie die Arme um ihren nassen Mantel. »Wir sollten uns auf den Weg machen«, sagte sie. »Es ist spät geworden.«

Ajax griff nach den Koffern. »Wo steht Ihr Wagen?«

»Ich habe keinen Wagen, Monsieur Ajax, ich kann nicht mal Autofahren. Wir nehmen die Metro.« Nachdem sie ein paar Schritte gegangen waren, zögerte sie und blieb stehen. »Schauen Sie, es hat aufgehört zu regnen. Warum gehen wir nicht zu Fuß? Dann lernen Sie Paris von seiner schönsten Seite kennen: in einer Frühlingsnacht, wenn die Lichter aufgesteckt sind.«

»Verlockend«, sagte er, nahm dann beide Koffer in eine Hand und hielt ihr den Arm hin.

Sie hakte sich ein. »Wissen Sie, was man über die Nächte in Paris sagt? In ihnen fängt man sich entweder eine Erkältung ein oder die Liebe. Die Frage ist nur, was schlimmer ist.«

Kapitel 6

PARIS,
APRIL 1940

Das Papier war so teuer, dass die Feder beim Schreiben kein Geräusch darauf machte. Ajax liebte es, wenn Kurven und Linien aus Tinte entstanden, Punkte und Striche sichtbar wurden. Worte mit der Hand zu formen war noch nie so erbaulich gewesen wie hier, im größten Luxus, den er jemals erlebt hatte.

»Enid«, schrieb er, »Du würdest begeistert sein.« Er schaute von dem Brief auf und ließ den Blick aus dem Fenster seiner Dachkammer über die grünen Wipfel des Bois de Boulogne schweifen. Seit zwei Wochen war er nun in Paris und wünschte sich, die Seinestadt nie wieder zu verlassen.

Zunächst hatte es danach ausgesehen, dass er nicht länger als ein paar Stunden bleiben würde. Als Lydie und er in jener Nacht nach ihrem Spaziergang durch die Stadt – Koffertragen war noch nie so schön gewesen – in der Villa angekommen waren, hatte sich ihnen eine außerordentlich merkwürdige Szene geboten. Ajax hätte sich nicht schlimmer fühlen können, wenn er seine Eltern beim Liebesakt überrascht hätte.

Das Haus war nur noch spärlich erleuchtet gewesen. Lydie hatte ihn durch die Eingangshalle zum Wohnzimmer gezogen. Mit der Beteuerung, dass längst alle schliefen, wollte sie dort den Kamin anzünden, damit sie sich aufwärmen konnten.

Der Raum wurde beherrscht von wuchtigen Sofas und Sesseln, die mit hellem Chintz bezogen waren. Dazwischen stand ein Chippendale-Tisch mit schmutzigen Tellern darauf. Der Geruch nach pochiertem Lachs hing in der Luft, und auf dem Sofa saß eine Frau in einem eng anliegenden schwarzen Kleid. Ajax erstarrte. Sie hatte die Beine übereinandergeschlagen und streckte ihre nackten Füße aus. Vor ihr auf dem Boden lag ein Mann und war gerade dabei, einen Zeh ihres linken Fußes zu lackieren.

Die Herzogin – Ajax kannte sie von Fotos – sprang auf. Dabei stieß sie die Flasche mit dem Nagellack um, und die Flüssigkeit kleckste über Hemd und Gesicht des Mannes – des ehemaligen Königs von England.

Der erwies sich als einfallsreicher Schmäher, zu seinem Wortschatz gehörten Beschimpfungen, die Ajax noch nie gehört hatte: Er sei ein niederer Gallenkrämer und Lydie eine Fummelmadame mit Brotverstand. Der Herzog bezichtigte sie beide einer Erzgeneralfelddummheit. Dann wischte er sich übers Gesicht, dessen Haut mittlerweile den Ton des darauf verteilten Nagellacks angenommen hatte, stierte in seine Hand und murmelte etwas von vollständigem Austausch der Dienerschaft. Rote Tropfen von den Fingern schlenkernd verschwand er durch eine Tür und schlug sie hinter sich zu.

Die Herzogin rief ihm hinterher, er solle das Waschbenzin nicht mit dem Petroleum verwechseln. Dann musterte sie Ajax, schien einen Moment zu überlegen und forderte ihn auf, sich vorzustellen. Ajax verbeugte sich, wie er es von Gallaghers Instrukteuren gelernt hatte, nannte seinen Namen und den Posten, den er bei den Windsors bekleiden sollte: Hausdiener.

»Gut«, sagte die Herzogin, und ihr schmallippiger Mund verzog sich, als sie anfügte: »Dann räumen Sie hier erst mal auf.« Sie deutete mit einem spitzen Fingernagel auf den ausgeflossenen Nagellack. Die rote Flüssigkeit hatte sich über den Teppich ergossen und trocknete bereits.

»Ich mach das schon«, sagte Lydie. »Ich weiß, wo die Putzmittel stehen.« Sie ging in die Knie und sammelte das Fläschchen und den Pinsel auf.

»Leg das sofort wieder hin«, zischte die Herzogin. »Ich sagte, er soll das erledigen. Ist dein Englisch so schlecht, oder bist du einfach nur dumm?«

Ajax spürte, wie ihm das Blut in die Wangen stieg. Was erlaubte sich diese Frau? »Seien Sie bitte höflicher zu Mademoiselle Lydie«, forderte er die Herzogin auf. »Sie wollte nur helfen.« Ohne eine Reaktion abzuwarten, legte er sein nasses Jackett beiseite, krempelte die Ärmel seines ebenfalls nassen Hemds hoch und kniete sich neben Lydie hin. Er zog ein Taschentuch aus der Hose und begann, den Nagellack aus dem Teppich zu zupfen. Dabei achtete er darauf, ihn nicht noch tiefer in das Gewebe einzureiben.

Nach einer Weile fiel ihm auf, dass die Herzogin noch immer vor ihm stand. Als er hochsah, begegnete er ihrem Blick. In ihren Augen blitzte etwas auf. Sofort wandte sie sich ab. »Morgen früh will ich keine Spuren mehr davon sehen. Dann könnte es mir gelingen, diesen Vorfall zu vergessen«, sagte sie, klaubte ein silbernes Zigarettenetui von dem Chippendale-Tisch und machte sich daran, ihrem Mann zu folgen.

Ajax warf einen Blick auf ihre Hände und ihre bloßen Füße. Später wusste er nicht zu sagen, was ihn dazu getrieben hatte, ihr hinterherzurufen, aber die Worte drängten mit Macht aus ihm heraus. »Diese Farbe passt nicht zu Ihren Augen, Durchlaucht. Ich würde es mit Glyzinien versuchen.«

Die Herzogin verschwand, ohne sich noch einmal umzusehen oder auch nur zu erkennen zu geben, dass sie Ajax' Worte gehört hatte. Doch am nächsten Morgen, als er zum ersten Mal in roter Livree hinter dem Esstisch der Windsors postiert war, sah er, dass die Fingernägel der Herzogin hellviolett waren wie die Blüten von Chinesischem Blauregen, von Glyzinien. Und wenn der Herzog das mit der Entlassung ernst gemeint hatte, so hatte er es entweder über Nacht vergessen, oder er war eines Besseren belehrt worden.

Mit dieser Episode schmückte Ajax seinen Brief nach Hause und sogar den an seinen Freund Ben in Cambridge. Nur an Gallagher schrieb er etwas anderes.

In den vergangenen beiden Wochen hatte er Herzog Edward genau beobachten können und seinen Tischgesprächen gelauscht. Dabei hatte er einen Eindruck von dem Mann gewonnen, der als Edward VIII. einmal König von England gewesen war und es mit Hitlers Hilfe möglicherweise wieder werden wollte.

Edward hatte sieben Vornamen. Geboren wurde er als Edward Albert Christian George Andrew Patrick David. Ajax fragte sich, ob die Anzahl der Vornamen etwas über die Bedeutung eines Menschen aussagte. Er selbst hatte nur den einen.

Für die meisten Gäste der Villa war Edward der Herzog oder Euer Gnaden. Einige wenige durften ihn bei seinem ersten Vornamen nennen. Nur Herzogin Wallis rief ihn manchmal David. Das war ein Privileg, das neben ihr bloß Mitglieder der königlichen Familie für sich in Anspruch nehmen durften, doch von denen tauchte nie jemand in Paris auf. Edward war ein Geächteter, vielen galt er sogar als Verräter. Dabei war er noch vor wenigen Jahren »Everybody's Darling«, jedermanns Liebling, gewesen.

Edwards Eltern waren König George V. und Königin

Mary. Mit siebzehn wurde ihr ältester Sohn in Caernarvon als Prinz von Wales instituiert. Wie Ajax in einem Interview gelesen hatte, war Edward zu dieser Zeit bereits für die Ideale der Demokratie entflammt und hielt die britische Monarchie mit ihren Posen und Kostümen für eine lächerliche Bühnenshow. Als er in Prunkuniform vor seinem Vater kniete, um die Insignien des Prinzen von Wales von ihm zu empfangen, sei sein einziger Gedanke gewesen: Hoffentlich sieht mich keiner meiner Freunde in diesem Aufzug.

Ajax konnte ihn verstehen. Auch er liebte seine Freiheit, allerdings musste er sich nur von seinen verarmten Eltern lösen, und dem Rest Englands war es egal, was aus ihm wurde.

Auf den jungen Prinzen schaute fortan die ganze Welt. In den zwanziger und dreißiger Jahren beherrschte er die Seiten der Boulevardpresse wie kein anderer Adeliger vor ihm. Er war der Traum der unverheirateten Frauen und deren Mütter: ein gut aussehender, junger Mann, schlank, drahtig, von ausgesuchter Höflichkeit und Eleganz, das funkelndste Juwel in der Krone Englands – das erste Sexsymbol des zwanzigsten Jahrhunderts. Was er anzog, wurde Mode. Edwards Gesicht war überall: in Klatschzeitschriften und Tageszeitungen, sogar auf Zigarettenschachteln. Wo er auftrat, wurde er von Menschenmengen erwartet.

Ajax hatte bei Tisch einige Anekdoten aufgeschnappt. Auf einer Reise durch das Commonwealth schüttelte Edward so viele Hände, dass er nach wenigen Tagen seine Rechte nicht mehr gebrauchen konnte und die Linke nehmen musste. Sein Gehör litt unter den Begeisterungsrufen der Menschen um ihn herum. Wie er einmal zum Besten gab, lautete der Satz, den er in seinem Leben am häufigsten gehört hatte: »Ich habe ihn berührt, ich habe ihn berührt!« Und wenn seine Bewunderer nicht nah genug an ihn herankamen, schlugen sie mit aufgerollten Zeitungen nach ihm. Der indirekte Kontakt schien ihnen zu genügen, hinterließ bei ihrem Opfer aber blaue Flecke und rief Wutausbrüche hervor. Edward war ein internationaler Superstar, der keiner sein wollte.

Im Januar 1936, der Prinz hatte noch keine Frau zu seiner Prinzessin erkoren, starb George V., und Edward als sein ältester Sohn wurde König und damit Herrscher eines Weltreichs. Wie er nicht müde wurde, seinen Gästen am Boulevard Souchet zu versichern: Er wollte die Krone nicht, sie bedeutete für ihn, »mein Leben auf dem Altar der Monarchie zu opfern, Freiheit gegen eine Zukunft im Joch der Pflicht einzutauschen«. Auf dem Thron zu sitzen war für Edward nicht Berufung, sondern ein Job, den er zu erledigen hatte, eine Abfolge von zeremoniellem Bäumepflanzen, Grundsteinlegen und Treffen mit lokalen Würdenträgern. »Sogar ein Heiliger wäre vor Verzweiflung verrückt geworden«, behauptete Edward in Paris bei jeder Gelegenheit.

Anfangs versuchte er noch, sein Amt ehrenvoll auszufüllen. Doch nach und nach verlor er die Geduld und wurde immer weniger in der Öffentlichkeit gesehen. Die Zeitungen, voll mit Berichten über sein angebliches Lotterleben, brachten ganzseitige Storys über Bälle, die zu Edwards Ehren abgehalten wurden, zu denen der junge König aber nicht erschien und es nur in seltenen Fällen für nötig hielt, in letzter Minute abzusagen.

Nur einer US-Amerikanerin gelang, was Heerscharen von Grafentöchtern nicht geglückt war: Sie wickelte Edward um den Finger. Er verliebte sich in sie, so nachhaltig und tiefgehend, dass er fortan nicht mehr ohne sie leben wollte. Eine Heirat aber kam nicht infrage. Nicht nur stammte Wallis aus einer bürgerlichen Familie, sie war überdies schon zum zweiten Mal verheiratet. Das Königshaus hätte eine

Ehe zwischen Edward und ihr nicht verkraftet, denn als König war Edward Oberhaupt der anglikanischen Kirche, und die lehnte die Wiederverheiratung von Geschiedenen ab. In Wallis' Fall wäre sogar eine zweite Scheidung nötig gewesen. Hätte Edward Wallis trotzdem zur Frau genommen, wäre das Ende der britischen Monarchie angebrochen, jedenfalls der Monarchie in ihrer bisherigen Form: mit sich selbst zufrieden und äußerst kurzatmig, wenn die Rede auf irgendeine Art von Reform kam.

Edward musste sich zwischen dem Thron und Wallis entscheiden. Die Wahl fiel ihm nicht schwer. Am 11. Dezember 1936 dankte er ab, worauf sein Bruder George König wurde. Vielleicht war dieser Moment wirklich »das Auslöschen einer Lüge, die in meiner Kindheit begonnen hatte«, wie es Edward seinen Gästen am Boulevard Souchet beschrieb. Er habe sich nie wirklich wie ein König gefühlt, außer, wenn er mit Wallis zusammen sei.

Auf die Abdankung folgte die Ablehnung. Von der königlichen Familie verachtet und den meisten Engländern beschimpft, zogen Edward und Wallis, jetzt Herzog und Herzogin von Windsor, nach Frankreich. England durften sie nur zu Besuchszwecken betreten, und auch dann nur auf ausdrückliche Einladung von George VI., dem neuen König. Seither lebte das Paar auf dem Kontinent, in Saus und Braus, ineinander verliebt und glücklich, doch mit einem Schatten auf der Ehe: Wallis wurde von Edwards Familie nicht als vollwertiges Mitglied der Windsors anerkannt. Die Anrede »Königliche Hoheit« wurde ihr verweigert, und sie galt als Störenfried in der adeligen Gesellschaft. Hinzu kam, dass Dutzende europäischer Prinzessinnen, die sich bereits an der Seite Edwards gesehen hatten, Wallis die Schuld daran gaben, dass sie stattdessen einen Grafen vom Lande heiraten mussten.

Ajax hatte Schwierigkeiten, aus dem, was er über Edward erfahren hatte, Neuigkeiten für Gallagher herauszufiltern. Er beendete den Brief an den Mann vom Geheimdienst, faltete das Blatt zusammen und steckte es in ein Kuvert. Dann adressierte er das Schreiben an einen fiktiven Onkel in einem kleinen Nest nahe Reading. Bevor er den Umschlag schloss, überlegte er, dass das meiste, was er bislang herausgefunden hatte, auch in der Boulevardpresse zu lesen gewesen war. Nicht gerade die Leistung eines Meisterspions, aber mehr war in der kurzen Zeit eben nicht in Erfahrung zu bringen gewesen. Was sollte er tun? Edwards Arbeitszimmer durchsuchen?

Jemand klopfte an die Tür. Timmy trat ein, einen Stapel Post in der Hand. Der Briefbote blätterte durch die Umschläge, zog einen hervor und legte ihn auf den Tisch. »Hast du heute was für mich?«, fragte er.

Ajax befeuchtete das Kuvert mit der Zunge und strich den Verschluss mit der Faust glatt, dann reichte er Timmy den Brief und gab noch den an Enid und den an Ben dazu. »Das wäre alles für heute, Timmy. Danke.«

Timmy war der jüngste Bedienstete der Windsors. Alle mochten ihn. Er trug Kniebundhosen und eine Schirmmütze aus grünem Harris-Tweed über dem kurz geschnittenen, lockigen Haar. Wenn er lachte, was oft vorkam, tanzten die Sommersprossen über sein Gesicht. »Bin unterwegs, mon Général!«, rief er und machte sich davon, ließ dabei die Tür offen stehen. Ajax schüttelte schmunzelnd den Kopf. Der Herzog und die Herzogin duldeten Timmys Eskapaden und lachten über ihn, vielleicht waren sie so nachsichtig, weil sie selbst keine Kinder hatten.

Ajax schnappte sich den Brief, den Timmy gebracht hatte. Hatte Enid geschrieben? Oder seine Mutter? Nein, dachte er seufzend, denn er erkannte Gallaghers Schrift. Sein »Onkel« schickte einen Brief. Das war eine Premiere, bislang hatte es Gallagher genügt, Post von Ajax zu empfangen.

Zwei Bögen Briefpapier zog er hervor. Der Code war einfach, ein simples Vertauschen von Wortbedeutungen bei Adjektiven. Schrieb der Absender gut, war schlecht gemeint, schrieb er nass, sollte es trocken heißen. Schwieriger waren Substantive, sie folgten einem System, das sich Ajax wie Vokabeln hatte einprägen müssen. Herzog Edward war eine Flasche Scotch, Wallis ein Hors d'œuvre. So ging es quer durch die Kulinarik. Hätte ein Uneingeweihter die Korrespondenz zwischen Ajax und seinem »Onkel« gelesen, hätte er den Eindruck bekommen, die beiden tauschten sich über die Eigenarten englischer und französischer Küche aus.

Das Rezept, das sein Onkel diesmal schickte, war überhaupt nicht nach Ajax' Geschmack.

Gallagher forderte Ergebnisse. Ajax, so schrieb er, sei jetzt zwei Wochen in Paris, ohne etwas Brauchbares geliefert zu haben. Gallagher wisse von seinen Männern aus Berlin, dass die Deutschen den Herzog von Windsor kontaktieren wollten, es vielleicht schon getan hatten. Direkt unter Ajax' Augen. Gallagher drohte, ihn aus Frankreich abzuziehen. Natürlich fühlte sich der Mann vom Geheimdienst dann auch nicht an das Versprechen gebunden, Ajax den College-Abschluss zu verschaffen oder ihn jemals wieder in Cambridge studieren zu lassen.

Gallagher schloss mit »Bon appetit«. Das hatte er bestimmt mit einem sarkastischen Lächeln geschrieben.

Ajax knüllte den Brief zusammen, warf ihn gegen das Fenster und sprang auf. Vor dem Haus sah er Timmy über die Straße laufen, der Junge hatte es eilig, zum Postamt zu kommen, er legte einen für seine kurzen Beine erstaunlichen Sprint hin. Und in seiner kleinen Hand hielt er Ajax' Briefe, darunter vielleicht den letzten, den er an Gallagher schicken würde. Denn darin stand nichts weiter über Herzog Edward als das, was die Briten ohnehin wussten.

Ajax rannte zur Tür. Er musste Timmy aufhalten. Er musste Gallagher etwas Besseres liefern, fuhr es ihm durch den Kopf, während er die Treppe vom Dachgeschoss hinabsprang. Und wenn die Wahrheit nicht genügte, würde er eine Spionagegeschichte erfinden. Wozu studierte er Literatur?

Auf dem ersten Absatz schwang er sich auf das glatte, schmiedeeiserne Geländer und rutschte vom dritten Stockwerk bis ins Erdgeschoss, steuerte mit beiden Händen gegen die Fliehkraft an. Unterwegs begegnete ihm Lydie, die Arme voller gefalteter Handtücher. »Notfall!«, rief er auf Französisch. Dann war er auch schon an ihr vorbei.

Seine Füße hämmerten auf die spiegelblanken Fliesen der Eingangshalle. Er riss die Tür auf. Die Wärme des Apriltags umschmeichelte ihn. Der Boulevard roch nach der Feuchtigkeit des letzten Regens und war voller Menschen, die Straße war voller Fahrräder, ein paar Autos knatterten vorüber. Ajax kannte den Weg zum Postamt, hielt nach Timmys grüner Mütze Ausschau. Der Junge war nicht zu sehen, seine Gestalt ging zwischen den Passanten unter.

Der Gehsteig war gesäumt von Platanen, denen Ajax ebenso auswich wie den Fußgängern. Er rannte, so schnell er konnte, seine Lunge pumpte Atem durch seinen Körper, der Boulevard wurde zu einem Fluss, seine Füße drückten gegen das Stemmbrett, seine Arme pullten die Riemen. Das einzige andere Boot im Rennen wurde von einem kleinen Jungen gerudert. Und wenn er es nicht bald einholte, würde Ajax auf dem zweiten Platz landen: dem der Verlierer.

Das Postamt schob sich ins Blickfeld, ein breiter, massiver Bau voller klassizistischer Ornamente. Der helle Sandstein leuchtete im selben Ton wie die Stämme der Platanen.

Timmy konnte er nicht entdecken. Ajax spürte ein Holpern in der Brust. Er sprang die Stufen zum Eingang hinauf, dort balancierte ein Mann drei Pakete auf den Armen und versuchte zugleich, die Tür zu öffnen. Ajax hielt sie ihm auf, wartete ungeduldig, bis der andere vor ihm eingetreten war. Dann huschte er selbst hinein. Die Schalterhalle war riesig, auch hier gab es keine Spur des Boten. Hatte der Junge die Post schon abgegeben? Dann hätte er ihm doch auf dem Rückweg begegnen müssen!

Ajax griff sich mit beiden Händen ins Haar. Was sollte er tun, wenn der Brief schon unterwegs war? Gallagher einen neuen schreiben und einfach behaupten, er habe etwas Wichtiges vergessen? Sich weigern, Frankreich zu verlassen, bis er herausgefunden hatte, ob Herzog Edward ein Verräter war? Das war alles Nonsens!

Hinter Ajax öffnete sich die Tür. Er hätte es kaum bemerkt, wenn der Mann mit den Paketen nicht lautstark fluchend seine Last zu Boden hätte fallen lassen. Neben ihm stand Timmy, die Briefe an die Brust gedrückt, den wehmütigen Blick auf eine Eistüte geheftet, deren Inhalt sich auf den schwarzen Terrazzoboden ergossen hatte. Der Junge war mit dem Mann zusammengestoßen.

Ajax hob die Pakete auf und klopfte sie ab, während er sich in gebrochenem Französisch für seinen ungeschickten kleinen Bruder entschuldigte. Der Mann schimpfte lauthals, beruhigte sich aber, als Ajax einen Geldschein unter einen der Bindfäden klemmte. Eigentlich hatte er vorgehabt, Lydie von dem Geld in ein Bistro am Montmartre einzuladen.

Der Mann mit den Paketen verschwand, nicht ohne Ajax noch einmal darauf hinzuweisen, dass er in Paris sei und die Aufgeregtheit der Engländer an der Seine nichts zu suchen habe.

»Tut mir leid, wenn ich zu spät bin«, sagte Timmy, seine

Zunge hatte die Farbe von Schokolade. »Ich habe mir unterwegs im Bois noch ein Eis gekauft«, erklärte er und warf einen raschen Blick auf die große Uhr über dem Schalter. »Der Briefkasten wird erst in fünf Minuten geleert.«

Ajax ging vor dem Jungen in die Knie, kramte zwei Münzen hervor und steckte sie ihm in die Hosentasche. »Schon in Ordnung, Timmy. Wenn du hier fertig bist, holst du dir noch ein Eis. Aber zuvor gibst du mir einen Brief zurück.«

Timmy hielt ihm den Stapel Post hin. Ajax zog den Brief an Gallagher hervor und ließ ihn in seiner Hemdtasche verschwinden, über jener Stelle, wo sein Herz jetzt ruhiger schlug. »Das bleibt unter uns, in Ordnung?«, sagte er zu dem Boten.

Timmy nickte. »Das mit dem Eis auch?«

Ajax hielt ihm die Hand hin, und der Junge schlug ein. Sie hatten einen Pakt geschlossen. Niemand würde jemals davon erfahren, dass Ajax einen Brief noch einmal schreiben wollte.

Kapitel 7

OBERSALZBERG,
APRIL 1940

Der Blick über die Berchtesgadener Alpen war berauschend. Vor der Terrasse des Berghofs lag das Panorama des Untersbergmassivs. Da störte auch der Wind nicht, der in dieser Höhe, es mussten an die zweitausend Meter sein, herzhaft in Katharinas Gesicht biss. Sie schloss die Augen und hob den Kopf. Die geröteten Wangen würden sie noch reizvoller wirken lassen, und das würde ihr helfen, selbstsicher aufzutreten, wenn sie in wenigen Minuten dem Führer gegenüberstehen würde.

Adolf Hitler – sie verabscheute den kleinen Mann, einen Bürgerlichen und Emporkömmling, der aus einem österreichischen Nest hervorgekrochen war. Vor nicht allzu langer Zeit hatte Katharinas Familie über solche Menschen geherrscht, damals hatte noch jeder gewusst, wo sein Platz in der Welt war. Dann war der Große Krieg gekommen, und seit der Abdankung des letzten deutschen Kaisers war alles anders, seither waren Prinzessinnen wie sie, Katharina von Braunschweig-Lüneburg, kleinen Männern wie Adolf Hitler untergeordnet. Aber er war nun mal derjenige, der den Schlüssel zu ihrer Zukunft in der Hand hielt. Sie würde alles dafür geben, wenn er mit diesem Schlüssel die Tür zum europäischen Adel wieder aufschließen würde. Und wenn das bedeutete, für Adolf

Hitler zu arbeiten, dann war das ein kleiner Preis. So klein wie Hitler selbst.

Katharina lächelte bei dem Gedanken. Es gab überhaupt keinen Grund, nervös zu sein. Als hinter ihr die Terrassentür aufgezogen wurde, zuckte sie trotzdem zusammen. Der Moment war gekommen. Gleich würde sich entscheiden, ob sie ihrem Lebensziel ein Stück näher kam.

»Der Führer bittet Sie, ihm nun Gesellschaft zu leisten«, sagte von Ribbentrop. Der deutsche Außenminister war Hitlers Schoßhund. Katharina schenkte ihm ein Lächeln, kälter als der Bergwind. Von Ribbentrop. Sie vermied es bei jeder Gelegenheit, das Adelsprädikat in seinem Namen zu nennen. Ribbentrop hatte sich seine edle Herkunft ergaunert, hatte sich adoptieren lassen von der Witwe eines abseitigen Vetters. Da war er schon zweiunddreißig gewesen – zwei Jahre älter, als Katharina jetzt war. Kurz darauf hatte er eine Tochter von Otto Henkell geheiratet, war damit ins Wein- und Sektgeschäft eingestiegen und zu Geld gekommen, das ihm wiederum Einfluss in der Führungsriege der Nazis beschert hatte. Frauen spielten in der Karriere des deutschen Außenministers eine wichtige Rolle.

Und jetzt war Katharina an der Reihe.

»Sie wissen hoffentlich, was Sie sagen müssen, damit der Führer in unser Vorhaben einwilligt«, sagte Ribbentrop.

Katharina ging wortlos an ihm vorbei in den Berghof hinein. Diesem prätentiösen Parvenü gegenüber musste sie sich nicht rechtfertigen. Im Salon zog sie den Lodenmantel aus und warf ihn auf einen Sessel. Dann ging sie auf eine Tür zu, und als sie wusste, dass Ribbentrops Blick auf ihrem Hintern klebte, schwang sie die Hüften.

»Muss das wirklich sein?«, fragte der Außenminister. »Hosen? Hätten Sie nicht …«

»Das Kleid einer Prinzessin anziehen können?« Sie warf

ihm einen Blick über die Schulter zu. »Sobald wir mit unserem Plan Erfolg haben, erscheine ich bei Ihnen in Spitze und Taft. In der nächsten Minute, darauf können Sie Gift nehmen.« Und ich hoffe, das werden Sie, fügte sie in Gedanken hinzu.

Ribbentrop, in der schwarzen Uniform eines SS-Offiziers, führte sie durch den Berghof. Hitlers privates Domizil trug noch die Spuren seiner ursprünglichen Nutzung als Landhaus eines Kaufmanns, doch Albert Speer, Architekt des Führers, hatte Hirschgeweihe und Keilerköpfe, schwere Eichenmöbel und mit Bauernmalerei überladene Schränke in eine moderne Architektur eingebettet. In dem Umbau verbanden sich Alt und Neu auf abscheulichste Weise. Natürlich gehörte das zur Propaganda der Nazis, denn Hitler empfing viel Prominenz aus dem Ausland auf dem Obersalzberg und wollte aller Welt zeigen, wie modern er war, ohne die Tradition zu missachten. Für Katharina zeigte sich in der geschmacklosen Mixtur des Berghofs einzig und allein die Unzulänglichkeit des einfachen Volkes, etwas wirklich Großes zu erschaffen. Wenn ihr Großvater Wilhelm, der letzte deutsche Kaiser, wüsste, wie sich die neuen Herrscher seines Reiches gebärdeten – er wäre aus dem Exil im niederländischen Doorn heimgekehrt und hätte seine Krone zurückgefordert.

Der Außenminister blieb vor einer doppelflügeligen Tür stehen, hinter der dumpf Musik zu hören war. Lustige Stimmen sangen »Heiho, heiho, wir sind vergnügt und froh, heiho, heiho, heiho«. Unter die Melodie mischte sich das Gelächter mehrerer Männer.

Katharina warf Ribbentrop einen verstörten Blick zu. Welche Ungeheuerlichkeit ging da drin vor sich?

Ribbentrop vermied es, sie anzusehen, als er sagte: »Kino. Ganz großes Kino.« Dann hob er eine Hand und klopfte dreimal kurz hintereinander.

Die Tür wurde aufgezogen. Aus dem dunklen Raum erschien ein schwarz uniformierter Arm, gefolgt von dem hageren Gesicht eines SS-Mannes. Er wischte sich Tränen aus den Augenwinkeln. Lachtränen. »Treten Sie ein, Herr Außenminister«, sagte der Mann, und zu Katharina gewandt: »Sie auch. Rasch. Ich will sehen, wie es weitergeht.«

»Herrscht bald Ruhe?«, bellte eine befehlsgewohnte Stimme. Katharina hatte Hitler schon reden gehört, in Berlin, in Wien und in München. Hier klang die Stimme des mächtigsten Mannes Europas erstaunlich frisch, aufgehellt vom Helium des Humors.

Der Lichtstrahl eines Filmprojektors zerschnitt die Dunkelheit im Saal. Rauchschwaden waberten darin. Es roch nach Schweiß und Zigaretten. Auf einer Leinwand tanzten Zeichentrickfiguren. In Farbe! Und sie sangen dieses »Heiho, heiho«-Lied.

Katharina wandte den Blick ab. Das Flackern der Projektion, das Hüpfen der grotesken Figuren verursachten ihr Schwindel. Stets hatte sie geglaubt, der Führer stände ununterbrochen über einen Tisch mit Plänen und Landkarten gebeugt, um Kriegsstrategien zu entwickeln. Das hier war … anders.

Ribbentrop ließ sich auf ein Sofa fallen, schaute zu ihr hoch und klopfte mit der flachen Hand auf den Platz neben sich. Ebenso gut hätte er auf seinen Schoß klopfen können. Katharina wurde übel. Sie blieb hinter dem Sofa stehen und hielt sich an einer Stehlampe fest, deren schweinslederner Schirm ebenso finster war wie die Vorstellung in diesem Saal.

Schließlich gelang es ihr, auf die von Farben explodierende Leinwand zu schauen. Sie erkannte den Film. Zeichentrick aus Amerika galt als große Kunst. Dabei war die Geschichte so urdeutsch wie der Kyffhäuser. Was da über die Leinwand flimmerte, war Schneewittchen. Katharina verfolgte das Treiben der Prinzessin – ja, auch sie war eine Prinzessin –, umgeben von kleinen Männern in einer Zwergenhöhle. Sie ließ den Blick durch den Raum wandern, auf der Suche nach den Zwergen der Wirklichkeit. Die Sitzmöbel waren zu Gruppen geordnet. Die meisten waren besetzt. Wo saß Hitler? Katharina orientierte sich an der Höhe der Köpfe, wer saß am niedrigsten?

Noch einmal erklang Musik, dann wurde die Leinwand grellweiß. Vom Projektor her war das Klappern einer ins Leere drehenden Filmspule zu hören.

»Kein Licht!«, rief jemand. Der Saal blieb dunkel. Nur der Strahl des Projektors schnitt ein Stück Helligkeit in den Raum und leuchtete eine kreisrunde Stelle auf der Leinwand aus.

»Von Ribbentrop.« Das war die Stimme Hitlers. »Wen haben Sie uns da mitgebracht?«

Katharina spürte, wie all ihr Mut in den Tiefen einer Angst versank, von der sie niemals geglaubt hatte, dass es sie gab. Sie schluckte gegen die Trockenheit in ihrem Hals an. Gleich würde sie zu diesem Despoten sprechen müssen, der dort im Dunkeln im Kreis seiner Gefolgschaft hockte.

»Prinzessin Katharina von Braunschweig-Lüneburg, mein Führer«, stellte Ribbentrop sie vor. »Eine Enkelin von Kaiser Wilhelm II.«

»Was will sie?« Hitlers Stimme klang jetzt zurückhaltender, dunkler. »Wenn es um Doorn gehen sollte …«

Natürlich, dachte Katharina. Hitler befürchtet, dass ich meinen Großvater aus dem Exil im Schloss Doorn befreien will. Was sonst könnte eine ehemalige Prinzessin wollen?

Viel mehr.

Bevor Ribbentrop antworten konnte, ergriff sie das Wort. Sie war es gewohnt, ihre Angelegenheiten selbst zu regeln. Von diesem Papageien wollte sie sich nicht vertreten lassen.

»Dass ich hier bin, hat nichts mit meinem Großvater zu tun«, sagte sie und ging um das Sofa herum auf die Leinwand zu, bis der Rand des Lichtstrahls sie berührte. »Es geht um …«

»Zeigen Sie sich!«, rief die körperlose Stimme.

Katharina trat ins Licht. Der Schein des Projektors traf ihre Körpermitte, ihre Beine. Ihre Schultern und ihr Kopf blieben im Dunkeln.

»Treten Sie weiter zurück«, kam der Befehl. »Stellen Sie sich vor die Leinwand damit ich Sie besser sehen kann.«

Sie ging einen Schritt rückwärts, dann noch einen, ihre Absätze versanken geräuschlos in dem dicken Teppich. Schließlich berührte sie die Leinwand, brachte sie ins Schaukeln. Das grelle Licht blendete sie, sie hielt eine Hand vor die Augen. Auch der letzte Schemen im Raum versank für sie in Schwärze.

»Hosen?« Hitlers Lachen war leise und scharf zugleich. »Wieso trägt sie Hosen? Ist sie nicht eine Prinzessin?«

Schau genau hin, du Zwerg, dachte Katharina, Schneewittchen ist in der Gegenwart angekommen. Laut sagte sie: »Eine neue Mode«, und, nachdem sie zweimal geschluckt hatte, »mein Führer«.

»Mode?« Das Wort klang aus Hitlers Mund wie Auswurf. »Deutsche Frauen tragen Röcke. Vor allem, wenn Sie mir unter die Augen treten.«

Katharina konnte Ribbentrops Blick zwar nicht sehen, aber sie konnte seine Gedanken lesen: Was habe ich Ihnen gesagt? Ihre dummen Hosen werden alles verderben.

»Wie jede gute Mode«, fuhr Katharina fort, »so hat auch diese ihr Spiegelbild in der Gesellschaft.«

»Welche Gesellschaft soll das sein?«, rief jemand. »Die verweichlichte amerikanische? Im Deutschen Reich gibt es keine Frauen in Hosen.«

»Doch«, entgegnete Katharina, »die gibt es.«

Endlich hatte der Filmvorführer Erbarmen mit ihr und senkte den Projektor, gerade weit genug, um sie nicht länger zu blenden. Umso mehr rückte jetzt ihr Unterleib ins Scheinwerferlicht.

»In den Fabriken in unseren Städten«, fuhr sie fort, »wo die Reichsbewohnerinnen harte Arbeit leisten. Dort tragen auch Frauen Hosen, denn darin können sie produktiver sein. Produktivität, Einsatzwille und Durchhaltevermögen – das sind die Attribute, die eine deutsche Frau ausmachen, ob sie nun in einer Fabrik arbeitet oder auf dem Obersalzberg zu Besuch ist. Ich trage Hosen, weil ich nicht weniger leisten will als eine Fabrikarbeiterin, sondern mehr.«

Einen Augenblick lang war nur das Summen des Ventilators zu hören, der den Projektor kühlte. Katharina spürte den weichen, leichten Flanellstoff an ihren Beinen entlangfließen, sie spürte die Blicke darauf herumwandern, Blicke, die Gedanken nährten.

»Goebbels«, sagte die Stimme, die zu Hitler gehörte. »Nutzen Sie das für die Wochenschau. Die Prinzessin ist die perfekte Besetzung für einen Film über Frauen in Hosen und Produktivität in Fabriken.«

Geschafft! Katharina hatte die erste Hürde genommen und die Aufmerksamkeit des Führers gewonnen. Jetzt würde sich zeigen, ob das genügte, um etwas zu tun, was Frauen in seiner Gegenwart selten wagten: ihm zu widersprechen.

»Ich bin nicht hier, um dem Propagandaminister zu Diensten zu sein«, sagte sie forsch. »Ich bin hier, um England zu erobern.«

Wenn die Männer in der Finsternis des Saals von dem Zeichentrickfilm gefesselt gewesen waren, so waren sie nun von den Worten Katharinas wie gelähmt. Niemand sagte etwas, niemand rührte sich. Vermutlich warteten alle darauf, dass sie ihren letzten Satz in einen Scherz überführte und dann wie eine Märchenfigur anfing zu tanzen. Doch sie stand still und präsentierte sich als ernst zu nehmende Frau: als Prinzessin von Braunschweig-Lüneburg.

»Die Abwehr hat einen Brief abgefangen«, begann sie ihre Ausführungen. Sie streckte eine Hand aus, und Ribbentrop reichte ihr das Schreiben. »Einen Brief aus Paris, vom Boulevard Souchet.«

»Dort lebt doch der Herzog von Windsor und mit dieser … seiner … Frau«, rief jemand, offenbar um Hitler mit seinem Wissen zu beeindrucken.

»Ganz richtig«, fuhr Katharina fort. »Edward, der ehemalige König Großbritanniens, der Mann, der unseren Führer so schwer enttäuscht hat.«

Sie musste die Geschichte nicht wiederholen, jeder im Saal kannte sie. Vor vier Jahren galt Edward als begehrtester Junggeselle der Welt. Da war er noch Thronfolger Englands gewesen. Hitler und Ribbentrop hatten versucht, Edward mit einer deutschen Adeligen zu vermählen. Die Verbindung hätte Deutschland und England zu Verbündeten gemacht. Mehr noch: Sie hätte England in die Hand Adolf Hitlers gespielt. Denn Edward galt als schwacher Charakter, und seine Gattin hätte ihn gewiss in die ein oder andere Richtung lenken können. Sie selbst, Katharina von Braunschweig-Lüneburg, war für diesen Coup d'État ausgesucht worden. Sie wäre dorthin gekommen, wo sie aufgrund ihrer Herkunft hingehörte: auf einen Thron.

Alles war eingefädelt gewesen. Mit viel Mühe und Überwindung hatte Katharina es sogar geschafft, die Aufmerksamkeit Edwards zu erregen. Sie war regelmäßiger Gast bei seinen Dinnerpartys in Sandringham gewesen. Doch dann war Wallis Simpson erschienen.

Katharina erinnerte sich an die Demütigung, als Edward den Platz zu seiner Rechten Wallis zugedachte und sie selbst als echte Prinzessin einen Stuhl weiterrücken musste. Die gratinierten Jakobsmuscheln hatten geschmeckt wie der letzte Affenfraß, und die gefrorenen Erdbeeren in den Cocktails hätten nicht sinnbildlicher sein können.

Ribbentrop hatte versucht, das Ruder herumzureißen und einen Keil zwischen Wallis und Edward zu treiben. Er hatte die Amerikanerin in ihrem Domizil in London besucht und versucht, sie gegen Edward aufzubringen. Ausgerechnet Ribbentrop! Ein Holzfäller ging bei seiner Arbeit mit mehr Feingefühl zu Werke als dieser Hanswurst. Alles, was bei seinen Bemühungen herauskam, war, dass er sich ebenfalls in die Simpson verliebte. Unglücklich, natürlich. Denn welche Frau von Verstand zog einen deutschen Diplomaten einem englischen Prinzen vor?

Edward heiratete Wallis und zahlte den Preis: Er musste abdanken. Damit war Hitlers Plan gescheitert, das englische Königshaus zu kontrollieren, und Katharinas Zukunft unter den Füßen einer Amerikanerin zertreten. Aber das ließ sich jetzt vielleicht rückgängig machen.

»Moment mal«, sagte Hitler in die Stille hinein. »Waren Sie es nicht, die Prinz Edward heiraten sollte?«

»Ja, mein Führer. Das war ich.« Dann schwieg sie.

»Und Sie haben versagt.« Jetzt klang die Stimme erbost. »Wenn Sie sich bei Edward mehr Mühe gegeben hätten, wären Sie jetzt vielleicht Königin von England, und ich hätte einen starken Verbündeten an meiner Seite.«

Die anderen Männer im Raum schwiegen. Die Situation hatte sich zu einem Dialog zwischen ihr und Hitler entwickelt. Oder gar zu einem Duell. Und Katharina hielt die beste Waffe in der Hand.

»Wenn mein Führer gestattet, lese ich den Brief vor.

Dann wird sich einiges klären. Außenminister von Ribbentrop hat ihn von einem unserer Männer in Paris erhalten. Der Brief wurde von einem kleinen Jungen aufgegeben. Vermutlich sollte das eine Tarnung sein, aber wir haben die Bedeutung natürlich sofort erkannt, als wir ihn gelesen haben.«

Ribbentrop lachte hämisch. »Der Code war so erbärmlich, dass sich unsere Männer von der Abwehr beleidigt fühlten, als sie ihn dechiffrieren sollten. Die Engländer gaben vor, Rezepte auszutauschen, während sie in Wirklichkeit …«

»Ich komme jetzt zum Inhalt des Briefes«, unterbrach Katharina. »Und der ist nicht so leicht zu verdauen wie die Chiffrierung.« Sie faltete das Blatt auseinander. Auf dem ersten Bogen stand der Originaltext in Englisch, irgendetwas über im Steingut gesottene Kichererbsen. Eine jugendliche Handschrift. Der zweite Bogen enthielt, mit der Maschine getippt, die Übersetzung.

»Lieber Onkel, endlich konnte ich einige Entdeckungen in der Villa des Herzogs machen. Dein Verdacht, dass sich Edward mit den Deutschen zu verbünden gedenkt, scheint begründet zu sein. Gestern kamen neue Gäste, darunter ein deutscher Diplomat aus Nürnberg. Als ich seinen Koffer in die Suite trug und durchstöberte, fand ich eine rote Armbinde mit weißem Kreis und Hakenkreuz, wie sie die Nazis tragen. Später, ich räumte gerade die Dinnertafel ab, belauschte ich ein Gespräch des Herzogs mit besagtem Gast. Ich konnte klar und deutlich hören, wie Edward sagte, dass Diktatoren derzeit viel beliebter seien als Könige und dass England über kurz oder lang auch einen haben wollen würde.«

Katharina legte eine Pause ein, bis sie den Eindruck hatte, die Bedeutung der Sätze sei auf fruchtbaren Boden gefallen.

Dann las sie weiter. »Bei einem Gespräch über den Krieg äußerte Herzog Edward die Meinung, dass der Völkerbund nichts weiter als eine Farce sei und dass einzig ein Bündnis zwischen England und dem Deutschen Reich den Frieden wiederherstellen könne. Edward sagte: ›Premierminister Churchill glaubt nicht an diese Möglichkeit und wird deshalb unser Land in den Untergang steuern. Wenn ich doch nur nach England reisen und dort mit den richtigen Leuten sprechen könnte.‹ Das waren seine Worte. Ich wollte meinen Ohren nicht trauen.« Sie ließ das Blatt sinken.

»Das sind Umsturzpläne«, rief jemand. »Der Herzog will den Thron Englands usurpieren.«

»Unsinn«, blaffte Hitler. »Das sind keine Umsturzpläne, das ist nur Gerede bei Tisch. Politisches Blabla, um die Gäste zu beeindrucken.« Er machte eine Pause, schien zu überlegen. »Aber die Tendenz ist zu erkennen, klar und deutlich. Der Herzog von Windsor ist an der Zusammenarbeit mit uns interessiert. Sagen Sie, von Ribbentrop, wie, glauben Sie, würde der Mann reagieren, wenn wir auf ihn zugingen und ihm unsere Bereitschaft zur Zusammenarbeit anböten?«

»Ich kenne ihn«, sagte Katharina an Ribbentrops Stelle. »Er würde sich geschmeichelt fühlen. Nach seiner Hochzeit mit Wallis Simpson hat sich seine Familie von ihm abgewandt. Der Adel meidet ihn, Downing Street hält ihn auf Distanz und weist ihm unbedeutende Posten in Frankreich zu, damit er beschäftigt bleibt. Er darf nicht einmal einen Fuß auf englischen Boden setzen. Er ist ein Verstoßener und giert nach Anerkennung. Wenn wir ihm diese in Aussicht stellen, würde er sich auf unsere Seite schlagen.«

»Ein abgedankter König?«, fragte jemand. »Welchen Sinn soll das haben?«

Hitler antwortete. »Edward hat viele Bewunderer unter den Engländern. Er war als Prinz beliebt und als König der

Held des einfachen Mannes. Wenn er für ein Bündnis zwischen Deutschland und England sorgen könnte, würde das den Krieg zwischen unseren Ländern beenden. Wir könnten den Osten erobern, ohne uns um den Westen kümmern zu müssen. Und Edward wäre ein Friedensfürst. Dann würden ihn die Briten wieder auf dem Thron haben wollen. Wir wären diejenigen, die ihn dorthin bringen, seine künftigen Freunde …«

»… und seine Berater«, ergänzte Katharina. Dieses Treffen lief besser als erwartet. Statt das Machtmonstrum Hitler mühsam von ihrem Vorhaben überzeugen zu müssen, war es von selbst darauf gekommen und hielt den Plan für sein eigenes Werk. Beste Voraussetzungen für einen Erfolg.

»Es gibt da nur ein Problem«, sagte jemand. War das Goebbels? »Die Liebe. Edward vergöttert Wallis. Er hat schon einmal den Thron für sie aufgegeben. Er wird es wieder tun. Denn eins ist klar: Die Briten wollen die Simpson nicht haben.«

Die Wärme im Raum, von dem permanent laufenden Projektor angeheizt, machte sich mit einem Mal bemerkbar. Katharina spürte, wie sich ein Tropfen Schweiß zwischen ihren Schulterblättern bildete und langsam an ihrer Wirbelsäule hinabrann.

»Das haben wir natürlich in Betracht gezogen«, sagte Ribbentrop. »Darum wird sich Prinzessin Katharina kümmern. Sie wird Kontakt mit dem Herzog aufnehmen und ihn davon überzeugen, dass Wallis ihn hintergeht. Wenn Edward dann am Boden zerstört ist, wird sie ihm zur Seite stehen und ihm beweisen, dass es andere, bessere, schönere und vor allem treuere Frauen als Wallis Simpson gibt.«

»Ich weiß auch schon, wer dann auf dem englischen Thron die Hosen anhaben wird«, rief einer der Männer. Gelächter folgte.

»Schneewittchen.« Das Wort aus dem Mund des Führers tauchte an die Oberfläche der Stimmen wie ein Stück Korken, das vom Grund eines Weinglases emporsteigt.

Katharina blinzelte. Hatte Hitler sie damit gemeint?

»Schneewittchen«, wiederholte der Führer, »wird der Name dieser Operation sein. Und Sie, Prinzessin, haben die Ehre, diesen Codenamen zu tragen. Vernichten Sie Wallis Simpson. Bringen Sie Edward zurück auf den Thron. Liefern Sie mir England auf einem Silbertablett. Und beeilen Sie sich, unsere Frankreich-Operation ist bereits angelaufen.«

»Wir könnten sie aufschieben«, schlug Ribbentrop vor.

»Ich soll warten, bis mein Geheimdienst es schafft, seine Arbeit zu erledigen?« Hitler hieb mit einer Hand auf sein Knie. »Sehen Sie zu, dass Sie nach Paris kommen«, befahl er Katharina. »Herzog Edward sollte Ihnen besser nicht davonrennen und nach England zurückkehren, statt zu uns überzulaufen, Schneewittchen. Lassen Sie die englischen Zwerge nach Ihrer Pfeife tanzen.«

Kapitel 8

Paris,
April 1940

Ajax öffnete die Pforte der Villa Windsor, wartete, bis Lydie ins Freie getreten war, und folgte ihr. Hinter sich hörte er den Türflügel leise ins Schloss fallen. An Lydies Seite schritt er die nach unten breiter werdende Treppe hinab, und für einen Moment fühlte er sich wie ein Herzog, elegant, erhaben und mit der Frau seines Herzens an seiner Seite.

Endlich hatte Lydie seinem Drängen nach einem Rendezvous nachgegeben. Bislang war sie zurückhaltend gewesen, wenn er vorgeschlagen hatte, sie sollten sich nach Dienstschluss unter dem Eiffelturm treffen, an der Seine entlangflanieren oder den Malern auf dem Montmartre zusehen, vielleicht sogar genug Mut aufbringen, ihre eigenen Porträts anfertigen zu lassen. Jeder dieser Einfälle hatte ein Lächeln und ein wenig Farbe in Lydies Gesicht gezaubert, und doch hatte sie alle Vorschläge abgelehnt – aus Angst um ihre Anstellung. Der Herzog und die Herzogin duldeten keine Liebeleien unter den Dienstboten. Wer sich erwischen ließ – und schon heimliche Berührungen genügten –, dem wurde gekündigt. Aber jetzt, an diesem Apriltag des Jahres 1940, waren die Windsors verreist.

Herzog Edward hatte in seiner Funktion als Generalmajor der Britischen Militärmission in Frankreich den Auftrag erhalten, die Verteidigungsanlagen der Franzosen im Norden des Landes zu überprüfen. Frankreich und das Deutsche Reich waren seit acht Monaten im Kriegszustand, doch bislang war noch kein Soldat der Wehrmacht an der Grenze aufgetaucht. Wo Hitler angreifen würde, gehörte zu den meistdiskutierten Themen auf den Straßen von Paris. Die einen waren davon überzeugt, die Wehrmacht würde über die Niederlande und Belgien in den Nordwesten des Landes einfallen, die anderen hielten einen Einmarsch von Osten über das Elsass für wahrscheinlich. An die dritte Möglichkeit, einen Angriff auf das Tal der Meuse, direkt im Norden, glaubte kaum jemand, denn dafür hätte Hitler seine Soldaten durch die Ardennen schicken müssen, und das Gebirge war unwegsam, eine Herausforderung für Panzer und Geschütze. Und genau an dieser unbedeutenden Stelle im Norden musste Herzog Edward die Verteidigungslinien besichtigen und London darüber Bericht erstatten, ein Auftrag, der weder besonders wichtig war, noch Mut oder Intelligenz erforderte. Mit Missionen wie dieser führte die britische Regierung dem Herzog wieder einmal vor Augen, wie verzichtbar er für sie war.

Am heutigen Frühlingstag waren der Herzog und der Krieg für Ajax weit weg, und Lydie war ganz nah. Er warf einen verstohlenen Blick zu ihr hinüber, sie trug ein fliederfarbenes Kleid mit Gürtel, das ihr bis knapp unter die Knie reichte, eine Halskette aus unregelmäßig geformten Bernsteinstücken und einen runden gelben Hut mit breiter Krempe. Als sie ihn anlächelte, strömte ein ungeheurer Überfluss an Energie durch Ajax hindurch. Er glaubte, die Wärme der Pflastersteine unter den Sohlen seiner Schuhe spüren zu können. Ein zarter Hauch von Blütenduft wehte durch den Boulevard Souchet, und in der Ferne ragte die Spitze des Eiffelturms über den Dächern empor.

Lydie hatte den Picknickkorb selbst gepackt, sie und die Köchin der Villa Windsor waren Freundinnen, und so waren einige Vorräte aus der Speisekammer verschwunden, um irgendwo in Paris unter freiem Himmel genossen zu werden: Karottenscheiben, gefüllte Auberginen, scharfes Paprikagemüse, ein Glas mit pochierten Eiern, drei Käsestücke, Brot und eine preiswerte Flasche Bordeaux. Ajax trug den Korb, Lydie eine rote Decke. Das Einzige, das fehlte, war ihre Hand in seiner.

Seinen Vorschlag, sich ans Ufer der Seine zu setzen, lehnte Lydie ab. Dorthin gingen nur Liebespaare, wandte sie ein, und Ajax sog scharf die Luft ein und nickte. Sie wisse den perfekten Ort, fuhr Lydie fort, einen ruhigen Platz im Grünen, wo sie ungestört sein würden. Was sich hinter der geheimnisvollen Ankündigung verbarg, wollte sie nicht verraten, sondern sagte nur, dass sie zum Trocadéro gehen mussten, dem Platz mit der besten Aussicht auf den Eiffelturm im sechzehnten Arrondissement. Sie folgten dem von gelben Narzissen und purpurfarbenen Anemonen bestandenen Boulevard de Beauséjour. Einige Male blieben sie stehen, um dabei zuzusehen, wie Bienen in den Blüten verschwanden, darin herumsummten und kurze Zeit später wieder, schwer vom Blütenstaub, durch die Luft davontaumelten. Ajax bestaunte die unterschiedlichsten und bestimmt köstlichen Küchlein in der Auslage einer Patisserie, Lydie blieb vor dem Schaufenster eines Antiquariats stehen und schwärmte für eine Balzac-Ausgabe, die, so behauptete ein Schild, in nigerianisches Ziegenleder gebunden war. Für die meisten Dinge in den Schaufenstern der Geschäfte hätten sie das Geld nicht aufbringen können, es machte aber trotzdem Spaß, sich vorzustellen, was sie damit anfangen würden, besonders, als sie zu einem Laden kamen, der Teppiche, Stoffe und Schmuck aus dem Maghreb verkaufte.

Ajax beschwor ein Bild von Lydie in wallender Djellaba und mit silbernen Reifen um die Fußgelenke herauf und brachte sie zum Lachen. Im Gegenzug beschrieb sie ihn im Gewand eines Scheichs, als jungen Rudolf Valentino mit Ornamenten auf seiner Brokatweste, wie sie nur in den Ländern Nordafrikas zu finden waren.

Beschwingt von den Einfällen des anderen, fielen ihnen immer neue Geschichten zu den Objekten in den Auslagen ein, und schließlich bedauerten sie die Menschen, die allein davorstanden und nichts weiter hatten als den Wunsch, genug Geld zu besitzen, um sich einen der Schätze zu kaufen. Geld. Ajax verspürte mit einem Mal die Gewissheit, nie wieder Geld zu benötigen, solange er nur neben Lydie hergehen konnte. Die ganze Stadt schien ihnen gewogen, die Straßen, die Plätze, die Welt war ein riesiges Schaufenster, und Ajax konnte sich nicht sattsehen.

Sie verließen die Boulevards und spazierten am rechten Seineufer entlang in Richtung Trocadéro. In der Nähe der Anleger roch es nach abgestandenem Wasser. Über dem Fluss schimmerte die Luft silbern, am gegenüberliegenden Ufer erhoben sich die Paläste aus glorreichen Jahrhunderten, weshalb Ajax es nun doch bedauerte, das Picknick nicht hier auszubreiten und zu den steinernen Zeitzeugen hinübersehen zu können. Noch stärker wurde das Gefühl, als er einen Ruder-Achter über die Wasseroberfläche gleiten sah. Er hörte die Kommandos des Steuermanns und übertrug sie problemlos ins Englische. Ein Stich fuhr durch seine Brust. War das etwa Heimweh? Ein Stück weiter flussabwärts begann das Wasser zu blubbern und zu gurgeln, und Lydie erklärte ihm, die Nymphen der Seine seien in die Stadt gekommen.

Wie sie angekündigt hatte, waren die Wiesen entlang des Ufers voller Paare, die Arm in Arm dem Wasser beim Fließen zusahen, manchmal zog einer den anderen für einen Kuss zu sich heran.

Als Lydie auf das Tor eines kleinen Friedhofs zuhielt, zögerte Ajax. Was wollte sie dort? Er fürchtete, die wundervolle Stimmung könne in sich zusammenfallen, sobald sie das Reich der Lebenden verließen und das der Toten betraten. Lydie, die seine Zweifel zu bemerken schien, fasste seine Hand und zog ihn hinter sich her. Wie hätte er sich gegen die Berührung sträuben können? Er folgte ihr unter dem steinernen Torbogen hindurch und stellte fest, dass auch auf der anderen Seite die Sonne schien.

»Hier ist es gut«, sagte Lydie, nahm ihren Hut ab und ließ ihn ins Gras fallen. »Sagt ihr Engländer nicht, dass man sich da wohlfühlt, wo man seinen Hut hinlegt?«

»So ähnlich«, erwiderte Ajax und sah sich um. Lydie hatte eine kleine Rasenfläche zwischen hüfthohen Grabsteinen ausgewählt. Moos war über die meisten Steine gewachsen und umrandete die eingravierten Namen wie grüner Samt. Hohe Bäume spendeten Schatten, und zwischen ihren Wipfeln war auch hier die Spitze des Eiffelturms zu sehen. Lydie breitete die Decke am Fuß einer Ulme aus, die von blassrosa blühenden Nesseln umstanden war.

»Willst du dich nicht zu mir setzen?«, fragte sie, und erst jetzt bemerkte Ajax, dass sie bereits auf der Decke kniete, während er noch immer stand. Irgendetwas hinderte ihn daran, sich niederzulassen, auf einem Boden, der dem Tod gehörte.

»Niemand stört sich an uns«, sagte Lydie ernst. »Dies ist ein Ort der Ruhe. Ich komme manchmal hierher, wenn ich …«

»Liegt hier jemand aus deiner Familie begraben?« Ajax betrachtete die Grabsteine in der Nähe, konnte aber ihren Nachnamen nirgendwo entdecken.

»Meine Familie stammt aus Camembert.«

Ajax stutzte. »Camembert – wie der Käse?«

Aus Lydies Kehle stieg ein perlendes Lachen auf. »Nein. Der Käse heißt wie der Ort, nicht umgekehrt. Er wurde dort erfunden.«

Jetzt musste auch Ajax lachen. Der Klang rollte über die Grabsteine, sprang über Gräber und Blumenschmuck und schien gar nicht so unpassend, wie er gedacht hatte. Die Luft roch nach frischen und nach welken Blumen, nach der Sonne auf Lydies leichtem Kleid, nach Kräutern und nach gemähtem Gras. Lydie hatte recht. Dieser Friedhof war kein düsterer Ort, hier war eine eigenartige Leichtigkeit zu Hause.

Sie hielt ihm ein Stück Käse und ein Messer entgegen. »Camembert«, sagte sie. »Aus meiner Heimat im Norden.«

Sie breiteten Teller, Gläser und das mitgebrachte Essen auf der Decke aus, Ajax entkorkte den Wein und schenkte ihnen beiden ein. Als die herbe Frucht durch seine Kehle rann, spürte er die ungeheure Ruhe, die von diesem Fleckchen Erde ausging. Es war kaum vorstellbar, dass um sie herum eine der größten und geschäftigsten Metropolen Europas rumorte.

Friedhöfe, erklärte Lydie, übten eine merkwürdige Anziehung auf sie aus. Während die meisten Menschen nur zum Trauern, zu Begräbnissen und zur Grabpflege herkamen, genoss Lydie die Stille. Für sie war es nicht die Stille des Todes, sondern eine Ruhe, die Raum zum Nachdenken gab. Die Welt, sagte sie, bleibe zurück, sobald man durch das Friedhofstor gehe, und man sei allein mit sich und seinen Gedanken. Doch manche Menschen, wandte sie ein, hielten das nur schwer aus. »Wie steht es mit dir, Monsieur Ajax?«

Ajax ließ sich auf der Decke zurücksinken, über sich den blauen Himmel, eingerahmt von den frisch beknospten

Zweigen der Bäume, durch die die Sonne schien. »Meine Gedanken«, begann er, und vor seinem inneren Auge zogen die Gesichter seiner Mutter, seiner Schwester und seines Vaters vorbei, Szenen aus Cambridge, Ben und er selbst, betrunken im Ruderhaus, Christine, die den Kopf wegdrehte, als er sie küssen wollte, sogar Cook, Cowell und Gallagher. Ajax blinzelte, und die Gesichter verschwammen, bis nur das von Lydie zurückblieb. Ihre Haut war hell wie Sahne und schimmerte im Sonnenlicht. »Meine Gedanken sind viel zu sehr damit beschäftigt, diesen Augenblick auszukosten, um sich mit vergangenen Dingen zu beschäftigen.«

Lydie schaute rasch zur Seite. War er zu weit gegangen? Oder nicht weit genug?

»Was hältst du vom Herzog und der Herzogin?«, fragte sie unvermittelt, offenbar darum bemüht, ein unverfängliches Thema anzuschneiden.

Gallaghers Gesicht kehrte aus dem Nebel zu Ajax zurück. »Der Herzog?«, fragte er, um Zeit zu gewinnen. Um keinen Preis durfte er Lydie etwas von seiner Mission erzählen, ihr verraten, weshalb er in Paris war. Was sonst aber wusste er über den Herzog zu sagen? »In England soll er ein guter Polospieler gewesen sein, es soll Männer gegeben haben, die nicht mit ihm aufs Feld reiten wollten, weil er zu waghalsig gespielt hat.«

»Das passt zu ihm«, sagte Lydie, und in ihre Stimme schlich sich ein schwärmerischer Ton. Sie war doch nicht etwa in Edward verliebt? »Er muss sehr tapfer gewesen sein, als er gezwungen war, zwischen Wallis und der Krone zu wählen. Und er hat die Liebe gewählt.« Lydies Augen strahlten. »Wie viele Männer würden das für eine Frau tun, ein Königreich für die Liebe geben?«

»Es soll einen gegeben haben, der wollte sein Königreich gegen ein Pferd tauschen«, sagte Ajax.

Sein Versuch, sie zum Schmunzeln zu bringen, misslang. Lydie schaute ihn ernst an. »Edward ist der Mensch gewordene Traum jeder Frau auf dieser Welt«, sagte sie. »Ein Mann, der alles aufgibt, nur um mit seiner Liebsten zusammen sein zu können. Wie groß muss sein Herz sein! Wallis ist die glücklichste Frau auf Erden.«

Mit einem Mal fühlte sich Ajax neben Lydie wie ein nasser Hund. Er hatte gehofft, ihr während des Ausflugs näherzukommen, sie vielleicht sogar zu küssen, denn er spürte, dass sie ihn mochte. Die noch zu klärende Frage war: Wie sehr? Und jetzt, an diesem verzauberten Ort, schwärmte sie vom Herzog von Windsor! Ajax spürte, wie seine Füße kalt wurden und sich die Haut an seinen Wangen straffte. War das etwa gerecht? Edward hatte doch alles, was er wollte, Geld, eine schöne Frau, Ansehen. Musste er da auch noch Lydie bekommen? Er wollte sie ja vermutlich nicht einmal.

»Der Herzog ist vielleicht kein so guter Mensch, wie du glaubst«, entfuhr es ihm. Die Worte waren auf den glühenden Kohlen der Eifersucht geröstet und ihm ohne seinen Willen aus dem Mund gepurzelt. Aber es fühlte sich gut und richtig an, wie er sich gegen Herzog Edward zur Wehr setzte. So einfach würde er sich Lydie nicht wegnehmen lassen.

Sie runzelte die Stirn, ein Schatten huschte über ihr Gesicht. »Wie kommst du darauf?«, fragte sie.

Um seinen Ausbruch zu erklären, hätte er von Edwards möglichen Verbindungen zu den Nazis berichten müssen, aber darüber durfte er nicht reden, und zudem war er nicht einmal sicher, ob es diese Verbindungen überhaupt gab. »Das ist nur so ein Gefühl«, sagte er und unterstrich die Worte mit einer Geste der Unbestimmtheit. »Dieser Mann ist mir unheimlich. Er war es gleich vom ersten Tag an, als wir in diese intime Szene hineingeplatzt sind.«

Lydie lachte auf. »Die Gesichter werde ich mein Lebtag

nicht vergessen.« Sie hielt sich die Hand vor den Mund. »Wie er ihr die Zehennägel lackiert hat! Er sah aus wie ein Hündchen. Aber«, sie wurde wieder ernster, »wenn du den Herzog nicht magst, warum arbeitest du dann für ihn?«

»Um in deiner Nähe sein zu können«, sagte er und stellte fest, dass das viel mehr war als eine Notlüge. Er schaute Lydie überrascht an. So offen hatte er gar nicht sein wollen, vielmehr hatte er daran gedacht, sich ihr langsam zu nähern, sich erst interessant zu machen und sie dann …

Sie rutschte zu ihm hinüber, legte die Arme um seinen Nacken und küsste ihn auf den Mund. Ihre Lippen schmeckten nach Wein. Ajax schlang die Arme um ihre Taille, er spürte, wie dünn der Stoff ihres Kleides war und wie sie sich zurücksinken ließ. Zugleich verflüchtigten sich all seine Bedenken.

Dann sah er sie. In einiger Entfernung schritt Herzogin Wallis zwischen den Grabsteinen entlang. Er schnappte nach Luft, im unpassendsten Moment.

»Ihr Engländer seid wohl nicht viel gewohnt«, sagte Lydie. Ihr Gesicht war ganz nah, darauf lag ein Ausdruck zwischen Hingabe und Verwirrung.

»Wallis«, zischte Ajax, presste sich flach auf die Decke und verbarg das Gesicht hinter dem Picknickkorb.

Lydie drückte sich an ihn. »Sie ist es wirklich«, flüsterte sie.

»Was macht sie hier?«, fragte Ajax, griff nach Lydies Hut und hielt ihn über ihre Köpfe. Es war unwahrscheinlich, dass die Herzogin sie erkannte, aber »unwahrscheinlich« war nicht sicher genug.

»Sie muss früher aus dem Norden zurückgekehrt sein«, riet Lydie. »Vielleicht hat sie sich mit dem Herzog gestritten.«

So viel zum Thema große Liebe, dachte Ajax. »Das meine

ich nicht«, sagte er. »Was macht sie hier auf dem Friedhof? Die Chancen, dass sie von allen Orten in Paris ausgerechnet diesen aufsucht, sind …«

Lydie unterbrach seine Wahrscheinlichkeitsrechnung. »Sie war es, die mich auf diesen Friedhof aufmerksam gemacht hat. Hier liegt jemand begraben, den sie gut kannte, ein Schulfreund, glaube ich. Er ist im Großen Krieg gefallen, als die Briten an der Seite der Franzosen gekämpft haben. Ich habe die Herzogin einige Male hierher begleitet, wenn sie Blumen zu dem Grab gebracht hat.«

Die Sonne schien auf den Hut, den Ajax über ihre Köpfe hielt. Durch den gelben Bast fielen Lichtsprenkel auf Lydies Wangen, ihre Nase, ihre Stirn. Ajax spürte sein Herz schlagen. »Wenn wir unsere Gesichter ganz nah aneinanderhalten«, schlug er vor, »wird Wallis uns nicht erkennen können.«

Lydie schenkte ihm ein Lächeln, das Ajax wünschen ließ, den Friedhof nie wieder verlassen zu müssen.

Kapitel 9

Paris,
April 1940

Herzogin Wallis war im französischen Exil etwas gelungen, das in Paris Seltenheitswert hatte: als Ausländerin eine Reihe von Soireen abzuhalten, die eine Zeit lang das wichtigste Gesprächsthema an der Seine waren. Ausgesuchte Berühmtheiten kamen zu den Abendgesellschaften in der Villa Windsor zusammen, darunter so illustre Künstler wie Pablo Picasso und Schriftsteller wie Aldous Huxley. Angesichts der Empfänge von Herzogin Wallis verblassten sogar die berühmten Salons von Marie-Louise Bousquet, der Herausgeberin des Modemagazins *Harper's Bazaar*. Der Maler Georges Braque schritt die Stufen der Villa am Boulevard Souchet hinauf, der Schauspieler Sacha Guitry kam zu Besuch, und der Schriftsteller Julien Gracq war regelmäßig dort zu sehen. Herzog Edward hatte im Foyer einen runden Tisch aufstellen lassen, an dem sich die Schriftsteller Paul Morand, Jean Cocteau und Henry de Montherlant mit Verlegern trafen, um über die Rolle der Literatur im Krieg zu diskutieren, während aus dem Salon Klaviertöne erklangen und andere Gäste lauschten, wie Wallis den Nocturnes von Frédéric Chopin am Flügel Leben einhauchte.

All das war nun vorbei. Der Krieg, der bislang in Polen und Finnland tobte, rückte näher, und jeder, der die Mittel dazu hatte, verschwand aus Paris. Maler und Schriftsteller verließen die Stadt, um ihr Heil in Übersee, in der Schweiz oder Portugal zu suchen. Die berühmten, bisweilen berüchtigten Salons der feinen Gesellschaft verloren ihre Gäste. Doch Wallis ließ sich nicht entmutigen. Wenn sie Josephine Baker nicht länger in ihrem Haus begrüßen konnte, musste halt Blanche Salman genügen, die zwar nicht im Radio oder an der Opéra zu hören war, aber immerhin eine kleine Rolle an der Comédie-Française bekommen hatte.

An diesem Samstagabend räumten Ajax und die beiden anderen Hausdiener Peter und Walter den Salon nach Wallis' Vorstellungen um. Die lange Tafel musste verkürzt werden, damit nicht auffiel, dass weniger Gäste kamen. Tische und Stühle wurden hinausgetragen, das übrige Mobiliar neu arrangiert und der Flügel umhergerollt, bis der Raum ausgefüllt wirkte.

Auch wenn die Gäste nur zur zweiten Garde gehörten, die Bewirtung sollte nach wie vor erstklassig sein.

Als Ajax endlich die ersten Teller in den Salon trug, nahm er kaum wahr, wer an der Tafel saß, so sehr war er damit beschäftigt, die winzigen kreisrunden Saucenkleckse nicht verlaufen zu lassen. Irgendwie gelang es ihm, alles in perfektem Zustand auf dem schweren weißen Leinentischtuch zu servieren, und als er aus dem Gebinde roter Rosen, das die Tafel in der Mitte in zwei Hälften teilte, ein nicht mehr ganz frisches Blütenblatt entfernte, schenkte ihm die Herzogin ein anerkennendes Lächeln. Ajax stellte sich neben Peter und Walter vor die Längswand des Raums, um von dort aus die Gäste zu beobachten und ihnen jeden Wunsch von den Augen abzulesen, noch bevor sie selbst wussten, was ihnen in der nächsten Sekunde fehlen würde. Die Schwierigkeit dabei war, die Leute nicht anzustarren, sondern vorzugeben, den Blick auf die hohen Fenster gerichtet zu halten, die die Frühlingsnacht bereits schwarz gemalt hatte.

Walter stieß Ajax an und flüsterte: »Weiter nach links.« Erst da fiel ihm auf, dass er sich vor eines der Gemälde gestellt hatte und die Jagdszene aus dem achtzehnten Jahrhundert dadurch teilweise verdeckt war. Drei Wochen arbeitete er nun in der Villa, aber es gab so viele Regeln, dass er sich bisweilen ans College zurückwünschte. Die Analyse englischer Literatur ließ einem wenigstens die Freiheit eigener Gedanken.

Seit dem Picknick auf dem Friedhof waren zwei Tage vergangen. Lydie hatte ihm das Versprechen abgenommen, dass sie in der Villa nichts weiter als Kollegen waren. Allerdings hatte sie ihm in Aussicht gestellt, dass sie am nächsten Abend zusammen ausgehen könnten. Bis dahin waren es noch zwanzig Stunden voller unruhiger Erwartungen, und er war dazu verdammt, den Abend lang stillzustehen, Teller abzuräumen und Wein nachzuschenken.

Wie immer nutzte er die Zeit dazu, den Gesprächen der Gäste zu lauschen, vielleicht gab es etwas, das er mit einiger Fantasie zu einer Geschichte für Gallagher aufbauschen konnte. Einer der Besucher war Pierre Drieu La Rochelle, der Chefredakteur der Zeitschrift *Nouvelle Revue Française*, ein bekennender Faschist, der in seinen Kolumnen dazu aufrief, mit den Deutschen eine neue Weltordnung einzurichten. Ajax sperrte die Ohren auf und hoffte, dass sein Französisch ausreichen würde, um den Akzent von Monsieur Drieu La Rochelle zu verstehen.

Herzog Edward war erst am Nachmittag von der Inspektion der französischen Verteidigungslinie im Norden zurückgekehrt. Er hatte sich in einen dunkelblauen Einreiher geworfen, dazu trug er ein weißes Hemd und eine nachtblaue Krawatte. Sein Blick wanderte beim Reden über die Gesichter der zwölf Gäste, er gestaltete die Konversation unter den Anwesenden wie ein geschickter Moderator, ließ keine Gesprächspausen aufkommen und verhinderte, dass sich zwei der Anwesenden unterhielten, ohne die anderen teilhaben zu lassen. Hin und wieder jedoch blieb sein Blick an dem einzigen freien Platz hängen.

Erschien ein Gast nicht zum Essen, räumte Ajax das ungenutzte Geschirr normalerweise ab, und Herzogin Wallis nutzte die Lücke an der Tafel, um sich zwischen den Gängen zu anderen Gästen zu setzen. Diesmal nicht. Etwas war anders.

Die Gespräche vermischten sich mit den Tischgeräuschen zu einer Sinfonie. Der spanische Botschafter warf das Besteck auf seinen Teller, lehnte sich in seinem Stuhl zurück und stieß einen langen, müden Seufzer aus. Das Messer des marokkanischen Großgrundbesitzers schrammte quietschend über den Teller, als er einen Streifen Fett vom Fleisch des Lammspießes trennte. Madame Salman ließ sich von Monsieur Drieu La Rochelle eine Zigarette anzünden, das Feuerzeug ratschte mehrmals, dann zog sie genüsslich an einem langen Mundstück. Bald roch der Raum nach kalter Bratensauce und Zigarettenrauch, und die Gespräche wandten sich von persönlichen Erlebnissen der großen Politik zu. Endlich, dachte Ajax, wird es interessant.

Gerade wollte sich der Spanier über die Rolle Francos in der europäischen Politik auslassen, da erklang aus dem Foyer die Türglocke und brachte alle bis auf die Salman zum Verstummen. Schließlich schaute auch die Schauspielerin neugierig zur Tür, als sie bemerkte, dass ihr niemand mehr zuhörte.

Ein rot livrierter Diener – Pascal, der einzige Franzose im Haushalt – schaute in den Salon und kündigte Prinzessin Katharina von Braunschweig-Lüneburg an. Dann senkte er den Kopf und ließ den verspäteten Gast eintreten.

Ajax hatte noch nie eine echte Prinzessin gesehen. Tatsächlich hatte er geglaubt, der Adel auf dem Kontinent, vor allem der im Deutschen Reich, habe nach dem Ende des Großen Krieges aufgehört zu existieren.

Prinzessin Katharina ließ sich von Pascal den kastanienbraunen Mantel von den Schultern nehmen. Indem sie die weichen gelben Lederhandschuhe betont langsam von ihren Fingern zupfte, bot sie allen Anwesenden Gelegenheit, sie genau zu betrachten. Sie war dunkelhaarig, ihre Frisur wurde an den Seiten von Spangen zusammengehalten. Ihre Augen waren groß und schauten besonnen, sie hätte ein Kameenprofil von klassischer Linie gehabt, wäre nicht der eigensinnige Zug um ihren Mund gewesen. Sie trug eine geknöpfte weiße Bluse mit Puffärmeln, auf der die bunte Schmetterlingsbrosche auffällig hervortrat. Doch das Erstaunlichste an ihrer Erscheinung war nicht der Schmuck – sie trug einen Ring aus Gold und Perlmutt an der linken Hand und einen Silberring mit einem Saphir an der rechten – und auch nicht ihr Duft nach Jasmin oder die Art, wie sie jetzt ausschließlich den Herzog ansah, während sie alle im Raum begrüßte. Das Auffälligste an Prinzessin Katharina waren ihre Beine: Sie steckten in weiten, burgunderfarbenen Hosen, deren Bund sich um die Mitte ihres Bauchs schlang, mit einem großen weißen Knopf genau über der Stelle, an der ihr Bauchnabel sein musste.

Ajax ließ den Blick über ihre Figur schweifen. Es blieb still im Salon, denn alle Gäste taten dasselbe: die Männer hingerissen und hypnotisiert, wie Ajax feststellte, die Frauen empört und gedemütigt. Herzog Edward stand auf, begrüßte die Prinzessin mit zwei Küssen in die Luft neben ihren Wangen, sagte etwas darüber, dass die Soireen der Windsors noch immer zu den bedeutendsten Ereignissen in Paris zählten, wenn sogar deutsche Prinzessinnen herkamen, und führte sie zu dem Platz am Tisch, der frei geblieben war. Dann nickte der Herzog den Hausdienern zu, und Ajax und die anderen verließen den Raum, um aus der Küche das Essen für die Nachzüglerin zu holen. Als sie zurückkehrten, war die Prinzessin gerade dabei, davon zu berichten, was sie aufgehalten hatte. Ajax stellte einen Teller mit Lammspieß vor ihr ab und stellte fest, dass ihr Parfüm Eau Impériale von Guerlain war, ein Duft, den er Christine in Cambridge hatte schenken wollen, doch der Preis hatte sein Budget überstiegen.

Sie sei erst vor ein paar Stunden in Paris eingetroffen, erzählte Prinzessin Katharina. Den Frühlingstag habe sie nutzen wollen, um den Eiffelsturm zu besichtigen. Ihr Fahrer habe sie trotz des dichten Verkehrs rasch dorthin gebracht, und sie sei zur Spitze des Monuments hinaufgestiegen.

»Zu Fuß?«, fragte Madame Salman, die ihr gegenübersaß, mit Unglauben in der Stimme und legte ihre Zigarette im Aschenbecher ab.

Die Prinzessin nahm die Zigarette an sich, zog sie aus dem Mundstück und nahm einen tiefen Zug. Dann blies sie den Rauch in die Luft und sah ihm nach, wie er Figuren der Vergänglichkeit bildete. »Es war herrlich«, berichtete sie, ohne auf die Frage näher einzugehen, »natürlich war ich erhitzt, als ich oben ankam. Deshalb habe ich auf der Aussichtsplattform den Mantel ausgezogen und die oberen Knöpfe meiner Bluse geöffnet. Aber nur bis hier.« Sie zeigte auf eine Stelle unterhalb des Brustansatzes. »Den Pariser Frühlingswind auf der Haut zu spüren war so erfrischend. Da hat es mich auch wenig gestört, dass mich die Leute angestarrt haben. Vermutlich hätten sie sich am liebsten selbst etwas freigemacht.« Sie nahm noch einen Zug und blies Rauch aus. »Komisch, ich dachte immer, die Franzosen seien in dieser Beziehung viel unverkrampfter als wir Deutschen.« Sie lachte, doch niemand am Tisch stimmte ein. Der faschistische Chefredakteur starrte die Prinzessin unverwandt an, entweder fand er sie empörend oder so aufreizend, dass es ihm die Sprache verschlagen hatte. Nur Herzog Edward gelang ein Lächeln. »Wenn Sie geglaubt haben, die Franzosen seien freizügig, sollten Sie erst mal die Engländer erleben.«

»Edward!«, blaffte Herzogin Wallis. »Du sprichst mit einer Prinzessin.« Das war nur ein Vorwand, um sich Luft zu verschaffen, wie Ajax erkannte. Der Hausherrin stand die Eifersucht ins Gesicht geschrieben.

Ajax wusste von seinen Instrukteuren, dass Prinzessin Katharina unter den Heiratskandidatinnen für Edward gewesen war und an seiner Seite Königin von England hätte werden können. Aber dann war Wallis auf der Bildfläche erschienen, und die Hoffnungen und Träume eines ganzen Regiments schöner und reicher Adelsdamen hatten sich in Luft aufgelöst.

Und jetzt saßen diese beiden Frauen zusammen an einem Tisch.

Wallis sprach aus, was Ajax dachte: »Was führt Sie nach Paris?«, fragte sie Katharina. Allen musste auffallen, dass die Herzogin Anreden wie »Hoheit« oder »Euer Gnaden« ausließ. Und das geschah gewiss nicht nur, weil sich Wallis auf derselben gesellschaftlichen Stufe wie der deutsche Gast wähnte, sondern auch, da war Ajax sicher, aus Böswilligkeit.

»Unsere Länder sind im Krieg«, sagte Katharina zwischen zwei Zügen an der Zigarette – Madame Salman hatte sich unterdessen eine neue angezündet. »Es kann nicht mehr lange dauern, bis die Armeen aufeinandertreffen. Ich wollte die Gelegenheit nutzen, um Edward noch einmal zu sehen, denn allzu lange wird das nicht mehr möglich sein. Können Sie sich vorstellen, wie viel Papierkram ich erledigen musste, nur um als Deutsche in Frankreich einreisen zu dürfen? Es war entsetzlich.« Sie presste einen Handrücken gegen die Stirn.

Die Luft im Raum war mit einem Mal zähflüssig, und Ajax hatte in seinem Stehkragen mit der Fliege das Gefühl, nicht atmen zu können. Am liebsten hätte er es wie die anderen männlichen Gäste gemacht und sich an den Hals gegriffen, um den Krawattenknoten zu lockern.

»Das muss ein spontaner Entschluss gewesen sein«, sagte die Herzogin gerade, »denn wir haben erst vor wenigen Stunden von Ihrem Besuch erfahren. Zum Glück haben wir immer genug Stühle im Haus.«

Die Prinzessin beugte sich über den Tisch und tätschelte die Hand des Herzogs. »Edward, hast du etwa vergessen, deine Frau darüber in Kenntnis zu setzen, dass ich heute komme?«, fragte sie. »Dabei hatte ich es dir doch schon vor zwei Wochen geschrieben.«

Ajax hatte den Herzog bislang nur ein einziges Mal die Gesichtsfarbe wechseln sehen, das war, als er mit Lydie ins Wohnzimmer geplatzt war und Herzog Edward gerade die Zehennägel seiner Gattin lackiert hatte. Jetzt sah er die feinen Züge des Ex-Königs zum zweiten Mal dunkler werden. Alle Gäste schauten den Hausherrn an. Wie würde er sich aus dieser Situation herausmanövrieren?

»England und das Deutsche Reich«, sagte er, »befinden sich im Kriegszustand. Ich lege großen Wert darauf, dass wir an unserer Tafel die Internationalität aufrechterhalten. Jeder Mensch aus jeder Nation der Welt soll hier willkommen sein. Mit ihrer Anwesenheit beweist die Prinzessin von Braunschweig-Lüneburg, dass wir, Herzogin Wallis und ich, nach diesem Grundsatz leben. Deshalb habe ich mich sehr gefreut, als sie ihren Besuch vor einiger Zeit angekündigt hat.«

Ajax beobachtete Wallis, doch wenn er erwartet hatte,

dass sie ihrem Mann vor den versammelten Gästen einen Vorwurf machen würde, weil er seine ehemalige Geliebte eingeladen hatte, so hatte er sich geirrt. Wallis lächelte den Herzog an, und das Leuchten in ihren Augen strahlte vor echter Bewunderung für seine Worte. In diesem Moment ahnte Ajax, dass unter den Bühnenprofis am Tisch Wallis Simpson die beste Schauspielerin war.

Drieu La Rochelle nahm die Worte des Herzogs zum Anlass, ein Gespräch über die Vorzüge des Faschismus zu beginnen. Doch Prinzessin Katharina wedelte seine Worte mit einer Hand beiseite, und sie zerfaserten wie der Rauch aus ihrer Zigarette. »Bitte nicht«, sagte sie mit der Quengelstimme eines Mädchens. »Davon habe ich zu Hause schon genug. In den Zeitungen liest man nichts anderes als Jubelarien auf den Nationalsozialismus.«

Der Marokkaner, der mit seiner dunklen Haut im hellen Smoking beinahe so auffallend war wie die Prinzessin, deutete mit einer Gabel auf den Herzog. »Unser Gastgeber ist heute erst von der Front zurückgekehrt. Euer Gnaden, wollen Sie uns nicht berichten, wie es dort steht?«

Edward tupfte sich die Lippen mit seiner Serviette, faltete sie und legte sie neben seinen Teller. »Ich war keineswegs an der Front«, begann der Herzog, »sondern dort, wo eine entstehen könnte.« Er berichtete von seiner Inspektionsreise an die Meuse, einen jener Landstriche, an dem die Wehrmacht in Frankreich einfallen könnte, »aber eigentlich ist das unwahrscheinlich, denn die Ardennen sind schwer zu überqueren.«

»Warum warst du dann überhaupt dort?«, fragte die Prinzessin.

Edward räusperte sich. »Weil die britische Regierung es für nötig hielt, mir eine unbedeutende Aufgabe zuzuteilen, um klarzumachen, was sie von mir hält.«

Die Wahrhaftigkeit des Herzogs rief Geraune unter den Gästen hervor. Schmähungen auf Premierminister Churchill wurden laut, bis Wallis sich einschaltete. »Aber mein Mann hat dank seiner Sachkenntnis und Beobachtungsgabe sogar an diesem so unbedeutenden Flecken Frankreichs etwas Wichtiges herausgefunden. Nicht wahr, Darling?«

»Darüber darf ich aber nicht sprechen«, sagte Edward.

»Oh, bitte!«, drängelte Prinzessin Katharina. »Ausgerechnet jetzt, wo es interessant wird.«

»Also gut«, sagte der Herzog, »die Informationen sind ohnehin wertlos, denn die Deutschen werden niemals über die Ardennen kommen.« Er trank einen Schluck Wein, ein geschicktes Manöver, um die Spannung im Raum zu steigern, und tatsächlich verstummten alle Geräusche bei Tisch. Prinzessin Katharina knüllte ihre Serviette zwischen ihren langen Fingern zusammen.

»Die französischen Streitkräfte rechnen ebenfalls nicht mit einem Angriff über die Ardennen. Deshalb haben sie die meisten Truppen an den westlichen Teil der belgischen Grenze verschoben, wo die Deutschen wesentlich bessere Bedingungen für eine Invasion vorfinden. Die Bataillone im Tal der Meuse sind kaum der Rede wert, es sind nur wenige, und sie sind schlecht ausgebildet, wie ich feststellen musste. Ich habe die jungen Männer dort gefragt, wie sie gegen deutsche Panzer vorgehen würden. Sie sagten, sie würden mit ihren Geschützen versuchen, die Türme zu treffen, damit die Rohre nicht mehr feuern könnten.« Edward lachte kalt. »Was für Einfaltspinsel! Ich musste ihnen erklären, dass auch ein Panzer ohne Kanonenrohr eine tödliche Waffe ist, denn zum einen verfügt die Besatzung dann noch über Maschinengewehre, und zum anderen ist das Fahrzeug selbst eine Mordmaschine, die alles überrollt, was ihr im Weg steht. Daraufhin haben mich die Soldaten gefragt, wie ich an ihrer

Stelle handeln würde.« Er rieb sich die Stirn. »Einer vermutete, ich würde ihnen empfehlen, die Beine in die Hand zu nehmen, wenn ein Panzer auf sie zurollen würde.«

»Mein Gott, ich würde genau das tun«, sagte Madame Salman und stieß einen Seufzer aus.

»Und dem Angreifer das Feld überlassen?« Edward hob leicht die Stimme. »Damit würden Sie Ihr Land verraten und Ihre Kameraden im Stich lassen. Aber Sie sind eine Frau und haben keinerlei Erfahrung, wie es im Krieg zugeht.«

Jemand hüstelte.

»Spann uns doch nicht so auf die Folter«, sagte Prinzessin Katharina. »Sag schon, was muss ich tun, wenn mich ein Panzer angreift?«

Die Vorstellung, die junge Adelige würde sich gegen ein Gefährt dieses Ausmaßes zur Wehr setzen müssen, war so bizarr, dass alle am Tisch lächelten.

»Es gibt eine Schwachstelle«, sagte Herzog Edward, »zwischen dem Turm und der Karosserie, da, wo das Gelenk sitzt, auf dem sich der Turm dreht. Dort hat ein Panzer seine Achillesferse. Ein gut ausgebildeter Schütze kann diese Stelle ins Visier nehmen und einen deutschen Panzerkampfwagen III in wenigen Minuten auseinanderbrechen lassen. Allerdings«, wandte er ein, »gibt es solche Schützen an der Meuse-Linie nicht. Ich habe mich davon überzeugt und Schießübungen abhalten lassen. Die Soldaten dort …« Er suchte nach Worten, winkte dann ab.

»Und wenn die Wehrmacht doch an dieser Stelle einmarschiert?«, fragte Drieu La Rochelle.

»Das wäre Wahnsinn. Niemals würde Hitler seine Truppen und seine Fahrzeuge über die Gebirgspfade schicken. Außerdem glaubt er ja, dass ihn auf der anderen Seite gut ausgebildete Franzosen empfangen würden.«

Der Journalist streckte dem Herzog die offenen Hände entgegen. »Aber angenommen, das würde passieren. Angenommen, die Deutschen würden erfahren, was Sie, Euer Gnaden, herausgefunden haben, was wäre dann?«

Edward stützte beide Ellbogen auf den Tisch und faltete die Hände. »Das«, sagte er mit gesenkter Stimme, »darf niemals geschehen.«

Kapitel 10

LONDON,
MAI 1940

Das Büro lag im Zentrum von London, im obersten Stockwerk eines Hauses aus viktorianischer Zeit. Percy Gallagher saß auf einem unbequemen Holzstuhl hinter einem Schreibtisch, der zu hoch für ihn war – er bevorzugte unbequemes Mobiliar, weil es verhinderte, dass er beim Nachdenken träge wurde. Hinter der Tür mit der Milchglasscheibe war das Tippen auf einer Schreibmaschine zu hören. Gallagher selbst schrieb nie etwas auf. Alles, was er wissen musste, war in seinem Gedächtnis sicher aufgehoben. Papier hatte den Nachteil, dass es in die falschen Hände geraten konnte.

So wie dieser Brief. Er las ihn noch einmal, dann legte er ihn in die kleine Metallschale auf seinem Schreibtisch und zündete ihn an. So hatte er es auch mit den anderen Schreiben von Ajax Doggerton gehalten. Sie brannten hervorragend, denn sie enthielten eine Menge Zündstoff.

Doggertons jüngster Brief berichtete von einem Abendessen in der Villa Windsor, zu dem Prinzessin Katharina von Braunschweig-Lüneburg erschienen war. Die Enkelin des letzten deutschen Kaisers. Wie Gallagher wusste, unterhielt sie Kontakt zum deutschen Außenminister von Ribbentrop. Was trieb sie am Boulevard Souchet? Dort war, auch das schrieb Doggerton, zeitgleich dieser Pierre Drieu

La Rochelle aufgetaucht, ein Mann, der dem Faschismus huldigte.

Wenn das keine beunruhigenden Nachrichten waren, dann war die Pest ein Anlass zu Freude gewesen. Sollte der Herzog von Windsor wirklich zu Hitler überlaufen, stand England geschwächt da. Das wäre schon in Friedenszeiten eine Katastrophe gewesen, doch jetzt, da sich Großbritannien und das Deutsche Reich im Kriegszustand befanden, könnte es den Untergang des Königshauses bedeuten. Welche Monstrosität aus den Trümmern auferstehen würde, wenn Hitler und Edward gemeinsame Sache machten, daran wollte Gallagher nicht einmal denken.

Er griff zum Telefon – neben der Metallschale der einzige Gegenstand auf seinem Schreibtisch –, um Downing Street anzurufen. Was er vorhatte, bedurfte der Abstimmung mit ganz oben. Er wählte eine Nummer, die außer ihm nur eine Handvoll Menschen kannte, doch bevor er das Freizeichen hörte, legte er kopfschüttelnd wieder auf. Zu seinem Vorhaben würde er keine offizielle Genehmigung erhalten. Nicht einmal von Premierminister Churchill.

Er würde eigenmächtig handeln müssen.

Es war höchste Zeit, den Herzog von Windsor von der politischen Bühne zu entfernen, entweder durch eine Entführung oder, wenn es sein musste, durch ein Attentat. Nur so war die Situation noch unter Kontrolle zu bekommen. Er überdachte seine Möglichkeiten. Ajax Doggerton war bereits in Paris. Aber er war ein Anfänger, ein Beobachter. Ihn konnte Gallagher nicht mit einer delikaten Aufgabe wie dieser betrauen. Er brauchte jemand anderen, jemanden, der nicht zimperlich war – auch dann nicht, wenn es darum ging, den ehemaligen König Englands endgültig aus dem Weg zu räumen.

Gallagher ging zur Tür und streckte den Kopf ins Vorzimmer. »Mary«, sagte er zu seiner Sekretärin, »schicken Sie Cook und Cowell her. So schnell wie möglich.«

*

PARIS,
MAI 1940

Die Villa gehörte den Dienstboten. Der Herzog und die Herzogin hatten das Haus verlassen, um sich gemeinsam mit dem britischen Botschafter den Fuhrpark der Streitkräfte anzusehen. Wie Ajax gehört hatte, sollten sie Pritschenwagen auswählen, um damit ihr Hab und Gut vom Boulevard Souchet fortschaffen zu können für den Fall, dass die Deutschen Frankreich erobern und Paris besetzen würden. Ajax fragte sich, wohin das adelige Paar dann fliehen und ob es die Dienerschaft mitnehmen oder zurücklassen würde.

Das Dinner mit Prinzessin Katharina lag drei Wochen zurück. Ajax hatte den Besuch der Deutschen gleich am folgenden Tag an Gallagher gemeldet. Vermutlich hatte er damit seine Bedeutung für den Geheimdienst bewiesen, denn bislang hatte Gallagher seinen jungen Spion noch nicht nach England zurückbeordert, wie er es angedroht hatte.

Allerdings hatte Ajax in seinem Brief verschwiegen, dass der Herzog an der Dinnertafel militärische Geheimnisse ausgeplaudert hatte. Als Edward über die dünne Verteidigung im Tal der Meuse berichtet hatte – gegenüber einer Deutschen! –, hatte Ajax seinen Ohren nicht trauen wollen. War der Herzog ein Verräter und ein Freund der Nazis, oder war er einfach nur unbedacht gewesen und hatte versucht, von den Spannungen zwischen Katharina und Wallis abzulenken?

Ajax hatte beschlossen, das herauszufinden, bevor er einen weiteren Brief an Gallagher schreiben würde. Es war genug der Ungewissheiten und Verdächtigungen. Er musste wissen: Stand der Herzog auf der Seite Englands oder auf der des Deutschen Reichs? War er ein Patriot oder ein Schurke? Eins war Ajax klar: Sollte Edward mit den Deutschen sympathisieren, würde er zu ihnen überlaufen, sobald sich die Gelegenheit dazu bot.

Er musste die Wahrheit herausfinden. Aber wie? Zum Herzog hatte er so wenig Kontakt, dass er ihn nicht in ein Gespräch verwickeln konnte, bei dem er sich verraten mochte. Ajax blieb nur eine Möglichkeit: die Gemächer des Herzogs zu durchsuchen.

An diesem Dienstag war der Moment günstig. Es war sieben Uhr am Abend. Die Bediensteten, die wie Ajax in der Villa wohnten, hatten sich entweder in ihre Kammern zurückgezogen oder waren ausgegangen. Niemand war auf den Fluren oder in den Gesellschaftsräumen anzutreffen, wenn der Herzog und die Herzogin nicht da waren. Beste Voraussetzungen also, um sich dort umzusehen.

Natürlich waren die Türen zum westlichen Teil des Hauses verschlossen, aber Ajax wusste, wie er an den Schlüssel gelangen konnte. Immerhin war er sehr gut mit dem Stubenmädchen bekannt, der Einzigen im Haus, die überall ein- und ausgehen durfte. Jeden Abend, wenn Lydie die Villa verließ, um nach Hause zu gehen – sie lebte in einer Dachkammer in einem Pariser Vorort –, ließ sie den Schlüssel zurück. Das hatte sie bei einem ihrer Treffen außerhalb der Villa erwähnt. Als er ihr von seinem Literaturstudium erzählt hatte und sie über die Bibliothek des Herzogs sprachen, hatte sie ihm verraten, dass der Schlüssel dort zwischen zwei Büchern verborgen war. Um welche genau es sich handelte, hatte Ajax nicht erfahren. Ein sicheres Versteck, das sich der Herzog ausgedacht hatte, denn Diebe hatten es in der Regel eilig und nicht genug Geduld, eine ganze Bibliothek zu durchsuchen.

Es sei denn, der Dieb wohnte im selben Haus.

Von seiner Kammer aus stieg Ajax die Treppe hinunter. Der dicke Teppich dämpfte seine Schritte. Im ersten Stockwerk angekommen, bog er nach links ab, dorthin, wo die Bibliothek lag, ein langgezogener Raum mit in die Wände eingelassenen Bücherregalen. Er war schon einmal dort gewesen und hatte gestaunt, wie umfangreich sie war. Der Hausherr schien die gesamte englische und französische Literatur der vergangenen fünfhundert Jahre zu besitzen. Ajax ging an den Regalen vorbei und strich mit den Fingern über die Buchrücken. Chaucer, Blake, Milton, Donne – die Namen auf den Büchern waren ihm vertraut. War das ein First Folio? Er zog die Erstausgabe der Werke Shakespeares hervor, wagte kaum zu atmen, als er die Seiten betrachtete, und stellte sie rasch wieder zurück. Ausgerechnet in dem Moment fiel ihm ein solcher Schatz in die Hand, in dem er keine Zeit hatte, ihn zu würdigen.

Er strich sich mit beiden Händen die Haare zurück. Wo war der Schlüssel? In diesem Raum standen gewiss – Ajax ließ den Blick über die Regale schweifen – an die dreitausend Bücher. Er suchte nach einem Buch mit einem auffälligen Rücken, mit einer ungewöhnlichen Schrift, Form oder Farbe. Aber die Sammlung bestand fast nur aus Gesamtausgaben, die in braunes oder grünes Leder gebunden waren.

Weil er die Buchtitel kaum noch lesen konnte, wurde ihm bewusst, dass es draußen allmählich dunkel wurde. Die Sonne sank, und bald würde das Licht, das durch die hohen Fenster fiel, nicht mehr ausreichen, um noch etwas zu erkennen. Die Leselampen wollte Ajax nicht anschalten, denn ihr Schein mochte ihn verraten.

Obwohl die Sonne beinahe untergegangen war, entdeckte er die staubfreie Stelle. Zwei der Bücher, eine frühe illustrierte Ausgabe von Dickens' »Große Erwartungen« und eine von »David Copperfield«, glänzten an mehreren Stellen, wo sie durch häufige Berührung abgegriffen waren.

Ajax zog Dickens' Romane heraus und fing mit einer schnellen Bewegung den kleinen Gegenstand auf, der dabei vom Regal fiel. Der Schlüssel! Er hatte ihn gefunden.

Kapitel 11

Paris,
Mai 1940

Die Privaträume des Herzogs und der Herzogin lagen im dritten Stock, auf entgegengesetzten Seiten eines langen Korridors. Wallis wohnte links, Edward rechts. Von den Gemälden an den Wänden schauten Männer mit weißen Perücken und rosigen Wangen auf Ajax herab, als er den Schlüssel in den Türen auf der rechten Seite ausprobierte. Die dritte ließ sich öffnen, und so langsam, wie er über einen schlafenden Löwen gestiegen wäre, betrat Ajax den Raum.

Im Innern war es fast vollständig dunkel. Die Gemächer auf dieser Seite der Villa gingen nach hinten hinaus, wo ein kleiner Park lag und weder Straßenlärm noch Laternenlicht die Ruhe des Herzogs störten. Diesmal hatte Ajax keine Wahl. Wenn er etwas finden wollte, das den Herzog entlarvte, dann ging das nur mit Licht. Er drehte den Schalter neben der Tür, und der Kristallleuchter in der Mitte des Raums flammte auf. Die Kristalle spiegelten den Schein der elektrischen Glühbirnen und erhellten das Zimmer bis in den letzten Winkel. Ajax zerbiss einen Fluch. Das war viel zu hell, aber eine andere Möglichkeit gab es nicht. Immerhin war die Wahrscheinlichkeit gering, dass sich um diese Zeit jemand im Park aufhielt, der ihn hier oben bemerken würde.

Ajax fand sich vor einer Sitzgruppe mit handbemalten

Sofakissen wieder. Die andere Hälfte des Raums wurde von einem großen Tisch beherrscht, auf dem drei Porzellankrüge mit Deckeln standen. Lydie hatte Ajax von diesem Schatz erzählt. Es handelte sich um das berühmte Fliegende-Tiger-Porzellan aus der Meißener Manufaktur, das für August den Starken angefertigt worden war. Ajax nahm die Deckel ab und lugte in die Krüge, doch alles, was er darin fand, war abgestandene Luft, die ein längst vermoderter König hineingeatmet haben mochte.

Ajax ging in den nächsten Raum, in dem außer ein paar Sesseln und einem Beistelltisch mit einem Filmprojektor ein Schreibtisch stand. Das musste das Arbeitszimmer des Herzogs sein, hier würde er seine Papiere aufbewahren. Ajax' Herzschlag beschleunigte sich. Endlich wurde er für seinen Mut belohnt. Doch die freudige Erregung verwandelte sich in Enttäuschung, als er feststellen musste, dass auf dem Schreibtisch außer einem bronzenen Elefanten als Briefbeschwerer sowie einem Federhalter nichts zu finden war, und die Türen und Schubladen des wuchtigen Rosenholzmöbels waren verschlossen. Hastig suchte Ajax nach den Schlüsseln, unter dem Elefanten, unter dem Polster des Bürosessels, sogar unter dem Teppich, er fand jedoch nichts. Wenn er die Geheimnisse des Schreibtisches ergründen wollte, würde er ihn aufbrechen müssen – und damit Spuren hinterlassen.

Er beschloss, sich das gewaltsame Vorgehen als letzte Möglichkeit offenzuhalten. Erst wollte er die anderen Räume durchsuchen.

Hinter dem Büro fand er ein Schlafzimmer. Das Doppelbett war gemacht und mit einer Tagesdecke aus tiefblauer Seide überzogen. Zwei Stühle, filigran und vergoldet, standen neben einem zu ihnen passenden Tischchen. Die Tapete hatte ein grünes Girlandenmuster, und ein rosenroter

Teppich lag auf dem Boden. Ajax vermisste einen Kleiderschrank, doch dann sah er eine Tür, die zu einem Ankleidezimmer führte. Dieser Raum war fensterlos, also schaltete er ohne zu zögern das Licht an. Einer der Schränke stand offen, und er sah Hüte in allerlei Farben und Formen. Hinter einer Tür wartete eine Batterie von Herrenschuhen, alle auf Hochglanz poliert.

Was hoffte er hier zu finden? In einem seiner Briefe an Gallagher hatte er einen Logiergast erfunden, der eine Armbinde mit Hakenkreuz im Koffer gehabt haben sollte. Gab es etwas ähnlich Kompromittierendes in der Garderobe des Herzogs?

Er zog eine Schublade voller Krawatten auf. Darin lag auch ein Kissen aus blauem Samt, in dem Krawattennadeln steckten. Ajax sah sich die winzigen Abzeichen darauf genau an, fand jedoch nur die englischen Nationalfarben und den roten Drachen von Wales, kein Hakenkreuz oder SS-Zeichen. Nicht einmal die Farbkombination Schwarz-Weiß-Rot war zu sehen. Einerseits war Ajax enttäuscht, andererseits fühlte er sich erleichtert. Wenn er kein Beweismaterial fand, konnte er weitermachen wie bisher und Gallagher einige erfundene Geschichten zukommen lassen, genug, um seinen Aufenthalt in Paris zu rechtfertigen, aber doch so harmlos, dass niemandem daraus ein Problem erwachsen konnte.

Ajax öffnete die verspiegelten Türen des nächsten Schranks. Darin roch es so stark nach Kampfer, dass es genügt hätte, eine Katze zu töten. Ihn schwindelte. Hastig suchte er zwischen den Anzügen des Herzogs, tastete in den hintersten Winkeln herum und steckte seine Finger sogar in die Innentaschen der Jacketts. Vergebens. Die Garderobe des Herzogs war so sauber und leer, dass sie nicht einmal Flusen enthielt.

Gerade wollte Ajax das Ankleidezimmer verlassen, um sich wieder dem Schreibtisch zuzuwenden, da nahm er in einem Winkel des Schranks ein metallisches Glänzen wahr. Er schob die Anzüge zur Seite und fand eine runde Blechdose, wie sie zur Aufbewahrung von Filmen verwendet wurde. Er hob den Deckel ab. In der Dose lag ein aufgerollter Streifen Zelluloid. Ein Etikett verriet, dass der Film 1938, also vor zwei Jahren, im Golf von Neapel gedreht worden war. Ajax zog den Anfang des Streifens hervor und hielt ihn gegen das Licht der Deckenlampe. Er blinzelte mehrfach, konnte jedoch nur ungefähre menschliche Gestalten in den winzigen sepiabraunen Rechtecken erkennen.

Im Arbeitszimmer hatte er einen Projektor auf einem Beistelltisch stehen sehen. Er klopfte mit der Filmspule auf seine linke Handfläche. Sollte er es riskieren, den Film anzuschauen? Oder wäre es besser, ihn mitzunehmen, um ihn an einem anderen, sichereren Ort laufen zu lassen? Aber den musste er erst einmal finden, und danach würde er den Film wieder zurückbringen müssen. Bis sich dazu eine Gelegenheit bot, mochte viel Zeit vergehen, Zeit, in der der Herzog das Fehlen der Filmdose bemerken könnte.

Ajax schluckte seine Nervosität hinunter, schloss die Schranktüren und sah sein Spiegelbild an. Er war blass, und unter seinen Augen lagen Schatten. Seine Stirn glänzte vor Schweiß, obwohl es nicht warm war. Er lachte auf. Was war er nur für ein Spion? Einer, der es viel zu schnell mit der Angst zu tun bekam, obwohl nichts passierte.

Er schaltete das Licht im Ankleidezimmer aus und ging ins Arbeitszimmer zurück. Er hatte noch nie einen Filmprojektor bedient, erkannte das Prinzip aber nach zwei Fehlversuchen. Aus dem Gerät ragten zwei Arme hervor, auf dem vorderen steckte eine leere Spule. Ajax nahm sie herunter und befestigte sie auf dem hinteren Arm, dann steckte er die Filmspule aus der Dose auf den vorderen Arm. Nun führte er den Zelluloidstreifen so durch das Gehäuse, dass er vor der Glühlampe vorbeilief, zog ihn am hinteren Ende wieder hervor und steckte ihn in die leere Spule. Dann löschte er das Licht und schaltete das Gerät ein.

Ein Surren erklang, als der Motor die hintere Spule drehte und den Film durch den Projektor zog. Licht flammte auf. Bilder flimmerten über ein Gemälde an der Wand. Arme, Schultern und Gesichter zogen in Wellen darüber hinweg, kaum als das zu erkennen, was sie waren. Rasch entdeckte Ajax die Leinwand unter der Zimmerdecke, zog sie hinunter und befestigte sie in dem kleinen Haken am Boden. Er ließ sich in einen der schweren Clubsessel fallen, die so ausgerichtet waren, dass man auf die Leinwand schauen konnte.

Auf deren Fläche bewegten sich Figuren. Ajax erkannte Wallis auf dem Deck eines Schiffs. Sie trug einen schwarzen Badeanzug, der ihre knabenhafte Figur betonte. Wasser perlte von ihren Schultern, ihrem Kopf und ihren Beinen. Sie lächelte in die Kamera und posierte, ohne dabei unnatürlich zu wirken. Sogar mit dieser spärlichen Bekleidung wirkte sie elegant und würdevoll. Sie hätte eine perfekte Königin abgegeben.

Er verspürte eine leichte Unruhe. Dies waren offenbar Urlaubserinnerungen der Windsors, keine politisch brisanten Aufnahmen. Sollte er sich trotzdem den ganzen Film anschauen und Gefahr laufen, erwischt zu werden? In diesem Moment näherte sich Wallis der Kamera und küsste die Linse. Ihre Lippen füllten die Leinwand aus. Ajax war hypnotisiert.

Edward reichte die Kamera an einen Begleiter weiter, einen Mann in einem hellen Anzug. Der Schwenk war zu schnell, um den Mann zu erkennen. Nach einem Kameraschnitt wanderte das Objektiv über die Steuerbordseite der Jacht. Das Schiff hatte angelegt. Der Name »Gulzar« stand auf den Bug geschrieben. Dann folgte eine Einstellung mit Wallis in einem Sommerkleid mit Strohhut, wie sie eine Straße entlangging. Ein Schild mit einer italienischen Aufschrift tauchte auf. Ajax hatte an der Universität Italienisch belegt, um die Klassiker der Renaissance-Literatur im Original lesen zu können. »Zoll von Ischia« entzifferte er. Die Windsors hatten im Golf von Neapel Anker geworfen und besichtigten nun die Insel.

Minuten der Bedeutungslosigkeit verstrichen. Ein prüfender Blick verriet Ajax, dass die Filmspule bald abgelaufen sein würde. Er beschloss, die Aufnahme bis zum Ende anzuschauen. Seine Finger trommelten auf die Armlehnen des Ledersessels, während er Zeuge wurde, wie Edward und Wallis zum Schiff zurückgingen, gefolgt von einer Menschenmenge. Der Herzog war anscheinend nicht unerkannt geblieben. Die Insulaner hielten respektvoll Abstand, auch schrie niemand seine Begeisterung für die berühmten Gäste hinaus, wie früher, als Edward noch Thronfolger gewesen war.

Das Paar stieg die Gangway hinauf. Als Nächstes waren Edward und Wallis von hinten zu sehen, wie sie nebeneinander auf dem Deck der Jacht standen. Unterhalb von ihnen war der Anleger voller Menschen, die zu ihnen hinaufschauten. Dann passierte es.

Der Herzog packte Wallis' Arm mit einer herrischen Geste, riss ihn in die Höhe und drückte ihr die Hand gegen die Stirn. Ajax erschrak. Edward zwang seiner Frau einen militärischen Gruß ab. Er ließ ihren Arm los, trotzdem blieb ihre Hand gegen ihre Stirn gedrückt, dann salutierte auch Edward und stand dabei stramm.

Der Film endete, grelles weißes Licht flutete den Raum. Ajax sprang auf. Er hatte das Gefühl, ein Riss sei in der Fassade entstanden, ein Spalt in einer heilen Welt, durch den man einen Blick auf etwas Dunkles erhaschen konnte. Er ging zu dem Projektor, drehte den Schalter auf »Rückwärts« und beobachtete, wie sich die Szene noch einmal vor seinen Augen abspielte, diesmal in umgekehrter Reihenfolge. Er hatte sich nicht getäuscht: Edward nötigte Wallis, einer Menschenmenge zu salutieren. Aber warum? Vor der Jacht standen Italiener, mit bronzener Haut, mit lockigem schwarzem Haar, und aus ihren Unterhemden ragten Arme hervor, die noch muskulöser waren als die von Ajax.

Dann sah er die Schrift. Vier Worte waren auf Italienisch mit weißer Farbe auf eine Mauer am Kai geschrieben. »Europa wird faschistisch sein.«

Wieder lief der Film aus, diesmal zog der Motor den Zelluloidstreifen aus der Spule heraus und wickelte ihn auf der vorderen Rolle auf. Ajax saß wie versteinert vor der Leinwand, seine Gedanken liefen im Kreis, begleitet von dem Geruch verbrannten Staubs und dem Klatschen des Filmstreifens, während sich dieser immer weiterdrehte.

Was hatte er da gerade gesehen? Edward, wie er Wallis dazu zwang, einem Siegesruf der Faschisten zu huldigen, um es im nächsten Augenblick selbst zu tun? Oder hatten die beiden nur die Inselbewohner gegrüßt? Ajax fragte sich, warum der Herzog diesen Film im hintersten Winkel seines Kleiderschranks verbarg. Wegen dieser Szene? Oder weil Wallis im Badeanzug zu sehen war?

Mit einem Mal erschien alles möglich.

Der Kristallleuchter flammte auf. Ajax erstarrte. In der Tür stand die Herzogin. Wallis. Einen Moment lang schien es Ajax, als sei sie von der Leinwand herabgestiegen, um ihm nun dreidimensional und in Farbe gegenüberzutreten. Sie trug einen malvenfarbenen Mantel über einem weißen Seidenkleid, und ein kleiner Hut krönte ihr dicht am Kopf anliegendes Haar. Ihre Züge waren frostig, und die Eiseskälte in ihrem Blick verbreitete sich im ganzen Raum.

»Was machen Sie hier?«, fragte sie mit einem Klirren in der Stimme, ihre Finger lagen noch immer auf dem Lichtschalter, ebenso festgefroren wie Ajax. Am liebsten hätte er ihr dieselbe Frage gestellt. Warum war sie hier? Wallis war doch mit ihrem Mann unterwegs, um Fahrzeuge für den Umzugskonvoi auszusuchen. Ajax sah rasch auf die Standuhr neben der Leinwand. Er hatte fast eine Stunde in den Gemächern verbracht. Jetzt blieben ihm nur Sekunden, um eine Ausrede zu finden.

Er dachte an den Blick, den Wallis ihm zugeworfen hatte, an jenem Abend, als er in der Villa Windsor angekommen war. Sie hatte ihn mit Neugier betrachtet – und da war noch etwas anderes gewesen.

»Ich wusste nicht, dass auf dieser Seite die Gemächer des Herzogs liegen«, brachte Ajax hervor.

Wallis' Augen wurden zu Schlitzen. »Wonach haben Sie denn gesucht? Hier hat nur das Stubenmädchen Zutritt.«

Ajax' Magen ballte sich zu einer Faust zusammen. Wenn er eine fadenscheinige Entschuldigung vorbrachte, würde ihm die Herzogin niemals glauben. Er musste sie überraschen.

»Es waren Ihre Gemächer, die ich gesucht habe, Euer Gnaden«, sagte er mit fester Stimme. »Dabei bin ich wohl auf der falschen Seite gelandet. Da wir anderen Dienstboten hier oben keinen Zutritt haben, kannte ich mich nicht aus und wusste nicht, welche Tür ich nehmen sollte.«

Wallis ließ den Lichtschalter los und warf ihre Handtasche in einen der Sessel. »Was wollten Sie denn in meinen Räumen? Woher haben Sie überhaupt einen Schlüssel?«

Es war wohl das Beste, die letzte Frage zu ignorieren. »Ich wollte sehen, wie die Herzogin von Windsor privat lebt«, sagte Ajax. Er wunderte sich darüber, wie leicht ihm die Worte über die Lippen kamen. Die Filmbilder von Wallis im Badeanzug tauchten vor ihm auf und schoben sich vor die echte Herzogin. Mit einem Mal glaubte Ajax, Wasser von ihrem Gesicht und ihren Händen herunterperlen zu sehen.

»Besonders großes Interesse hattest du wohl an meinem Schmuck.« Sie hatte die förmliche Anrede fallen lassen. In ihren Augen war Ajax nichts weiter als ein Dieb. Ob sie die Polizei rufen würde?

»Ich wollte nichts stehlen«, sagte er. »Wirklich, ich wollte mir nur einen Eindruck verschaffen.«

Ihr fragender Blick forderte ihn auf weiterzusprechen.

»Euer Gnaden ist eine interessante Frau.« Er machte eine Pause. Das waren nicht die richtigen Worte, so machte man einer Achtzigjährigen Komplimente, deshalb fügte er hinzu: »Von außergewöhnlicher Schönheit und Anziehungskraft. Aber sie ist zu den Dienstboten stets distanziert und kühl. Ich habe mich gefragt, was wohl unter der harten Schale zu finden ist, und als die Hausherren heute gemeinsam weggefahren sind, habe ich mir ein Herz gefasst und wollte nachsehen.« Er machte eine Pause. »Um mehr zu erfahren.«

Wallis presste die Lippen zusammen. Ihr Blick flackerte, er hielt Ajax nicht länger fest. »Das ist impertinent«, sagte sie leise. »Schlimmer als Diebstahl.« Sie machte eine Pause. »Eine harte Schale«, murmelte sie. »Warum bist du nicht sofort rausgegangen, als du gemerkt hast, dass dies die Räume meines Gatten sind?« Sie schaute durch das Zimmer und fixierte dann den Filmprojektor. Sie ging zu dem Beistelltisch hinüber und las die Schrift auf der Filmdose. »Weil du einen unserer Urlaubsfilme gefunden hast und ihn dir unbedingt ansehen wolltest.« Sie musterte Ajax, ihre Augen wurden größer, runder, sie strahlten. »Du bist entweder sehr kaltblütig oder sehr dumm, aber du scheinst die Wahrheit zu sagen. Hast du keine Angst gehabt, erwischt zu werden?«

Ajax fiel auf, dass ihr Zorn über sein Eindringen einem detektivischen Interesse an seinen Beweggründen Platz gemacht hatte. Sie näherte sich ihm und drehte ihm den Rücken zu. Er war lange genug ihr Dienstbote, um zu erkennen, dass er ihr den Mantel abnehmen sollte. Das weiße Seidenkleid, das sie darunter trug, schimmerte im Licht des Kronleuchters. Sie drehte sich nicht wieder zu ihm um, sondern wandte nur den Kopf ein wenig, eine Augenbraue erhoben. »Die Angst, bei etwas Verbotenem erwischt zu werden, kann einen eigenartigen Reiz ausüben«, sagte sie. »Findest du nicht, Ajax?«

»Was meinen Sie damit, Euer Gnaden?« Wenn Ajax vorhin warm gewesen war, weil er Herzog Edwards Gemächer durchsucht hatte, so wurde ihm jetzt heiß, weil der Raum plötzlich von etwas Irritierendem durchflutet war: von einer sirrenden Sinnlichkeit.

»Edward ist noch unterwegs, er wird erst spät in der Nacht zurückkehren.«

Ajax spürte, wie ihm der Atem knapp wurde. Hinter seiner Erleichterung darüber, dass Wallis ihm glaubte, witterte er eine neue Gefahr. Was für ein Spiel trieb die Herzogin? Wollte sie ihn verführen, hier, im Arbeitszimmer ihres Mannes? Oder wollte sie, dass er ihre Signale so deutete, sie berührte und ihr damit einen weiteren Grund lieferte, ihn verhaften zu lassen? Er rückte von ihr ab und legte den Mantel über eine Sessellehne.

Wallis fuhr zu ihm herum. Ihre Augen funkelten. »Was ist?«, fauchte sie. »Ich biete dir einen Blick unter meine harte Schale. Das ist es doch, was du wolltest.« Mit einer fließenden Bewegung streifte sie einen Träger ihres Kleids von der Schulter. Ihr Dekolleté verrutschte und gab die

Demarkationslinie ihrer Sonnenbräune preis, ebenso den Rand eines Rüschen-BHs aus Ginganstoff.

Sie stand einfach da, ertrug die Blöße, die sie sich ihm gegenüber gab. »Gefalle ich dir nicht?«, fragte sie. »Hast du mir etwas vorgeflunkert, als du gesagt hast, du bist neugierig darauf, wie ich wirklich bin? Oder bist du wegen der kleinen Französin, wegen unseres Stubenmädchens, zurückhaltend? Ich habe euch gesehen, neulich auf dem Friedhof. Du hast eine enorme Wirkung auf Frauen, Ajax Doggerton.«

Sie ging einen Schritt auf ihn zu, kam so nah, dass Ajax die fünf kleinen Muttermale über ihrem Brustansatz zählen konnte. Ein nicht unbeträchtlicher Teil seines Verstandes stellte sich vor, was sie unter dem Seidenkleid trug, und er senkte den Blick auf ihre unter dem Kleid verborgenen Beine. Eines war ausgestellt und zeichnete sich unter dem Stoff ab.

Sie schien seine Gedanken zu erraten. »Du fragst dich, ob ich Make-up auf den Beinen trage? So wie all die anderen Frauen, die keine Seidenstrümpfe mehr kaufen können? Malt sich deine Lydie die Waden auch mit Kakaocreme an?« Sie lachte. »Diese armen Dinger. Sie wollen schön sein für ihre Männer, aber es sind ausgerechnet die Männer, die ihnen die Seide wegnehmen, um daraus Fallschirme für den Krieg zu machen. Was für eine Ironie.« Sie kam noch näher. Jetzt konnte Ajax die Wärme spüren, die mit den Worten aus ihrem Mund hervorströmte. »Ich trage Strümpfe aus Nylon«, sagte sie leise. »Ein neuartiges Material aus meiner Heimat. Auf der Haut fühlt es sich an wie die Berührung einer Männerhand.« Sie lächelte. »Was ist? Brauchst du auch einen Fallschirm, Ajax, oder hast du den Mut, dich fallen zu lassen?«

Er hob eine Hand und berührte sie am Schlüsselbein.

Ihre Haut war glatt und kühl. Er ließ die Finger an der Rundung ihrer Schulter herabgleiten, ihren Arm entlang, bis er den Stoff des Trägers berührte, dann nahm er ihn behutsam zwischen Daumen und Zeigefinger und zog ihn hoch.

Wenn Wallis von Ajax' Zurückweisung getroffen war, dann zeigte sie es nicht. Sie lächelte ihn an wie einen Gast bei einer Dinnerparty, richtete ihr Dekolleté und strich sich eine Haarsträhne aus dem Gesicht. »Du scheinst wohl doch nicht allzu sehr an mir interessiert zu sein. War das nur eine Ausrede, eine Lüge auf Kosten meiner Würde?«

»Nein. Ich …«

Sie ließ ihn nicht zu Wort kommen. »Ich werde dir Gelegenheit geben, deine Behauptung zu beweisen. Unterdessen wird sich deine Freundin nach einer anderen Stelle umsehen müssen. Sie war es doch, die dir einen Schlüssel zu unseren Privatgemächern gegeben hat, nicht wahr? Sie ist es auch, die dir den Kopf verdreht, und dieser Kopf soll sich künftig nur in meine Richtung wenden.«

Sie legte ihm die Hände auf die Brust, stellte sich auf die Zehenspitzen und küsste ihn auf die Wange. Dann nahm sie den Mantel, warf ihn sich über die Schultern und ging aus dem Raum. Auf der Türschwelle drehte sie sich noch einmal um und forderte ihn auf, die Filmrolle wieder an ihren Platz zurückzulegen. »Wenn Edward herausfindet, dass du hier warst«, sagte sie, »werde auch ich nichts mehr für dich tun können.« Dann verschwand sie.

Ajax zog ein Taschentuch hervor und wischte sich den Lippenstift von der Wange. Dabei fiel ihm auf, wie nah Wallis und er beim Fenster gestanden hatten. Dahinter lag der Park der Villa in stiller Finsternis.

Kapitel 12

Paris,
Mai 1940

»Du kannst nicht einfach so in der Villa anrufen und nach mir fragen.« Edwards Stimme bewegte sich am Rand der Unbeherrschtheit.

Katharina antwortete mit einem übertrieben hochspringenden Lachen. »Und ob ich das kann«, gab sie zurück. »Du bist meinem Wunsch sogar gefolgt und hergekommen.«

Sie spazierten durch den Jardin du Luxembourg, einen der schönsten Parks von Paris. Der Frühling hatte die Bäume zur Blüte gebracht, das Sonnenlicht war so intensiv, dass Katharina meinte, es greifen zu können. Es sprenkelte das große Wasserbecken in der Mitte des Parks mit Lichtgestöber. Kinder ließen ihre Papierschiffchen auf dem Wasser schaukeln, Mütter und Väter saßen auf grünen Stühlen und schauten zu.

Edward trug einen sandfarbenen Fedora, den er tief ins Gesicht gezogen hatte. Um nicht erkannt zu werden, hatte er außerdem eine Sonnenbrille aufgesetzt. Katharina konnte verstehen, dass er inkognito bleiben wollte, besonders mit einer Frau wie ihr an seiner Seite. Trotzdem fand sie seine Maskerade bedauerlich, denn sie liebte seine herben, männlichen Züge und die Art, wie er mit den Augen zwinkerte, wenn er beim Reden die Oberlippe verzog.

»Bringen wir das hier schnell zu Ende«, verlangte Edward. »Was willst du?«

»Dich«, antwortete sie, und als er überrascht die Augenbrauen hob, fügte sie hinzu: »Ich will, dass du nach Berlin kommst.«

»Berlin?«, kam es über seine wohlgeformten Lippen, Lippen, die dereinst über Katharinas Körper gewandert waren. »Warum sollte ich nach Berlin wollen?«

»Um an meiner Seite zu leben. Wir wären das schönste Königspaar Europas, und die Welt läge uns zu Füßen.«

»Ich wusste gar nicht, dass das Deutsche Reich einen neuen König sucht«, sagte er. Doch Katharina war sicher, dass Edward verstand, worum es ging. Das bewiesen die Briefe, die aus der Villa an den britischen Geheimdienst gesendet und abgefangen worden waren. Darin waren Edwards Sympathien für Berlin mehr als deutlich beschrieben. Dass er jetzt nichts davon wissen wollte, war typisch für ihn. Schon immer war er zurückhaltend gewesen, wenn es darum ging, eine klare Position zu beziehen. »Hitler bietet dir an, dich als König von Großbritannien einzusetzen, sobald er England erobert hat«, sagte sie.

Nun war die Reihe an Edward, in Gelächter auszubrechen. »Weder das eine noch das andere wird ihm jemals gelingen.«

»Ich wäre da nicht so sicher. In wenigen Tagen wird die Wehrmacht in Frankreich stehen. Dann kontrollieren wir die Küste, und von dort ist es nur ein Katzensprung bis nach London.«

»Das muss eine sehr große Katze sein«, sagte Edward.

»Eine Raubkatze, wie du sie nie zuvor gesehen hast«, entgegnete Katharina. »Du wirst dir wünschen, auf ihrem Rücken zu reiten, statt unter ihren Pranken zu liegen. Ich biete dir diese Möglichkeit.«

Edward schob die Hände in die Taschen seines hellen Jacketts, nur die Daumen schauten heraus. »Der Nationalsozialismus hat mich beeindruckt, das weißt du. Wie Hitler die alten Strukturen hinweggefegt hat, wie er die Macht der Demokratie genutzt hat, um den Menschen in seinem Reich Brot und Arbeit zu geben, das war erstaunlich. Als ich meinem Vater einen ähnlichen Vorschlag für England gemacht habe, hat er mich ausgelacht, aber ich erkannte, dass hinter dem Gelächter die nackte Angst steckte. Angst davor, dass mit der englischen Monarchie dasselbe geschehen könnte wie mit der deutschen: dass man sie abschaffen würde. Ich habe Hitler bei meinen Reden und Vorträgen sogar als Vorbild dafür angeführt, wie sich ein Staat gegen alle Schwierigkeiten im Innern behaupten kann. Doch dann hat euer Führer den Krieg begonnen. Bis dahin hatte ich geglaubt, dass die Aggression von Osten kommen würde, aus der Sowjetunion, und dass sich England und das Deutsche Reich verbinden müssten, um den Sowjets die Stirn zu bieten. Wie es scheint, habe ich mich getäuscht. Ihr wart diejenigen, die den Krieg wollten. Und nun ist alles infrage gestellt. All eure Errungenschaften sind nichts weiter als Mittel zum Zweck: Hitler hat sein Reich stark gemacht, damit es andere Länder zerstören kann, und nicht, wie ich Einfaltspinsel geglaubt habe, um der Menschen und des Friedens willen. Ich gehe nicht mit dir nach Berlin, Katharina.«

Edwards Worte versetzten ihr einen Stich. Woher kam der plötzliche Sinneswandel? Wollte er sie auf die Probe stellen? Herausfinden, ob sie es wirklich ernst meinte?

Sie sammelte ihre Gedanken, so wie sie Kraft für einen Hundertmeterlauf gesammelt hätte – und sie war eine hervorragende Läuferin

»Deine Familie hat deutsche Wurzeln, Edward. So wie all deine Vorfahren. Ihr hört es vielleicht nicht gern, aber in der königlichen englischen Familie gab es zuletzt zu Zeiten von James I., im sechzehnten Jahrhundert, Paare, bei denen

Mann und Frau auf der Insel geboren waren. Wenn du auf deinen Stammbaum schaust – und ich bin sicher, dass du das von Zeit zu Zeit tust –, dann siehst du dort sechzehn Ururgroßeltern, vierzehn davon stammten aus dem deutschen Adel. Noch deine beiden Großväter sprachen Englisch mit einem starken deutschen Akzent, und der Name deiner Familie lautete Wettin aus dem Haus Sachsen-Coburg-Gotha. Es war dein Vater, der diesen Namen in Windsor geändert hat, als nach dem Großen Krieg eine antideutsche Stimmung in England herrschte. Er wollte nicht so enden wie seine Verwandten auf dem Kontinent: abgesetzt von einem wütenden Mob. Edward, durch deine Adern fließt deutsches Blut!«

Ein Kind kam auf sie zugerannt, schaute sich über die Schulter nach einem Verfolger um und prallte gegen Edwards Beine. Der Herzog fing den Jungen auf, bevor er zu Boden fallen konnte, lächelte ihn an und schickte ihn zurück zu seinen Spielkameraden.

Wenn Katharinas Worte einen Effekt auf Edward gehabt hatten, so ließ das Intermezzo diesen verpuffen. Sie ärgerte sich darüber, den Park als Treffpunkt ausgewählt zu haben. In einem Ruderboot auf der Seine wären sie ungestörter gewesen. Aber sie hasste jede Art von Wasserfahrzeug, hatte, wie sie zugeben musste, sogar Angst vor Booten und Schiffen.

Sie hakte sich bei Edward ein, spürte, wie er den Arm zurückziehen wollte, ihr dann aber die Vertraulichkeit erlaubte. Nur aus Höflichkeit? »Wenn du mit mir nach Berlin gehen würdest, könnten wir wieder zusammen sein. So wie früher.« Sie lächelte ins Sonnenlicht. »Du hast uns doch nicht vergessen?«

Ein unangenehmes Schweigen entstand. Dann legte er eine Hand auf ihre. »Wie könnte ich vergessen, was wir miteinander erlebt haben? Aber ich bin verheiratet, und ich liebe Wallis. Wir«, betonte er, »lieben uns.«

Katharina spürte ihr Herz klopfen, wie immer, wenn sie kurz davorstand, ein Ziel zu erreichen. »Bist du sicher?«, fragte sie.

Er versteifte sich. »Natürlich. Was soll diese Frage?« Seine Stimme wurde streng. »Ich warne dich: Geh nicht zu weit.«

»Es ist Wallis, die zu weit geht«, sagte sie. »Ich muss dich vor ihr warnen. Danach darfst du noch einmal darüber nachdenken, ob du zu mir zurückkehren willst.«

Jetzt blieb Edward stehen und löste sich von ihr. Er schaute sich um, es war niemand in Hörweite. »Sag, was du zu sagen hast.«

»Gestern habe ich gesehen, wie Wallis einen anderen Mann geküsst hat. Dabei war der Träger ihres Kleids verrutscht, und sie wirkte derangiert.«

»Das ist eine Lüge«, brach es aus Edward hervor. »Wann soll das gewesen sein? Wallis und ich waren gestern den ganzen Tag unterwegs.«

»Gegen acht. In eurer Villa. Draußen war es bereits dunkel, aber sie hatten unvorsichtigerweise das Licht in ihrem Liebesnest angelassen, vermutlich vor Erregung.« Sie stellte fest, dass Edwards Finger zitterten. Sie versetzte ihm den nächsten Stoß. »Wenn du mir nicht glaubst, kann ich dir einen Beweis liefern. Wallis trug gestern Unterwäsche, die rosa-weiß gewürfelt war. Stimmt das?«

Edward musste nicht nicken, Katharina erkannte auch so, dass sie richtiglag. Ihr Fernglas von der Firma Carl Zeiss war von bester Qualität und hatte sie sogar die Schweißtropfen auf der Stirn des Liebhabers erkennen lassen. Es hatte lange gedauert, bis sie für die Stunden der Observierung belohnt worden war, aber schließlich war der Gewinn so hoch gewesen, dass sie sich jederzeit wieder in den Park stellen würde, um Wallis bei Gott weiß was zu beobachten.

Edward schwieg. Sie hatte ihn dort getroffen, wo es

schmerzte. Jetzt musste sie auf die Wunde pusten und das Pflaster draufkleben. »Du bist ein Juwel, auf das Wallis spuckt. Verlass sie! Geh mit mir nach Berlin. Und von dort nach London. Wir gehören auf den britischen Thron. Zusammen.«

Bevor Edward etwas sagen konnte, schallten Rufe durch den Park. Die Männer und Frauen sprangen von den Stühlen auf. Mütter riefen ihre Kinder zu sich. Ein Knabe in Kniebundhosen flitzte an Katharina und Edward vorbei. Sie hielt ihn auf. »Was ist los?«, fragte sie.

»Die Deutschen sind da!«, rief der Junge mit aufgerissenen Augen. »Die *Boches* sind in Frankreich einmarschiert. Rette sich, wer kann!«

*

»Lydie!« Ajax sprang die Außentreppe der Villa hinunter und rannte den Boulevard entlang. Es war ihm egal, dass ihn die Leute anstarrten, weil er in seiner roten Livree steckte. »Lydie!«

Er sah sie davoneilen in der Ferne, aber sie konnte ihn hören – und er konnte sie einholen.

Vor wenigen Augenblicken war er in die Küche gekommen und Zeuge geworden, wie Wallis Lydie gekündigt hatte. Lydie hatte gerade das Frühstück abgeräumt und die Teller noch in der bebenden Hand gehalten. Das Besteck darauf war hin und her gesprungen und schließlich zu Boden gefallen. »Ungeschickt«, hatte Wallis gezischt, Lydie die Teller aus der Hand gerissen und ins Spülwasser geworfen.

»Aber warum?«, fragte Lydie, und Tränen sammelten sich in ihren Augen.

»Das wissen Sie wohl selbst am besten«, antwortete Wallis und drückte Lydie einen Umschlag gegen die Brust. »Ihr restlicher Lohn. Verschwinden Sie!«

»Bitte!«, versuchte Lydie es noch einmal. »Warum muss ich gehen?«

Ajax stand in der Tür und fühlte sich wie von einem Projektil getroffen, als Wallis mit dem Finger auf ihn zeigte. »Dem da haben Sie den Schlüssel gegeben, und er hat sich erwischen lassen. Nun tragen Sie die Konsequenzen.« Sie warf Ajax einen Blick zu, und er erkannte eine boshafte Belustigung darin. In diesem Moment begriff er, dass die Herzogin nicht nur Lydie bestrafte, sondern auch ihn, weil er ihr am gestrigen Abend nicht zu Willen gewesen war.

»Lydie trifft keine Schuld«, rief Ajax. »Ich habe den Schlüssel ohne ihr Wissen genommen.«

Lydies Kopf fuhr zu ihm herum. »Dann stimmt es also?« Bevor Ajax weitere Erklärungen finden konnte, lief sie an ihm vorbei und floh aus der Villa.

Und nun lief sie immer noch und drehte sich nicht zu ihm um – als Einzige auf dem Boulevard Souchet, denn sein Rufen und sein Aufzug erregten die Aufmerksamkeit aller anderen Passanten. Er holte sie vor dem nordafrikanisch dekorierten Schaufenster ein. Wie lange war es her, seit sie sich vor den Auslagen der Geschäfte amüsiert hatten? »Lydie!« Er hielt sie an den Schultern fest. Sie versuchte, sich loszureißen, dann fiel ihre Gegenwehr in sich zusammen. Sie drehte sich um und presste das Gesicht gegen seine Brust.

»Was soll ich denn jetzt tun?«, fragte sie. »Meine Eltern sind auf das Geld angewiesen, das ich ihnen schicke.«

Sie musste nicht weiter aussprechen, was sie dachte, er wusste es auch so. Für Frauen gab es in Paris kaum Arbeit, und wenn, dann war sie schlecht bezahlt.

»Komm«, sagte er, »wir trinken erst mal was und überlegen, was zu tun ist.« Er zog sie zu einem Bistro auf der anderen Straßenseite hinüber. Der Wirt, ein kahlköpfiger Mann mit einem mächtigen Schnauzbart und dunkler Weste über einem weißen Hemd, fegte gerade die Tische unter der Markise ab. Als er Ajax und Lydie herankommen sah, schien er zu bemerken, in welcher Verfassung die beiden waren. »Un moment«, sagte er, verschwand im Innern und kehrte mit zwei gefüllten Schnapsgläsern zurück, kaum dass sich Ajax und Lydie gesetzt hatten. Dann ließ er die beiden einzigen Gäste allein.

Lydie leerte das Glas in einem Zug, offenbar vertraute sie ihrem Landsmann bei der Auswahl des Getränks. Ajax nahm ihr das leere Glas aus der Hand und schob seines zu ihr hinüber, auch das trank sie, ohne zu zögern. Sie keuchte. Ihre Wangen nahmen etwas Farbe an.

»Ihr Franzosen scheint euch gut zu verstehen«, sagte Ajax mit einem Blick zu dem Wirt hinüber.

»Was man von Franzosen und Engländern nicht behaupten kann«, versetzte Lydie. »Was hast du dir dabei gedacht, Ajax? Ich habe dir von dem Schlüssel erzählt, weil ich geglaubt habe, ich könnte dir vertrauen.«

Was sollte er tun? Sich entschuldigen? Er hatte nicht bedacht, dass die Sache mit dem Schlüssel auf Lydie zurückzuführen sein würde. Was konnte er sagen? Dass er sie liebte? Das war die Wahrheit, aber sie würde ihm nicht glauben, nicht, nachdem er ihr solche Schwierigkeiten bereitet hatte. Die Angst, sie zu verlieren, wurde mit einem Mal übermächtig, und er wünschte, er könnte die Zeit anhalten und für immer mit ihr vor dem Bistro sitzen bleiben. Aber die Zeit dachte nicht daran, sich seinen Wünschen zu beugen, und wenn er nicht bald etwas sagte, würde Lydie aufstehen und für immer verschwinden.

»Ich bin kein einfacher Dienstbote«, eröffnete er ihr. »Ich arbeite für die britische Regierung.«

Lydie runzelte die Stirn und sah ihn an wie ein Kind, das für einen Ausrutscher eine besonders dreiste Lüge auftischte.

»Es ist wahr«, versicherte er, und dann flogen die Worte aus ihm heraus. Er erzählte von seiner Begegnung mit Gallagher und dessen Auftrag, ließ nichts aus, nicht einmal den Sack mit den Katzen, und gestand schließlich, dass er die Verbindung des Herzogs zu den Nazis gegenüber seinem Auftraggeber erflunkert hatte. »Weil ich gehofft habe, dadurch in deiner Nähe bleiben zu können.«

Der Wirt kehrte zurück und stellte noch zwei Gläser auf den Tisch. Diesmal war es Ajax, der beide austrank. Danach fühlte sich sein Kopf leichter an, aber das Herz war ihm nach wie vor schwer.

Lydie lehnte sich in ihrem aus Weiden geflochtenen Stuhl zurück und legte beide Hände auf die zerkratzte Tischplatte. Sie zitterte nicht mehr. »Und die Herzogin hat dich gestern Abend dabei erwischt, wie du ihre Gemächer durchsucht hast«, schloss sie seinen Bericht.

»Nein«, sagte Ajax. »Ich war in den Räumen ihres Mannes. Sie muss das Licht gesehen oder etwas gehört haben und kam herein. Ich war unvorsichtig. Ein Anfänger.« Dann berichtete er, was er auf dem Film entdeckt hatte: Edward, der Wallis zwang, angesichts der faschistischen Parole auf der Kaimauer zu salutieren.

»Vielleicht waren deine Flunkereien über die politischen Interessen des Herzogs gar nicht so weit hergeholt.«

»Vielleicht«, stimmte Ajax zu, und nach einer Weile beschrieb er die delikate Situation mit Wallis.

»Sie ist eine schöne Frau«, sagte Lydie. »Immerhin hat sie es geschafft, einem König den Kopf zu verdrehen.« Sie sah ihn fragend an.

Gerade als er beteuern wollte, dass nichts zwischen ihnen passiert sei, weil er nur an sie, Lydie, gedacht hatte, fragte sie: »Das geschah auf jener Seite des Hauses, die zum Park hinausgeht?«

Ajax nickte.

»Vielleicht hat das nichts zu bedeuten«, hob sie an, »aber heute Morgen kam der Gärtner in die Küche und warf vier Zigarettenkippen auf den Tisch. Er schimpfte und sagte, er wolle gar nicht wissen, wer die heimlich im Garten geraucht habe, aber wenn er noch einmal hinter uns aufräumen müsse, werde er die Herrschaften verständigen.«

Ajax begriff nicht, was Lydie damit sagen wollte – und das schien sie ihm anzusehen. »Verstehst du? Jemand hat im Garten gestanden und euch vielleicht gesehen.«

Der Herzog! Das war Ajax' erster Gedanke. Aber wenn Edward gestern Abend vom Garten aus beobachtet hätte, wie seine Frau Ajax küsste, wäre er sofort in die Villa gestürmt und hätte ihn zum Duell gefordert – oder was Adelige sonst in solchen Fällen unternahmen.

Ajax hatte genug von Heimlichkeit und Intrigen. Es ging nicht um Edward und Wallis, es ging um Lydie, sie war die Königin seiner Zukunft – ihrer gemeinsamen Zukunft. »Lydie«, sagte er und suchte nach den richtigen Worten, »lass uns zusammenbleiben, wir könnten in Paris leben oder in London oder irgendwo, Hauptsache du bist an meiner Seite und ich an deiner. Willst du?«

Als der Wirt aus dem Bistro gerannt kam und mit den Armen wedelte, dachte Ajax, er wolle kassieren. Dann sah er das Entsetzen in den Augen des Mannes.

»Die *Boches*«, rief der Wirt, »die Deutschen, sie sind da!« Durch die offen stehende Tür drang die aufgeregte Stimme eines Radiosprechers nach draußen. »Wir schließen, ich verschwinde.« Er sammelte die Gläser ein. »Warten Sie«, sagte Lydie, »wir haben noch nicht bezahlt.«

»Geht aufs Haus.« Der Wirt lief zurück in sein Lokal.

Mit einem Mal schoss Ajax ein Bild durch den Kopf wie eine jener Höllenszenen von Hieronymus Bosch. »Komm!«, rief er, sprang auf, zog Lydie auf die Beine und hinter sich her ins Bistro.

Der Wirt war damit beschäftigt, den Inhalt der Kasse in einen Stoffbeutel zu entleeren. Hinter der Theke plärrte das Radio, ein Kasten aus dunklem Holz mit Knöpfen, so groß wie Brillengläser. Der Sprecher war außer sich. Er redete so schnell, dass Ajax kaum etwas verstehen konnte und Lydie für ihn übersetzen musste.

»Die Deutschen sind im Norden einmarschiert«, berichtete sie. »Um Gottes willen, hoffentlich geschieht meinen Eltern nichts.« Sie hörte weiter zu. »Nein, die Front ist weiter weg. Im Tal der Meuse. Die Wehrmacht ist über die Ardennen gekommen und hat unsere Verteidigung überrollt. Jetzt marschieren sie schon in Richtung Paris.« Sie klammerte sich an ihn. »Was soll nun aus uns werden?«

Ajax stand da wie erstarrt. Herzog Edward hatte die miserable Verteidigung der Franzosen entdeckt und seinen Gästen davon erzählt, darunter war Prinzessin Katharina gewesen. Sie hatte nichts weiter zu tun brauchen, als in Berlin anzurufen und Hitler den entscheidenden Hinweis zu geben. Die deutsche Heeresleitung hatte nicht gezögert. Frankreich war gefallen, weil der Herzog von Windsor den Mund nicht hatte halten können – oder hatte halten wollen. »Wir müssen sofort zurück in die Villa, bevor die Stadt im Chaos versinkt.«

Kapitel 13

PARIS,
MAI 1940

Die Stadt veränderte sich von einem Augenblick zum anderen. Gerade noch war ein milder Frühlingswind durch die Straßen geweht, nun fegte ein Sturm durch Paris. Die Nachricht von der Invasion brachte alles in Bewegung. Wer ein Auto besaß, lud sein Hab und Gut hinein und verließ die Stadt in Richtung Süden, um möglichst viel Entfernung zwischen sich und die Deutschen zu bringen. Wer nicht motorisiert war – wie die meisten Pariser –, belud Handkarren, Fahrrad und Kinderwagen mit allem, was ihm lieb und teuer war. Die Straßen waren voller Flüchtender.

»Fahren Sie schneller«, befahl Katharina dem Chauffeur, einem Franzosen. Sie hatte den Fahrer mitsamt Wagen gemietet, als sie in der Hauptstadt angekommen war. Diese Entscheidung erwies sich nun als Fehler, denn der Mann verhielt sich seinen Landsleuten gegenüber zu rücksichtsvoll und bremste, wenn jemand die Straße überqueren wollte. Und das geschah bei jedem Atemzug.

»Geben Sie Gas«, forderte Katharina ihn noch einmal auf.

»Es geht nicht, Euer Gnaden«, sagte der Chauffeur über die Schulter und deutete auf die Straße vor ihnen. Durch die Windschutzscheibe war ein Fuhrwerk zu erkennen, das mit Matratzen und Möbeln beladen war, an denen sich Kinder und eine Greisin mühsam festhielten. Auf dem Kutschbock hockten ein Mann und eine Frau und versuchten, das altersschwache Pferd anzutreiben.

Die mit rotem Leder bezogene Sitzbank unter Katharina stand in Flammen. Sie musste zur Villa Windsor. So schnell wie möglich. Sie musste Edward aufhalten, bevor er sich den Flüchtenden anschloss.

Als die Nachricht vom Einmarsch der Deutschen im Jardin du Luxembourg angelangt war, hatte Edward nicht lange überlegt. Er hatte ihr vorgeworfen, von der Invasion gewusst zu haben. Aber das stimmte nicht. Katharina war selbst überrascht, dass Hitler den »Fall Rot«, wie der Angriff in der Heeresleitung hieß, ausgerufen hatte. Zwar hatte sie die Informationen über die schwache Verteidigung an der Meuse nach Berlin weitergeleitet. Dass der Führer jedoch so rasch reagieren würde, damit hatte sie nicht gerechnet. Jetzt stand sie in Paris auf verlorenem Posten, Opfer ihrer eigenen Intrige. Sie hatte zusehen müssen, wie Edward zum Ausgang des Parks gelaufen war, um so schnell wie möglich zu Wallis zurückzukehren, um die er sich angesichts der Unruhe in der Stadt sorgte.

Katharina schüttelte den Gedanken an eine Niederlage ab. Sie würde verhindern, dass Edward ihr entkam. Sie musste ihn nach Berlin bringen, wenn es sein musste, mit Gewalt.

»Steigen Sie aus!«, rief sie dem Chauffeur zu, sprang aus dem Fond, riss die Tür an der Fahrerseite des Horch auf und zerrte an der hellgrauen Uniform, bis der Mann nachgab.

»Aber Madame …«, begann er.

Katharina brachte ihn zum Verstummen, indem sie ein Bündel Banknoten aus der Handtasche zog und ihm in die Hand drückte. Dann warf sie sich in den Fahrersitz des Wagens. Ein deutsches Modell, damit kannte sie sich aus. Sie rammte den Gang ein und trat das Gaspedal durch. Der Wagen bockte, setzte sich in Bewegung und fuhr schlingernd auf das Fuhrwerk zu. Katharina liebte die Geschwindigkeit, und sie liebte Herausforderungen. Sie steuerte die schwere Limousine um die Flüchtenden herum, streifte ein Fahrrad mit angehängtem Bollerwagen und hörte das Klirren, als beides auf das Pflaster stürzte. Mit einer Hand am Lenkrad raste sie den Boulevard Lefebvre entlang und kramte mit der anderen in ihrer Handtasche nach Feuerzeug und Zigaretten. Dabei ertastete sie den Kniegelenkverschluss der Parabellum-Pistole. Erst am Morgen hatte sich Katharina davon überzeugt, dass sechs Patronen im Magazin steckten.

*

Ajax und Lydie rannten den Boulevard Souchet entlang zur Villa Windsor. Ihre Hände waren ineinander verschränkt. Lydie hatte ein paarmal versucht, sich aus Ajax' Griff zu befreien, aber er hielt sie fest. Nie wieder, das schwor er sich, wollte er sie loslassen. Sie hatte sich nicht dagegen gesträubt, zur Villa zurückzukehren, obwohl Wallis sie aus dem Haus geworfen hatte. Atemlos hasteten sie über das Pflaster. Auf den Straßen tauchten die ersten Flüchtenden auf. Ein Citroën raste an ihnen vorbei, hinter den Fensterscheiben waren Holzkisten gestapelt, auf der Motorhaube und dem Dach hatte der Fahrer Möbelstücke mit Seilen festgebunden, darunter ein Harmonium, das jetzt, von der Fliehkraft gepackt, ins Rutschen geriet und vor Ajax und Lydie auf dem Trottoir landete.

Sie sprangen über das zerschmetterte Instrument. Die Villa war schon in Sichtweite. In der Einfahrt standen der Wagen des Herzogs, ein schwarzer Rolls Royce, und davor ein Lastwagen mit abgedeckter Ladefläche. Das Haus ragte hinter dem schmiedeeisernen Zaun auf, als sei nichts geschehen, als ginge gerade nicht die Welt zugrunde.

Zwei Männer standen vor dem Tor. Einer prüfte seine Schusswaffe.

Ajax blieb abrupt stehen und zog Lydie hinter einer Platane in Deckung.

»Was ist?« Sie stolperte, fing sich.

»Die Männer da vorne«, Ajax lugte um den Baumstamm herum, »die kenne ich.« Sie waren es tatsächlich: Cook und Cowell. Zwar trugen sie andere Anzüge als in Cambridge, und Cook hatte sich einen Oberlippenbart stehen lassen, doch Ajax hätte sie auch dann erkannt, wenn sie im Gewand eines Scheichs erschienen wären. »Das sind die beiden, die mich in Cambridge zu dem Mann vom Geheimdienst gebracht haben.«

Lydie sagte etwas, aber zwei Lastwagen knatterten an ihnen vorbei und trugen ihre Worte davon. »Was machen die in Paris?«, wiederholte sie.

Ajax starrte auf einen Käfer, der die Rinde der Platane entlangstakste, das Insekt schien schneller zu laufen als seine Gedanken. »Gallagher«, murmelte er. »Meine Briefe. Der Herzog.« Er schaute Lydie an. »Sie glauben, dass Edward im Begriff ist, zu den Deutschen überzulaufen, und wollen das verhindern.« Er schluckte. »Entweder wollen sie ihn mitnehmen, nach England, oder …«

Diesmal war es Lydie, die loslief. Ajax folgte ihr. Sie bogen in die kleine Straße ein, die den Boulevard Souchet mit der Avenue du Maréchal Maunoury verband. Auf dieser Seite des Hauses konnten Cook und Cowell sie nicht sehen. Lydie hielt auf den Dienstboteneingang zu und ließ den schweren Türklopfer gegen das Holz fallen.

Schritte waren zu hören. Die Tür wurde aufgezogen, und Walter schaute heraus, hinter ihm drang der Geruch von gedünstetem Gemüse ins Freie.

»Wir müssen zum Herzog. Sofort.« Ajax schob den

protestierenden Walter beiseite und lief, gefolgt von Lydie, durch den Korridor in die Küche.

»Lydie!«, rief Madeleine, die Köchin, die auf einem Schemel saß und ein Huhn rupfte. »Bist du von allen guten Geistern verlassen, hier noch einmal aufzutauchen?«

»Wo ist die Herzogin?«, platzte es aus Lydie heraus.

»Was willst du denn von ihr?«, fragte Madeleine misstrauisch.

Ajax schaltete sich ein. »Ihr das Leben retten. Bitte! Wo ist sie?«

Madeleine schüttelte den Kopf, anscheinend fürchtete sie, dass es sie ebenfalls die Stellung kosten konnte, ihrer ehemaligen Kollegin einen Gefallen zu tun. Es war Walter, der ihnen half. »Die Herrschaften sind oben in ihren Gemächern und schreien sich an. Man kann es bis in den Salon hören.«

Sie liefen zu dritt aus der Küche zur Treppe und waren bereits auf dem ersten Absatz, als die Türglocke läutete. Ajax sah, wie Walter sich umdrehte und auf die Tür zuging. »Nicht öffnen!«, rief er. Ob Walter dies befolgte, wartete er nicht ab.

Sie erreichten das dritte Stockwerk. Die Stimme des Herzogs flog ihnen entgegen, dunkel vor Zorn. Die der Herzogin antwortete schrill. Eine Tür auf Edwards Seite des Korridors stand offen. Ajax und Lydie hielten darauf zu.

»Da gibt es nichts abzustreiten«, brüllte Edward.

Die letzten Worte waren kaum gesprochen, da fuhr Wallis in Edwards Rede. »Woher willst du überhaupt wissen, was in diesen Räumen vor sich geht? Du bist nie zu Hause. Aber ich weiß schon, woher du diesen Unsinn hast.«

Die Stimmen kamen aus dem Arbeitszimmer. Ausgerechnet von dort, dachte Ajax.

»Deine Freundin Katharina hat dir das eingeflüstert«,

fuhr Wallis fort. Edward widersprach nicht. »Hat sie es also doch geschafft, einen Keil zwischen uns zu treiben.«

Ajax stürzte in den Raum, dicht gefolgt von Lydie. »Sie müssen sofort von hier verschwinden!«, rief er mit dem letzten Rest Atem und dem letzten Rest Mut.

Edward und Wallis fuhren herum. Sie standen auf entgegengesetzten Seiten des wuchtigen Schreibtischs und starrten den Hausdiener und das Stubenmädchen an, wie sie zwei Saucenflecken auf ihrem Tischtuch angestarrt hätten.

»Ich habe dir gekündigt. Hinaus!«, krächzte Wallis, funkelte Lydie an und wies mit ausgestreckter Hand auf die Tür. Das Gesicht der Herzogin war verzerrt und purpurfarben angelaufen.

»Warten Sie!« Ajax hob abwehrend die Hände.

»Sir?« Walter tauchte in der Tür auf und schaffte es, seine Überraschung über die Szene, die sich ihm bot, im Zaum zu halten.

Edward fuhr ihn an. »Was?«

»In der Empfangshalle warten zwei Gentlemen von der britischen Regierung. Sie sagen, es sei dringend.« Walter ließ den Blick durch den Raum schweifen, offenbar nicht sicher, ob er das alles wirklich erlebte. »Soll ich die Herren in den Salon bitten?«

»Verschwinden Sie«, grollte Edward. »Und werfen Sie die Männer raus.« Dann schien er es sich anders zu überlegen. »Von der britischen Regierung?«, fragte er. Ajax erkannte Edwards Gedanken, er hätte in dieser Situation dieselben Schlüsse gezogen: dass der Besuch gekommen war, um ihn und Wallis aus Frankreich zu evakuieren und nach England zu bringen.

»Sir! Euer Gnaden!« Ajax ging einen Schritt auf den Herzog zu. »Diese Männer sind hier, um Sie zu beseitigen. Ich kann alles erklären, bitte, glauben Sie mir.«

»Fliehen Sie«, rief Lydie.

»Dieser Mensch ist verrückt geworden«, sagte Wallis. »Und seine Kokotte mit ihm.«

Schwere Schritte waren auf der Treppe zu hören. »Euer Gnaden?«, fragte eine Männerstimme von dort. Sie gehörte Cook.

»Was erlauben sich diese Leute, einfach hier heraufzukommen? Kümmern Sie sich darum«, sagte Edward zu Walter. Der verschwand aus dem Arbeitszimmer.

»Bitte, hören Sie mir zu«, versuchte Ajax es noch einmal. »Ich kenne diese Leute. Sie werden …«

Von der Treppe her war gedämpft Walters Stimme zu hören, dann fiel ein Schuss. Im nächsten Moment schrie Walter, und ein Poltern war zu hören.

Ajax vergaß alles um sich herum. Mit einer Hand zog er Lydie zur Seite, mit der anderen warf er die Tür zu und drehte den Schlüssel. Jemand rüttelte von außen an der Klinke.

»Aufmachen!«, rief Cowell und hämmerte gegen die Tür.

Edward und Wallis starrten Ajax an.

»Los«, zischte er, »durch die anderen Zimmer auf den Korridor.«

Edward nickte. Endlich hatte er verstanden. Er stürzte aus dem Büro ins Schlafzimmer. Die Frauen folgten.

»Was wird aus Walter?«, fragte Lydie, während Ajax auch diese Tür hinter ihnen verschloss. Niemand antwortete.

Vor dem Zugang vom Schlafzimmer zum Korridor zögerte Ajax. Ihre Verfolger waren zu zweit. Einer mochte im Flur darauf warten, dass sich jemand zeigte.

In den Räumen hinter ihnen machte sich jemand am Türschloss zu schaffen, dann fiel ein Schuss. Holz splitterte.

»Weg da!«, rief Edward und schob Ajax zur Seite. Der Exkönig zog die Tür auf und eilte in den Korridor. Wieder war ein Schuss zu hören, dann noch einer. Aus dem Arbeitszimmer drangen die hektischen Stimmen von Cook und Cowell.

Wallis folgte Edward, Ajax und Lydie schlossen auf. Sie erreichten die Treppe. Der Herzog und die Herzogin stiegen über Walter, der reglos auf den Stufen lag. Als Ajax sich zu Walter hinunterbeugte und ihn mit Lydies Hilfe aufzurichten versuchte, stieß der Dienstbote einen Schmerzensschrei aus. »Schschh«, zischte Wallis von unten. Da öffnete sich eine Tür. Cook stürzte in den Flur und schoss auf die Fliehenden.

Eine Kugel traf Walter in den Rücken. Er warf den Kopf nach hinten, einen erstaunten Ausdruck auf dem Gesicht, dann fiel er in sich zusammen.

Jetzt legte Cook auf den Herzog an, doch zwischen den beiden Männern stand Lydie. Ajax machte einen Satz auf Cook zu und schlug seinen Waffenarm beiseite, dann versetzte er dem Schützen einen Stoß. Cook taumelte. Ajax lief zurück zur Treppe.

»Stehen bleiben!«, rief Cowell. Ein weiterer Schuss folgte, diesmal von der Treppe her. Auf den mit rotem Teppich ausgelegten Stufen stand Prinzessin Katharina. Sie trug einen leichten hellen Mantel und hielt eine Pistole in der ausgestreckten Hand. Ihr Gesicht … Ajax hatte noch nie eine solche Entschlossenheit in den Augen eines Menschen gesehen. Dreimal drückte sie den Abzug. Cook und Cowell suchten Deckung in einem der Räume an den Seiten des Korridors.

»Raus hier!«, rief die Prinzessin und zielte unverwandt auf die Stelle, an der die beiden Attentäter verschwunden waren.

Ajax fasste Lydies Hand, sie war klebrig von Walters Blut, und wollte sie aus der Schusslinie ziehen. Da fühlte er sich selbst gepackt, ein starker Arm legte sich von hinten um seinen Hals und zog ihn die Stufen hinunter. Im Kampf um sein Gleichgewicht strampelte er mit den Beinen. Er bekam keine Luft, musste Lydie loslassen, um sich mit beiden Händen von dem Druck an seinem Hals zu befreien. Dabei hinterließen seine Finger rote Abdrücke auf dem weißen Hemdsärmel an seiner Kehle, dem Arm von Herzog Edward.

Der Exkönig hielt Ajax umschlungen, um ihn als Schutzschild zu benutzen. Eine Kugel pfiff an ihnen vorbei und schlug in die Wand des Treppenhauses. Die heller klingende Waffe der Prinzessin antwortete. Entsetzen packte Ajax. Lydie. Sie war noch immer dort oben. Er rief ihren Namen, doch nur ein Krächzen drang aus seiner zugedrückten Kehle.

Weitere Schüsse krachten. Der Herzog zerrte Ajax bis in die Eingangshalle hinab. Dort ließ er ihn los, riss die Haustür auf und war im Freien.

Ajax kam taumelnd auf die Füße und rieb sich den Hals. Er lief zur Treppe zurück, da sah er Lydie gemeinsam mit Wallis herunterkommen. Lydie strauchelte, stützte sich an der Wand ab, schien jedoch unverletzt.

»Wartet auf mich!«, rief Prinzessin Katharina von oben, gefolgt von weiteren Schüssen. Eine Patronenhülse rollte die Stufen herab.

Ajax lotste die beiden Frauen ins Freie und sah Katharina herankommen. Er lief durch die Eingangstür. Vor einigen Tagen war er diese Treppe hinabspaziert und hatte sich gefühlt wie ein König, weil er Lydie hatte ausführen können, jetzt war er ein Bettler, der Gott um ihr Leben anflehte.

Ein Motor heulte auf. Edward saß in der Kabine des Lastwagens, hatte die Finger um das Lenkrad geklammert und fuhr an. Weiter hinten in der Einfahrt rannten Lydie und Wallis auf den dunklen Rolls Royce zu. Dort sah Ajax auch Timmy und Pascal, den französische Hausdiener, die aufgeregt gestikulierten.

Im Rolls würde kein Platz mehr sein. Ajax lief auf den Lastwagen zu, hämmerte mit einer Faust auf die Motorhaube und lief um den Wagen herum, Edward musste ihn gesehen haben, trotzdem bremste er nicht. Ajax erhielt einen Stoß, als ihn der Kotflügel rammte. Der Wagen rollte an ihm vorbei.

Mit beiden Händen griff Ajax nach der Abdeckung der Ladefläche, hielt sich an der Klappe fest und sprang auf die hintere Stoßstange. Ein Fuß fand Halt, den anderen zog er nach, der Schuh pflügte durch den Kies der Einfahrt. Dann zog er auch ihn auf die Stoßstange. Als der Wagen in den Boulevard einbog, nutzte Ajax die Fliehkraft und ließ sich unter die Plane auf die Ladefläche fallen. Dabei stieß er mit dem Kopf gegen etwas Hartes, Holz, wie er tastend feststellte. Der Laster war bereits mit Möbelstücken beladen.

Eine Wolke aus Abgasen quoll auf die Ladefläche, als der Herzog vorne in der Fahrerkabine einen Gang höher schaltete. Ajax hustete. Seine Hüfte schmerzte. Der Stoß gegen den Wagen schien kräftiger gewesen zu sein, als er zunächst gedacht hatte. Er drückte gegen die Stelle, da spürte er Feuchtigkeit zwischen den Fingern und einen stechenden Schmerz. Im spärlichen Licht unter der Plane sah Ajax Blut an seinen Fingern, aber das war nicht Walters Blut, sondern sein eigenes. Er war getroffen worden. In all der Aufregung hatte er es nicht einmal bemerkt, aber jetzt erkannte er mitten in dem roten Fleck auf seinem Hemd das Einschussloch. Seine Hände begannen zu zittern.

Der Wagen rumpelte über das Kopfsteinpflaster. Ajax biss die Zähne zusammen. Er steckte den Kopf unter der Plane hindurch ins Freie. Wo blieb der Rolls mit Lydie? Die Frauen mussten doch kurz hinter ihnen sein.

Wenn die Limousine mit Lydie nicht hinter ihm herkam, würde er aus dem fahrenden Wagen springen, um sie zu retten. Cook und Cowell waren wahrscheinlich noch immer in der Villa.

Ajax lehnte sich weiter über die Heckklappe, spürte, wie der Fahrtwind nach seinem Haar griff und es ihm in die Augen wehte. Er hob das Bein an der verletzten Seite an, um es über die Klappe zu schwingen.

*

Katharina ging rückwärts die Treppe hinunter und hielt die Mündung der Parabellum dabei nach oben gerichtet. Sie hatte ein neues Magazin eingelegt und vier Schuss übrig. Sie konnte die beiden britischen Agenten miteinander flüstern hören. Beide waren am Leben, aber Katharina war sicher, einen von ihnen getroffen zu haben.

Sie selbst war unverletzt. Sie war rechtzeitig in der Villa erschienen und hatte Edward das Leben gerettet – und dieser Hexe, seiner Frau. Das also war aus ihrem Plan geworden, Edward mit vorgehaltener Waffe entführen zu wollen.

Aber vielleicht war es dazu noch nicht zu spät.

Die Briten saßen oben fest. Ihr einziger Ausweg war die Treppe, und die beiden waren bestimmt nicht so dumm, von dort aus anzugreifen.

Katharina sah sich in der Empfangshalle um. Die Haustür stand offen. Wallis und die junge Frau waren nach draußen geflohen, gefolgt von einem jungen Mann.

Rückwärts ging Katharina auf den Ausgang zu, schoss noch zweimal in Richtung der Attentäter. Dann drehte sie sich um und lief die Freitreppe hinab.

Der Lastwagen war verschwunden. In der Einfahrt stand noch der dunkle Rolls Royce. Ein Mann saß hinter dem Steuer, ein Knabe auf dem Beifahrersitz – Personal, wie Katharina an den Uniformen der beiden erkannte.

Vor dem Wagen stand die junge Frau und starrte Wallis an, die auf der Rückbank Platz genommen hatte. »Tut mir leid«, sagte die Herzogin. »Aber in diesem Wagen ist kein Platz mehr.« Wallis schloss mit einer resoluten Bewegung die Tür. Die Bank war bis auf die Herzogin leer.

»Madame!«, rief die junge Frau und klopfte gegen die Fensterscheibe, doch Wallis schaute stur geradeaus. Katharina konnte erkennen wie sich die Lippen der Herzogin zu einem einzigen Wort formten. Dann fuhr die Limousine an.

»Warten Sie doch!«, rief die junge Frau und rannte hinter dem Wagen her. »Ich muss zu Ajax!« Der Rolls verschwand. Sie stolperte im Kies der Einfahrt und drohte zu stürzen.

Katharina rannte auf sie zu. »Kommen Sie! Dort drüben steht mein Wagen.« Sie warf einen misstrauischen Blick zur Villa hinüber. Jeden Moment konnten die beiden Briten dort auftauchen. »Rasch!«

Die Französin lief neben Katharina her und sprang ohne zu zögern in den Horch. Katharina startete den Motor. Als sie auf den Boulevard einschwenkte, sah sie im Rückspiegel die Agenten aus der Villa laufen. Sie hielten Pistolen in Händen, legten auf den davonfahrenden deutschen Wagen an, doch die Entfernung war bereits zu groß für einen Treffer. Die Männer rannten zu einem silbergrauen Bentley, der kurz darauf hinter Katharinas Horch auftauchte. Sie trat aufs Gaspedal. Noch trennten drei andere Fahrzeuge sie voneinander.

»Wo sind die anderen? Wo ist Ajax?« Die Französin suchte die Straße mit Blicken ab. Weder der Rolls noch der Lastwagen waren zu sehen. Katharina musterte die junge Frau auf dem Beifahrersitz. Eine Blinde hätte erkannt, dass sie bis über beide Ohren in einen der Geflohenen verliebt war. »Wir finden sie«, sagte Katharina mit fester Stimme. »Und wenn wir bis ans Ende der Welt fahren müssen.«

Kapitel 14

CAMBRIDGE,
APRIL 1992

Die Sonne glitzerte auf dem Cam, ein Schwarm Enten landete rauschend auf dem Fluss. Unter ihren Flügelschlägen spritzte das Wasser auf.

Die Archivarin hustete in die Faust, dann räusperte sie sich. »Ich bin das lange Reden nicht mehr gewohnt. Können Sie mir noch folgen, Mister Ennis?«

Roger ruckte auf der Bank herum. Und ob er ihr folgen konnte! Die Geschichte, die sie ihm erzählte, hatte ihn so sehr gepackt, dass er erst jetzt bemerkte, wie steif sein Rücken geworden war, weil er sich beim Zuhören kaum noch bewegt hatte. Trotzdem, er konnte sich nicht helfen: Miss Imberts Bericht klang unglaubwürdig.

»Das soll sich alles so zugetragen haben?«, fragte er.

Sie senkte den Blick auf ihr Halstuch, stellte fest, das damit etwas nicht in Ordnung war, und richtete es neu. »Mister Ennis«, sagte sie, »was ich Ihnen da erzähle, ist ein Stück europäischer Geschichte, von der nur sehr wenige Menschen wissen. Ob Sie glauben, was Sie von mir erfahren, liegt einzig und allein bei Ihnen.«

Roger schluckte. »Demnach wäre der Herzog von Windsor dafür verantwortlich gewesen, dass Hitler Frankreich so schnell erobern konnte. So steht das aber nicht in unseren Geschichtsbüchern.«

»Weil sie nicht von Zeitzeugen geschrieben worden sind, Mister Ennis.« Sie saß reglos da, beinahe wie eine Statue, und ruhte in ihrem Wissen. »Es ist wichtig, Erkenntnisse aufzuschreiben«, sagte sie mit fester Stimme, »aber noch wichtiger ist es, alles in Erinnerung zu behalten, was zu diesen Erkenntnissen geführt hat. Es sind die kleinen Gesten, die nicht zu Ende gesprochenen Sätze und die Blicke zwischen Menschen, die mächtige Ereignisse auslösen können.«

Wie sollte er mit dieser merkwürdigen Situation umgehen? Roger legte eine Hand auf seine Tasche, wo er sein Notizbuch spürte. Dann nahm er die Hand wieder weg und legte sie zu seiner anderen auf seine Beine.

»Wollen wir weitermachen?«, fragte Miss Imbert. »Unsere Geschichte, Mister Ennis, hat nämlich gerade erst begonnen.«

Teil 2

Kapitel 15

Paris,
Mai 1940

Katharina lenkte den Horch zwischen den Flüchtenden hindurch. Der Wagen schrammte an Autobussen und Fahrrädern vorbei, alle mit so schwerem Gepäck beladen, dass die Reifen zu platzen drohten. Sie wich einem alten Mann mit einem Bündel Kleider auf dem Rücken aus, nur um sich einem Konvoi aus französischen Militärfahrzeugen gegenüberzusehen. Mit beiden Händen hielt sie das Lenkrad umklammert, scherte vor dem Konvoi wieder ein und versuchte, gleichzeitig nach vorn und in den Rückspiegel zu schauen.

Die eigentliche Gefahr lauerte hinter ihr: Die beiden Attentäter verfolgten sie in einem silbergrauen Bentley. Wer waren diese Männer? Wenn Katharina geglaubt hatte, sie könne sie dank ihrer Fahrkünste abhängen, so hatte sie sich getäuscht. Obwohl sie den Horch mit höchster Geschwindigkeit über die Straße scheuchte, blieb der Bentley im Rückspiegel kleben.

»Wie schnell fahren wir?«, presste die junge Frau neben ihr hervor. Sie hielt sich eine Hand vor die Augen und blinzelte zwischen den Fingern auf die Fahrbahn vor ihnen.

»Nicht schnell genug«, antwortete Katharina.

Bald näherten sie sich den Ausläufern der Stadt. Die Bebauung wurde spärlicher, das Grün dafür üppiger. Auch die

Flüchtlingskolonne dünnte aus. Die Straße war wieder frei. Der Horch holperte über Baumwurzeln im Pflaster und durch Schlaglöcher. Mehrfach schlugen Katharinas Zähne aufeinander. Sie blieb auf dem Gaspedal stehen.

»Ich bin Katharina«, sagte sie und reichte ihrer Mitfahrerin eine Hand.

»Lydie.« Die Hand der Französin fühlte sich schwielig an, es war die Hand einer einfachen Frau. Rasch ließ Lydie wieder los, deutete auf das Lenkrad.

»Keine Angst«, sagte Katharina. »Den Wagen kann ich in der Spur halten. Aber die beiden Kerle hinter uns lassen sich nicht abschütteln.«

Lydie wandte sich um und spähte durch das kleine Heckfenster. Dabei hatte Katharina Gelegenheit, ihre Begleiterin in Augenschein zu nehmen. Lydie trug die Dienstkleidung eines Stubenmädchens. Jetzt, da sie auf der Sitzbank kniete, ragten ihre Beine unter dem Saum hervor. Ihre Waden hatten genau die richtige Mischung aus Zartheit und Kraft, die einen Mann die Orientierung verlieren lassen konnte. Sie war eine natürliche Schönheit, die trotz ihrer Ärmlichkeit strahlte – oder gerade deswegen.

»Diese Männer haben auf uns geschossen!« Lydie sank wieder auf den Sitz zurück. »Was machen wir jetzt? Wo sind der Herzog und die Herzogin? Und wer sind Sie?«

»Das sind eine Menge Fragen«, gab Katharina zurück. »Ich kann nur die letzte beantworten, aber erst dann, wenn wir unsere Verfolger endlich los sind.« Natürlich hatte sie nicht vor, Lydie mehr als nötig zu erzählen. »Festhalten!«, rief sie.

Vor ihnen stieg die Straße steil an. Der Horch nahm die Steigung, ohne dass Katharina einen Gang herunterschalten musste. Die beiden Frauen wurden in die Sitze gepresst. Als sie oben ankamen, verriet ein Blick in den Rückspiegel, dass der Bentley hinter ihnen Schwierigkeiten am Hang hatte. Katharina schoss über die Kuppe. Der Wagen machte einen kleinen Satz, und für einen Moment spürte sie, wie ihr Magen schwerelos wurde, dann setzte der Horch mit einem Krachen wieder auf und brauste weiter.

»Halten Sie Ausschau nach einem Versteck, Lydie.« Katharinas Blick flog über die Büsche und Bäume, die die Straße säumten. Die Gelegenheit war günstig: Durch die Anhöhe waren sie für einen Moment vor den Verfolgern sicher. Wenn sie hier irgendwo in die Vegetation einbiegen konnten, würden die Männer vielleicht an ihnen vorbeifahren.

»Da vorn.« Lydie streckte eine Hand aus. In einem Birkenwäldchen war eine Lücke zu erkennen, ein Traktor mit großen Rädern hatte eine tiefe Spur in dem aufgeweichten Boden hinterlassen. Katharina riss das Lenkrad herum und fuhr mit schleuderndem Heck in den Wald hinein. Schlamm spritzte gegen die Windschutzscheibe. Dass sie die Scheibenwischer einschaltete, machte alles nur noch schlimmer.

Sie stieß einen deutschen Maurerfluch aus. Stehen bleiben kam nicht infrage. Noch waren sie zu nah an der Straße, um vor den Blicken der Verfolger verborgen zu sein. Katharina nahm Gas weg und kurbelte das Fenster herunter, hielt den Kopf ins Freie und zog ihn sofort wieder zurück, als ihr Zweige ins Gesicht peitschten.

Auf dem Beifahrersitz sackte Lydie in sich zusammen, hob die Beine und stemmte die Füße gegen die Scheibe. Dann zog sie die Knie an und trat gegen das Fenster. Einmal, zweimal – dort, wo ihr Absatz traf, bildeten sich feine Risse im Glas. Wieder trat Lydie zu. Die Scheibe klappte auf die Motorhaube und rutschte von dort herunter in die Böschung.

Die Sicht war frei.

Sie schossen aus dem Wald heraus. Vor ihnen lagen sanfte Hügel, die Traktorspur schlängelte sich eine Wiese hinab in Richtung einer Ansammlung von rot geschindelten Dächern, dazwischen ragte ein Kirchturm auf.

Katharina warf einen Blick zurück. Hinter ihnen lag der Wald. Zwischen den Bäumen tauchte kein Bentley auf. Ihre Verfolger mussten an dem Birkenwäldchen vorbeigefahren sein. »Sie sind weg«, sagte sie und lächelte Lydie an. Ein Windstoß fegte durch die zerstörte Front des Horch und kühlte ihr Gesicht.

Lydie erwiderte das Lächeln. »Wir …«, begann sie und schluckte, »… wir sind entwischt.«

Katharina fühlte sich der jungen Französin verbunden. Sie hatte Mut bewiesen und Einfallsreichtum, beides Eigenschaften, wie sie die wenigsten Menschen in ihrem Umfeld besaßen. »Gut gemacht«, sagte sie, dann verstummte sie.

Erst jetzt, inmitten der stillen Landschaft, umgeben von üppigem Grün, fiel Katharina auf, dass sie nicht wusste, wie es weitergehen sollte. Sie bremste. Der Wagen blieb stehen.

Edward war entkommen. Fort. Sie hatte für ihn ihr Leben aufs Spiel gesetzt, aber ihre Mission war gescheitert. Trotzdem würde sie sich nicht geschlagen geben.

»Ich werde Sie in dem Dorf dort unten rauslassen, Lydie«, kündigte sie an.

Ihre Beifahrerin schien zu überlegen. »Und Sie?«

Katharina zögerte. Wie viel durfte sie verraten? »Ich muss den Herzog und die Herzogin finden«, sagte sie schließlich. »Um ihnen eine Nachricht zu überbringen.«

Lydie sah sie nachdenklich an. »Die Schüsse vorhin in der Villa … Ihr Akzent … Sind Sie eine deutsche Spionin?«

Katharina lachte und hoffte, dass es echt klang. »Ich weiß mich zur Wehr zu setzen, das ist alles.« Sie wusste, wie unglaubwürdig das wirkte. Wenn Lydie ihren Verdacht, Katharina sei eine deutsche Agentin, den französischen Behörden meldete, würden mehr als nur zwei Kerle in einem Bentley Jagd auf sie machen. Ihre Gedanken rasten, sie überlegte fieberhaft. Um dieses Risiko auszuschalten, würde sie Lydie an Ort und Stelle töten müssen. Das wäre in der Abgeschiedenheit hier draußen durchführbar, schätzte sie ab und langte nach ihrer Handtasche auf dem Rücksitz, in der die Pistole lag. Aber etwas hinderte sie daran. Die junge Frau war eine Einheimische. Sie konnte nützlich sein.

Katharina servierte Lydie einen Teil der Wahrheit. »Ich bin eine Enkelin des deutschen Kaisers«, brachte sie hervor, und der Unglauben im Blick der Französin war nun deutlich zu erkennen. »Mein Name ist Katharina von Braunschweig-Lüneburg. Vor einigen Wochen war ich Edwards Gast. Herzog Edwards Gast, meine ich natürlich.«

Sie konnte sehen, wie sich die Falten auf Lydies Stirn glätteten. »Ja«, sagte die Französin. »Ich erinnere mich daran, Ihren Namen auf der Gästeliste gelesen zu haben. Leider habe ich Sie nicht gesehen, denn an diesem Abend hatte ich frei.« Sie überlegte. »Aber Ajax hat mir von Ihnen erzählt.«

»Ajax?«, fragte Katharina. »Ist das Ihr Freund?«

»Ajax …« Lydies Gesicht wurde weiß. »Als wir aus der Villa gerannt sind, habe ich gesehen, wie er auf die Ladefläche von Herzog Edwards Lastwagen gestiegen ist. Ajax hat geblutet.« Sie griff nach Katharinas Händen und hielt sie fest umklammert. »Wenn Sie auf dem Weg zum Herzog sind, nehmen Sie mich mit. Bitte. Ajax braucht Hilfe.«

Katharina kam ein Verdacht. »Dieser Ajax«, sagte sie, »ist das einer der Hausdiener bei den Windsors? Dichtes Haar, lange Nase, dunkle Augen?«

Lydie nickte. »Ja. Das ist er.«

»Ich erinnere mich an ihn. Er war einer der Bediensteten bei dem Abendessen in der Villa«, sagte Katharina. Und er war derjenige, dem Wallis hinter dem erleuchteten Fenster nähergekommen war, fügte sie in Gedanken hinzu. Aber das würde sie für sich behalten. »Wahrscheinlich ahnt der Herzog nicht einmal, dass er einen Verwundeten auf der Ladefläche liegen hat. Wir müssen so schnell wie möglich zu ihnen.«

Katharina stieg aus, ging um den Wagen herum und öffnete die Heckklappe. Dort lagen ihre Koffer. Es dauerte nicht lange, bis sie ein blaues Kleid mit weißen Punkten gefunden hatte. Es war ihr etwas zu klein geworden, aber sie hatte sich trotzdem nicht davon trennen können. Lydie würde es passen. Wenn sie zusammen weiterfahren wollten, durften sie nicht auffallen, und ihre Begleiterin steckte nach wie vor in Dienstkleidung.

Wenige Minuten später hatte sich Lydie umgezogen. Das Kleid war nur eine Spur zu eng, aber der Stoff würde nachgeben und sich angleichen. Die Schuhe konnte sie anbehalten, sie waren zwar einfach, aber elegant.

Katharina startete den Wagen und schaute auf die Armaturen. »Jetzt brauchen wir noch Benzin.« Sie legte den Gang ein, und der Horch rumpelte die Traktorspur entlang, dorthin, wo jetzt eine Kirchenglocke zu hören war. Der Ton war hell, es musste sich um eine kleine Glocke handeln, wie sie in den Gotteshäusern auf dem Land üblich waren. Ihr Gefühl sagte ihr, dass die Glocke nicht für eine Messe geläutet wurde, sondern für ein Begräbnis.

Kapitel 16

FRANKREICH, SÜDLICH VON PARIS,
MAI 1940

Die Luft war warm, die Wipfel der Bäume wiegten sich im Wind. Ajax lag im Gras auf dem alten Friedhof und schaute zu, wie die Wolken über ihn hinwegzogen. Lydie beugte sich über ihn und streifte einen Träger ihres weiß gepunkteten Sommerkleids von der Schulter. Er streckte eine Hand aus und strich über ihre Haut. »Willst du mich heiraten?«, fragte er stotternd. Dabei war sein Lächeln so breit, dass es nicht mehr auf sein Gesicht zu passen schien.

Sie schloss die Augen und biss sich auf die Lippe, während eine hinterlistige Träne über ihre Wange rollte.

Warum sagte sie nichts?

»Lydie?«, fragte er, und die Hochstimmung, die er noch vor einem Augenblick verspürt hatte, verflog, als sie ihm einen Schlag gegen den Kopf versetzte.

Ajax riss die Augen auf. Er lag auf der Ladefläche des Lastwagens, eingekeilt zwischen einer Anrichte aus glänzendem Edelholz und einem hellen Stuhl von absonderlicher Form. Wieder schlug er mit dem Kopf gegen die Ladeklappe. Der Stoß holte ihn endgültig in die Wirklichkeit zurück.

Statt Lydies Stimme hörte er das Dröhnen eines Motors, statt der sanften Berührung des Winds spürte er das Rütteln des Wagens. Ein heißer Schmerz fuhr durch seine Seite. Er stöhnte auf. Die Wunde an seiner Hüfte! Er tastete nach der Stelle, sein Hemd und seine Hose waren verkrustet, doch die Blutung hatte wohl aufgehört, nachdem er ohnmächtig zusammengebrochen war. Er klammerte sich fest und hob die Plane gerade weit genug an, um hinausspähen zu können.

Wo war Lydie?

Die Landstraße schlängelte sich zwischen Eichen entlang. Die Sonne stand tief, und die Stämme der Bäume streiften den Asphalt mit Schatten. Sie schienen schon eine Weile unterwegs zu sein.

In einiger Entfernung folgte der dunkle Rolls Royce. Am liebsten wäre Ajax vor Erleichterung von der Ladefläche gesprungen und hätte sich der Limousine in den Weg gestellt, um Lydie in die Arme schließen zu können.

Während er noch darüber nachdachte, spürte er es feucht und warm über seine Finger rinnen. Die Wunde hatte sich wieder geöffnet. In seiner Hüfte machte sich ein Gefühl breit, als stecke ein Fremdkörper darin. Ein glühend heißes Objekt.

Bremsen quietschten. Der Lastwagen hielt. Das Rattern einer Handbremse folgte, dann das Schlagen einer Tür, Schritte. Durch den Spalt in der Plane sah Ajax, dass auch die Limousine gestoppt hatte. Wallis stieg aus und kam auf den Laster zu. Der Herzog ging ihr entgegen.

Sie konnten ihn zu einem Arzt bringen, ihn und Lydie. Und danach konnten die Windsors verschwinden, wohin auch immer sie unterwegs waren. Gerade wollte Ajax auf sich aufmerksam machen, da rief Edward Wallis entgegen: »Das reicht. Wir gehen nach Berlin.«

Im ersten Augenblick glaubte Ajax, sich verhört zu haben. Er kauerte sich zusammen und spähte weiter ins Freie. Edward stand mit dem Rücken zu ihm, an seinen hochgezogenen Schultern war zu erkennen, wie aufgebracht er war.

»Unser eigenen Leute schießen auf uns!«, empörte sich Edward. »Was ist nur in diesen Churchill gefahren? Bislang stand er immer auf unserer Seite, jedenfalls so weit es ihm möglich war. Und jetzt schickt er uns zwei Killer auf den Hals? Ich verstehe das einfach nicht.«

Wallis behielt die Contenance. Sie holte eine Puderdose aus ihrer nebelblauen Handtasche, klappte sie auf und zog sich die Lippen nach, während sie sich in einem kleinen Spiegel betrachtete.

»Hast du nichts zu sagen?«, bellte Edward.

Seine Frau presste die Lippen aufeinander, warf einen letzten prüfenden Blick in den Spiegel und klappte die Dose geräuschvoll zu. »Churchill hat bestimmt nichts damit zu tun. Er ist viel zu sehr mit dem Krieg beschäftigt, um sich um uns zu kümmern. Er muss England auf einen deutschen Angriff vorbereiten. Diese Männer hat jemand anders geschickt.«

»Wer soll das gewesen sein? Und warum?« Edward warf die Hände in die Höhe. »Aber das werden wir herausfinden, wenn wir in Berlin sind. Dort werden wir in Sicherheit sein.«

»Wie kommst du darauf, dass die Nazis uns willkommen heißen werden?« Wallis reckte das Kinn in die Luft. Sie schien die Antwort bereits zu kennen.

Ihr Mann senkte den Kopf. »Ich habe ein entsprechendes Angebot erhalten.«

»Von Prinzessin Katharina, nehme ich an.« Wallis verzog den Mund zu einem zynischen Lächeln. »Deshalb war sie in Paris, nicht wahr? Um dich ins Deutsche Reich zu locken.«

»Ja«, gestand Edward. »Hitler will mit unserer Hilfe England kampflos erobern. Wir sollen meine Popularität in der englischen Bevölkerung nutzen, um den Thron zurückzugewinnen. Dann könnten wir mit ihm gemeinsam das Commonwealth beherrschen. So lautet der Plan.«

»Dem du zugestimmt hast?«, fragte Wallis.

»Natürlich nicht.« Edwards Entrüstung schien echt zu sein. »Aber solange wir Zielscheibe des britischen Geheimdienstes sind, wären wir in Deutschland in Sicherheit. Hitler könnten wir hinhalten, Ausreden erfinden. Es wäre ein Spiel mit dem Feuer, aber am Feuer ist es immerhin warm.«

Wallis schien zu überlegen. »Was ist mit La Cröe?«

Ajax stöberte in seiner Erinnerung. Gallagher hatte ihm bei der Vorbereitung zu seinem Einsatz vom Château La Cröe erzählt. Es lag an der Côte d'Azur bei Antibes und stand den Windsors zur Verfügung.

Edward winkte ab. »Das liegt zu nah an der italienischen Grenze. Es ist nur eine Frage der Zeit, bis Mussolini an Hitlers Seite in den Krieg eintritt. Dann wäre ich als englischer Offizier so dicht an Italien eine Bedrohung, die es auszuschalten gilt. Da können wir auch gleich zurück nach Paris fahren und uns erschießen lassen. Nein.« Er schüttelte den Kopf. »Unser Ziel ist Berlin. Zunächst bitten wir dort um Zuflucht, und dann werden wir sehen, ob uns England zurückhaben will oder ob wir den Deutschen einen Gefallen tun werden.«

Ajax stellten sich die Nackenhaare auf. Er war Zeuge, wie diese beiden Menschen über das Schicksal Englands entschieden, auf einer verlassenen Landstraße mitten in Frankreich. Das war ein Albtraum. Entweder wachte er im nächsten Moment auf, oder er war der Einzige, der verhindern konnte, dass all das Wirklichkeit wurde.

»Sir!«, wollte Ajax rufen, doch nur ein Krächzen entrang sich seiner Kehle. Er versuchte es noch einmal, mit demselben Ergebnis. Um auf sich aufmerksam zu machen, schlug er gegen den seltsam geformten Stuhl.

Die Windsors lüpften die Plane und entdeckten ihn zusammengesunken zwischen den Möbelstücken. Edward öffnete die Klappe und schaute Ajax aus aufgerissenen Augen an. »Wo kommt der her?«

»Egal, woher«, sagte Wallis, »er ist verletzt.« Sie deutete auf Ajax' Hüfte.

»So was können wir jetzt nicht gebrauchen«, zischte Edward. Doch er legte Ajax die Arme um die Schultern und half ihm von der Ladefläche herunter. Heftiger Schmerz durchfuhr ihn. Irgendwie gelang es ihm, nur ein leichtes Stöhnen von sich zu geben.

»Wie viel haben Sie von dem gehört, worüber wir gerade geredet haben?«, wollte Edward wissen.

Ajax ahnte, dass jedwede Ausrede, sollte ihm überhaupt eine einfallen, unglaubwürdig klingen musste. Der Herzog und die Herzogin hatten keine fünf Meter von ihm entfernt darüber beraten, die Weltordnung auf den Kopf zu stellen. »Ich habe alles gehört, Euer Gnaden«, bekannte Ajax deshalb. »Es war aber nicht meine Absicht zu lauschen«, fügte er hinzu. »Was gesagt wurde, ist gut bei mir aufgehoben.«

Edward lachte kalt. »Und das soll ich glauben?«

»Wir haben wohl keine Wahl, wenn wir den jungen Mann nicht mundtot machen wollen«, sagte Wallis. »Und ich fürchte, es würde dabei nicht nur um seinen Mund gehen.«

Ajax schrak zusammen. Hatte er die Windsors unterschätzt? Verstohlen blickte er zu dem Rolls Royce hinüber. Vielleicht war es besser, dass Lydie noch nicht ausgestiegen war.

»Red keinen Unsinn, Darling.« Edward schaute an Ajax herunter. »Sie brauchen einen Arzt, junger Mann.« Ajax konnte beinahe hören, was dem Herzog dabei durch den Kopf ging. Der Mitwisser war angeschossen und verlor Blut mit jedem Atemzug. Man musste ihm nicht einmal Gewalt antun, um ihn aus dem Weg zu räumen. Die Natur würde das von selbst erledigen.

Edwards Kopf ruckte hoch. Die Blicke der beiden Männer trafen sich.

»Ich habe einen Vorschlag zu unterbreiten.« Ajax hoffte, dass nur er das Beben in seiner Stimme bemerkte. »Wenn ich darf.«

Edward blinzelte, nickte.

»Spanien, Sir«, sagte Ajax. »Dort wären Sie in Sicherheit. Spanien ist im Krieg neutral und wird …«

»Wie kommt ein Bediensteter meines Haushalts dazu, sich in unsere Angelegenheiten einmischen zu wollen?«, unterbrach ihn der Herzog.

»Die Idee des Jungen ist doch gar nicht so schlecht.« Wallis richtete ihre Frisur.

Edward sah sie stirnrunzelnd an. »Wie lange wird Spanien denn noch stillhalten? Franco und Hitler sind beide Faschisten. Und die Deutschen haben Franco während des Bürgerkriegs unterstützt.«

Ajax sog scharf die Luft ein, als ein Eimer glühender Kohlen über ihm ausgeschüttet wurde. Er lehnte sich gegen den Lastwagen und suchte tastend Halt. Er durfte jetzt nicht das Bewusstsein verlieren, nicht bevor er die Windsors überzeugt hatte, auf keinen Fall nach Berlin zu gehen. »Sie haben recht, Euer Gnaden«, brachte er mühsam hervor. »Vielleicht hat Hitler Franco schon aufgefordert, ihm zur Seite zu stehen. Aber selbst wenn das geschehen sein sollte und die spanische Regierung das wollte, so könnte sie es nicht. Das Land liegt in Trümmern. Der Bürgerkrieg ist erst seit einem Jahr vorbei. Die Spanier haben nicht genug Ressourcen für einen weiteren Krieg.«

Edward rieb sich das Kinn. »Außer, wenn dieser Krieg sehr kurz wäre und Franco davon profitieren könnte.«

Ajax atmete stoßweise. Seine Bauchdecke wehrte sich dagegen, beim Ausatmen gegen die Wunde zu drücken. »Der Krieg wird nur dann kurz sein, wenn Deutschland nicht gegen England kämpfen muss. Wenn Sie nach Berlin gehen. Nur dann wird sich Franco mit Hitler verbünden. Das wäre eine Katastrophe.«

»Ein kluger Kopf.« Wallis schaute Ajax an, wie sie ein Bakterium durch ein Mikroskop angeschaut hätte – einen Organismus, der zwar unbedeutend war, aber dennoch einen Reiz auf sie auszuüben schien.

»Ich bin da nicht so sicher«, sagte Edward und stützte sich mit einer Hand an der Seite des Lastwagens ab. »Angenommen, wir erreichen Madrid. Was dann? Sollen wir in Spanien bleiben, bis der Krieg vorbei ist, oder, im schlimmsten Fall, bis er uns einholt?«

Wieder ergriff Ajax das Wort. Er ahnte, dass er kurz davor war, den Herzog zu überzeugen. »England, Sir«, presste er hervor. »Wenn Churchill erfährt, was auf dem Spiel steht, wird er Sie und die gnädige Frau nach England holen lassen. Da bin ich sicher.«

»Was sagst du dazu?«, fragte Wallis ihren Mann.

»Ha!« Edward wischte diese Prophezeiung mit einer sensenförmigen Bewegung seiner Hand aus der Welt. »Dorthin bringen mich keine zehn Pferde. Da müsste mir der Premierminister schon einiges bieten.« Er stutzte, dann sah er Ajax eindringlich an. »Sie … Sie sind gerissen.«

»Ich lege Ihnen nur nahe, worauf Sie gewiss von selbst gekommen wären«, sagte Ajax.

»Winston würde uns aus der Hand fressen«, schloss Wallis. »Wir könnten von ihm verlangen, was wir wollen, nur damit wir nicht nach Berlin gehen.«

Edward spitzte die Lippen. »Ich gebe zu, der Vorschlag hat Potenzial.« Er klatschte in die Hände. »Also gut, wir fahren nach Spanien. Wallis – du und ich, wir nehmen den Rolls. Das Personal fährt mit dem Laster hinterher.« Edward deutete auf die Limousine, die einen Steinwurf entfernt am Straßenrand stand. Sonne und Wind ließen die Schatten der Blätter über die Windschutzscheibe flirren. Undeutlich waren die Silhouetten der Passagiere zu sehen.

Ajax stieß sich vom Laster ab und ging auf den Rolls Royce zu. Er hätte nicht geglaubt, dass er noch so viel Kraft haben würde, aber der Gedanke an Lydie mobilisierte seine letzten Reserven.

»Was machen wir mit dem Jungen?«, hörte er hinter sich den Herzog sagen.

Wallis antwortete etwas Unverständliches.

Er war nur noch wenige Schritte von dem Wagen entfernt und erkannte Pascal auf dem Fahrersitz. Die kleine Gestalt neben ihm musste Timmy sein. Ajax riss die Tür zum Fond auf.

»Lydie«, rief er und beugte sich ins Innere des Wagens.

Die Sitzbank war leer.

»Sie ist in Paris geblieben.« Wallis stand hinter ihm.

Ajax versank in den Tiefen einer Angst, von der er niemals geglaubt hatte, dass es sie gab: Angst um Lydie, die in einer Stadt festsaß, die bald hart umkämpft werden würde. »Aber wieso?«

»Sie wollte es so«, antwortete Wallis mit tonloser Stimme. »Und ich hatte keine Veranlassung, sie vom Gegenteil zu überzeugen.«

»Das ist eine Lüge.« Ajax richtete sich mühsam auf. »Sie würde mir überallhin folgen. Überallhin!« Er warf Pascal und Timmy einen Blick zu, als die beiden aus dem Wagen stiegen. »Ihr wart doch dabei. Ist das wahr?«

»Geh doch zurück nach Paris und frag deine Lydie selbst«, klirrte Wallis.

»Wisst ihr, was passiert ist?« Noch einmal wandte sich Ajax an seine Kollegen, doch sie wichen seinem Blick aus und schwiegen.

Im nächsten Moment prallte sein Gesicht gegen das Polster der mit rotem Leder bezogenen Sitzbank. Und dann wurde Rot zu Schwarz.

Kapitel 17

Frankreich,
Mai 1940

Das Dorf lag in einer Mulde. Der Frühlingsregen hatte die Hänge ringsumher in eine lehmige Aufgelöstheit versetzt, sodass der Horch die Wiese mehr hinabrutschte als rollte. Am Steuer hatte Katharina Mühe zu verhindern, dass das Heck die Vorderseite überholte und sie mit dem Kofferraum voran unten ankamen. Immerhin fingen die breiten Kotflügel den aufspritzenden Schlamm ab, den sie und Lydie sonst wegen der fehlenden Windschutzscheibe abbekommen hätten.

Sie erreichten den kleinen zentralen Platz vor der Kirche. Einige Dorfbewohner eilten in das Gotteshaus, sonst war niemand zu sehen. Es gab kein Schild, das den Namen des Ortes verriet, und weit und breit keine Tankstelle. Nachdem sie die beiden einzigen Straßen entlanggefahren waren, stoppte Katharina und deutete auf das im Wind schaukelnde Schild eines Wirtshauses. »Kann sein, dass wir hier übernachten müssen«, sagte sie.

»Aber was ist mit unseren Verfolgern? Außerdem bekommt der Herzog dann einen noch größeren Vorsprung«, wandte Lydie ein.

Katharina spürte etwas heiß in sich aufwallen. Sie war es nicht gewohnt, dass man ihr widersprach, schon gar nicht jemand von niederem Stand. »Sie können ja zu Fuß weitergehen«, knurrte sie. »Ich bevorzuge es zu warten, bis einer der Bauern Benzin bringt.«

»Wir könnten es uns auch holen«, schlug Lydie vor. »Das ginge schneller.« Sie streckte einen Arm durch den leeren Fensterrahmen und deutete auf einen Hof. »Schauen Sie! Dort drüben!«

Katharina sah eine Scheune und einige Hühner, die im Matsch scharrten und pickten. Unter einem Dach stand ein Traktor, vielleicht derjenige, dessen Spur sie gefolgt waren. Bevor sie etwas zum erbärmlichen Zustand des Hofes sagen konnte, war Lydie schon ausgestiegen und ging auf das offen stehende Tor zu. Dabei wich sie den Pfützen aus, indem sie von Grasinsel zu Grasinsel hüpfte.

Mit einem Fluch auf den Lippen ließ Katharina den Wagen hinter Lydie herrollen. Wenn der Geruch nach Mist und Jauche schon bei der Kirche kaum zu ignorieren gewesen war, so wurde er jetzt beeindruckend intensiv. Die Hühner sprangen beiseite, als die Reifen über ihr Gelände knirschten. Das Gehöft bestand aus einem stattlichen Wohnhaus und zwei Schuppen, daneben war ein, wie Katharina zugeben musste, reizender Bauerngarten angelegt. Ein Mann in Gummistiefeln und einer olivgrünen Latzhose kam ihnen entgegen. Er schien etwa in ihrem Alter zu sein, Anfang dreißig, hatte rotes, krauses Haar und abstehende Ohren. Lydie winkte ihm, und die beiden unterhielten sich. Zwar konnte Katharina das Gespräch hören, aber nur Bruchstücke verstehen. Ihr Französisch war das der Tischgesellschaften, nicht das der Schlammlöcher und Molche.

Schließlich kehrte Lydie zu ihr zurück. »Das ist Gaspard«, sagte sie. »Er verkauft uns Diesel. Sie haben einen Vorrat für den Traktor. Allerdings …« Lydie verstummte.

»Was ist?«, wollte Katharina wissen. »Wo liegt der Haken?«

»Dafür will er einen Kuss. Von jeder von uns.«

Katharina prustete. »Lieber verrotte ich hier im Morast, als einen französischen Bauerntölpel zu küssen.« Sie nahm ihre Handtasche vom Rücksitz, fischte ihre Geldbörse hervor und holte genug Scheine heraus, um den Wagen zweimal betanken zu lassen. Dann stieg sie aus und ging auf den Rothaarigen zu. Er starrte unverhohlen auf ihre Beine, oder, wie Katharina vermutete, auf ihre Hose. So etwas hatte in diesem Dorf wohl noch niemand gesehen.

»Bonjour, Monsieur«, sagte sie, griff nach seiner Hand und drückte die Geldscheine hinein. »Das wird sicher als Bezahlung genügen. Ihre Unverschämtheiten heben Sie sich besser für Ihre Dorfschönheiten auf. Und jetzt los, los, Gaspard. Bringen Sie uns das Benzin. Wir müssen weiterfahren.« Sie lachte ihn an und ließ ihre perfekten weißen Zähne aufblitzen. Gaspard lachte zurück und hielt Katharina die zum Kuss gespitzten Lippen hin. »Wenn Ihnen hundert Francs nicht genug sind, versuchen wir unser Glück woanders«, drohte sie und wischte damit den Kussmund aus seinem Gesicht. Gaspard senkte das Gesicht, zählte das Geld nach und beteuerte, dass er sofort die Kanister holen würde. Dann verschwand er in einem der Schuppen, und das Geld mit ihm.

»Hoffentlich holt er jetzt nicht seine Brüder, damit wir die auch küssen«, stöhnte Katharina.

Lydie legte eine Hand auf ihren Arm. »Wir sind auf dem Land. Hier gilt das Wort. Etwas anderes wäre für diese Menschen undenkbar.«

»Woher wollen Sie das wissen?«, fragte Katharina.

»Das Dorf, aus dem ich komme, ist genauso klein wie dieses hier. Ich weiß, wie diese Leute sind.«

Aus Richtung der Kirche war das Brummen eines Motors zu hören. Das war kein Traktor. So röhrten Limousinen. Teure Limousinen. Im nächsten Moment tauchte der Kühlergrill des Bentleys an der Toreinfahrt auf. Die Hühner beschwerten sich lauthals, als sie erneut aufgescheucht wurden.

Katharinas erster Gedanke war Flucht. Sie lief auf den Horch zu, doch Lydie zerrte sie am Ärmel ihres Mantels in die andere Richtung, zu der großen Scheune. Das Tor stand offen. Im Innern blieben sie zwischen einem Heuhaufen und einem Gatter stehen, hinter dem sich Schweine suhlten. Fliegen surrten durch die Luft. Der Gestank war kaum auszuhalten. Katharina hielt sich einen Arm vor Mund und Nase. Zwischen den Brettern der Wände fielen Lichtstreifen hindurch. Die Spalten waren breit genug, um durch sie den Bentley auf den Hof fahren zu sehen. Zwei Männer stiegen aus. Katharina erkannte die beiden aus der Villa wieder. Der eine, ein Mann mit Oberlippenbart, hatte nur einen Arm in den Ärmel seines Jacketts gesteckt, die andere Seite der Jacke hing lose über seiner Schulter.

Sie griff in ihre Handtasche. Sie wusste, dass in der Parabellum noch zwei Schuss waren.

Lydie hielt Katharinas Handgelenk fest und schüttelte den Kopf. »Sie wissen nicht, dass wir zu zweit sind«, flüsterte sie. Dann presste sie einen Finger gegen die Lippen und kniff ein Auge zu.

Katharina nickte, um deutlich zu machen, dass sie verstanden hatte. Lydie hatte irgendetwas vor. Was auch immer das sein mochte: Wenn die Sache schiefging, konnte die Pistole immer noch das letzte Wort haben.

Die beiden Männer sprachen Englisch miteinander und gingen um den Horch herum. Briten? War Edward von den eigenen Landsleuten angegriffen worden? Katharina konnte nur einzelne Worte verstehen. Der mit dem Oberlippenbart hielt eine Hand auf die Motorhaube, wohl um festzustellen, ob sie noch warm war, und nickte dem anderen zu. Dann öffnete er die Fahrertür und steckte den Kopf ins Innere. Der andere ging zum Heck und klappte den Kofferraumdeckel hoch.

Lydie bat Katharina mit Gesten um deren blauen Seidenschal und band sich ein Kopftuch daraus. Sie ging in die Knie und streckte eine Hand in den Schweinekoben, kam mit einer gehörigen Portion Mist wieder hervor und verschmierte ihn auf ihrem Kleid und ihren Schuhen. Derart maskiert ging sie ohne zu zögern zum Scheunentor hinaus.

»Messieurs?« Lydies Stimme klang mit einem Mal härter. Die junge Französin sprach jetzt mit Akzent, vielleicht sogar im Dialekt, denn Katharina waren viele der Worte fremd. Aber die Wirkung, die Lydie auf die beiden Männer hatte, war deutlich.

Die Briten zeigten auf den Horch und stellten Fragen, anscheinend wollten sie wissen, wo die Fahrerin des Wagens sei. Lydie hatte richtig gelegen. Sie wussten nichts davon, dass noch eine Frau in der Limousine gesessen hatte, und schienen auch nicht zu ahnen, dass sie ihnen gegenüberstand.

Lydie gab eine perfekte Bäuerin ab. Sie stemmte die Fäuste in die Hüften und wiegte sich vor und zurück, während sie den Briten eine Geschichte auftischte, in der Katharina vor einer Stunde auf den Hof gerollt war mit dem Befehl, jemand möge ihren Wagen volltanken und die Windschutzscheibe reparieren. Natürlich sei dies ein Bauernhof und keine Autowerkstatt, habe Lydie ihr gesagt, aber die vielen Geldscheine haben sie noch einmal darüber nachdenken lassen, ob man ihr nicht doch helfen könne. Sie habe Katharina in das Gasthaus um die Ecke geschickt. Dabei nannte Lydie den Namen des Lokals gegenüber der Kirche.

Die Verfolger berieten sich mit leisen Stimmen, dann beugte sich einer in den Horch und kam mit dem Schlüssel in der Hand wieder hervor. Auch aus dem Bentley zog er den Schlüssel ab. Noch einmal sprachen sie miteinander, dann deutete einer zu den Schuppen hinüber. Katharina folgte dem Fingerzeig. Sie erschrak. Mit zwei großen Blechkanistern in den Händen war dort Gaspard aufgetaucht. Er kam geradewegs auf Lydie und die beiden Briten zu. Als er Lydies schmutziges Kleid erblickte, lachte er, doch dann runzelte er die Stirn.

Katharina zog die Parabellum aus der Handtasche und entsicherte die Waffe. Sie war entschlossen, sofort zu schießen, sollten die Männer Lunte riechen. Der Heuhaufen bot zwar keinen Schutz, aber dahinter wäre sie immerhin nicht zu sehen und würde ein schlechtes Ziel abgeben. Eines der Schweine grunzte.

Auch Lydie hatte Gaspard entdeckt. »Au revoir«, rief sie den Briten zu und lief dem Bauern entgegen. Ihre Schuhe spritzten durch den Matsch, und mit einem Schwung, der den kräftigen jungen Mann fast von den Beinen holte, warf sie sich ihm an die Brust, wühlte in seinem roten Schopf und presste ihre Lippen auf seine. Gaspard ließ die Kanister fallen, die mit einem blechernen Laut zu Boden fielen, und nutzte die Hände, um Lydie an sich zu drücken. Eine Hand knetete ihren Hintern.

Die Briten starrten das Paar an. Einer schüttelte den Kopf und sagte auf Englisch etwas, in dem das Wort »Kaninchen« vorkam. Mit einem schmutzigen Witz auf den Lippen und einem dreckigen Lachen gingen die beiden Männer davon.

Lydie hatte einige Mühe, sich von Gaspard zu lösen, doch schließlich gelang es ihr. Katharina kam aus der Scheune heraus, behielt aber die Einfahrt im Auge und ihre Finger an der Handtasche.

»Was machen wir jetzt?«, fragte Katharina, zum einen erleichtert, dass sie ihre Verfolger erst mal los waren, zum anderen wütend darüber, dass sie nicht einfach davonfahren konnten, denn die Schlüssel zu beiden Wagen waren fort.

»Gazole?«, fragte Gaspard und stellte die Benzinkanister neben dem Horch ab. Er starrte Lydie mit glasigen Augen an und grinste wie nach einem unanständigen Angebot.

»Da hätte er mal schneller machen müssen«, schimpfte Katharina. »Ohne Schlüssel nutzt uns das Benzin nichts mehr.«

Lydie sprach noch einmal mit Gaspard. Dabei deutete sie auf die Limousinen. Er kratzte sich am Hinterkopf, dass Staub und Späne aus seinen Haaren flogen. Schließlich nickte er. Mit einer fließenden Bewegung glitt er unter den Horch, bis nur noch seine Beine zu sehen waren. Etwas Metallisches klapperte, und der Wagen wackelte in der Federung.

Lydie schnappte sich die Kanister und begann, das Benzin in die Tanköffnung des Bentleys zu gießen. »Halt!«, rief Katharina. »Das ist der falsche Wagen.«

»Jetzt ist es der richtige«, sagte Lydie. »Dieser hier ist in besserer Verfassung.«

Gaspard kroch wieder unter dem Horch hervor, nun über und über mit Schlamm beschmutzt, doch entweder bemerkte er es nicht, oder es machte ihm nichts aus. Mit fröhlicher Miene verkündete er »Eins« und wandte sich nun dem Bentley zu. Er holte ein Taschenmesser aus seiner Hose, klappte es auf und beugte sich in den Fußraum des silbergrauen Wagens. Katharina konnte erkennen, wie Gaspard unter dem Lenkrad werkelte. Mehrmals war ein Knistern zu hören. Dann startete der Motor. »Zwei«, sagte Gaspard, hielt die Fahrertür des Bentleys auf und verbeugte sich vor Lydie und Katharina in der perfekten Pose eines Chauffeurs.

Katharina musste sich eingestehen, dass sie ihre Mitmenschen unterschätzt hatte. Sowohl Lydie als auch Gaspard wussten sich zu helfen. Vermutlich lag das daran, dass sie nicht alles mit Geld regeln konnten. Katharina klappte ihre Handtasche zu und warf sie auf den Rücksitz des Bentleys. Lydie ließ sich auf den Beifahrersitz fallen. Der Wagen roch nach Pfeifentabak und Rasierwasser. Das würde sich mit einem Druck auf den Zerstäuber ihres Parfümflakons beseitigen lassen. Katharina trat auf das Gaspedal, und der Wagen antwortete mit einem kehligen Brummen.

»Kommt jederzeit zurück«, sagte Gaspard, und diesmal verstand Katharina ihn gut. Sie griff nach seinem Hemd, zog ihn zu sich hinunter und küsste ihn auf die vollen Lippen. Dann legte sie den Gang ein, wendete den Bentley und fuhr vom Hof. Der Horch blieb zurück, und ohne dass Lydie auch nur ein Wort gesagt hätte, wusste Katharina, dass die beiden Briten, wenn sie vom Gasthof zurückkehrten, statt ihres eigenen Wagens ein Wrack vorfinden würden.

Katharina war froh, dass sie ihrer Begleiterin eine Chance gegeben hatte. Diese junge Französin war mit allen Wassern gewaschen.

Kapitel 18

CAMBRIDGE,
MAI 1940

Die Tür zur Vorkapelle des Trinity College fiel ins Schloss. Das Mondlicht sickerte durch die Fenster und tauchte die Halle in silbriges Licht. Gallagher drehte den Schlüssel, eine reine Vorsichtsmaßnahme, denn es war vier Uhr am Morgen und unwahrscheinlich, dass jemand hereinkam. Aber auf Wahrscheinlichkeiten war genauso wenig Verlass wie auf Gebete. Das hatte Gallagher erst vor wenigen Stunden wieder einmal erfahren müssen.

Cook und Cowell hatten ihn von einem Gasthaus irgendwo in Frankreich angerufen. Die Leitung war instabil gewesen, das Gespräch von einem Rauschen unterlegt, als könne man die Strömungen des Meeres hören, durch das das Kabel zwischen Frankreich und England verlief. Zweimal war die Verbindung unterbrochen, und Gallagher hatte sich gewünscht, die Agenten würden nicht noch einmal anrufen, um die Serie ihrer katastrophalen Berichte fortzusetzen. Es war bei dem Wunsch geblieben.

Herzog Edward war entkommen. Cook und Cowell hatten von ihrem misslungenen Attentatsversuch erzählt und davon, dass plötzlich eine Frau mit einer Parabellum auf der Bildfläche erschienen war und auf sie geschossen hatte – so treffsicher, dass sie die zwei ausgebildeten Männer des britischen Geheimdienstes in Schach gehalten hatte.

Das konnte nur eins bedeuten.

Die Frau musste eine deutsche Agentin sein, die den Herzog nach Berlin bringen sollte. Die Informationen von Ajax Doggerton über die Verbindungen des Herzogs nach Deutschland waren korrekt gewesen, ebenso wie Gallaghers Entscheidung, den Herzog auszuschalten, ohne zuvor Churchill um Erlaubnis zu bitten. Allerdings war sein Befehl an Cook und Cowell auch ohne den Umweg über Downing Street zu spät gekommen.

Seine beiden Mitarbeiter hatten die Spur des Herzogs bereits in Paris und die der deutschen Agentin und ihrer Begleiterin dreihundert Kilometer südlich von Paris verloren. Jetzt warteten sie auf weitere Order.

Vom Durchgang zum Gotteshaus her zog der Geruch von Weihrauch herüber. Gallagher tappte zu dem Ständer, in dem die Andachtskerzen aufbewahrt wurden. Er kramte in seiner Hosentasche, ließ vier Münzen in die Blechdose fallen und nahm ebenso viele Talglichter heraus. Sein Ansinnen war unorthodox, das wusste er, aber es war ja niemand da, der ihm zusah. Jedenfalls niemand aus Fleisch und Blut.

Mit den Kerzen in der Hand ging er auf die überlebensgroßen Statuen der berühmten College-Absolventen zu. Tennyson, Newton, Macauly, Bacon, Barrow, Whewell. Vor dem Abbild Isaac Newtons zündete er eine Kerze an, ließ Wachs auf den Sockel des Monuments tropfen und pflanzte die vier brennenden Lichter vor Newtons marmornen Schnallenschuhen auf. Der flackernde Schein verdrängte das Mondlicht von der glänzenden Oberfläche des Steins und erweckte den Eindruck, Sir Isaac sei zum Leben erwacht.

Gallagher kniete nicht nieder, senkte nicht einmal demütig den Kopf, sondern schaute zu dem Gesicht des großen Gelehrten auf. Dies war kein Gottesdienst, und doch hatte Sir Isaac Newton für ihn eine ähnliche Bedeutung wie Gott für andere Menschen. Es war dreißig Jahre her, dass Gallagher selbst Student im Trinity College gewesen war. Es waren harte, aber erinnerungswürdige Jahre gewesen, jedenfalls bis zu dem Tag, an dem bei seiner Verlobten Krebs diagnostiziert worden war. Für ihn, den jungen Percy, brach an dem Tag die Welt zusammen, als der Arzt dem jungen Paar eröffnete, dass Evelyn sich auf den Tod gefasst machen müsste. Als guter Engländer war Percy Gallagher gottesfürchtig erzogen worden. Gott war die oberste Autorität, die es zu respektieren galt. Zeit seines jungen Lebens hatte er auf dem Eichenholz der Kirchenbänke gekniet, Gebete gemurmelt und war sogar Messdiener gewesen. Doch als er Gott um Hilfe für seine kranke Gefährtin angefleht hatte, war dieser unerreichbar gewesen. Schlimmer noch: Er war unbarmherzig. Evelyn war gestorben, ihr Dahinscheiden war lang und qualvoll gewesen – selbst da hatte Gott keine Gnade walten lassen. Seither hasste Percy Gallagher Gott. Aber Evelyn liebte er noch immer.

Ihr Todestag war der 8. November 1909. Seither hatte Gallagher keine Kirche mehr betreten. Trost hatte er trotzdem gefunden: bei den großen Geistern der Vergangenheit. Nicht in der Kapelle von Trinity, sondern davor, dort, wo die Wirklichkeit residierte, die Wirklichkeit in Form von Männern, die das Richtige getan hatten.

»Sir Isaac«, sagte Gallagher, und seine Worte hallten von den hohen Wänden wider. »Ich brauche deinen Rat.« Wie oft war er schon hierhergekommen, um sich Inspiration von dem Universalgenie zu erbitten? Jedes Mal, das konnte Gallagher rückblickend mit Gewissheit behaupten, hatte er sie erhalten, zuletzt, als er den jungen Doggerton für die

Spionagemission in Paris rekrutiert hatte. Auch diese Entscheidung war die richtige gewesen.

»Die Situation ist kompliziert«, begann Gallagher mit der Schilderung der Ereignisse, während er vor der Statue auf und ab ging. »Du siehst also«, sagte er am Ende seines Berichts, »dass ich gleich zwei gute Gründe habe, um den Herzog von Windsor aus dem Weg räumen zu lassen. Zum einen geht es um die Zukunft Englands und zum anderen, weniger wichtig, um meine eigene. Noch weiß niemand in der Regierung davon, dass ich meine Männer ausgesandt habe, um den ehemaligen König zu töten. Sollte das aber bekannt werden, bleibt mir nur noch eins: die Farbe des Stricks auszuwählen, an dem man mich aufhängen wird. Das willst du doch bestimmt auch nicht, oder?« Er schaute wieder zu Newton hoch. Wenn der Gelehrte seine Worte verstanden hatte, dann zog er es vor, das nicht preiszugeben. »Edward muss sterben«, fuhr Gallagher fort, »jetzt erst recht. Das Unangenehme an der Situation ist nur, dass er verschwunden ist. Untergetaucht irgendwo in Frankreich und möglicherweise schon auf dem Weg nach Berlin, weil ihn seine eigenen Landsleute umbringen wollen.« Er griff nach den Aufschlägen seiner Jacke und hielt sich daran fest. »Wenn Edward Zweifel daran gehegt haben sollte, was England von ihm hält, so sind diese jetzt ein für alle Mal beseitigt.« Er stutzte. »Was hast du gesagt? Ich hätte fähigere Männer schicken sollen? Cook und Cowell sind gute Leute. Sie haben solche Aufgaben schon zu meiner Zufriedenheit erledigt. Vermutlich hast du von dem Flugzeugabsturz über der Irischen See gehört, bei dem dieser italienische Unternehmer ums Leben gekommen ist. Oder von der Explosion in der Feuerwerksfabrik in Warschau, von dem Autounfall des schwedischen Kommunistenführers und dem vergifteten Kabeljau in den Mägen der walisischen Separatisten. Cook und Cowell haben Routine, wenn man das in ihrem Geschäft so nennen kann. Ich habe die richtigen Leute ausgesucht, aber ich habe nicht damit gerechnet, dass Hitlers Geheimdienst dasselbe tut, jedenfalls nicht so schnell. Nun gut. So stehen die Dinge im Moment. Aus diesem Dilemma muss ich einen Weg herausfinden.« Gallagher ging schneller. Als er an den Kerzen vorüberkam, verursachte er einen Luftzug, der die Flammen tanzen ließ. »Cook und Cowell müssen Edward finden. Das muss die Gegenseite auch, sonst wäre diese Deutsche nicht noch immer in Frankreich unterwegs. Sie ist eine Jägerin, die nach der Beute sucht.« Jetzt flogen die Gedanken schneller. Gallagher schnippte mit den Fingern. »Aber die deutsche Agentin hat uns gegenüber einen Vorteil: Edward wird sich ihren Leuten gegenüber zu erkennen geben, weil er nach Berlin will. Und das müssen wir nutzen. Cook und Cowell sollten sich nicht die Mühe machen, selbst nach dem Herzog zu fahnden. Besser, sie lassen den Feind die Arbeit erledigen, um dann im richtigen Moment den Rahm abzuschöpfen. Sie müssen«, er schlug mit der Faust in die offene Hand, »diese Agentin aufstöbern und verfolgen.« Wieder schaute er zu Newton hoch. »Die Chancen stehen schlecht, sagst du? Eine Stecknadel im Heuhaufen sei einfacher zu finden? Das stimmt. Aber wenn ich den Heuhaufen aufteile, wird er kleiner, und wenn mehr Hände darin herumwühlen, wird diese Nadel irgendwann jemanden stechen. Dann haben wir, was wir wollten.« Gallagher nickte zufrieden. Sein stummer Gesprächspartner hatte wieder einmal für den richtigen Einfall gesorgt. Er würde Cook und Cowell Verstärkung schicken. Ein Dutzend Agenten für den Kontinent. Dank des deutschen Einmarsches in Frankreich musste Gallagher nicht einmal einen Grund für dieses Aufgebot erfinden. Churchill würde es sofort bewilligen. Ebenso wie ein Flugticket für Gallagher selbst. Es war schon lange her, seit er Frankreich besucht hatte.

Er beugte sich über die Kerzen und blies sie aus. Wachs spritzte auf Newtons Schuhe. Das Flackern in den Augen des Genies erlosch.

Kapitel 19

La Grange Fort,
Mai 1940

»Dieser Wagen schnurrt so leise wie eine Nähmaschine, findest du nicht?« Katharina vergewisserte sich mit einem Blick auf den Geschwindigkeitsmesser, dass sie tatsächlich mit hundertvierzig Stundenkilometern über die Landstraße preschte, und schaute zu Lydie hinüber. An deren angespannter Miene war zu erkennen, dass sie die Begeisterung für schnelle Autos nicht teilte. »Ich gehe lieber zu Fuß.« Lydie zupfte ihr Kleid zurecht. »Da ist man sicherer und außerdem an der frischen Luft.«

Katharina lachte. »Wenn wir den Herzog zu Fuß einholen wollten, wären wir unterwegs, bis wir alt und grau sind.«

Sie fuhren durch eine sanft gewellte Landschaft voller in Sonnenlicht getauchter Felder, auf vielen lag ein grüner Teppich aus Getreidesprösslingen. In der Ferne dampfte ein Wald nach einem schweren Regen. Vor einer Weile hatten sie Clermont-Ferrand passiert, bald würden sie ihr Ziel erreichen.

»Josquin wird begeistert sein, wenn ich plötzlich auf seiner Türschwelle stehe«, sagte Katharina und versuchte dabei zu klingen, als sei dies ein Ausflug und kein verzweifelter Versuch, die Zukunft Europas neu zu gestalten – und ihre eigene.

Alles hatte so vielversprechend begonnen. Sie hatte Ribbentrop und Hitler im Handumdrehen von ihrem Plan überzeugt, war in Frankreich trotz der Feindschaft mit Deutschland eingelassen worden und hatte damit begonnen, Edward von einer Zusammenarbeit mit dem Deutschen Reich zu überzeugen. Katharinas Rückkehr in den Adel war in greifbare Nähe gerückt, nicht als Prinzessin, sondern als Königin des größten Reichs der Erde. Dann waren diese Attentäter aufgetaucht, und alles war zum Teufel gegangen. Edward war untergetaucht. Er war verschwunden. Aber unauffindbar war er nicht. Bald schon würde Katharina wissen, wo er steckte.

»Josquin ist also ein Cousin von dir?«, fragte Lydie. Die beiden Frauen waren nach den Ereignissen auf dem Bauernhof zu einem vertraulichen Ton übergewechselt.

»Streng genommen nicht«, antwortete Katharina. »Aber im europäischen Adel ist jeder mit jedem über die ein oder andere Linie verwandt. Und damit wir uns nicht mit ›lieber Enkel des Vetters der zweiten Frau meines Großvaters‹ anreden müssen, sind wir halt alle Cousins und Cousinen.«

Lydie lachte. »Wir leben wirklich in verschiedenen Welten. In dem Dorf, aus dem ich komme, weiß jeder, wer mit wem verwandt ist.«

»Wenn der Krieg vorbei ist, komme ich dich in deinem Dorf besuchen, und dann werde ich es sein, die aus dem Staunen nicht mehr herauskommt.«

»Wir können ja mal tauschen«, schlug Lydie vor. »Du arbeitest in der Käserei meiner Familie, und ich sitze auf dem Thron in deinem Schloss.«

»Oh, da wärst du enttäuscht«, gab Katharina zurück. »Es gibt weder ein Schloss noch einen Thron.« Jedenfalls noch nicht, dachte sie bei sich.

Im nächsten Moment tauchte La Grange Fort auf einer Hügelkuppe auf. Sogar auf die Entfernung waren die Zinnenkränze auf den Türmen und Mauern, die sich wie Zähne in den Himmel reckten, deutlich zu erkennen. Das Château vermittelte noch sechshundert Jahre nach seiner Erbauung den Eindruck von Wehrhaftigkeit.

»Da ist es.« Katharina machte Lydie auf die Anlage aufmerksam.

»Ich habe schon einige Schlösser gesehen«, sagte die junge Frau. »Das da sieht eher aus wie eine Ritterburg.«

»Vermutlich hatten die Erbauer so etwas im Sinn.« Katharina fuhr langsamer, damit sie das Gebäude besser betrachten konnten. »Im Innern ist es recht heimelig. Obwohl es schon eine Weile her ist, seit ich dort war.«

»Was sind das eigentlich für Informationen, die du dem Herzog von Windsor überbringen musst?«

Lydie wechselte so unvermittelt das Thema, dass Katharina zusammenzuckte. Was sollte das? Katharina schaute aus dem Seitenfenster zu La Grange Fort hinauf. »Es wird ein bisschen in die Jahre gekommen sein, aber ich bin sicher, es wird dir gefallen.«

»Ich habe dich etwas gefragt.« Eine unerwartete Schärfe mischte sich in Lydies Stimme.

Als Katharina sich ihr zuwandte, erkannte sie in den Augen der Französin den Anflug eines Vorwurfs. »Die Informationen für Edward?«, wiederholte sie, um Zeit zu gewinnen. »Genau deshalb suche ich ihn. Es ist wichtig, verstehst du?«

»Alles, was ich verstehe, ist, dass das eigenartig ist. Wenn es dir wirklich darum ginge, dem Herzog irgendetwas mitzuteilen, gäbe es andere Wege. Aber du fährst ihm durch halb Frankreich hinterher. Du willst ihn wiedersehen, stimmt's?«

»Die Nachricht kann ich Edward nur persönlich überbringen. Das ist kein Grund, an meinen Worten zu zweifeln«, raunzte Katharina. Sie war wütend darüber, dass sie sich gegenüber einem Stubenmädchen rechtfertigen sollte.

»Ich glaube dir nicht«, stellte Lydie fest. »Du kommst aus Deutschland, du hast eine Waffe und kannst damit umgehen, du suchst den Herzog von Windsor, wirst von brutalen Männern verfolgt, und du nimmst mich mit, weil ich eine Französin bin und dir nützlich sein kann. Ich weiß nicht, wer oder was du bist, aber bevor ich mit dir in dieses Gemäuer gehe, will ich, dass du meine Frage beantwortest.«

Katharina lenkte den Wagen an den Straßenrand und bremste abrupt. »Du kannst aussteigen und deinen Ajax allein suchen. Zu Fuß, wie du es ja offensichtlich bevorzugst.«

Die beiden Frauen sahen sich wortlos an. Katharina wusste, dass ihr Schweigen einem Geständnis gleichkam. Sie war kurz davor, Lydie zu verlieren. Weil sie die junge Frau unterschätzt hatte. Sie war nicht nur unerschrocken und einfallsreich, sondern auch klug und ließ sich nicht hinters Licht führen. Mit einem Mal wurde Katharina klar, dass ihre Begleiterin ihr in vielerlei Hinsicht ebenbürtig war. Sie beide waren Frauen auf der Suche nach etwas, das ihnen wichtig war, etwas, für das sie bereit waren, ihr Leben aufs Spiel zu setzen.

»Ich bin im Auftrag des deutschen Außenministers in Frankreich«, sagte Katharina mit fester Stimme. »Ich soll den Herzog von Windsor davon überzeugen, mit mir nach Berlin zu gehen. Das ist …« Ein Wagen näherte sich. Im ersten Moment dachte Katharina, es sei der Horch, und griff nach ihrer Handtasche. Dann erkannte sie die rote Signalleuchte auf dem Dach des Autos, und Sekunden später las sie den Schriftzug »Gendarmerie« auf der Flanke, als der Wagen am gegenüberliegenden Straßenrand hielt.

Zwei Polizisten stiegen aus. Sie trugen schwarze Uniformen und Stiefel aus glänzendem dunkelbraunem Leder.

Beide lüpften kurz ihre Dienstmützen. Der eine ging um den Bentley herum und staunte die Luxuskarosse an, der andere beugte sich zum Fenster auf Katharinas Seite herab. Sie klappte die Scheibe auf.

»Bonjour, Mesdames«, grüßte der Gendarm. Er war ein gut aussehender Mann in den Vierzigern mit einem Kinn wie eine Türschwelle und einem schmalen Mund. Der Geruch seines Rasierwassers wehte in den Bentley. »Haben die Damen eine Panne?«

»Wir machen nur eine Pause«, antwortete Katharina. »Und genießen den Blick auf das Château.«

Der Gendarm nickte, ohne sich zu dem Hügel umzudrehen, auf dem La Grange aufragte. Stattdessen suchte er das Innere des Wagens mit Blicken ab. »Sind Sie beide allein?«

Katharina nickte.

»Sie kommen nicht von hier«, stellte er fest. Sein Lächeln wirkte gekünstelt. Er musste Katharinas Akzent bemerkt haben.

»Aus Deutschland.« Katharina hatte das Gefühl, zwischen zwei Mühlsteinen zu sitzen. Links von ihr stand der Polizist, der sie allein wegen ihrer Nationalität mit auf die Wache nehmen konnte, rechts von ihr saß Lydie, die nur ein Wort sagen musste, um dafür zu sorgen, dass sie das Gefängnis erst nach Kriegsende wieder verließ.

»Ihre Papiere, bitte.« Während der Gendarm durch Katharinas und Lydies Pässe blätterte, machte der Bentley einen Ruck. Ein Blick nach hinten verriet Katharina, dass der zweite Polizist, der älter und fülliger war als sein Kollege, den Kofferraum geöffnet hatte. Sie umklammerte das Lenkrad. Sie hatte keine Ahnung, was die beiden Briten in ihrem Kofferraum transportierten. Schusswaffen und Dynamit vielleicht? Oder eine Leiche?

»Madame?«

Katharina fuhr herum. Der Gendarm neben dem Fenster hielt ihr die Ausweisdokumente entgegen. »Ihr Pass hat zwar einen Diplomatenstempel, aber ich muss Sie angesichts der politischen Lage trotzdem fragen, was Sie nach Frankreich führt.«

Dass sie den Herzog von Windsor jagte, um mit seiner Hilfe Königin von England zu werden? Katharina stellte sich das Gesicht des französischen Polizisten vor, wenn sie ihm diese Geschichte auftischte, und konnte sich ein Lächeln nicht verkneifen.

»Madame?«, fragte er erneut, diesmal schroffer. Offenbar hatte er keinerlei Verständnis für ihre Belustigung.

»Bitte entschuldigen Sie das Benehmen meiner Cousine«, sagte Lydie. »Ihr Französisch reicht nicht mal, um einen Kaffee zu bestellen. Wir sind unterwegs zu einem Verwandten auf La Grange Fort. Meine Cousine ist kurz vor dem Angriff der Wehrmacht nach Frankreich gekommen, um ihn zu sehen, bevor die Lage ernster wird.«

Der Gendarm schob die Schirmmütze zurück und kratzte sich den Kopf. »Sie sind eine Verwandte des Vicomte? Warum haben Sie das nicht gleich gesagt? Paul«, rief er nach hinten, »die beiden Damen wollen aufs Schloss.« Zu Lydie und Katharina gewandt fuhr er fort: »Wir begleiten Sie. Damit wir sicher sein können, dass Sie das Anwesen von Vicomte de Broc in dieser Wildnis auch finden.«

Und damit er in eben dieser Wildnis den Bären herumlaufen sieht, den wir ihm aufzubinden versuchen, ergänzte Katharina in Gedanken. Sie erkannte an dem herausfordernden Lächeln des Gendarmen, dass er ihnen kein Wort glaubte.

Ein Knall ließ den Bentley erzittern. Der zweite Polizist hatte den Kofferraumdeckel zugeschlagen, kam hinter dem Wagen hervor und folgte seinem Kollegen. Zwar flüsterte er, aber der Wind trug seine Worte an Katharinas Ohr. »Du wirst es nicht glauben, aber sie haben zwei Koffer voller Herrenkleidung da drin.«

Der Blick, den ihr die Polizisten zuwarfen, bevor sie in den Wagen stiegen, war voller Misstrauen.

»Du hättest mich an diese beiden Männer ausliefern können«, stellte Katharina fest, während sie den Bentley hinter dem Polizeiauto her steuerte. »Ein Wort hätte genügt, und du hättest deinem Land einen Dienst erwiesen.«

»Ich hätte es getan, wenn du mich wieder angelogen hättest«, eröffnete Lydie. »Aber ich will Ajax finden. Und das kann ich nur mit deiner Hilfe.«

Katharina schmunzelte über das Lenkrad hinweg. »Wir jagen beide hinter einem Mann her«, sagte sie. »Wenn die wüssten, wie begehrt sie sind.«

Sie bog hinter den Gendarmen in einen Feldweg unter Bäumen ein. Lydie wurde gegen die Beifahrertür gepresst. »Der Vicomte, zu dem wir unterwegs sind«, sagte Lydie, »wie gut kennt ihr euch?«

»Wir haben uns noch nie gesehen«, sagte Katharina und presste die Lippen zusammen.

»Aber du hast doch vorhin gesagt, dass du das Schloss kennst.«

»Ich war als Kind mit meinen Eltern dort, aber damals war Josquin noch nicht geboren«, erklärte Katharina.

»Dann sollten wir jetzt besser umdrehen und versuchen, den Gendarmen zu entkommen«, schlug Lydie vor. »Unser Wagen ist schneller als ihrer.«

Katharina schüttelte den Kopf. »Kommt nicht infrage. Eine flüchtige Deutsche mitten in Frankreich? Sie würden Großalarm auslösen. Außerdem ist Josquin unsere einzige Möglichkeit, Edward zu finden. Er steht auf der Gehaltsliste des deutschen Außenministeriums. Wir müssen zu ihm.«

Kapitel 20

La Grange Fort,
Mai 1940

Die Tür ging auf. Katharina hatte mit einem Bediensteten gerechnet, jemandem, dem sie sich erst vorstellen musste und der dann dem Hausherrn übermitteln würde, wer an der Schwelle wartete. In dem Fall hätten die Gendarmen beruhigt abziehen können, ohne dass es zu einer direkten Begegnung mit dem Vicomte kam.

Dummerweise öffnete Josquin selbst. Obwohl sie ihn nie zuvor gesehen hatte, wusste Katharina sofort, dass er es war. Das Alter passte – er musste Anfang zwanzig sein –, und die Ähnlichkeit mit seinem Vater war verblüffend. Der Rücken seiner Nase war so scharf wie die Bügelfalten seiner schwarzen Hose. Er trug einen weiß-blau gestreiften Marinepullover. In seinem Gesicht blitzten kleine Hamsteraugen, und eine Strähne seines zerzausten Haars fiel ihm in die hohe Stirn. »Was gibt's?«, fragte er und versuchte erst gar nicht, freundlich zu wirken. Sein Blick streifte die beiden Polizisten und blieb an Katharina und Lydie hängen.

»Vicomte«, begann der schlankere der beiden Gendarmen. »Sie haben Besuch, und wir haben die Damen sicher hergeleitet.«

Der nächste Moment würde über Glück und Unglück entscheiden. Was konnte Katharina tun, damit nicht auffiel, dass Josquin sie gar nicht kannte? Ihr kam eine Idee.

»Vielen Dank für Ihre Mühe«, sagte Katharina zu den Gendarmen. »So sicher habe ich mich noch nie gefühlt.« Dabei formte sie einen Kreis mit Daumen und Zeigefinger der rechten Hand. Die Polizisten erstarrten angesichts der Geste.

Der Vicomte ergriff das Wort. »Sie haben meine Gäste hoffentlich nicht unnötig aufgehalten«, sagte er in herablassendem Ton. »Kommen Sie, meine Damen. Die beiden Herren werden Ihnen mit Ihrem Gepäck behilflich sein.« Er öffnete die Tür weit und ließ eine einladende Handbewegung folgen.

Katharina trat hinter Lydie in das Schloss. Ein Blick über die Schulter verriet ihr, dass die Polizisten tatsächlich die Koffer aus dem Bentley holten – das Gepäck der beiden Briten. Sie schmunzelte. In Frankreich hatte der Adel noch Autorität, hier waren die Auswirkungen des Absolutismus zu spüren. Es gab keinen Grund, Angst vor zwei Dorfpolizisten zu haben.

Nachdem die Gendarmen davongefahren waren, standen Katharina und Lydie zwischen den Koffern in einer beinahe kahlen Halle. Der Hausherr schaute stumm aus dem Fenster, bis das Polizeiauto nicht mehr zu sehen war. Dann fuhr er zu seinen Besucherinnen herum.

»Sind Sie wahnsinnig, sich von der Polizei zu meinem Anwesen bringen zu lassen?« Seine Stimme hallte wie ein Peitschenknall durch den großen Raum und ließ Lydie zusammenfahren. Katharina stand unbewegt da. Sie hob den Kopf ein wenig, so, als würde sie einen Ball auf der Stirn balancieren. Sie wusste genau, dass das Männer, die versuchten, sie zu belehren, aus der Fassung brachte.

Die Wirkung ließ nicht lange auf sich warten.

»Sie halten diese Gendarmen vielleicht für Idioten vom Land, aber ich kann Ihnen aus Erfahrung sagen, dass die gerissensten Flics in Frankreich nicht in den großen Städten zu finden sind.«

Katharina warf Lydie einen Blick zu.

»Diese beiden Männer«, fuhr der Vicomte fort, »werden Ihre Personalien überprüfen, bis sie etwas finden, das Sie mit der deutschen Regierung in Verbindung bringt. Und dann werden sie hierher zurückkehren, mit Verstärkung, um Sie beide festzunehmen. Und mich gleich mit dazu. Wie konnten Sie so dumm sein?«

»Dumm«, wiederholte Katharina. »War es dumm, dass ich Ihnen ein Zeichen gegeben habe, von dem ich wusste, dass Sie es erkennen würden?« Mit dem aus Zeigefinger und Daumen gebildeten Kreis hatte sie sich Josquin gegenüber als Deutsche zu erkennen gegeben. In Deutschland signalisierte die Geste, dass man etwas für besonders gelungen hielt. Einem Franzosen hingegen galt sie als obszöne Beleidigung. Ein kleiner Fingerzeig mit großer Wirkung. Dass der Vicomte sie nun schalt, war für Katharina nichts weiter als ein Indiz verletzten männlichen Stolzes.

»Wenn die Gendarmen zurückkehren sollten, sind wir längst nicht mehr hier«, sagte sie. »Und jetzt zeigen Sie mir das Funkgerät. Ich muss mit Berlin sprechen.«

»Ich entscheide, was in meinem Schloss geschieht. Sie werden sofort dieses Anwesen verlassen und nicht wieder zurückkehren. Sagen Sie mir, welche Nachricht Sie übermitteln wollen, und ich werde das selbst erledigen.«

Der junge Vicomte war selbstbewusst, das gefiel ihr. Weil sie es liebte, überhebliche Männer in die Schranken zu weisen.

Katharina durchschritt die Halle, strich mit den Fingern an den nackten Steinen der Wände entlang. Unter der Decke bemerkte sie eiserne Ringe, dereinst waren Wandteppiche daran befestigt gewesen, kostbare Gobelins, die dem

Raum Farbe verliehen hatten – und Wärme. »Sie stehen auf der Gehaltsliste von Ribbentrop«, stellte sie fest, verschränkte die Arme und lehnte sich gegen den kühlen Stein. »Das bedeutet, sie beziehen jeden Monat Geld von einer Bank in der Schweiz. So ist doch, nicht wahr?«

»Was soll die Frage? Sie wissen genau, dass ich zum Netzwerk des Außenministeriums gehöre.«

»Sie brauchen das Geld für den Erhalt von La Grange. Das Château fällt unter Ihren Händen auseinander. Die Einrichtung haben Sie schon verkauft, vermutlich, um damit Handwerker zu bezahlen. Aber der Zahn der Zeit nagt unaufhörlich an dem Gemäuer, und Sie haben Angst, derjenige Ihrer jahrhundertealten Familie zu sein, dem der Stammsitz unter dem Hintern zusammenbricht.«

»Angst?« Josquin kam auf Katharina zu, sein Kopf war gesenkt, seine Schultern vorgeschoben. Er wollte wie ein wütendes Tier wirken, vielleicht wie der Keiler, der in dem Familienwappen über dem erkalteten Kamin zu sehen war.

Was für eine lächerliche Pose! Katharina verzog die Lippen zu einem abschätzigen Lächeln. »Ja, Angst. Die sollten Sie auch haben, wenn Sie mir nicht sofort freie Hand in diesem Stützpunkt gewähren. Ich werde Ribbentrop kontaktieren, auf die ein oder andere Weise. Es liegt an Ihnen, was ich dem deutschen Außenminister über Ihre Bereitschaft zur Kooperation mitteilen werde. Von meinen Worten hängt ab, ob das Château weiter in Privatbesitz bleibt oder ob es eine Touristenattraktion wird. Wollen Sie das? Wollen Sie schon bald bourgeoise Familien durch die Gemächer ihrer Vorfahren geleiten und den Kindern Spukgeschichten erzählen?«

Der Vicomte griff sich ins Haar, so rabiat, dass Katharina sicher war, er stellte sich gerade vor, es sei ihr Schopf. Dann warf er eine Handvoll Luft auf den Boden. »Es geht nicht nur um das Château«, brach es aus ihm hervor. »Ich bin auf der Seite der Deutschen, weil der französische Staat den Adel mit Füßen tritt Der Zustand von La Grange … Früher hätte es das nicht gegeben. Ich hoffe, dass unsere Macht zurückkehren wird, wenn erst der Führer über Frankreich befiehlt.«

»Natürlich.« Katharina wischte die Ausführungen des Vicomte beiseite. »Wenn ich jetzt noch mal an das Funkgerät erinnern darf? Uns läuft die Zeit davon.«

Josquin musste sich in seinem Château sicher fühlen, denn die Funkanlage stand auf einem Schreibtisch vor einem großen Fenster mit Blick zur Auffahrt. Dies schien eine Art Musikzimmer zu sein, denn es enthielt außer dem Tisch noch ein Cembalo mit prachtvollen Malereien auf dem Korpus sowie eine Harfe und eine Gambe. Die matten Stellen auf den Saiten der Instrumente verrieten, dass sie oft benutzt wurden. Nun begann eine Art von Konzert, eine Musik, die für Katharina die schönste war, die sie seit Langem gehört hatte.

Das Funkgerät rauschte, als sie den Kippschalter hochklappte. Sie suchte nach einem Kopfhörer, fand aber keinen. Der Apparat wurde ausschließlich über Lautsprecher betrieben. Der Vicomte würde also mithören können, ebenso wie Lydie, doch in ihrem Fall war das unwichtig, denn sie verstand kein Deutsch.

Katharina drehte den Knopf auf die richtige Frequenz, die Ziffern kannte sie auswendig. »Hier spricht Schneewittchen«, sagte sie in das Tischmikrofon. Mit Abscheu erkannte sie Essensreste auf dem Metallsieb der Sprechanlage.

Das Rauschen veränderte sich nicht.

»Hier spricht Schneewittchen«, wiederholte sie. Es dauerte eine Weile, bis sich eine Stimme meldete, und Katharina sorgte mit ihren Codes dafür, dass sie nach einer endlos langen Zeit mit dem deutschen Außenminister sprechen konnte.

»Hier spricht Kreuzritter. Berichten Sie, Schneewittchen! Haben Sie, was wir brauchen?« Die Stimme klang verzerrt, aber Katharina erkannte Ribbentrop sofort.

»Das Paket ist an die falsche Adresse geliefert worden.« Katharina war froh, die einfache Codesprache nutzen zu können, um die Geschichte ihres Scheiterns nicht vor Josquin ausbreiten zu müssen. Sie hatte ihm ihre Autorität bewiesen, die wollte sie erhalten.

Aus dem Funkgerät drang eine Weile nur das Rauschen des Verstärkers. Ribbentrop schien zu überlegen. »Wo ist es jetzt? Haben Sie noch Zugriff?«

»Ich bin in der Burg und brauche Informationen«, antwortete Katharina. Sie vergaß den Zustand des Mikrofons, beugte sich dicht darüber und berührte es mit den Lippen. »Dringend.«

»Wenn die Lieferung nicht mehr in Reichweite ist, müssen wir abbrechen. Kehren Sie umgehend zur Basis zurück.«

Katharina glaubte, sich verhört zu haben. »Wiederholen Sie das.«

»Ich erwarte Sie in zwei Tagen in meinem Büro. Beeilen Sie sich, und …«

Katharina würgte ihn ab, indem sie auf die Sprechtaste drückte.

»Ich sagte, ich brauche Informationen. Ich bin ganz nah dran.« Sie suchte nach Worten, nach einer Beschreibung ihrer Lage durch Codewörter. Aber sie war zu aufgebracht, um die umständlichen Regeln zu befolgen. Dies war eine Notlage! Sie ließ alle Vorsicht fahren, jetzt war Klartext nötig. »Der Herzog hat Paris mit unbekanntem Ziel verlassen. Ich muss herausfinden, wohin er unterwegs ist. Irgendwo wird er den Kopf aus dem Wasser strecken müssen, um Luft zu holen, dabei wird er sich an offizielle Stellen wenden. An eine britische Botschaft vielleicht. Davon werden Sie in Berlin doch erfahren, oder können Sie nur Informanten bezahlen, die alt und blind sind?« Sie wusste, dass sie zu weit ging, aber es war einfach zu viel für sie, dass ausgerechnet der einfältige Ribbentrop ihr befehlen wollte, das Unternehmen abzubrechen.

Diesmal kam seine Antwort augenblicklich. »Direktive 17 ist auf dem Weg«, sagte er. »Wenn wir Operation Schneewittchen fortführen, würden wir die Umsetzung der Direktive gefährden. Brechen Sie sofort ab. Wenn ich Sie am Mittwoch nicht in Berlin sehe, werde ich Maßnahmen einleiten.«

Direktive 17? Jetzt schon? Katharina war so überrascht von dieser Nachricht, dass sie Ribbentrops Drohung ignorierte. Hinter dem Namen »Direktive 17« verbarg sich der Befehl des Führers, England zunächst in einem Luft- und danach in einem Seekrieg anzugreifen, wehrlos zu machen und schließlich zu erobern. Die Umsetzung der Direktive setzte voraus, dass die Wehrmacht die Häfen an der französischen Küste kontrollierte. Also schienen die deutschen Truppen seit ihrem Einmarsch in Nordfrankreich sehr schnell voranzukommen. Wenn Hitler jetzt den Angriff auf England befahl, dann hielt er sich für so stark, dass er auf die Hilfe des britischen Exkönigs verzichten konnte. Damit zerschellten Katharinas Pläne.

Es sei denn, sie setzte ihr Vorhaben noch um, bevor der Angriff erfolgte.

»Sagen Sie dem Führer, ich kann den Herzog von Windsor noch erreichen. Dann muss er seine Truppen nicht in die Schlacht schicken. Wir erobern England mit einer List. Das ist sicherer.« Sie ließ die Sprechtaste los, das Mikrofon in ihrer Hand war rutschig von ihrem Schweiß.

Jetzt verzichtete auch Ribbentrop auf Codewörter. »Wenn Sie glauben, Sie könnten den Führer schulmeistern, haben Sie zu viel Zeit vor dem Schminkspiegel verbracht. Sie kehren augenblicklich zurück. Eine andere Möglichkeit gibt es nicht. Ende.«

Katharina schaltete das Funkgerät aus und seufzte. Der deutsche Außenminister irrte sich. Es gab immer eine andere Möglichkeit. Und Katharina wusste auch schon, welche.

Kapitel 21

La Grange Fort,
Mai 1940

»Wohin gehst du?« Lydies Stimme kam aus der Dunkelheit am anderen Ende des Raums. Es war Nacht. Josquin hatte die beiden Frauen in derselben Kammer untergebracht – zwei Betten, ein Tisch, zwei Stühle – und sie aufgefordert, das Schloss am frühen Morgen zu verlassen. Katharina wollte dieser Bitte gern nachkommen, aber erst musste sie wissen, wohin sie sich wenden sollte.

»Ich muss mal raus«, flüsterte sie Lydie zu. »Schlaf weiter.«

»Ich komme mit«, sagte die Französin.

Katharina hörte das Rascheln von Bettzeug, dann das Tappen von Füßen, doch es waren keine nackten Füße. Lydie hatte sich angezogen ins Bett gelegt, so wie sie selbst auch.

Katharina stieß die Luft aus. Allmählich begannen ihr Lydies Scharfsinn und Sturkopf auf die Nerven zu gehen. »Bleib hier«, zischte sie. »Ich bin gleich wieder da.«

»Und wenn dich Josquin am Funkgerät erwischt?« Lydie gab unverhohlen preis, dass sie genau wusste, was Katharina vorhatte. »Dann muss ihn doch jemand in Schach halten.«

Katharina widersprach nicht. Was hätte das für einen Sinn gehabt? Die beiden Frauen verließen die Kammer und schlichen durch den Korridor. Der Mond schien durch die hohen Fenster und beleuchtete den Gang. Es war unwahrscheinlich, dass sie jemanden trafen, denn außer Josquin lebte nur ein Gärtner auf dem Anwesen, und der schlief in einem Gesindehaus. Der Vicomte war nach einem kargen Mahl und ebenso karger Konversation die Treppe hinauf verschwunden. Wenn er nicht ebenso misstrauisch war wie Lydie, schlief er längst.

Das Musikzimmer war nicht abgeschlossen, das Funkgerät stand so da, wie sie es verlassen hatten. Lydie schloss leise die Tür. »Wie willst du den Herzog finden? Gibt es noch mehr Kontaktleute wie den Vicomte?«

Sie war ein heller Kopf. Aber sie kannte sich in Katharinas Welt nicht aus.

Katharina rückte den Stuhl vor dem Funkgerät zurecht und schaltete das Gerät ein. Während die Röhren warmliefen, erklärte sie Lydie, was sie vorhatte. »Der Herzog von Windsor wird früher oder später Hilfe brauchen. Er ist es nicht gewohnt, sich irgendwo zu verstecken. Er braucht das Licht der feinen Gesellschaft, den Luxus schöner Dinge, guten Essens und eleganter Kleidung. Er wird sich an eine Botschaft wenden, eine deutsche, wenn er noch immer nach Berlin überlaufen will, oder eine britische, wenn er plant, nach London zurückzukehren. Zu den englischen Diplomaten habe ich keinen Kontakt, aber die deutschen kann ich fragen, ob sie ihn gesehen haben. Immerhin bin ich im Auftrag des Führers unterwegs.«

So einfach, wie Katharina sie beschrieb, war die Angelegenheit leider nicht. Das zeigte sich in den folgenden Stunden, die sie damit verbrachte, verschlafene Botschaftsangestellte in Brüssel, Bern und Rom zuerst von ihrer Identität und dann von ihrem Anliegen zu überzeugen. Niemand hatte Edward und Wallis gesehen. Weder waren sie in Belgien noch in der Schweiz oder Italien aufgetaucht. Auch in Madrid waren die Windsors nicht. Dort saß eine Frau am Funkgerät.

»Wäre der Herzog von Windsor in Madrid erschienen, hätte ich davon erfahren«, sagte sie. »Wir haben allerdings gehört, dass ein englischer Diplomat in Barcelona eingetroffen sein soll. Das wäre nichts Ungewöhnliches, aber der Mann ist nicht mit dem Flugzeug, sondern mit dem Auto aus Frankreich gekommen, begleitet von einem Lastwagen voller Möbel. Ein Flüchtender aus Paris, wie es scheint. Könnte das der Herzog sein?«

Barcelona! Katharinas Herz schlug schneller. Sie erinnerte sich an den Lastwagen in der Einfahrt der Villa Windsor. Das musste er sein.

»Einen Moment, bitte«, sprach sie in das Mikrofon.

War der Unbekannte in Barcelona der Herzog von Windsor, bedeutete das, Edward war nicht nach England geflohen – vielleicht, weil er noch über Katharinas Angebot nachdachte, nach Berlin zu gehen. Dorthin war er aber auch nicht gefahren, sondern nach Spanien. In ein neutrales Land. Edward war so undurchsichtig wie zuvor, aber immerhin wusste sie jetzt, wo sie ihn finden konnte.

Sie drückte die Sprechtaste. »Können Sie diesen englischen Diplomaten kontaktieren?«

»Ein Kontakt nach Barcelona ist nicht möglich«, sagte die Frau. »Die Stadt liegt seit dem Bürgerkrieg in Trümmern, unsere Kommunikationskanäle öffnen sich erst allmählich wieder.«

»Es ist wichtig«, stieß Katharina hervor. Von kriegsentscheidender Bedeutung, wollte sie noch anfügen. Stattdessen sagte sie: »Eine Herzensangelegenheit.«

Eine Pause folgte. Dann kehrte die Stimme zurück, sie klang warm durch den Äther. »Ich tue, was ich kann,

Schätzchen.« Katharina spürte die Verbundenheit zwischen ihr und der anderen Frau über Hunderte von Kilometern hinweg.

Neben dem Schreibtisch stand Lydie, die nun etwas auf ein Stück Papier kritzelte. Dann legte sie Katharina die Notiz hin. »Sagen Sie Ajax, dass Lydie bald bei ihm sein wird«, stand darauf zu lesen.

Katharina zögerte. Das war absurd. Sie schob den Zettel von sich fort, hielt ihn fest, zog ihn wieder zu sich heran. In diesem Moment waren sie nicht bloß zwei Menschen, die auf verschiedenen Seiten standen, sondern zwei Frauen, die sich in einer verrückt gewordenen Welt zu behaupten versuchten.

»Es gibt da noch etwas«, sagte sie in das Mikrofon.

*

BERLIN,
MAI 1940

»Herr Außenminister?« Die Stimme aus dem Telefonhörer klang aufgeregt. Es sollte auch besser etwas Aufregendes passiert sein, dachte von Ribbentrop, wenn ich mitten in der Nacht aus dem Bett geklingelt werde. Neben ihm schlief Annelies tief und fest, wie er an ihren gleichmäßigen Atemzügen erkennen konnte. Er warf einen prüfenden Blick zu den Vorhängen vor dem Fenster. Das Licht, das hindurchsickerte, war gelb, es war das der Straßenbeleuchtung, nicht das der Morgensonne.

»Wir haben eine wichtige Meldung erhalten, Herr Außenminister.« Die Stimme gehörte Gottfriedsen, seinem Adjutanten. Er war der Einzige, der sich solche Unverfrorenheiten erlauben durfte, alle anderen hätte von Ribbentrop sofort zum Latrinendienst geschickt, und zwar an der Front.

»Mitten in der Nacht?«, flüsterte er ins Telefon. Lieber hätte er geschrien, aber er wollte seine Frau nicht wecken. Seit der Krieg ausgebrochen war, bekam seine Familie kaum Schlaf.

Von Ribbentrop schluckte seine Wut herunter. »Augenblick«, sagte er leise, schwang sich aus dem Bett, schlüpfte in die Filzpantoffeln und schlurfte durch den Flur in die Küche, darauf bedacht, das Telefonkabel hinter sich herzuziehen, ohne dass es sich verhedderte. »Schießen Sie los«, befahl er schließlich, als er am Küchentisch saß. Was hätte er jetzt für eine Tasse Kaffee gegeben! Doch die war sofort vergessen, nachdem Gottfriedsen die ersten Worte gesprochen hatte.

»Schneewittchen ist noch im Wald unterwegs«, sagte sein Adjutant. »Wir haben eine Nachricht aus der deutschen Botschaft in Bern erhalten. Dort hat sich jemand über Funk gemeldet und behauptet, die Prinzessin von Braunschweig-Lüneburg zu sein.«

Von Ribbentrop rieb sich die Stirn. Er ahnte bereits, worauf das hinauslief. »Weiter«, brummte er.

»Der Botschafter hat berichtet, dass Schneewittchen ihn nach ihrem Prinzen gefragt hat. Sie wollte wissen, ob er in Bern aufgetaucht sei. Ich hätte Sie damit um diese Uhrzeit nicht behelligt, aber kurz darauf meldete sich die Botschaft aus Rom mit einem ähnlichen Bericht.«

Von Ribbentrop umklammerte den Hörer. Was bildete sich diese Frau ein, seine Befehle zu missachten? Er hätte es sofort wissen müssen, gleich als er sie in Hosen auf dem Berghof gesehen hatte. Sie war eine Adelige und scherte sich einen Dreck darum, was Menschen wie er für richtig hielten. Vermutlich verachtete sie ihn sogar wegen seines angeheirateten Titels. Und seine Befehle waren ihr so wichtig wie das Stück Papier, mit dem sie sich den Aristokratenhintern abwischte. Nun gut, wer nicht hören wollte, musste fühlen.

»Hat sie herausgefunden, wo sich der Herzog aufhält?«, fragte von Ribbentrop.

»Soviel ich weiß, nein. Die beiden Botschafter haben Schneewittchens Prinzen jedenfalls nicht gesehen.«

»Gut. Solange sie nicht weiß, wohin sie sich wenden soll, wird sie an Ort und Stelle bleiben. Sorgen Sie dafür, dass sie La Grange Fort nicht lebend verlässt. Seien Sie eindeutig, wenn Sie mit unserem Kontaktmann im Schloss sprechen. Ich will keine Missverständnisse in dieser Angelegenheit. Und Gottfriedsen? Es war richtig, mich deshalb sofort anzurufen.«

Gottfriedsen bestätigte den Auftrag und legte auf.

Von Ribbentrop starrte den Hörer in seiner Hand an wie eine Kristallkugel, in der er die Zukunft erkennen konnte. Das Bakelit glänzte schwarz.

Kapitel 22

Barcelona,
Mai 1940

Blitze zuckten durch die hohen Fenster, Gelächter hallte von den Wänden wider, das Licht der Kronleuchter spiegelte sich im Parkett. Ajax ging mit einem Tablett voller funkelnder Champagnergläser durch die Menge und bot den Gästen Getränke an.

Er trug eine neue Livree, sie war schwarz. Der Hausherr, ein Mitarbeiter des spanischen Außenministeriums, hatte dafür gesorgt, dass Ajax gekleidet war wie die Dienerschaft in diesem Adelspalast. Ajax blieb ein Spion in der Uniform eines Hausdieners – nur war sein Einsatzort nicht mehr Paris, sondern Barcelona.

Die Stadt lag in Trümmern. Als er mit Herzog Edward und Herzogin Wallis vor zwei Tagen im Rolls Royce durch die Straßen gefahren war, hatte Ajax seinen Augen nicht getraut. Von kriegszerstörten Städten hatte er gehört, hatte Fotos in Zeitungen gesehen, doch waren die unscharf, schwarz-weiß und zweidimensional gewesen. Und auch die besten Aufnahmen fingen nicht ein, was Vernichtung wirklich bedeutete.

Noch mehr als die zerbombten Häuser, die Löcher von Granatsplittern in den Mauern, die verbrannten Bäume und die Trümmer auf dem Pflaster erschütterten ihn die Menschen. Sie gingen ihren täglichen Geschäften nach, als sei nichts geschehen. Frauen trugen Einkaufstaschen, Kinder spielten in den Ruinen, und Männer standen rauchend und plaudernd in Gruppen zusammen. Und genau das machte deutlich, wie sehr sie darum bemüht waren, die zurückliegenden Schrecken zu vergessen, wie sie mit allen Mitteln versuchten, zu ihrem Alltag zurückzufinden. Weil die Wirklichkeit zu entsetzlich war, um sie ertragen zu können.

Eins hatten die Bomben nicht hinweggefegt: die Standesunterschiede in der spanischen Gesellschaft. Während die einfachen Leute auf der Straße im Schmutz lebten und zusammenkratzten, was ihnen zum Leben noch blieb, feierten die Reichen in ihren Palästen schon wieder Feste.

Ajax reichte zwei Herren in dunklen Smokings und ihren mit Juwelen und bodenlangen Kleidern ausstaffierten Begleiterinnen Getränke. Die Abendgesellschaft fand zu Ehren des Herzogs von Windsor statt. Edward war mit offenen Armen in Barcelona begrüßt worden. Wie sich herausgestellt hatte, hielt sich einer seiner Freunde in der Stadt auf: Don Javier Bermejillo y Schmidtlein, genannt Tiger. Den Spitznamen verdankte der grünäugige, gut aussehende Diplomat zum einen seiner katzenartigen Anmut und Eleganz, zum anderen dem Umstand, dass die meisten Engländer seinen Namen nicht richtig aussprechen konnten. Tiger arbeitete für das spanische Außenministerium in Madrid und war früher Zweiter Sekretär des spanischen Botschafters in London gewesen. Dort hatte der Diplomat Edward und Wallis das spanische Botschaftsgebäude für ihre ersten heimlichen Treffen zur Verfügung gestellt, wie Ajax inzwischen wusste.

Im Salon klangen die Sektgläser, als Tiger das berühmte Paar präsentierte. Wieder zuckten Blitze durch die Fensterscheiben. Die Straße vor dem herrschaftlichen Haus, in dem

Tiger dem Herzog und der Herzogin eine Suite zur Verfügung gestellt hatte, war voller Reporter. Jeder versuchte, einen Blick auf Edward und Wallis zu erhaschen. In Spanien waren die beiden noch immer so beliebt wie zu der Zeit, als Edward König von England gewesen war.

Der Herzog schien die Aufmerksamkeit zu genießen. Er schüttelte Hände, lächelte ungezwungen, winkte zu den Fotografen hinaus und gab Anekdoten über seine Flucht aus Frankreich zum Besten. Als Ajax mit dem Tablett an ihm vorbeiging, hörte er Edward schwärmen: »Nach Spanien zu fahren war ein grandioser Einfall. Ich hätte nicht gedacht, dass ich mich in meinem Leben noch einmal so wohlfühlen würde.«

Ajax spürte, wie zwei unterschiedliche Gefühle an ihm zerrten: zum einen die Erleichterung darüber, dass der Herzog sich – zumindest vorläufig – hatte davon abbringen lassen, zu den Deutschen überzulaufen. Zum anderen die Sorge um Lydie, die für ihn unerreichbar war, da sie nicht im Wagen der Herzogin aus Paris geflüchtet war und er ihren Aufenthaltsort nicht kannte.

In diesem Zwiespalt lebte Ajax, seit er vor drei Tagen auf der Rückbank des herzoglichen Rolls Royce aus seiner Ohnmacht erwacht war. Da waren sie bereits in Südfrankreich, erfuhr er von Edward, der den Wagen steuerte, und Ajax war trotz seiner Benommenheit sofort klar, dass es für ihn vorläufig kein Zurück nach Paris und zu Lydie mehr geben würde. Wallis saß neben dem Herzog auf dem Beifahrersitz, sie hatte die Sonnenblende heruntergeklappt und beobachtete Ajax im Spiegel. Warum die beiden ihn mit nach Spanien genommen hatten, statt ihn am Straßenrand liegen zu lassen, erfuhr er nicht, und er wagte angesichts seines Zustandes auch nicht, danach zu fragen. Stattdessen beschrieb ihm Wallis, wie sie vor der Weiterfahrt Ajax'

Schusswunde versorgt hatte. Zusammen mit Pascal hatte sie das Loch in seiner Hüfte inspiziert, das Gewebe an der Eintrittsöffnung mit Operationsbesteck aus ihrem Kulturbeutel entfernt, einer Pinzette und einem Messerchen, die Wunde mit Alkohol gereinigt, den sie sonst zum Entfernen von Nagellack benutzte, und einen Druckverband aufgelegt. Auf diese Weise verarztet hatte Ajax die Weiterreise zunächst schlafend auf der Rückbank des Rolls verbracht. Pascal und Timmy waren der Limousine mit dem Lastwagen gefolgt. Auf seine Frage, was denn mit der Kugel geschehen werde, die er deutlich in seiner Seite spüren konnte, winkte Wallis ab. Das Herausoperieren von Projektilen, so viel hatte sie von ihrem ersten Mann, einem Arzt, gelernt, sei etwas aus Wildwestfilmen. Die Kugel würde Ajax nicht stören. Im Gegenteil: Erst, wenn man sie zu entfernen versuche, laufe man Gefahr, Schaden im Gewebe anzurichten.

Seither ermahnte sich Ajax, nicht ständig auf die Stelle zu drücken, um festzustellen, ob das Projektil noch da war. So viel musste er zugeben: Wallis und Pascal hatten gute Arbeit geleistet. Abgesehen von ein bisschen Fieber an den beiden folgenden Tagen hatte er keinerlei Nachwirkungen. Gegen mögliche Entzündungen nahm er ein Antibiotikum, das Wallis ihm bei einem ihrer Zwischenstopps besorgt hatte. Und das leichte Ziehen in seiner Hüfte würde er bestimmt bald nicht mehr bemerken. Allerdings fragte er sich, ob er mit einer Kugel im Leib noch an Ruderregatten teilnehmen konnte – wenn er England überhaupt jemals wiedersehen würde.

»Señor!«, rief jemand hinter ihm. Ajax drehte sich um und entdeckte im Eingang des Salons einen Mann in dunklem Anzug, den er zuvor noch nicht unter den etwa drei Dutzend Gästen gesehen hatte. Der Fremde trug eine Brille mit breitem Gestell und winkte ihn zu sich heran.

»Was kann ich für Sie tun, Sir?«, fragte Ajax und hoffte, dass Englisch ausreichen würde, um sich verständlich zu machen.

Der Neuankömmling hielt ihm einen Briefumschlag entgegen. »Para el señor Eduardo«, sagte er, und fügte »importante« hinzu.

Ajax machte eine einladende Geste. »Kommen Sie herein und bringen Sie ihm die Nachricht persönlich.« Doch der Mann drückte ihm den Umschlag in die Hand und wandte sich zum Gehen. Ajax rief ihm noch einmal hinterher, doch der Unbekannte nahm an der Tür seinen Mantel in Empfang und verließ das Haus. Durch das Glas der Eingangstür konnte Ajax sehen, dass der Fremde nicht zur Straße ging, wo die Limousinen geparkt waren und die Fotografen standen, sondern in die andere Richtung verschwand, wo der Garten lag.

Ajax schaute auf den Brief in seiner Hand. Auf dem Umschlag waren weder Adressat noch Absender genannt. Er ließ den Blick durch den Salon schweifen. Herzog Edward war in ein Gespräch vertieft und sah auf, als jemand Klavier zu spielen begann. Tiger hatte sich an den Flügel gesetzt, ließ die Finger über die Tasten fliegen, sang etwas auf Spanisch und veranlasste die Gäste, sich um das Instrument zu scharen.

Die Gelegenheit war günstig. Auf einem Beistelltisch stellte Ajax das Tablett ab und ging in die Küche. Dort hantierte eine füllige Spanierin mit einem Fleischermesser, während ihr Timmy und Pascal zur Hand gingen. Ajax wollte sich unbemerkt zum Ankleidezimmer der Bediensteten davonstehlen, als Timmy ihn am Rockschoß zupfte und wissen wollte, ob sie von hier aus nach England führen. Den Jungen hatte wohl mittlerweile das Heimweh gepackt. Ajax wedelte mit dem Umschlag. »Das hier könnten unsere Rückfahrkarten nach London sein«, sagte er ein wenig übermütiger, als er wollte. Timmy grinste ihn an, wurde aber, bevor er weitere Fragen stellen konnte, von der Köchin an die Arbeit zurückgerufen.

»Warte!«, rief Ajax und hielt den Jungen fest. Dabei fiel Timmys Schirmmütze herunter. Ajax fing sie geschickt auf und setzte sie Timmy wieder auf den Kopf. »Ich brauche einen Teekessel mit siedendem Wasser. Kannst du mir einen in unser Ankleidezimmer bringen?«

»Schon so gut wie erledigt«, sagte Timmy und eilte zum Spülbecken, kaum dass Ajax ihn losgelassen hatte.

Der Raum, in dem sich die Diener umkleideten, war durch einen kleinen Korridor von der Küche getrennt und gerade so groß, dass ein Schrank und ein durchgesessenes Sofa mit verschossenen grünen Polstern hineinpassten. Ajax warf die Tür hinter sich zu und betrachtete den Brief. Auf dem Umschlag war nichts Eindeutiges – wie die drei englischen Löwen oder ein Hakenkreuz – zu sehen.

Es klopfte. Timmy brachte den Kessel, aus der Tülle stieg Dampf auf. Für einen Moment hatte Ajax seine liebe Not, den neugierigen Jungen aus dem Raum zu befördern. Dann war er wieder allein und hielt das Kuvert über den Wasserdampf. Der Kleber löste sich. Zum Glück war das Schreiben nicht versiegelt. Ajax holte ein Blatt Papier hervor, darauf war eine knappe Nachricht in Maschinenschrift zu lesen. »Berlin wartet auf dich. Warte du auf mich in Barcelona.« Eine Unterschrift fehlte. Weiter unten stand noch: »L. an A.: Werde bald bei dir sein.«

Bedeutete »L.« Lydie? Noch einmal schaute er auf das Papier. L. an A. Das konnte alles Erdenkliche bedeuten. Er versuchte, seinen Puls unter Kontrolle zu bekommen und sein Fantasie niederzuringen. Er musste rational bleiben. Die Situation durfte nicht außer Kontrolle geraten, bloß weil er sein Liebesglück herbeiwünschte.

Soviel war klar: Der Brief war an Herzog Edward gerichtet, das hatte der Kurier deutlich gesagt. Aber er hatte ihn nicht selbst abgeben wollen, vermutlich, weil er fürchtete, von irgendjemandem unter den Gästen erkannt zu werden. Die Nachricht an Edward lautete: Bleib in Barcelona, damit ich dich dort abholen und nach Berlin bringen kann. Ajax fuhr die Zeilen mit den Fingerspitzen entlang. Er konnte die leichten Vertiefungen spüren, die die Schreibmaschine in das Papier geschlagen hatte. Die Nachricht war ebenso vertraulich wie der Ton, mit dem der Absender den Herzog ansprach. Es musste sich um Prinzessin Katharina von Braunschweig-Lüneburg handeln.

In diesem Moment fühlte sich Ajax von einem Tentakel gepackt, einem Auswuchs, das aus seinem Gedächtnis hervorschoss und sich ihm um den Hals legte, ihm die Luft abdrückte. Unwillkürlich hielt er sich die Hand an die Kehle, spürte deutlich den Arm von Herzog Edward, als der ihn die Treppe der Villa Windsor herunterzog, während ihnen die Kugeln um die Ohren flogen. Ajax empfand intensive Wut und Empörung, als ihm klar wurde, dass Edward ihn als Schutzschild benutzte, um nicht getroffen zu werden. Und da stand die deutsche Prinzessin, einen Fuß auf dem Treppenabsatz und einen zwei Stufen höher, die Hand mit der Pistole von sich gestreckt und das fein geschnittene Gesicht zu einer Fratze verzerrt.

Zuerst war sie nur eine elegante Dame beim Dinner gewesen, dann war sie als Furie zurückgekehrt und hatte dem herzoglichen Paar das Leben gerettet, und zuletzt hatten Wallis und Edward von ihr gesprochen, an jenem Tag auf der Landstraße in Frankreich, als Ajax verletzt auf der Ladefläche des Lasters gelegen hatte. Wallis hatte Edward vorgeworfen, ein Angebot von dieser Prinzessin erhalten zu haben, das Angebot, ins Deutsche Reich zu gehen.

Das Blatt Papier in Ajax' Hand zitterte. Er hatte schon zuvor das Gefühl gehabt, in eine Sache verwickelt zu sein, die ihm über den Kopf wuchs. Jetzt kam er sich vor wie ein Ertrinkender, der immer tiefer sinkt, ohne jemals den Meeresboden zu erreichen.

In Paris war die Mission der Prinzessin fehlgeschlagen, also versuchte sie jetzt, sie in Barcelona zu Ende zu führen. Ajax musste die Windsors so schnell wie möglich aus der Stadt herausbringen, bevor Katharina von Braunschweig-Lüneburg den Herzog erreichen konnte.

Aber da waren noch die Worte »Werde bald bei dir sein«. Ajax hegte keinen Zweifel mehr daran, dass die Botschaft von Lydie stammte. Sie war in Paris aus der Villa geflohen und musste irgendwie an die Prinzessin geraten sein. Und nun kam Lydie an der Seite einer Attentäterin nach Spanien, um ihn, Ajax, wiederzusehen.

Er fasste sich an die Stirn. Es gab nur eine Möglichkeit, dieses Problem zu lösen. Ajax würde Wallis einweihen. Nur sie konnte dafür sorgen, dass Edward Barcelona verließ. Derweil würde Ajax in der Stadt bleiben und auf Prinzessin Katharina warten, um sie auf eine falsche Fährte zu schicken. Sobald Jäger und Gejagte voneinander getrennt waren, konnte er Lydie in die Arme schließen und sie nach London bringen. Oder vielleicht blieben sie auch in Spanien. Wo der Krieg nicht tobte, war vielleicht Platz für die Liebe.

Kapitel 23

BARCELONA,
MAI 1940

Ajax kehrte mit einem Tablett voller Champagnergläser in den Salon zurück. Gerade zog Edward die Terrassentür auf und trat ins Freie, um sich in den Magnesiumlichtern zu sonnen und in der Aufmerksamkeit zu baden. An seiner Seite, die Hand auf seinem linken Arm, schritt Wallis, ihr Lächeln glitzerte wie die Pailletten auf ihrem dunkelgrünen Abendkleid.

Einige Gäste der Abendgesellschaft folgten dem Paar, ebenso wie Ajax. Während er Getränke anbot, flüsterte er Wallis im Vorbeigehen zu: »Prinzessin Katharina kommt nach Barcelona. Treffen Sie mich im Garten.«

Er musste sich nicht umsehen, um zu wissen, dass sie ihn verstanden hatte, und er war sicher, dass sie ihm folgen würde, sobald der Auftritt vor den Journalisten vorbei war. Eine Viertelstunde später, er stand inmitten eines Aprikosenhains, den der Krieg verschont hatte, hörte er Schritte auf dem mit Sand ausgestreuten Weg. Ajax trat unter den Blättern hervor ins Mondlicht und gab sich zu erkennen.

»Was hat das zu bedeuten?«, fragte Wallis.

Ajax reichte ihr den Briefumschlag. Er hatte ihn nicht wieder zugeklebt. Im fahlen Mondlicht brauchte sie einen Moment, bis sie die wenigen Worte entziffert hatte.

»Es war richtig, erst mit mir zu sprechen.« Sie steckte das

Papier wieder in den Umschlag und trat näher an Ajax heran. »Berlin kommt nicht infrage. Diese Prinzessin kommt nicht infrage. Das alles …« Sie wedelte mit den Händen. »Es ist an der Zeit, dass wir offen miteinander reden. Wir wollen dasselbe, zumindest was meinen Mann angeht. Edward muss Barcelona so schnell wie möglich verlassen. Sind wir uns einig?«

»Natürlich«, sagte Ajax. Der Geruch ihres Parfüms stieg ihm in die Nase und erinnerte ihn an jenen Abend in der Villa Windsor, als sich Wallis vor ihm entblößt hatte. Diesmal wich er nicht vor ihr zurück. Er brauchte sie, denn er wollte Lydie wiedersehen.

Sie lachte auf und deutete in Richtung Terrasse. »Schau ihn dir an. Ich habe ihn lange nicht so glücklich erlebt. Wir brauchen ein gutes Lockmittel, wenn er das wieder aufgeben soll.«

Im ersten Moment fiel es Ajax schwer, Wallis und sich selbst als »wir« zu betrachten, aber er wusste, dass er sich mit der Herzogin verbünden musste. »Wir haben den Herzog davon überzeugen können, hierher nach Barcelona zu kommen, weil er sich Zugeständnisse der britischen Regierung erhofft«, sagte er. Wallis und er hatten nach der Flucht aus Paris gemeinsam auf den Herzog eingewirkt – zu jenem Zeitpunkt allerdings, ohne sich abgesprochen zu haben. Das würde sich nun ändern. »Wir müssen dafür sorgen, dass Premierminister Churchill ihm ein reizvolles Angebot unterbreitet, einen Sitz im Kabinett oder Einfluss im Kriegsministerium. Dann würde der Herzog das vermeintliche Paradies in Barcelona vielleicht gegen das Elysium in London tauschen und weiterziehen.«

Wallis nickte. »Das könnte funktionieren. Aber wie bekommen wir Churchill dazu, Edward eine solche Karotte vor die Nase zu halten? Eine Karotte, hinter der er bis nach

London traben würde? Und wie sollen wir es anstellen, dass uns der britische Premierminister überhaupt erst mal zuhört?«

Die letzte Frage verblüffte Ajax. »Kennen Sie Churchill denn nicht? Ich hatte immer geglaubt, dass Edward … dass der Herzog und er Freunde seien.«

»Freunde!«, schnaubte Wallis. »Sie respektieren sich. Aber das hilft uns beiden nicht. Schließlich wollen wir etwas vom Premierminister. Wir sind es, die mit ihm sprechen müssen, nicht Edward.«

»Nun gut, dann machen Sie das. Sie sind schließlich die Herzogin von Windsor.«

»Die dafür gesorgt hat, dass England seinen König verliert.« Sie tätschelte ihm die Wange. »Du bist wirklich ein faszinierender Bursche. Auf der einen Seite ausgebufft, wenn es darum geht, Lügen zu erfinden. Auf der anderen Seite naiv, wenn du andere Menschen einschätzen sollst.«

»Dann ist uns dieser Weg also versperrt?« Ajax war sich sicher gewesen, dass Churchill ihnen hätte helfen können.

»Nicht ganz.« Wallis strich sie eine Strähne ihres Haares hinters Ohr. »Churchill würde nicht auf mich hören, aber vielleicht auf dich.«

»Auf mich?« Ajax tippte sich gegen die Brust.

»Du arbeitest doch für ihn, oder nicht? Habe ich dich nicht beim Herumschnüffeln in Edwards Arbeitszimmer erwischt? Ich weiß genau, dass die Briten Leute am Boulevard Souchet eingeschleust haben.«

Das war zu befürchten gewesen. Sie hatte ihn längst durchschaut. Und nicht nur ihn … Ajax dachte an seinen Vorgänger in Paris, der verschwunden und kurz darauf tot aus der Seine gefischt worden war. Hatte Wallis etwas damit zu tun? »Ich bin kein Spion«, sagte er und wusste, dass sie ihm selbst dann nicht glauben würde, wenn er sich als

Priester offenbaren und eine Schar Engel vom Himmel herabschwören würde. »Jedenfalls keiner im Dienst des Premierministers. Mich hat jemand anders angeheuert.«

»Solange es der britische Geheimdienst war, wirst du das Churchill glaubhaft machen können. Dann verlangst du von ihm, dass er Edward ein Angebot machen soll, und zwar schnell – weil mein Gatte sonst zu den Nazis überlaufen wird. Ich bin schon gespannt, was der gute Winston aus dem Hut zaubert.«

Das war aberwitzig. Er konnte doch nicht einfach den Premierminister Großbritanniens anrufen und Forderungen stellen!

Wallis schien seine Gedanken zu erraten. »Keine Angst«, sagte sie. »Die alte Bulldogge wird dich schon nicht beißen. Wir treffen uns in einer halben Stunde im Salon. Bis dahin werde ich von Tiger erfahren haben, wo man in dieser Bruchbude ungestört telefonieren kann. Und bevor du danach fragst …«, sie lächelte ihn siegesgewiss an, »… ich kann die Telefonnummer besorgen. Sie steht im Notizbuch meines Mannes.«

Aus dem Hörer drang gedämpftes Tuten. Es klang wie das Nebelhorn eines Schiffes, und Ajax fühlte sich wie der Steuermann, der durch den Dunst navigierte, während er versuchte, Riffen auszuweichen.

Das Büro lag im ersten Stock von Tigers Herrenhaus. Hier oben trug das Gebäude deutliche Spuren des Bürgerkriegs: Eine Wand war mit Rußflecken verschandelt, es roch nach kaltem Rauch, und die teuren Holzmöbel waren aufgequollen. Vermutlich hatte es hereingeregnet, nachdem ein Geschoss das Dach aufgerissen hatte. An der Zimmerdecke war eine Plane befestigt, ein Rohr ragte daraus hervor wie ein gebrochener Arm und ließ Tropfen auf den Teppich fallen.

Wallis saß auf der Kante des Schreibtisches, ein Bein auf dem Boden, das andere spielerisch schwenkend, und starrte den Rußfleck an, als könne sie daran den Ausgang des Gesprächs ablesen wie das Menetekel des babylonischen Königs Belsazar.

Niemals hätte Ajax geglaubt, dass es der Premierminister selbst sein würde, der sich meldete. Churchill bellte eine Verwünschung in den Hörer. Ajax fasste sich ein Herz. »Hier spricht Ajax Doggerton. Sie haben recht, Sir. Es ist ziemlich spät. Ich rufe aus Spanien an. Es geht um den Herzog von Windsor. Er ist hier.«

»Spanien?«, blaffte Churchill. »Was macht der Mann in Spanien? Und wer sind Sie, woher haben Sie diese Nummer?«

»Ich arbeite für den britischen Geheimdienst«, antwortete Ajax.

»Wenn Sie an meine Telefonnummer gekommen sind, müssen Sie wohl ein Spion sein«, sagte Churchill. »Und zwar ein sehr guter. Aber für welche Seite Sie arbeiten, weiß ich nicht. Erklären Sie sich, oder ich lege auf.«

»Bitte nicht, Sir. Es geht um die Zukunft Englands.« War das zu dramatisch? Aber nichts Geringeres versuchte Ajax gerade zu retten.

»Die Zukunft Englands«, knurrte Churchill. »Ja, ja. Was glauben Sie, um was ich mich tagein, tagaus kümmere? Da müssen Sie mir schon mehr liefern. Zum Beispiel: Wer ist Ihr Vorgesetzter? Für welche Abteilung arbeiten Sie?«

Von einer Abteilung hatte Gallagher nie gesprochen. Ajax hatte auch nie danach gefragt. Aber einen Namen konnte er liefern.

»Gallagher?« An Churchills Tonfall erkannte Ajax, dass der Premierminister hellhörig geworden war. »Und es geht um den Herzog von Windsor?«

»Beides ist korrekt, Sir«, bestätigte Ajax. Er nickte Wallis zu.

Die Herzogin rückte näher heran und gab ihm durch Gesten zu verstehen, dass sie mithören wollte. Ajax hielt den Hörer so, dass er sich den Lautsprecher mit Wallis teilen konnte. Ihr Haar rieb an seiner Wange, als sie sich an ihn presste, und ihre Hand legte sich auf seine Schulter.

»Warten Sie«, forderte Churchill ihn auf. Ein Scharren war zu hören, das Klappen einer Tür und kurz darauf das Rascheln von eilig umgeblätterten Seiten. »Sie sind Ajax Doggington? Student der Literaturwissenschaft? Rekrutiert in Oxford?«

Ajax schmunzelte angesichts dieses Versuchs, ihn als Lügner zu entlarven. »Mein Name lautet Doggerton, Sir«, berichtigte er, »und Mister Gallagher ist in Cambridge an mich herangetreten, nicht in Oxford.«

Churchill gab sich noch nicht zufrieden. »Sie haben Berichte an Gallagher geschickt. Was stand darin?«

Ajax spürte, wie sich sein Magen zusammenkrampfte. Er hatte keine Probleme damit, Churchill von seinen erfundenen Geschichten zu berichten, aber dass Wallis dabei zuhörte, gefiel ihm ganz und gar nicht.

»Sir«, begann Ajax, er verspürte den Drang, sich herauszureden, die Lügen, die er an Gallagher geschickt hatte, zu leugnen, denn neben ihm saß eine der beiden Personen, die sonst erfahren würden, was er getan hatte. Wenn er jedoch zögerte, würde er diese Gelegenheit verpassen, und Churchill würde ihm keinen Glauben schenken.

»Sind Sie noch da, Doggerton?«, bellte der Premierminister.

»Ja, Sir«, beeilte sich Ajax zu sagen, »entschuldigen Sie bitte, aber die Leitung ist so schlecht. Also …«, er räusperte sich, »… in meinen Berichten stand, dass der Herzog von

Windsor Besuch von Nationalsozialisten bekommen hat. Ich habe deren Gepäck durchsucht und darin Armbinden mit Hakenkreuzen gefunden. Außerdem habe ich gehört, wie der Herzog zu seiner Frau gesagt hat, dass Hitler Europa neu gestaltet und er das sehr begrüßen würde.« Ajax erinnerte sich noch genau daran, wie ihm dieses Märchen aus der Feder geflossen war. Damals war er stolz auf sich gewesen, jetzt wünschte er seinen Einfallsreichtum zum Teufel.

Churchill grunzte. »Und die Herzogin?«, fragte er. »Was hat sie dazu gesagt?«

Ajax spürte, wie Wallis an seiner Seite erstarrte. Überhaupt nichts, dachte er, überhaupt nichts hat sie dazu gesagt, weil das Gespräch nie stattgefunden hat. Aber jetzt saß Churchill, der einzige Mann, der ihm helfen konnte, am anderen Ende der Telefonleitung und verfolgte mit dem Zeigefinger Zeile um Zeile eines Gesprächs, das Ajax der Fantasie zu Protokoll gegeben hatte.

»Wenn ich mich recht erinnere, Sir«, fuhr er fort, »sagte die Herzogin, dass sie hoffe, Hitler werde ihr einen Platz auf dem englischen Thron reservieren, wenn er das verdammte Großbritannien erst eingesackt und die gesamte königliche Sippschaft ins Konzentrationslager gesteckt habe.« Jedes Wort brannte wie Feuer in Ajax' Mund.

Ein Knall war in der Leitung zu hören, anscheinend hatte Churchill ein Buch oder einen Aktendeckel zugeklappt. »In Ordnung. Was haben Sie für mich?«

Kapitel 24

La Grange Fort,
Mai 1940

Der Frühstückstisch auf La Grange Fort war so kahl wie das Schloss selbst. Josquin hatte drei Teller auf einen fleckigen Holztisch gestellt, ein Toastbrot und Butter hinzugefügt und erst auf Katharinas Nachfrage Besteck und Tassen gebracht. Schließlich war Lydie aufgestanden, hatte sich die Küche zeigen lassen und war nach einigen Minuten mit einer Kanne Kaffee zurückgekehrt, den sie frisch aufgebrüht hatte.

Es war Katharina gleichgültig, ob Josquin sie gut bewirtete, ob er überhaupt noch ein Wort an sie richten würde. Gleich würden sie in den Bentley steigen und weiterfahren nach Barcelona. Der Wagen war schnell. Sie konnten die Stadt in zwei Tagen erreichen, das musste genügen. So kurzfristig konnte Hitler den Angriff auf England nicht umsetzen. Nicht einmal er schaffte das. Katharina würde ihm eine bessere Lösung präsentieren: den Herzog von Windsor, der sich bereitwillig zu einer Marionette des Führers machen ließ.

»Wir brechen gleich nach diesem opulenten Mahl auf«, kündigte Katharina an und ließ sich von Lydie Kaffee einschenken.

»Das wird nicht möglich sein«, brummte Josquin, der ihr gegenübersaß. Im ersten Augenblick glaubte Katharina, ihn nicht richtig verstanden zu haben. Dann sah sie das bösartige Funkeln in seinem Blick.

Lydie erstarrte mit der Kanne in der Hand.

»Heute Morgen hat jemand aus dem deutschen Außenministerium hier angerufen«, sagte Josquin. »Ich soll dafür sorgen, dass Sie zurück nach Berlin kommen.«

»Nur über meine Leiche«, sagte Katharina.

»Sie können hellsehen. Genau so lautete der Befehl.« Josquin sprang auf, er hielt eine Pistole in der Hand. Es war eine Mauser, erkannte Katharina, eine jener neuartigen Waffen, die für den zivilen Einsatz entwickelt worden waren. Die abgerundeten Kanten der Pistole erlaubten es, sie unerkannt unter der Kleidung zu tragen.

Im nächsten Moment flog etwas durch die Luft, und Josquin schrie auf, vom brühend heißen Kaffee getroffen, den Lydie ihm entgegengeschleudert hatte. Die Französin hatte wahrscheinlich kaum ein Wort von dem verstanden, was soeben auf Deutsch geredet worden war. Aber die Pistole in der Hand des Vicomte war unmissverständlich gewesen.

Josquin krümmte sich zusammen. Kaffee lief ihm über das Gesicht und breitete sich als brauner Fleck auf seinem Marinepullover aus. Er zog an dem Stoff, um die heiße Flüssigkeit von seiner Haut fernzuhalten. Katharina sprang auf, hob ihren Stuhl in die Höhe, warf ihn in Richtung des Hausherrn und lief zur Tür des Salons. Lydie war bereits im Korridor, die Haustür war nur einen Steinwurf entfernt. Katharina blieb stehen. Die Parabellum flog wie von selbst aus ihrer Tasche in ihre Hand. Sie schoss in Richtung Josquin, sie musste nicht treffen, ihn zu erschrecken würde genügen, um den Bentley zu erreichen und loszufahren, bevor der Vicomte wieder auf sie anlegen konnte.

Ein dumpfer Schmerzenslaut verriet, dass sie ihn verletzt hatte.

Lydie riss die Haustür auf. Licht fiel in den dämmerigen Flur, Licht und zwei Schatten.

Vor den Strahlen der aufgehenden Sonne standen die beiden Gendarmen. Der Schlanke schaute auf die beiden Frauen und zog die Augenbrauen hoch. »Werden wir erwartet?«, fragte er mit einem charmanten Lächeln.

»Sie kommen gerade im rechten Moment«, sagte Lydie etwas atemlos und drängte sich an den Männern vorbei. »Der Vicomte hat sich mit heißem Kaffee verbrüht, und wir müssen ins Dorf, um Salbe und Verbandszeug zu besorgen. Würden Sie uns noch einmal begleiten? Wir kennen den Weg nicht.«

Aus dem Innern des Schlosses war Lärm zu hören. Offenbar kam Josquin wieder auf die Beine.

Lydie trat ins Freie. »Der Arme leidet furchtbare Schmerzen. Bitte, beeilen wir uns.«

»Wir haben einen Schuss gehört«, sagte der füllige Polizist und warf misstrauische Blicke in den Eingang des Schlosses.

»Das muss der Stuhl gewesen sein, den Josquin umgestoßen hat.«

Katharina folgte Lydie. Sie spürte, wie sich ihre Nackenhaare aufstellten.

»Machen wir schnell, bitte«, sagte sie in gebrochenem Französisch.

»Wenn die Situation so ernst ist«, erwiderte der junge Polizist, »sollten wir den Vicomte nicht allein lassen. Clement, du hast doch erst vor drei Monaten deinen Erste-Hilfe-Kurs aufgefrischt. Vielleicht kannst du …«

Katharina war bereits am Bentley, da fiel ihr ein, dass sie keinen Schlüssel für den Wagen hatte und das Fahrzeug kurzschließen musste. Die nötigen Handgriffe hatte sie sich zwar bei Gaspard, dem kussfreudigen Bauern, abgeschaut. Den Wagen nun jedoch mit derlei Handgriffen zu starten hätte das sanft glühende Misstrauen der Gendarmen zu einem Leuchtfeuer aufflammen lassen. Sie lief auf das Polizeiauto zu, öffnete die Tür des Fonds und schwang sich auf die Rückbank. Dann streckte sie eine Hand ins Freie und winkte, während sie »Vite, vite, avec esprit« rief.

»Madame«, hörte sie einen der Gendarmen sagen und sah die Männer zusammen mit Lydie gestikulierend auf den Polizeiwagen zulaufen. Da tauchte Josquin im Eingang des Châteaus auf. Seine Kleidung war voller brauner Flecken, sein Haar klebte ihm am Kopf, und sein Gesicht glänzte purpur. Er sah tatsächlich aus wie das Opfer eines Unfalls. Und ein bisschen wie ein Wahnsinniger. Er stützte sich an der Pforte ab und hob die Hand mit der Waffe.

»Vicomte!«, rief einer der Polizisten. Zur Antwort krachte ein Schuss, und der Gendarm stürzte zu Boden. Er hielt sich den Bauch und schrie. Seine Dienstmütze rollte über die Auffahrt und blieb vor dem Polizeiwagen liegen. Der zweite Gendarm, es war der jüngere, duckte sich, griff unter seine Achsel, wo seine Pistole im Halfter steckte. Es gelang ihm, die Waffe in die Hand zu bekommen, dann streckte ihn Josquin mit einem weiteren Treffer nieder.

Die Karosse wackelte, als sich Lydie in den Fahrersitz warf und den Wagen startete, der Schlüssel hatte gesteckt. Das Auto setzte sich in Bewegung, blieb dann ruckartig stehen. Katharina wurde gegen die Vordersitze gepresst.

Wieder krachte ein Schuss. Die Kugel ließ den Kies neben dem Polizeiwagen aufspritzen.

Lydie drehte erneut den Schlüssel, aber der Motor sprang nicht an. Katharinas Blick flog von der jungen Französin zu Josquin, der sich in Bewegung gesetzt hatte, er humpelte auf den Wagen zu. Katharina legte auf den Vicomte an. Sie hatte nur noch eine Kugel in der Waffe, solange das Auto ruhig stand, würde sie die vielleicht platzieren können.

Erneut machte der Wagen einen Ruck.

»Was tust du da?«, schrie Katharina. »Fahr endlich los!«

»Ich weiß nicht wie«, kam die Antwort, »ich bin noch nie Auto gefahren.«

Katharina schaute nach vorn. Die Auffahrt war abschüssig. »Lös die Handbremse!«

»Wie?«, rief Lydie.

Katharina beugte sich zwischen den Sitzen nach vorn und zog den Hebel unter dem Armaturenbrett. Im nächsten Moment rollte der Wagen an, folgte der Schwerkraft, entsetzlich langsam. Wieder ertönte ein Schuss. Diesmal platzte die Polsterung neben Katharina auf.

»Kupplung treten«, befahl sie Lydie. »Das linke Pedal.«

»Hab ich«, kam es von vorn.

Der Wagen rollte jetzt schneller die Auffahrt hinunter. Josquin schoss noch einmal, doch er hatte kein Glück und strauchelte.

»Lass den Fuß auf der Kupplung, leg den zweiten Gang ein.«

»Wo denn?«, schrie Lydie.

Revolverschaltung, wollte Katharina rufen, aber sie besann sich. »Der Hebel in der Mitte unter den Armaturen. Dreh ihn nach links und zieh ihn auf dich zu.«

Durch das Heckfenster beobachtete sie, wie Josquin umkehrte und auf den Bentley zuhielt. Sollte er! Da wartete eine Überraschung auf ihn. Katharina lehnte sich aus dem Seitenfenster des Polizeiwagens, schaute zurück, der Fahrtwind wehte ihr das Haar ins Gesicht, aber sie konnte erkennen, dass Josquin in dem britischen Wagen saß. Sein Kopf war vorgebeugt, er schlug wohl die abisolierten Kabel zusammen. Sie musste jetzt ganz ruhig sein.

»Was nun?«, kam es von vorn. Lydies Stimme war weit weg. Das Knirschen der Reifen auf dem Kies war weit weg. Das Singen der Vögel, das Rauschen in den Bäumen. Alles verschwand.

Katharina drückte den Abzug. Auf der Windschutzscheibe des Bentleys erschien ein Spinnennetz aus weißen Fäden mit einem Loch in der Mitte. Es war rot umrandet.

»Kupplung loslassen«, rief sie Lydie zu. »Linkes Pedal. Dann das rechte treten.«

Der Wagen machte einen Satz nach vorn, und der Motor brüllte auf, als Lydie das Gaspedal bis zum Boden durchdrückte. Diesmal gelang es. Das Auto fuhr los.

Katharina wandte sich noch einmal um und sah, wie das Château immer kleiner wurde.

Dann ließ sie sich in das Polster der Rückbank fallen. Die Parabellum rutschte ihr aus der Hand, und sie schloss die Augen. Niemals hätte sie geglaubt, dass der Weg auf den englischen Thron so steinig sein würde.

Kapitel 25

BARCELONA,
MAI 1940

»Gouverneur der Bahamas?« Edward starrte Wallis an. Unglauben spiegelte sich in seiner Miene. »Was glaubt Churchill, wer er ist? Und wieso telefonierst du hinter meinem Rücken mit ihm?«

Die Windsors saßen beim Frühstück auf dem Balkon von Tigers Villa, mit Blick auf den Passeig de Gràcia. Das Panorama hätte wunderschön sein können, wenn die ehemalige Flaniermeile nicht ebenso von Ruinen verunstaltet gewesen wäre wie der Rest der Stadt. Ajax stand neben der Tür und wartete darauf, das Frühstück abräumen zu können – und er lauerte auf die Reaktion des Herzogs auf Churchills Angebot.

»Warum ich dir nicht sage, mit wem ich rede?«, schnappte Wallis. »Weil du zu sehr damit beschäftigt bist, in der Öffentlichkeit zu glänzen. Wer bin ich schon, dass ich dich davon abhalten würde? Eine bürgerliche Amerikanerin, und du bist ein Windsor.« Sie machte eine beiläufige Geste. »Nur zu! Wenn du selbst mit Winston verhandeln willst … Aber denke daran, wer von uns beiden stets die besseren Geschäfte herausschlägt. Wenn du mit dem Premierminister sprichst, wird aus dem Gouverneursposten auf den Bahamas vermutlich eine Stellung als Leuchtturmwärter auf den Äußeren Hebriden.«

Ajax verkniff sich ein Schmunzeln. Wallis war eine gefährliche Frau, aber sie hatte durchaus Humor.

»Warum sollte ich auf die Bahamas gehen?«, fragte Edward, dabei schaute er Ajax vorwurfsvoll an. »Sie, junger Mann, waren es doch, der prophezeit hat, Churchill würde alles dafür geben, uns nach England zurückzuholen, um uns aus der Reichweite der Deutschen zu bringen.«

Ajax nickte. »Stimmt, Sir.«

»Stimmt, Sir«, äffte Edward ihn nach. »Nein, Sir, stimmt nicht, Sir! Winston bietet mir keinen reizvollen Posten in England an, sondern eine Fortsetzung meines Exils. Auf den Bahamas! Noch weiter weg von allem, was ich liebe. Das kommt nicht infrage.«

Die Bahamas, eine Inselgruppe in der Karibik zwischen Florida und Kuba, waren die unbedeutendste aller britischen Kolonien. Auf den Inseln lebten etwa so viele Menschen wie in einer englischen Kleinstadt, und alle stammten entweder von Piraten oder Sklaven ab – aristokratische Abendgesellschaften würde man dort vergebens suchen. Deshalb hatte Ajax ebenso entgeistert reagiert wie der Herzog, als Churchill ihm dieses Angebot am Telefon eröffnet hatte. Einwände hatte der Premierminister nicht geduldet. Jetzt lag es an Wallis, ihrem Mann etwas schmackhaft zu machen, was sie selbst für ungenießbar hielt.

»New Providence, die Hauptinsel, gilt seit einigen Jahren als beliebtes Winterresort für reiche Amerikaner«, sagte die Herzogin und stocherte in ihrem Frühstücksei. »Dort könnten wir bestimmt glamourösere Feste feiern und kultiviertere Gäste empfangen als hier zwischen Ruinen oder gar in Berlin. Berlin! Wer will da schon hin?«

»Lächerlich!«, stieß Edward hervor. »Die Bahamas bestehen aus nichts weiter als Steinen und Korallen. Unfruchtbarer Boden, wohin man blickt, eine einzige Ödnis. Außerdem müssen sich unsere Verwaltungsbeamten dort ständig mit Kauffahrern um Zölle streiten und würden mich um Hilfe bei derartigen Belanglosigkeiten bitten. Die Bahamas sind ein Loch, und ich habe nicht vor, darin zu verschwinden!« Er warf seine Serviette auf den Tisch.

Mit Erschrecken stellte Ajax fest, dass Wallis sprachlos war. Ihr waren die Argumente ausgegangen. Wenn nicht sofort Widerspruch erfolgte, würde sich Edward in seiner Ablehnung bestätigt fühlen.

»Die Bahamas wären ein Anfang, Sir«, wandte Ajax ein.

»Wer hat Sie denn gefragt?«, rief Edward.

»Sie selbst, Sir«, gab Ajax zurück, »gerade eben.«

Edward schüttelte den Kopf. »Ein Anfang von was denn? Vom Ende meines Lebens auf einem Atoll mitten im Meer. Ich würde mir vorkommen wie Robinson Crusoe.«

»Immerhin hättest du mich als Gefährtin, nicht diesen Wilden, Freitag«, sagte Wallis. »Aber meine Gesellschaft war dir ja noch nie genug.«

»Es wäre ein Anfang von Verhandlungen«, fuhr Ajax fort. »Premierminister Churchill hat Ihnen ein Angebot gemacht. Wenn Sie jetzt auf ihn zugehen und signalisieren, dass Sie bereit sind, sich aus der Reichweite der Deutschen zu begeben, wird ihm das eine Last von den Schultern nehmen. Gerade jetzt, in seiner Situation als oberster Kriegsherr Englands, wäre er um eine Sorge erleichtert.«

»Churchills Sorgen interessieren mich nicht«, fauchte der Herzog.

»Es sei denn, Sie könnten daraus Gewinn schlagen.« Ajax beugte sich vor, um leiser reden zu können. »Fahren Sie nach Lissabon und nehmen Sie Kontakt mit der britischen Botschaft auf. Dort würde man sich um die Schiffspassage Richtung Karibik kümmern. Zeigen Sie dem Premierminister, dass Sie ihm entgegenkommen und dass die Reihe nun an ihm ist, den nächsten Schritt zu gehen und den Posten auf den Bahamas gegen etwas Besseres zu tauschen.« Ajax suchte in Gedanken nach einem Beispiel, das den Herzog versöhnlich stimmen würde.

Wallis sprang ihm zur Seite. »Britischer Botschafter in Washington. Wie wäre es damit?« Sie zwinkerte Edward zu. »Das wäre genau das Richtige für dich.«

Der Herzog starrte sie überrascht an, die Herzogin hatte ins Schwarze getroffen. »Ist das dein Ernst?«, fragte er. »Washington?«

»Dort würdest du dein Land würdig vertreten, und ich könnte nach sieben Jahren endlich mal wieder in meine Heimat zurückkehren.« Wallis gab Ajax ein Zeichen, und er schenkte Kaffee nach.

»Washington«, murmelte der Herzog. »Ich wäre das Bindeglied zwischen England und den USA, unseren beiden Nationen, Darling. Wir säßen mit Teddy und Eleanor Roosevelt zu Tisch und würden Pläne für die Zukunft unserer Länder schmieden. Das ist ein fantastischer Vorschlag.« Er erhob sich. »Ich rufe sofort Winston an.«

Wallis tupfte sich den Mund und griff nach ihren Zigaretten. »Der Premier hat mir gestern gesagt, dass er heute unterwegs sei, um Truppen zu inspizieren. Lass uns nach Lissabon aufbrechen, du kannst ihn auch von dort kontaktieren. Und wenn er starrköpfig bleibt, sehen wir uns nach anderen Verbündeten um, nicht wahr?« Sie zog eine Zigarette aus der Packung und steckte sie sich zwischen die Lippen. Dann schaute sie ihren Mann erwartungsvoll an.

Doch Edward dachte gar nicht daran, ihr Feuer zu geben. Stattdessen pflückte er die Zigarette aus ihrem Mund und warf sie über den Balkon. »Wir brechen sofort auf!«

*

Aus der Ferne sah die Stadt einladend aus. Katharina hatte den Wagen an den Straßenrand gefahren. Sie stand neben Lydie auf einer Hügelkuppe, beschattete die Augen mit einer Hand und schaute auf die riesige bebaute Fläche herab. Barcelona offenbarte erst auf den zweiten Blick die Narben des Krieges, schwarze Löcher in den Stadtvierteln und Grün, das ungehindert über zerbombte Straßen wuchs. Irgendwo dort unten wartete hoffentlich Edward auf sie.

Vor zwei Tagen waren die beiden Frauen von La Grange Fort geflohen. Der Polizeiwagen hatte sich als schlechter Tausch gegen den Bentley erwiesen, denn er war langsam und nahm Steigungen nur im ersten Gang. Mehr als einmal hatte Katharina darüber nachgedacht, den schwarzen Renault gegen etwas Schnelleres, Unauffälligeres zu tauschen, also einen Wagen zu stehlen. Aber zum einen wurden die Ortschaften, durch die sie kamen, nur von Traktoren, Fahrrädern und Kinderwagen befahren, und zum anderen zeigte das Polizeiauto seine Vorzüge, als sie von Straßensperren des Militärs aufgehalten zu werden drohten. Katharina betätigte den Schalter und ließ damit das Warnlicht auf dem Dach flackern, und bevor jemand einen Blick ins Innere werfen und sich wundern konnte, waren die beiden Frauen schon weitergefahren.

Bis die Toten vor dem Château gefunden werden würden, wollten sie Spanien erreicht haben.

Kurz vor der Grenze, mitten in den Pyrenäen, hatte Lydie eingewandt, dass ein Polizeiwagen mit zwei Frauen Fragen bei den Zöllnern aufwerfen könnte. Wenn sie Grenzbeamtin wäre, sagte sie, würde sie den Schlagbaum unten und die Handschellen zuschnappen lassen.

Katharina musste ihrer Begleiterin recht geben. In diesem Wagen würden sie nicht durch die Kontrollen kommen, selbst dann nicht, wenn sie es nachts versuchten. Seit

Ausbruch des Krieges bewachten die europäischen Staaten ihre Grenzen wie Zerberus das Tor zur Hölle, um Flüchtende abzuweisen. Sie mussten den Wagen doch noch tauschen, aber selbst dann würde Katharinas deutscher Pass Aufmerksamkeit erregen und für Schwierigkeiten sorgen.

Die Lösung kroch in Gestalt eines Pferdefuhrwerks über einen Gebirgspass. Auf der Ladefläche waren Holzkisten zu sehen, und auf dem Kutschbock saß ein gebeugter alter Mann mit einem Schlapphut. Zwar signalisierte er ihnen, sie sollten ihn überholen, doch die Straße stieg so steil an, dass der Polizeiwagen nicht an den zwei Pferdestärken vorbeikam. Schließlich hielt Lydie den Kopf aus dem Fenster und rief dem Kutscher etwas zu, das ihn anhalten ließ. Wie Katharina erkannte, hatte der Mann Särge geladen. Er sei Schreiner, sagte er und berichtete, die Nachfrage sei seit Kriegsbeginn enorm gestiegen. Jetzt bringe er eine Lieferung nach Perpignan, wo die Holzkisten mit dem Zug in den Norden verfrachtet werden sollten, weil die französische Armee gerade daran scheiterte, die Wehrmacht aufzuhalten.

»Wie viel kostet ein Sarg?«, hatte Lydie gefragt. Hundert Francs aus Katharinas Börse wechselten den Besitzer. Der Schreiner half den Frauen dabei, die Rückbank des Polizeiwagens auszubauen und einen Abhang hinunterzuwerfen, um Platz für den Sarg zu schaffen. Außerdem montierten sie das Warnlicht ab und verdeckten die Aufschrift »Gendarmerie« mit Schmutz. Dann ließ der Kutscher sie mit ihrer seltsamen Fracht losfahren und verschwand nach einer Weile aus dem Rückspiegel.

In einer Nacht im Mai passierte ein Leichenwagen die Grenze zwischen Frankreich und Spanien. Wenn sich die Grenzbeamten darüber wunderten, dass der Wagen von einer jungen Französin gesteuert wurde, die das Fahrzeug kaum in der Spur halten konnte, so wurden sie von dem verweinten Gesicht der jungen Frau und dem Sarg, auf den der Schein ihrer Taschenlampen fiel, dazu veranlasst, das Auto weiterfahren zu lassen. Eine Viertelstunde später befreite Lydie Katharina aus der Kiste und entschuldigte sich für das ständige Rumpeln, sie war mehr als einmal von der Fahrbahn abgekommen.

Katharina war aus dem Sarg gestiegen und hatte ihre Hose glatt gestrichen. »Ich glaube, ich bleibe lieber noch eine Weile am Leben. Wenn wir beide weiter zusammenhalten, könnte das gelingen.«

Und jetzt, nach dem Dunkel von Nacht und Tod, standen sie in gleißender Sonne vor den Toren Barcelonas und schauten hinab auf die spanische Küste. »Ich habe das Meer schon mal gesehen«, sagte Lydie, »aber im Norden. Hier ist es anders. So blau und ruhig. Am liebsten würde ich mit einem Boot hinausfahren.«

Katharina hielt es gar nicht für so unwahrscheinlich, dass sie selbst Spanien auf einem Schiff verlassen würde, wenn Edward erst bei ihr war. Von Lydie würde sie sich allerdings trennen müssen, wenn die Französin erst ihren Ajax wiedergefunden hatte. Katharina ertappte sich dabei, diese Vorstellung für bedauernswert zu halten.

Die letzten Kilometer bis ins Zentrum Barcelonas vergingen wie im Flug.

Das Tuckern des Automotors hallte durch die Straßenschluchten, während sich die beiden Frauen der Innenstadt näherten. Viele Boulevards waren von Bombenkratern zerfressen und unpassierbar, und mehr als einmal musste Katharina scharf bremsen, um den Renault nicht in einen Abgrund stürzen zu lassen.

»Wohin fahren wir eigentlich?«, wollte Lydie wissen.

»Ich habe einen Kontakt in der Stadt«, sagte Katharina. »Vielleicht kann der uns helfen.«

»Wieder mal ein Cousin?« Aus Lydies Stimme klang Spott. »Das hat beim letzten Mal nicht besonders gut funktioniert.«

Sie rollten über einen Haufen Schutt, und der Wagen kippte ein wenig zur Seite. »Mit der Familie ist es immer so eine Sache«, sagte Katharina, während sie auf ihrem Sitz hin- und herschwankte. »Man hängt aneinander, aber nach ein paar Stunden gibt es böses Blut – manchmal sogar buchstäblich.« Sie fuhr nach links und bog auf den Boulevard La Rambla ein, besser gesagt auf das, was von der einstigen Prachtstraße der Stadt übrig geblieben war. »Ein alter Bekannter lebt in Barcelona. Wir sind uns in London begegnet, als ich beinahe Edwards Frau und englische Königin geworden wäre. Tiger war damals Zweiter Sekretär der spanischen Botschaft. Vor dem Krieg lebte er in Barcelona, und er ist inzwischen hierher zurückgekehrt. Wenn hier jemand den Herzog von Windsor gesehen hat, dann er. Wir müssen herausbekommen, wo er wohnt.«

»Tiger?«, fragte Lydie ungläubig.

Katharina lachte.

Wie sich herausstellte, war Tiger nicht leicht zu finden. Sie fragte Passanten auf der Straße und Kaufleute in ihren Geschäften. Niemand kannte Tiger, wobei sie natürlich seinen richtigen Namen, Don Javier Bermejillo, nannte. Auch der Besitzer eines Zeitungskiosks schüttelte den Kopf, doch dann hellte sich seine Miene auf, und er klatschte mit einer Hand auf die Auslagen seiner Bude. Erst verstand Katharina nicht, warum er nur grinste und nichts sagte, dann fiel ihr Blick auf seine Hand, auf die Zeitung und auf das Foto am unteren Rand. Sie erkannte Tiger nicht sofort. Er sah älter aus, und sein Gesicht war beinahe eine weiße Fläche, vermutlich durch das Blitzlicht, denn er warf auch einen tiefschwarzen Schlagschatten. Aber er war es, und neben ihm, mit dem Arm um Tigers Schulter, stand Edward und lachte so sehr, dass das Blitzen seiner im Druck aufgerasterten Zähne die Magnesiumleuchten der Journalisten zu überstrahlen schien.

»Wir haben sie gefunden«, sagte Katharina leise und fuhr mit dem Finger über die Zeilen des Textes.

Eine fleischige Hand legte sich auf den Artikel. »Zehn Céntimos«, sagte der Zeitungsverkäufer. Katharina bezahlte in Dollar, dabei stellte sie fest, dass ihre Barschaft deutlich abgenommen hatte. Sie hielt sich das Blatt vors Gesicht. »Don Javier Bermejillo und der Herzog von Windsor zeigten sich gestern auf der Terrasse von Don Javiers Haus am Passeig de Gràcia.« Also standen die Chancen gut, dass er noch immer hier war. Mehr brauchte Katharina nicht zu wissen. Sie hielt die Zeitung hoch und tippte auf das Foto. »Passeig de Gràcia«, sagte sie zu dem Zeitungsverkäufer. »Wo liegt das?«

Kapitel 26

Barcelona,
Mai 1940

Wäre der Name Tiger nicht schon an den Hausherrn der Villa am Passeig de Gràcia vergeben gewesen, hätte Ajax künftig den Herzog von Windsor so genannt. Seit er beschlossen hatte, nach Lissabon aufzubrechen, tigerte er unruhig von einer Ecke der Suite in die andere und steckte sich an der heruntergerauchten Kippe die nächste Zigarette an.

»Wo bleibt er?« Der Wortschatz des Herzogs beschränkte sich seit einer Stunde auf diese drei Worte.

»Solche Dinge brauchen eine Weile«, versuchte Wallis ihren Mann zu beruhigen. Sie hatte sich in einen Sessel drapiert und nippte an einem Glas Champagner. Durch die offene Balkontür wehte warme, nach verbranntem Stein riechende Luft herein und bauschte die bodenlangen Gardinen.

»Sehen Sie nach, ob unser Gastgeber endlich etwas herausgefunden hat«, forderte Edward Ajax auf. Der hatte seine schwere Livree abgelegt und trug Straßenkleidung, ein himmelblaues Hemd und eine saharafarbene Hose. Trotzdem schwitzte er, was hauptsächlich daran lag, dass er vorhatte, die Windsors zu verlassen. Und sie sollten es erst bemerken, wenn er verschwunden war.

Ajax hatte genug. Seine Aufgabe war erfüllt. Er hatte dazu beigetragen, den Herzog zurück in die Arme Englands zu treiben, ihn von seinem Irrweg nach Berlin abgelenkt und seine Heimat vor dem Untergang bewahrt. Edward hatte den Köder geschluckt und konnte es gar nicht erwarten, endlich nach Lissabon zu fliegen und von dort aus per Schiff weiterzureisen – am liebsten nach Washington. Ob Churchill sich tatsächlich darauf einlassen würde, den Herzog zum Botschafter in den USA zu machen, würde Ajax später aus der Zeitung erfahren.

Er selbst würde nicht mit den Windsors nach Lissabon fliegen. Sie brauchten ihn nicht länger. England brauchte ihn nicht länger. Er hatte Wallis vorgeschlagen, dass er in Barcelona bleiben werde, um Prinzessin Katharina auf eine falsche Fährte zu schicken, die sie nach Andalusien, Nordafrika oder auch zum Südpol führen würde. Aber Herzogin Wallis war dagegen gewesen. Damit waren Ajax' Möglichkeiten, sich nützlich zu machen, erschöpft. Jetzt war er niemandem mehr etwas schuldig, niemandem außer Lydie – ihr schuldete er alles. Sie hatte es auf sich genommen, ihm über Hunderte Kilometer zu folgen, zu einem Ziel, von dem sie nicht wusste, was sie dort erwartete, geschweige denn, ob sie ihn dort treffen würde. Dafür hatte ihr allein die Aussicht genügt, Ajax vielleicht wiederzusehen.

Nun bot sich die Gelegenheit, sein Vorhaben in die Tat umzusetzen und zu verschwinden. Gepäck hatte er seit der Flucht aus Paris ohnehin nicht mehr. Seine Habseligkeiten waren in der Villa Windsor geblieben. »Ich frage sofort nach«, sagte er und öffnete die Tür der Suite. Das Treppenhaus mit den hellen Marmorstufen und dem schmiedeeisernen Geländer erschien ihm wie der Weg ins Paradies. Langsam, beinahe herrschaftlich schritt er hinunter, ließ das Büro des Hausherrn links liegen und hielt auf den Eingang zu. Durch die Scheiben aus ornamentiertem Milchglas strahlte verheißungsvoll der Tag herein. Er legte die Hand auf die Klinke.

»Das würde ich nicht tun.« Wallis' Stimme klang ruhig und beherrscht. Trotzdem konnte Ajax den Zorn darin hören. Er erstarrte, überlegte, ob er einfach hinauslaufen sollte. Was konnte sie schon tun? Ihn verfolgen und festhalten?

»Was meinen Sie damit?«, fragte er.

»Es ist noch nicht vorbei«, erwiderte die Herzogin. Ihre Absätze klackten auf den Stufen, als sie zu ihm hinunterschritt. »Edward liebäugelt weiter mit Berlin. Und mit dieser Katharina. Ich brauche deine Hilfe, um ihn von ihr fernzuhalten.«

»Aber Sie beide fliegen gleich nach Lissabon«, stieß Ajax hervor, »nicht nach Berlin.«

»Erst wenn Edward das hat, was er will, wird Berlin für ihn indiskutabel sein.«

»Den Botschafterposten in Washington?«, fragte Ajax. »Darauf wird sich Churchill nicht unbedingt einlassen. Sie waren doch dabei, als ich mit ihm gesprochen habe. Die Bahamas herauszuholen war schon schwierig genug.«

Wallis lächelte siegesgewiss. »Genau. Deshalb bleibt Berlin eine Option.«

Ajax schüttelte den Kopf. All diese Komplotte und Intrigen waren jetzt nicht mehr seine Angelegenheit, er hatte genug Verantwortung getragen, jetzt musste jemand anders weitermachen.

»Wenn du gehst, werde ich dich verhaften lassen …«, sagte Wallis.

Ihre Drohungen scherten ihn nicht länger. Ajax drückte die Klinke und zog die Tür auf. Wärme strömte ihm entgegen.

»… weil du Landesverrat begangen hast«, fuhr sie fort.

Er blieb auf der Schwelle stehen. Das Telefongespräch mit Churchill! Wallis hatte mitgehört und dabei erfahren, dass Ajax die Verbindungen Edwards zu den Nazis erfunden hatte. Nach dem Telefonat hatte Wallis kein Wort darüber verloren, und Ajax hatte geglaubt, sie konzentriere sich darauf, nach vorne zu blicken. Jetzt zeigte sich, dass er sich wieder einmal in ihr getäuscht hatte.

»Du hast den britischen Geheimdienst belogen«, sagte sie.

»Das stimmt nicht«, entgegnete Ajax. »Jedenfalls nicht ganz. Der Herzog hat wirklich darüber nachgedacht, nach Berlin zu gehen und mit Hitler zu kooperieren.«

Wallis lachte. »Was glaubst du wohl, wie es dazu gekommen ist? Was glaubst du, warum Prinzessin Katharina plötzlich an unserem Tisch saß?«

Die Fragen bereiteten Ajax Unbehagen. Worauf wollte sie hinaus? Er wusste es nicht, oder, wie er sich eingestehen musste: Er wollte es nicht wissen.

Es half nicht, die Wahrheit verdrängen zu wollen, denn Wallis sprach sie unbarmherzig aus. »Weil nicht nur der britische Geheimdienst deine Lügen geglaubt hat, sondern auch die deutsche Abwehr. Deutsche Spione fangen so ziemlich alles ab, was per Post zwischen Edward und England hin- und hergeschickt wird. Ach? Das wusstest du nicht?«

»Wir haben Chiffren verwendet«, sagte Ajax und dachte an die Kochrezepte, die er Gallagher geschickt hatte.

»So etwas verspeisen Codeknacker zum Frühstück. Du warst es, der die Prinzessin mit seinen Märchen nach Paris gelockt hat, und du bist vermutlich auch dafür verantwortlich, dass deine schießwütigen Landsleute versucht haben, Edward und mich zu töten. Wegen dir sind wir überhaupt nur hier in Spanien. Wegen dir, Ajax!«

Er schluckte, es fiel ihm schwer, dagegen Protest zu erheben.

Wallis war noch nicht fertig. »Du wirst bei uns bleiben und mir dabei helfen, Edward von hier fortzubringen. Nach Washington. Auf die Bahamas. Meinetwegen auch auf den Mond. Hauptsache, wir entkommen dem Einfluss dieser Frau und des kleinen Mannes mit dem großen Schatten, der hinter ihr steht.« Sie machte eine Pause und ballte die Hände zu Fäusten. Ihre Augen schimmerten feucht. »Ich lasse mir meinen Mann nicht wegnehmen«, brach es aus ihr hervor. »Von keiner anderen Frau, von keinem Staat und von keiner Ideologie. Edward und ich gehören zusammen. Und wenn ich dich dafür zu etwas zwingen muss, dann tut es mir leid, aber dieser Preis ist nicht zu hoch für das, was ich will.« Ihre Stimme wurde leiser. »Aber im Grunde bitte ich dich um deine Hilfe. Von Mensch zu Mensch.«

Ajax spürte einen Kloß in der Kehle. Er hatte Wallis und Edward bislang nie als Liebespaar betrachtet. Stets verhielten sie sich dem anderen gegenüber reserviert, blieben auf Distanz, berührten sich kaum. Einzig die Situation im Salon, als Edward auf dem Boden gelegen und Wallis die Zehennägel lackiert hatte, war voller Vertraulichkeit gewesen. Doch die war rasch verpufft, als Ajax und Lydie hereingeplatzt waren. Dass Wallis jetzt von Liebe sprach, erschien Ajax erfunden, so wie der Inhalt seiner Briefe. Dennoch hatte Edward ein Königreich für seine Frau hergegeben. Und was, wenn nicht die Liebe, konnte so etwas bewirken?

Die Liebe …

Ajax legte zwei Finger an die Lippen. »Ich warte auf Lydie. Sie wird mich finden. Dann kommen wir beide mit nach Lissabon«, schlug er vor.

Wallis lächelte und schüttelte langsam den Kopf. »Du weißt, dass das unmöglich ist. Ich habe die Nachricht gelesen. Deine Lydie ist mit Prinzessin Katharina hierher unterwegs. Wir müssen fort sein, bevor sie hier ankommen und die Prinzessin versucht, Edward umzustimmen. Oder Schlimmeres.«

»Schlimmeres?«, fragte Ajax.

Draußen war das Quietschen von Bremsen zu hören und das Geräusch von Autoreifen, die aufs Trottoir rumpelten. Ajax warf einen Blick aus der offenen Tür. Dort hielt nur der Lastwagen mit dem Mobiliar der Windsors, aus dem Fahrerhaus kletterten Pascal und, auf der anderen Seite, Timmy. Für einen Moment hatte Ajax gehofft, Lydie sei endlich da.

Tiger trat aus der Tür seines Büros. »Ich habe es geschafft.« Der Spanier ging zu Wallis hinüber und griff nach ihren Händen. Sie legte den Kopf schief und schaute ihn an, als sei er ihr einziger Freund auf Erden. Tiger zerschmolz förmlich unter ihrem Blick. Ajax staunte über die Fähigkeit dieser Frau, aus jeder Situation stets das Beste für sich herauszuholen.

»Ein Flugzeug wartet auf dich und Edward«, sagte Tiger. »Obwohl ich gestehen muss, dich nicht gern gehen zu lassen, jetzt, wo wir uns wiedergefunden haben.« Er warf einen schnellen Blick zu Ajax hinüber, schien erst jetzt zu bemerken, dass noch jemand da war. »Der Flug wird etwas ungemütlich werden, denn ich habe nur eine Frachtmaschine gefunden. Dafür könnt ihr die Hälfte von dem, was auf dem Lastwagen ist, mitnehmen.«

»Danke«. Wallis hauchte Tiger einen Kuss auf die Wange. »Sehen wir uns in Lissabon wieder? Bitte! Ich brauche dich in meiner Nähe.«

In diesem Moment erkannte Ajax, dass Wallis mit dem Spanier dasselbe Spiel trieb wie mit ihm. Sie umgarnte Männer, von denen sie glaubte, sie könnten ihr auf irgendeine Art nützlich sein. Und, wie Ajax sich selbst eingestehen musste, es gelang ihr mit wenigen Gesten, knappen Worten und ihrer einzigartigen Ausstrahlung.

»Ich komme nach, sobald ich kann«, sagte Tiger. »Jetzt müsst ihr euch beeilen, denn das Flugzeug wartet nicht. Wenn ihr nicht rechtzeitig auf dem Rollfeld seid, werden eure Plätze von Frachtkisten eingenommen.«

Wallis eilte die Treppe hinauf und kehrte kurz darauf mit Edward zurück. Tiger ließ sich den Schlüssel des Rolls Royce geben, reichte ihn Ajax und rief einen Hausdiener. »Jorge fährt den Lastwagen, folgt ihm zum Flughafen«, sagte er. Das Flugfeld liege nicht weit vor der Stadt, sie würden es in einer halben Stunde erreichen, versicherte der Diplomat.

Während alle anderen zu den Autos liefen, stand Ajax auf der Außentreppe und schaute den Passeig de Gràcia auf und ab. Jedes vorbeifahrende Auto mochte Lydie bringen, doch keins hielt an.

»Ajax«, rief Wallis aus dem Fond des Rolls Royce. »Kommst du? Ich dachte, wir hätten eine Vereinbarung.«

Zögerlich setzte er sich in Bewegung. Der Weg von der Haustür bis zum Wagen erschien ihm länger als die gesamte Strecke, die er vom Ufer des Cam bis nach Barcelona zurückgelegt hatte. Wallis lehnte sich heraus und lächelte ihm entgegen.

*

In ihrem Leben hatte Katharina schon viele Wünsche gehabt. Da sie eine Prinzessin war, hatte man ihr die meisten erfüllt. Diesmal jedoch kümmerte sich niemand darum. Dabei wünschte sie sich nur zwei einfache Dinge: Benzin und Patronen.

Die Tankanzeige des französischen Polizeiautos, das sie und Lydie in einen Leichenwagen verwandelt hatten, stand fast auf null. Noch lief der Motor, noch bewegten sich Katharina und Lydie vorwärts und hielten nach Tankstellen Ausschau. Doch daran herrschte in Barcelona Mangel, denn sie waren entweder ausgebrannt oder außer Betrieb.

»Wie weit ist es denn noch?« Katharina schimpfte vor sich hin. Lydie hielt den Blick starr auf die weiße Nadel der Anzeige gerichtet. Alles hatte so gut begonnen. Sie waren durch die Tageszeitung auf Edwards Spur gestoßen, hatten sich den Weg zu Tigers Villa beschreiben lassen und waren nun dorthin unterwegs, Edward entgegen, wie Katharina hoffte. Um ihn mitzunehmen.

Und falls er sich weigern sollte …

… würde sie verhindern müssen, dass er zurück nach England ging. Doch dazu brauchte sie Patronen, Kugeln für die Parabellum, und die waren in Barcelona bestimmt noch schwerer aufzutreiben als Benzin.

»Da vorn ist der Passeig de Gràcia.« Lydie hatte aufgesehen und deutete nun auf ein Straßenschild, dessen Pfosten in einem Haufen Pflastersteine steckte und so schräg stand wie der Schlagbaum eines unentschlossenen Zöllners. Sie waren kurz vor dem Ziel.

»Wir suchen Nummer dreihundertacht«, sagte Katharina und riss das Steuer herum. Beinahe wäre sie mit einem Lastwagen zusammengestoßen, der seinerseits einem Schlagloch in der Straße ausgewichen und auf ihre Spur geraten war. Sie schickte dem Fahrer einen Fluch entgegen, wohl wissend, dass er sie nicht hören konnte. Dicht hinter dem Laster folgte eine schwarze Limousine. Ein Rolls Royce.

Katharina bremste. Ihr Kopf fuhr herum. Edward fuhr einen Rolls.

»Dort drüben ist es«, rief Lydie. »Nummer dreihundertacht.«

Katharina schaute weiter dem Rolls Royce hinterher. War es klüger, ihn zu verfolgen, falls Edward darin saß? Das

Haus von Tiger würde sich ja nicht vom Fleck rühren. Dorthin konnten sie später noch zurückkehren.

Auch Lydie starrte jetzt der davonfahrenden Limousine hinterher.

»Ich traue meinen Augen nicht. Katharina?« Die Fahrertür wurde aufgerissen, und Tiger ging vor dem Wagen in die Knie. Er sah aus wie auf dem Zeitungsfoto. Nein, viel besser. Sein zurückgekämmtes Haar glänzte, sein Oberlippenbart war tadellos getrimmt, und seine Haut schimmerte, als wäre sie von der Kraft des Sonnenlichts genährt. Es fiel ihr schwer, den Blick von seiner Gestalt zu nehmen und dem Rolls Royce hinterherzuschauen, der gerade um eine Ecke bog und verschwand.

»Was machst du in Barcelona?«, fragte Tiger. »Du hättest mir Bescheid geben sollen, dann hätte ich etwas arrangiert für uns.« Er legte ihr eine Hand aufs Knie.

Sie ließ es zu. »Hast du den Rolls gesehen?«

Tiger zog die Hand zurück. »Dann hast du ihn also erkannt? Edward wird wohl im Streit um deine Gunst immer der Sieger bleiben. Aber jetzt musst du mit mir vorliebnehmen, denn dein Favorit aus dem Hause Windsor ist auf und davon.«

Es war wirklich Edward gewesen. Katharina konnte kaum fassen, ihn so knapp verpasst zu haben. »Kommt er bald zurück?«

»Wohl kaum. Er ist unterwegs nach Lissabon. Oder besser gesagt: zum Flughafen, um nach Portugal zu fliegen.« Tigers Miene hatte einen säuerlichen Ausdruck angenommen. »Wallis ist auch dabei«, fügte er hinzu.

Katharina verstand Tigers Andeutung und erkannte den Versuch, sie zum Bleiben zu bewegen. Aber er wusste nicht, dass es hier um mehr ging als die Liebe, und ebenso wenig wusste er, dass Katharina zum Kämpfen aufgelegt war.

Sie ließ sich den Weg zum Flughafen beschreiben. Dann legte sie eine Hand in Tigers Nacken, zog ihn zu sich heran und küsste ihn. Nachdem er sich von ihr gelöst hatte, trat ein Funkeln in seine Augen, das Zärtlichkeiten verhieß und Gefahr. »Verschwinde schon«, sagte er. »Aber wenn du bei Edward nicht erreichst, was du willst, kommst du hierher zurück. Das ist ein Befehl.«

»War schön, dich zu sehen.« Katharina zog die Wagentür zu und trat aufs Gaspedal. Beim Wenden des Autos schrammte sie an dem schmiedeeisernen Zaun vor Tigers Haus entlang, dann war sie wieder auf der Straße. Im Rückspiegel sah sie den gut aussehenden Diplomaten kleiner werden.

Katharina preschte mit dem Wagen eine zerrüttete Einkaufsstraße entlang und erklärte Lydie, was sie mit Tiger auf Spanisch besprochen hatte.

»Ajax saß in dem Wagen«, sagte die Französin.

»Hast du ihn gesehen?«, fragte Katharina und bog auf eine mehrspurige Straße ab.

Aus dem Augenwinkel sah sie, wie Lydie den Kopf schüttelte. »Nein, aber ich bin sicher, dass er in unserer Nähe war.«

Unter normalen Umständen hätte Katharina über ein solches Beispiel von weiblicher Intuition gelacht, aber sie hatte alles, was man als normale Umstände bezeichnen würde, längst hinter sich gelassen. »Wir holen sie ein«, versicherte sie und nahm die Abzweigung, die Tiger ihr beschrieben hatte.

»Wir holen sie ein.« Lydie wiederholte die Worte, und der Satz hing in der Luft wie eine Beschwörung, ein Mantra, das die Kraft besaß, Naturgesetze auszuhebeln und die Zeit im Sande verlaufen zu lassen.

Der Wagen bockte. Der Motor blubberte und erstarb.

Katharina pumpte mit dem Gaspedal und stocherte mit der Gangschaltung. Es gab einen Ruck, und das Auto lief wieder.

»Wir brauchen Benzin«, rief Katharina. »Sofort. Wo gibt es in dieser Trümmerwüste Treibstoff?«

»Warte hier!« Lydie sprang aus dem ausrollenden Auto. Sie hatten eine Kreuzung erreicht, dort herrschte dichter Verkehr. In der Mitte der Kreuzung stand auf einem Podest ein Mann in schwarzer Uniform mit hellem Gürtel und regelte den Verkehr, indem er seine Arme wie Signalmasten benutzte. Eine Trillerpfeife steckte in seinem Mund. Ein Polizist. Und Lydie lief direkt auf ihn zu.

Katharina beobachtete mit einer Mischung aus Entsetzen und Faszination, wie Lydie im Slalom zwischen den Autos hindurchlief und ein Hupkonzert auslöste. Sie erreichte den Verkehrspolizisten, schaute zu ihm hoch und redete auf ihn ein, dabei arbeiteten ihre Arme noch intensiver als die seinen beim Signalgeben. Erst schien er ungehalten, denn er brüllte Lydie etwas zu, das Katharina über die Kreuzung hinweg hören, aber nicht verstehen konnte. Die Französin ließ sich nicht einschüchtern, gestikulierte weiter und deutete immer wieder auf den Wagen, in dem Katharina wartete. Was trieb sie nur? Sie verschwendete wertvolle Zeit. Katharina dachte darüber nach, einfach irgendein Auto anzuhalten und den Fahrer dazu zu nötigen, es ihr zu überlassen. Mit der Waffe, wenn es sein musste. Da sah sie durch die Windschutzscheibe, wie der Polizist von dem Podest herabsprang und an Lydies Seite auf sie zukam.

»Meine Schwester kann besser Spanisch als ich«, hörte Katharina Lydie auf Französisch rufen. »Sie wird Ihnen die Angelegenheit genauer erklären: dass wir mit dem Sarg das nächste Flugzeug nach Lissabon erwischen müssen und dass wir kein Benzin mehr haben. Bitte, sprechen Sie mit meiner Schwester.«

Einen Augenblick lang war Katharina empört. Darüber, dass Lydie sie als ihre Schwester bezeichnete und darüber, dass die Französin wieder einmal das Ruder übernahm. Aber da waren ihre Begleiterin und der Polizist auch schon am Wagen. Sie richtete ihre Frisur und setzte ihr strahlendstes Lächeln auf. Dann löschte sie es schnell wieder aus ihrem Gesicht. Lydies Einfall erforderte eine Trauermiene, also stieg sie mit betretenem Blick aus und schaute dem Spanier entgegen.

»Señor,« rief sie, streckte die Arme aus und drückte den Polizisten an sich. »Socorro! Helfen Sie mir! Mein Mann ist gestorben, und jetzt muss ich ihn selbst zum Flughafen bringen, damit er nach Lissabon transportiert wird. Was für ein Elend! Warum gibt es in dieser Stadt keine Hilfe für eine Frau?«

Der Polizist ließ die Umarmung zu und klopfte Katharina tröstlich auf den Rücken. Dabei drückte er sie ein wenig enger an sich. Ein gutes Zeichen.

Sie löste sich von ihm und deutete auf den französischen Polizeiwagen. Der Schriftzug »Gendarmerie« war zwar nur noch teilweise unter dem Schmutz verborgen, aber was von den Buchstaben zu erkennen war, erinnerte eher an Vogeldreck als an ein lesbares Wort.

»Wie kann ich helfen?«, fragte der Polizist und schaute durch die Scheiben des Autos auf den Sarg.

»Uns ist das Benzin ausgegangen«, sagte Katharina.

»Oh«, er schlenkerte mit der Hand, als habe er sich verbrannt. »Kein Benzin? Sehr schlecht in Barcelona. Ich habe auch kein Benzin für Sie.« Er lächelte. »Aber ich bin von der Polizei, und ich habe ein Polizeiauto.« Er reckte das Kinn in Richtung Kreuzung. In einiger Entfernung stand ein Wagen, der dem französischen ähnelte, jedenfalls dessen ursprünglichem Zustand: Signalleuchte auf dem Dach und Schriftzug auf der Seite, nur war diesmal die Seite hell und das Wort »Policia« dunkel.

»Bringen Sie uns zum Flughafen?« Katharina legte alle Süße in ihre Stimme, zu der sie angesichts der Lage fähig war. Dabei kam sie sich selbst vor wie ein Motor, dem das Benzin auszugehen drohte.

»Por favor«, ergänzte Lydie, der es gelang, echte Tränen aus ihren Augenwinkeln rollen zu lassen.

»Natürlich«, sagte der Polizist und rückte seinen Gürtel zurecht. »Ich hole den Wagen.«

Minuten später hielt das Polizeiauto neben ihnen, und Katharina wies den Polizisten an, den Kofferraum zu öffnen und die hintere Sitzbank zu lösen. Währenddessen hievten die beiden Frauen den Sarg in das Polizeiauto und ließen dem Spanier keine Gelegenheit mit anzufassen und zu bemerken, wie leicht der Sarg war. Beinahe hätte die Holzkiste nicht hineingepasst, doch schließlich gelang es, indem sie die Kofferraumklappe mit einem von Katharinas Seidentüchern zubanden. Als der Polizist noch einmal nachbessern wollte, schob ihn Katharina zum Steuer, ließ sich auf den Beifahrersitz fallen und rief ihm zu, er solle schnell machen, das Flugzeug werde sonst ohne sie abheben. Dabei wünschte sie sich, dass ausgerechnet dieser Teil ihrer Scharade tatsächlich eine Lüge sei.

Das Innere des Fahrzeugs war ein Backofen. Katharina krallte sich am Haltegriff über der Tür fest, als der Polizist anfuhr. Er stellte sich als Juan vor. Katharina nickte, ohne ihren oder Lydies Namen preiszugeben. Ihre Begleiterin saß hinten im Auto eingeklemmt zwischen dem Sarg und der Karosserie und drückte die Stirn gegen das Fenster, während sie eine Hand auf den Deckel der Holzkiste gelegt hatte.

Juan lenkte den Wagen flott durch die Straßen und

bahnte sich eine Gasse zwischen den anderen Autos hindurch, indem er die Signalleuchte auf dem Dach anschaltete. Zugleich holte er ein Megaphon unter seinem Sitz hervor und warf es Katharina in den Schoß. Damit solle sie die anderen Verkehrsteilnehmer lautstark beschimpfen, wenn es nicht mehr vorwärts gehen sollte, forderte er sie auf. Wie sich herausstellte, war das nicht nötig, denn der Verkehr wurde immer dünner, je näher sie dem Stadtrand kamen.

»Wie weit ist es noch bis zum Flughafen?«, fragte Katharina. Am Seitenfenster zogen jetzt niedrige Gewächse vorbei. Die Bebauung wurde spärlich. Am Himmel erspähte Katharina ein Flugzeug, das zur Landung ansetzte.

Kapitel 27

Barcelona,
Mai 1940

Das Rollfeld lag unter einem wolkenlosen tiefblauen Himmel. Ajax öffnete die oberen beiden Knöpfe an seinem Hemd, aber statt Kühlung brachte ihn die heiße Luft auf seiner Haut nur noch mehr ins Schwitzen.

Gemeinsam mit Pascal trug er eine Kommode von dem Lastwagen in das Frachtflugzeug, eine Douglas DC-3. Bis auf zwei Fenster waren die Scheiben mit Blechplatten versiegelt. »Können wir mal absetzen?«, fragte Pascal. Der Bitte seines französischen Kollegen kam er nur zu gerne nach. Sie stellten die Kommode ab und lehnten sich dagegen. Pascal wischte sich die Stirn mit einem Taschentuch. Ajax behielt das Flughafengebäude im Blick, einen besseren Bretterverschlag, den man neben den Ruinen des ehemaligen Flughafens errichtet hatte. War es möglich, dass Lydie dort auftauchen würde? Er wollte die Hoffnung nicht aufgeben.

»Schlaft nicht ein da unten«, bellte eine Männerstimme auf Englisch. Der Pilot schaute aus dem Cockpit. »Ich habe heute Abend in meinem Lieblingsbordell in Lissabon eine Verabredung.«

Timmy lief an ihnen vorbei, einen Karton in den Armen. Sein Gesicht war von der Anstrengung so rot, dass seine Sommersprossen nicht mehr zu sehen waren. »Kommt schon!«, trieb er Ajax und Pascal an. »Ich kann es kaum erwarten. Bin noch nie geflogen.« Timmys Heimweh war angesichts der Aufregung wie weggeblasen.

Pascal wollte wieder zupacken, doch Ajax zögerte den Moment hinaus. Er lehnte sich auf die Kommode wie ein Erschöpfter, den Blick unverwandt auf die Zufahrt zum Flughafen gerichtet.

Von dort näherten sich jetzt Edward und Wallis. Der Herzog beschattete sein Gesicht mit einem hellen Fedora, die Herzogin hielt sich einen erdbeerfarbenen Schirm über den Kopf. Eine Brise fegte über das Flugfeld und spielte mit Wallis' Rocksaum. Sie lachte wie eine Braut auf Hochzeitsreise. Edward legte den Arm um ihre Schulter und zog sie an sich. Er sah glücklich aus. Seine Züge verdüsterten sich, als er an Ajax, Pascal und der Kommode vorbeikam. »Warum sind die Möbel noch nicht verladen?«

»Wenn die jetzt nicht weitermachen, fliege ich ohne Fracht los«, meldete sich der Pilot noch einmal aus der Kanzel.

Ajax schnappte einen drohenden Blick von Wallis auf. Er wusste: Die Zeit war abgelaufen. Lydie würde nicht kommen, nicht zum Flughafen, nicht nach Barcelona, vielleicht nicht einmal nach Spanien. Sein Herz war schwerer als alle Möbel, die sie noch verladen mussten. In Gedanken sandte er eine Nachricht an Lydie: A. an L. – gib nicht auf, wir werden uns finden.

»Also gut«, sagte er zu Pascal. »Rein mit dem Ding. Und dann auf nach Lissabon.«

*

Die Douglas stand auf dem Rollfeld. Von Weitem erkannte Katharina die Gestalten, die über eine Leiter ins Flugzeug kletterten. Keine Gangway, kein großer Bahnhof, keine Reporter – trotzdem wusste sie, dass das dort hinten Edward und Wallis waren. Wer sonst würde einen knallroten Schirm über sich halten, wenn er in ein Frachtflugzeug stieg?

Das Gelände des Flughafens war von einem Maschendrahtzaun umgeben. Juan steuerte auf das Tor zu. Davor standen zwei Soldaten mit Maschinenpistolen vor der Brust. Einer von ihnen bedeutete dem Polizisten anzuhalten.

Juan klappte das Fenster hoch und lehnte sich hinaus, grüßte mit einem Lächeln und einer jovialen Geste. Die beiden Wachtposten schauten ungerührt aus den Schatten ihrer Dienstmützen auf den Wagen herab. Einer von ihnen hob eine Hand und gab den Passagieren mit zuckenden Fingern zu verstehen, dass sie aussteigen sollten.

Katharina schnappte in dem überhitzten Polizeiauto nach Luft, sie spürte die Hose an ihren Beinen kleben. Hinten auf dem Rollfeld klappte Wallis gerade ihren Schirm zusammen und verschwand in der DC-3.

»Mein Flugzeug hebt in wenigen Augenblicken ab.« Katharina beugte sich über Juan hinweg zum Fenster und tippte mit einem Finger auf ihre Armbanduhr.

Wenn die beiden Männer etwas darum gaben, dass sie die Maschine zu verpassen drohte, dann zeigten sie es nicht. Der Soldat neben der Fahrertür wiederholte seine herrische Geste, und Juan stieg aus. Der andere Uniformierte schaute in den Fond und stieß seinen Kollegen an, um ihn auf die seltsame Ladung aufmerksam zu machen. Kaum hatten die beiden Wachtposten den Sarg gesehen, schnauzten sie Juan an. Sie sprachen schnell und dazu noch Katalan, trotzdem verstand Katharina, dass sie Papiere sehen wollten, Dokumente für das Überführen eines Toten.

Lydie stieg auf der Beifahrerseite aus.

Juan zuckte mit den Schultern und erklärte, er habe keine Papiere. Immerhin vermied er es, die Verantwortung dafür auf Katharina abzuwälzen. Stattdessen erhob er die Stimme und rief, er brauche keine Erlaubnis, um einen Sarg zum Flughafen zu bringen, er sei die Erlaubnis in Person, denn er sei Polizist in Barcelona.

Die beiden Militärs stiegen auf den Streit um Kompetenzen ein. Einer brüllte Juan an, der andere schlug mit der flachen Hand auf das heiße Autodach. Niemand achtete auf die beiden Frauen.

Katharina lauerte auf einen günstigen Moment, um sich durch das Tor zu stehlen. Sollten die Soldaten sie bemerken, würden sie schon nicht gleich schießen – jedenfalls hoffte sie das. Gerade drehte sie sich zu ihrer Gefährtin um und wollte Lydie ein Zeichen geben, da sah sie die junge Französin schon über das Flugfeld rennen.

Die Propeller der DC-3 begannen sich zu drehen.

Katharina stürzte los.

»Stopp!«, kam die Aufforderung von hinten. Sie lief weiter. Jetzt würde sich zeigen, ob diese spanischen Soldaten einer Frau in den Rücken schießen konnten. Jemand schrie einen Befehl.

»Lydie!«, rief Katharina. »Warte auf mich!« Die Französin hielt weiter auf das Flugzeug zu, das sich nun langsam in Bewegung setzte.

Katharina hielt kurz an, um sich die Schuhe von den Füßen zu streifen, dann rannte sie auf Strümpfen weiter.

Vor ihr beschrieb die Maschine eine Kurve und schwenkte auf die Start- und Landebahn ein. In ihrem Rücken jaulte der Motor des Polizeiwagens. Sie lief noch schneller, holte Lydie ein, die Hosen erlaubten ihr weit ausholende Schritte. Undeutlich erkannte sie Gesichter hinter den Fenstern der DC-3. Die Passagiere verfolgten das Tohuwabohu auf dem Flugplatz. Erkannte Edward sie denn nicht? Brachte er den Piloten denn nicht dazu anzuhalten?

Reifen quietschten. Juans Polizeiwagen überholte sie, kam vor ihr zum Stehen und spuckte den Polizisten und einen der beiden Soldaten aus. Augenblicklich brüllte der Bewaffnete ihr etwas entgegen und richtete den Lauf der Maschinenpistole auf sie.

Katharina blieb stehen. Lydie rannte noch ein Stück weiter, doch Juan hielt sie am Arm fest. Der Soldat schrie etwas Unverständliches. Vor ihnen wurde die DC-3 immer schneller, dann hob das Flugzeug vom Boden ab und flog davon. Edward war fort.

Doch das war gerade das kleinere Problem. Der Soldat, der bislang Katalan gesprochen hatte, verfiel jetzt ins Hochspanische. »Sie beide stehen unter Arrest«, bellte er. »Geben Sie mir Ihre Pässe!«

Juan ließ Lydie los, schaute betreten zu Katharina hinüber und steckte die Hände in die Hosentaschen.

»Schon gut«, sagte sie zu dem hilfsbereiten Polizisten. Am liebsten hätte sie ihm dafür gedankt, dass er sie zum Flughafen gefahren hatte, aber dadurch hätte sie ihm womöglich Ärger mit den Soldaten eingebracht.

»Und jetzt untersuche ich den Sarg«, kündigte der Soldat an und gab Juan zu verstehen, dass er den Deckel der Holzkiste anheben sollte. Der Polizist öffnete den Kofferraum und beugte sich ins Innere des Wagens, als erneut ein Motorengeräusch zu hören war. Eine Limousine näherte sich, ein waldgrüner Morris. Hinter dem Steuer saß Tiger.

Der Diplomat schwang sich aus dem Wagen, zog einen Ausweis aus der Innentasche seines Jacketts und hielt ihn den beiden Uniformierten entgegen. Er gab den Männern Zeit zu verstehen, wer er war. Dann klappte er das Dokument wieder zusammen und ließ es mit der Gewandtheit eines Zauberkünstlers verschwinden. So ruhig wie ein Redner bei einem Bankett verkündete er, dass Katharina Gast des spanischen Außenministeriums sei und sie unter seinem persönlichen Schutz stehe.

Der Polizist nickte ergeben. Doch der Wachtposten ließ sich nicht so leicht einschüchtern. Er deutete auf den Sarg und erklärte, dass Katharina und Lydie keine Papiere für die Überführung eines Leichnams bei sich hätten. Tiger warf einen kurzen Blick auf die Holzkiste. Dann schaute er Katharina und schließlich den Soldaten an. »Haben Sie keinen Anstand, Gefreiter? Diese beiden Frauen sind in Trauer, und Sie fragen nach Papieren?« Der Uniformierte stutzte, dann salutierte er und stand stramm.

Tiger schaute in den Himmel, wo die DC-3 nur noch als Sonnenlicht reflektierender Punkt zu erkennen war. »Du bist zu spät gekommen, Katharina. Ich muss gestehen, dass ich das nicht bedaure.«

»Dann muss ich dich enttäuschen. Denn ich kann nicht in Barcelona bleiben. Ich muss Edward erreichen. Zu viel hängt davon ab.«

Tiger ging auf sie zu, legte eine Hand an ihren Hals und strich mit dem Daumen über ihre Wange. »Ich konnte dich noch nie lange halten. Das scheint mein Schicksal zu sein.«

Ich habe keine Zeit für Sentimentalitäten, dachte Katharina. Ich brauche keine Gewichte, die mich am Boden halten, ich brauche Flügel. »Wann geht die nächste Maschine nach Lissabon?«

Tiger gab die Frage an den Soldaten weiter und erhielt eine niederschmetternde Antwort.

»In drei Tagen?«, wiederholte Katharina. »Dann wird alles zu spät sein.« Sie wandte sich von Tiger ab, suchte nach einer Lösung. Das Auto, das Flugfeld, die Baracke, der Hangar, Lydie. Katharina spürte das Jucken der Intuition zwischen den Schulterblättern, genau dort, wo man sich nicht kratzen konnte. Die Wahrheit. Sie war ein Schlüssel, der in viele Schlösser passte.

Sie zog Tiger beiseite und senkte die Stimme. »Wenn ich Edward nicht erreiche, wird Hitler England angreifen. Sollte der Befehl in Kraft treten, wird Franco entscheiden müssen, ob er an der Seite des Deutschen Reichs in den Krieg eintritt. Dann ändert sich hier in Spanien möglicherweise alles.«

Er sah sie lange an. Im Schimmern seiner Iris lag etwas, ein winziges Schwanken.

»Du musst mir glauben«, drängte Katharina. »Ich kann die Waagschale gegen den Krieg ausschlagen lassen. Aber dafür muss ich mit Edward sprechen. Mehr kann ich nicht verraten.«

Tigers Schultern strafften sich. »Ich verfüge über ein Flugzeug meiner Behörde. Das könnte ich dir zur Verfügung stellen.«

Katharina griff an das Revers seines Jacketts. »Wo steht die Maschine? Wann können wir starten?«

Tigers Kiefer mahlten, an seinen Schläfen traten Adern hervor. »Es gibt da zwei Probleme. Zum einen würde ich mich um die Gelegenheit bringen, mit dir Zeit hier in Barcelona zu verbringen. Zum anderen habe ich dem Piloten ein paar Tage freigegeben und weiß nicht, wo er sich herumtreibt.«

Katharina strahlte ihn an. »Wenn du mich nicht weglassen willst, verstehe ich das und fühle mich geschmeichelt. Deshalb nehme ich dich einfach mit nach Lissabon.«

Tiger lachte lauthals. »Und wie willst du das Flugzeug ohne Piloten in die Luft bekommen? Du wirst die Maschine ja wohl kaum selbst fliegen können.«

Katharinas wissendes Lächeln brachte Tiger augenblicklich zum Verstummen.

Kapitel 28

CAMBRIDGE,
APRIL 1992

Roger kehrte zu der Bank am Ufer des Cam zurück, in jeder Hand hielt er einen Pappbecher Kaffee, in seiner Manteltasche steckten zwei Sandwiches, eins mit Käse und Gurken für ihn, eins mit Marmite für sie. Miss Imbert nahm ihm beides ab, pustete in den Becher und nahm vorsichtig einen Schluck.

»Der ist garantiert mit Cam-Wasser gekocht«, sagte Roger mit einem Augenzwinkern, »das hat mir jedenfalls der Mann in der Bäckerei zugesichert.«

Sie schmunzelte. »Wenn ich nicht bald etwas zu trinken bekommen hätte, wäre meine Kehle vollständig ausgetrocknet, und dann hätten Sie den Rest der Geschichte niemals erfahren. Oder haben Sie schon mal eine Mumie sprechen hören?«

Roger wollte ihr ein Kompliment machen, irgendetwas in der Richtung, dass eine Mumie wohl kaum so schöne Augen haben könne wie sie. Aber er dachte an andere Gelegenheiten, bei denen seine Komplimente nicht angekommen waren, und kam auf das Thema ihres Gesprächs zurück.

»Die Windsors«, sagte er, »Edward und Wallis, warum sind sie von Barcelona nicht direkt nach England geflogen? Warum der Umweg über Lissabon?«

»Edward wollte Churchill zeigen, dass er noch immer

einen Fuß auf dem Kontinent hatte, dass er nach wie vor in der Reichweite der Deutschen war und er jederzeit seine Meinung ändern konnte, falls Downing Street ihm seinen Wunsch, ihn nach Washington zu schicken, nicht erfüllen würde.«

»Er war ein geschickter Stratege«, stellte Roger fest.

»Er war einmal König von England«, sagte die Archivarin. »Das ist eine Aufgabe, die alles von einem Menschen fordert. Strategisch kluges Handeln ist dabei wohl nur ein Aspekt von vielen.«

»Dann kommen wir jetzt wohl zum Ende der Geschichte«, sagte Roger, nahm einen Schluck Kaffee und verbrannte sich die Zunge. Er verzog das Gesicht. Wie hatte Miss Imbert ihren Becher so schnell leeren können?

»Das Ende der Geschichte?« Sie schaute wieder auf den Cam, schien im Glitzern des Wassers zu lesen wie in einem Buch. »Hat der Fluss ein Ende und einen Anfang, Mister Ennis? Unsere Geschichte ist wie alle anderen Geschichten nur ein Teil von einem größeren Ganzen.«

»Das ist eine Frage der Perspektive«, begann Roger, »ich …«

»Ich habe eine Feststellung getroffen, Mister Ennis, die Frage war rhetorisch. Und jetzt seien Sie still und hören Sie zu.«

Teil 3

Kapitel 29

La Grange Fort,
Mai 1940

So also lebten Spione in Frankreich. Gallagher schritt über die Auffahrt von La Grange Fort. Der Kies knirschte unter seinen Schuhen. Das Château – die Bezeichnung für Schlösser in diesem Land klebte in seinem Mund – ragte vor ihm in den strahlend blauen Frühlingshimmel. Es war aus hellem Stein erbaut, vermutlich Sandstein, und wirkte freundlich und einladend. Wie anders sahen dagegen die Burgen auf den britischen Inseln aus. Grau und trotzig rammten sie ihre Köpfe in die Wolken, die sich unablässig auf ihnen abregneten – ein Sinnbild für Menschen wie ihn. Gegenüber den französischen Kollegen fühlte sich Gallagher wie ein kalter, steifer Klotz.

La Grange Fort wimmelte von Sicherheitsleuten. Gendarmen flankierten die Auffahrt und achteten darauf, dass kein Personal und keine Gäste heraufkamen. Etwa zwei Dutzend Uniformierte waren in den Korridoren, Hallen und Kammern unterwegs, um nach Spuren zu suchen.

Sie würden etwas finden, dessen war Gallagher sicher. Der britische und der französische Geheimdienst arbeiteten zusammen, um das Blutbad von La Grange Fort aufzuklären.

Nach dem Anruf von Cook und Cowell und dem Bericht ihres Scheiterns hatte er sechs weitere Leute für die Mission in Frankreich abgestellt und war selbst mit ihnen ins Flugzeug gestiegen. Sie hatten nicht lange nach einer Spur der deutschen Agentin suchen müssen, denn die französischen Behörden hatten drei erschossene Männer bei La Grange Fort gemeldet. Zwei der Toten waren Gendarmen, der dritte, ein Vicomte, hatte in Verdacht gestanden, Verbindungen nach Berlin zu unterhalten. Was genau in dem Schloss geschehen war, wusste Gallagher zwar noch nicht, aber er glaubte, dass die Agentin und ihre Begleiterin etwas damit zu tun hatten.

»Jemand wird dafür bezahlen«, sagte Colonel Thierry Loveriers. Der Mann trug eine Uniform mit einem runden Hut. Fehlt nur noch, dass er sich eine Feder dransteckt, dachte Gallagher. Er selbst versuchte in einem grauen Sportsakko so wenig wie möglich aufzufallen.

»Natürlich, Colonel«, pflichtete er seinem Kollegen vom französischen Sicherheitsdienst bei. Eigentlich hielt er Gefühlsausbrüche für unprofessionell, andererseits war er dankbar dafür, dass ihn Loveriers Behörde von der Schießerei vor dem Château in Kenntnis gesetzt hatte. England und Frankreich waren Verbündete gegen das Deutsche Reich. Da kam jede Unterstützung recht, die man sich gegenseitig geben konnte.

»Colonel!« Einer der französischen Sicherheitsleute kam auf die beiden Männer zu und hielt etwas in die Luft. »Wir haben das hier gefunden. Unter einem Tisch mit einem Funkgerät.« Er reichte Loveriers einen Zettel. Der Franzose las und reichte das Papier an Gallagher weiter. »Sagt Ihnen das was?«

Gallagher zuckte zusammen. Die Worte waren Französisch: Sag Ajax, dass ich bald bei ihm sein werde.

»Kennen Sie jemanden dieses Namens?«, wollte der Colonel wissen.

Gallagher gab vor nachzudenken, er rieb sich das Kinn, und die Bartstoppeln auf seiner Haut machten ein schabendes Geräusch. Er glaubte nicht an Zufälle. Ajax Doggerton war aus der Villa Windsor in Paris verschwunden. Er hatte zu dem Scheitern von Cook und Cowells Attentat auf den Herzog beigetragen. Und jetzt tauchte sein Name auf einem Stück Papier auf, das man neben drei Leichen mitten in Frankreich fand. Wo steckte der Kerl? War er zu den Deutschen übergelaufen? Eins war klar: Doggerton wusste zu viel.

»Ajax?«, fragte Gallagher die Luft. »Nein. Nie gehört. Ist das nicht ein französischer Name?«

Bevor die beiden Männer das Thema vertiefen konnten, erklang das Brummen eines Motors. Ein Wagen kam die Auffahrt hinaufgefahren. Die Gendarmen hielten ihn an, ließen sich die Ausweise der Passagiere zeigen und winkten sie dann durch. Das Auto, ein Horch, hielt an. Cook und Cowell stiegen aus.

»Dachte schon, sie würden erst Weihnachten hier auftauchen«, schnauzte Gallagher. »Ich hatte ihnen gestern Morgen schon telegrafiert, dass ich herkommen werde.«

»Sorry, Sir«, sagte Cowell und strich sich das schüttere Haar. »Aber uns stand nur dieses Auto zur Verfügung. Es ist … beschädigt worden. Wir hatten ja über die Ereignisse gesprochen.«

Gallagher spürte eine solche Wut in sich aufsteigen, dass er sie sofort aus sich herausbrüllen musste. »Sie meinen den Bericht, laut dem Sie sich einen Bentley der englischen Regierung haben stehlen lassen? Von einer deutschen Spionin? Der hier mit einer Leiche auf dem Fahrersitz aufgefunden wurde? Wie könnte ich das vergessen? Zumal ich es bin, der dem Schatzamt dafür Rechenschaft ablegen muss.«

»Ein weiterer Grund dafür, dass wir uns verspätet haben«, sagte Cook mit zurückhaltender Stimme, »ist, dass wir unterwegs noch eine Zeitung gekauft haben.« Er grinste.

»Das finden Sie wohl lustig«, bellte Gallagher. Sein französischer Kollege sah dem Schauspiel interessiert zu. Soll er, dachte Gallagher, da kann er noch was lernen.

Cook zog eine zusammengefaltete Zeitung aus seiner Jackentasche, klappte sie auseinander und tippte auf das Papier. »Schauen Sie! Unser gemeinsamer Freund.«

Gallagher beugte sich vor. Einen der Männer auf dem Foto erkannte er erst, nachdem er seine Brille aus der Brusttasche gefingert und aufgesetzt hatte. Von der Zeitungsseite schaute ihm Herzog Edward, der ehemalige König von England, entgegen. Und er schien bester Dinge zu sein, denn seine gute Laune stand ihm ins Gesicht geschrieben. Gallagher riss die Zeitung an sich und hielt sie sich vor die Augen. Er las die Bildunterschrift. Der Mann neben Edward war ein spanischer Diplomat. Das Foto war in Barcelona aufgenommen worden.

»Sieht so aus, als sei der Herzog doch nicht nach Berlin gefahren«, sagte Cowell.

Gallagher hätte ihm am liebsten die Zeitung in den Mund gestopft. Was fiel dem Mann ein, vor den französischen Kollegen Staatsgeheimnisse auszuplaudern?

Allerdings hatte er recht. Edward war in Barcelona. Jedenfalls war er dort gesehen und fotografiert worden. Und jetzt wirkte der Exkönig wie ein Magnet. Die deutsche Agentin konnte auch Zeitung lesen, also wusste sie, wo Edward war. Sie würde weiter versuchen, den Herzog in die Finger zu bekommen. Und dann war da noch die Angelegenheit in Paris. Zwei Unbekannte hatten versucht, den Herzog zu erschießen. Edward konnte nicht wissen, dass es sich dabei um Briten gehandelt hatte, um Männer, die auf Gallaghers Befehl gehandelt hatten. Aber Ajax Doggerton wusste das. Und der war nach wie vor mit im Spiel, das hatte der Zettel aus dem Château gezeigt.

»Sollen wir nach Barcelona aufbrechen, Sir?« Cowell wippte von einem Fuß auf den anderen.

Gallagher faltete die Zeitung zusammen und schlug damit in seine offene Handfläche. Barcelona. Die Fotografie war drei Tage alt. In drei Tagen konnte alles Mögliche passieren.

»Sir?«, fragte Cowell wieder.

Die Stimme war wie eine Hand, die in einen tiefen Brunnen hineinlangte, den Brunnen von Percy Gallaghers Gedanken. Es war kalt darin, und das Wasser war tief. Er sank bis auf den Grund. Herzog Edward war in Barcelona. Würde er in Spanien bleiben oder zu den Deutschen überlaufen? Oder nach England zurückkehren? Doch für Letzteres brauchte er Hilfe und eine Erlaubnis. Entweder von seinem Bruder, dem König, oder vom Premierminister.

»Sagten Sie, dass ein Funkgerät im Château steht?«, fragte Gallagher den Colonel.

Der Franzose nickte.

Er wandte sich an Cook und Cowell. »Stellen Sie eine Verbindung zu Churchill her. Und dann will ich niemanden mehr im Schloss sehen außer meinem Spiegelbild. Verstanden?«

Gallagher ließ sich auf den Stuhl vor dem Funkgerät fallen. Aus dem Lautsprecher war statisches Rauschen zu hören. Cowell und ein Franzose erklärten, welche Drehknöpfe die Lautstärke und die Frequenz regelten, und zeigten ihm die Sprechtaste am Mikrofon. Dann zogen sie sich zurück. Kaum war die Tür hinter ihnen ins Schloss gefallen, fühlte sich Gallagher vollkommen leer. Er wollte nicht mit Churchill sprechen, er wollte nicht einmal, dass Churchill sich an seine Existenz erinnerte. Wenn der Premierminister von dem Attentat in Paris erfuhr, war alles vorbei. Trotzdem brauchte er, Gallagher, jetzt die Hilfe dieses Mannes. Um Herzog Edward zu finden und die Gefahr, die er darstellte, ein für alle Mal aus dem Weg zu räumen.

Ein Knacken aus dem Funkgerät riss ihn aus den Gedanken. »Ich stelle die Verbindung mit dem Premierminister her«, sagte eine Frau. Augenblicke später blaffte Winston Churchill Gallaghers Namen in das Musikzimmer des Schlosses, gefolgt von: »Was wollen Sie?«

»Sir.« Diesmal war die Reihe an Gallagher, diese Anrede zu verwenden, die er von seinen Mitarbeitern gewohnt war. »Es geht um den Herzog von Windsor. Ich bin in Frankreich und versuche ihn zu finden, um ihn vor den Deutschen zu beschützen. Wir … wir hatten eine Verabredung, aber dummerweise haben wir uns verpasst, und der Herzog ist nach Barcelona gereist. Ich muss wissen, ob er sich noch dort aufhält. Er hat nicht zufällig mit Ihnen Kontakt aufgenommen?«

Churchills Stimme, sonst von einem tiefen Brummen begleitet, wurde von dem Funkgerät zu einem Fauchen verzerrt. »Nein, hat er nicht. Aber einer Ihrer Männer hat mich angerufen. Angeblich heißt er … Moment … wo ist nur dieser Zettel … ah, hier. Ajax Doggerton. Jedenfalls hat er das behauptet, ebenso, wie er glaubhaft machen konnte, in Ihrer Abteilung zu arbeiten. Wieso wissen Sie nichts davon?«

In dem tiefen, kalten Brunnen in Gallaghers Kopf entstand ein Wirbel, ein Strudel, der alles, was um ihn herum war, in sich aufzusaugen drohte: das Funkgerät, das Musikzimmer, das Schloss, den Wald, Frankreich. Was trieb Doggerton für ein Spiel?

»Sind Sie noch da? Reden Sie! Ich muss heute noch ein Königreich retten. Ist dieser Ajax Doggerton wirklich einer Ihrer Leute?«

»Ja«, sagte Gallagher, während er sich fragte, wie dieser junge Mann, der gerade noch ein Student in Cambridge gewesen war, es fertiggebracht hatte, mit einem der wichtigsten Männer der Welt ein Telefongespräch zu führen. Es fiel ihm nicht schwer, »Er ist ein kluger Bursche« hinzuzufügen. Gleichzeitig wünschte er Doggerton die Pest an den Hals. »Unser Kontakt ist kurzzeitig abgerissen. Was hat er mit Ihnen besprochen?«

Churchills folgende Worte ließen Gallagher erstarren. Doggerton hatte mit Churchill ausgehandelt, dass der Herzog von Windsor einen Posten in der Karibik antreten sollte. Das würde ihn aus der Reichweite der Deutschen bringen, aber leider auch dem Zugriff Gallaghers entziehen. Dieses Unternehmen musste sofort abgebrochen werden. Gerade wollte Gallagher den Premierminister bitten, das Angebot rückgängig zu machen, da fiel ihm ein, dass er keine plausible Erklärung für diesen Vorschlag anbringen konnte. Er drückte die Sprechtaste. »Wissen Sie, ob der Herzog noch in Barcelona ist?«

»Ich habe angeordnet, dass Edward und Wallis nach Lissabon reisen. Von dort werden sie mit einem Passagierdampfer auf die Bahamas gebracht. Sie, Gallagher, sind verantwortlich für die Sicherheit des Paars. Fliegen Sie nach Lissabon und sorgen Sie dafür, dass unserem ehemaligen König nichts zustößt!«

Kapitel 30

Lissabon,
Mai 1940

Während Barcelona eine Ruinenstätte war, die sich allmählich wieder mit Leben füllte, war Lissabon ein Hexenkessel, der vor Betriebsamkeit überkochte. Die Straßen waren voller Menschen, Geflüchteteten aus Frankreich und den Niederlanden, die hofften, im neutralen Portugal Unterschlupf zu finden. Hinzu kamen Hunderte Journalistinnen und Journalisten sowie ganze Korps von Diplomaten, vom Krieg nach Süden getrieben, wo sie nun versuchten, Fuß zu fassen.

»All diese Menschen suchen nach einem Bett, einem Visum, einer Aufenthaltserlaubnis oder einer Passage in ein sicheres Land.« Botschafter Walford Selby stand vor dem Fenster und schaute auf die Rua Sacramento á Lapa hinab. Der gebrechlich wirkende Mann trug das graue gewellte Haar kurz geschnitten mit einem Mittelscheitel und dazu einen Schnauzbart. Er hatte ein schmales Gesicht mit einem ausgeprägten Kinn, und als er sich nun zu seinen Gästen umdrehte, lag ein Ausdruck tiefen Bedauerns in seinen Augen. »Es tut mir leid, Edward, aber ich kann euch in der Stadt nicht unterbringen.«

Der Herzog von Windsor saß neben Wallis auf einer tiefroten Ottomane. Ajax wartete mit Pascal und Timmy auf dem Korridor vor Selbys Büro. Er hatte die Tür einen Spaltbreit aufgezogen und konnte von seinem Platz aus mithören, was in Selbys Büro in der britischen Botschaft besprochen wurde.

Das Spionieren fiel ihm schwer, denn seine Gedanken flogen ständig zurück nach Barcelona. Von dort waren sie gegen Mittag aufgebrochen, und Ajax hatte noch immer die kleine Gestalt vor Augen, die über die Rollbahn auf das Flugzeug zugerannt war. Er hatte sein Gesicht und seine Hände gegen die Scheibe gepresst, so als könnte er das Flugzeug damit steuern wie ein Ruderboot gegen die Strömung. Lydie hatte ihn erkannt, ihre Blicke hatten sich getroffen. Für einen Moment waren sie vereint, Ajax konnte Lydies Umarmung spüren, ihr Haar auf seiner Wange, ihren Atem in seinem Ohr, wie bei ihrer ersten Begegnung im Gare du Nord von Paris, wie bei ihrem Picknick auf dem kleinen Friedhof nahe der Seine, wie nach seiner Liebeserklärung an sie im Bistro am Boulevard Souchet. Noch nie in seinem Leben hatte er so etwas empfunden, auch nicht den Schmerz, der mit jedem Höhenmeter des Flugzeugs heftiger an ihm zerrte. Dann hatte er die Frau erkannt, die hinter Lydie hergelaufen war. Prinzessin Katharina. Die beiden hatten sich tatsächlich gemeinsam bis Barcelona durchgeschlagen. Wallis hatte recht gehabt: Seine große Liebe reiste mit einer großen Bedrohung für das herzogliche Paar. In diesem Moment hatte der Pilot der DC-3 Schub gegeben und das Flugzeug und jeden, der darin war, aus Lydies und Katharinas Reichweite gebracht.

Und jetzt saß er in der britischen Botschaft in Lissabon, auf der anderen Seite der Iberischen Halbinsel, und versuchte, dem Gespräch zwischen den Windsors und Selby zu lauschen.

»Lissabon verlassen?«, fragte Herzog Edward gerade. »Aber wir sind doch vorhin erst angekommen. Auf ausdrücklichen Wunsch Churchills.« Es war deutlich zu hören, dass der Herzog darum bemüht war, die Fassung zu bewahren.

»Wenn es an mir läge«, entgegnete Botschafter Selby, »würde ich euch mein eigenes Haus zur Verfügung stellen. Aber es geht nicht nur um Platz oder Bequemlichkeit. Lissabon ist ein gefährliches Pflaster, zu gefährlich für Leute wie euch.«

»Ich bin schon mit Attentätern in meinem eigenen Haus fertig geworden«, kam die Antwort.

Nun holte Selby zu einer Erklärung aus. »Das Chaos dort draußen ist der beste Nährboden für Spionage. Die PVDE, die portugiesische Geheimpolizei, versucht Agenten der Achsenmächte herauszufiltern, aber angesichts der vielen Menschen ist die Behörde überfordert. Deshalb besticht sie normale Bürger und hält sie dazu an, Immigranten auszuspionieren. Auf den Straßen herrscht ein Klima des Misstrauens, der Denunziation und Gewalt. Das neueste Gerücht lautet: Die Deutschen planen, Portugal zu besetzen, um zu verhindern, dass die Briten Lissabon als Brückenkopf auf den Kontinent benutzen.«

»Das ist doch Unsinn«, fuhr Edward auf. »Das wäre strategischer Selbstmord. Niemals würde Hitler …«

»Genau«, unterbrach Selby. »Was für ein Unsinn! Aber bei der derzeitigen Lage kann dieser Unsinn gefährlich werden. Diese Geschichte vom drohenden Einmarsch der Wehrmacht in Portugal hat in Windeseile dazu geführt, dass sich Panik unter den Geflüchteten ausgebreitet hat. Sie haben Schiffe gestürmt, und eines ist dabei im Hafen gesunken. Viele Menschen sind ertrunken. Die Lage ist unkontrollierbar. Wenn du jetzt hier auftauchst, könntest du weitere Gerüchte nähren und zur Zielscheibe werden. Ich habe zu wenig Personal, um dich rund um die Uhr beschützen zu können. Es tut mir leid, Edward, aber ihr müsst die Stadt sofort verlassen.«

»Wohin sollen wir denn gehen?«, fragte Wallis. »Wir sind selbst Geflüchtete.«

»Darum habe ich mich selbstverständlich gekümmert«, antwortete der Botschafter. »Zwanzig Kilometer von Lissabon entfernt, im Westen, direkt an der Küste, liegt die Casa de Santa Maria, ein Anwesen aus dem achtzehnten Jahrhundert, Portugals goldenen Zeiten. Das Haus befindet sich abseits von allem Trubel. Dort seid ihr sicher.«

»Aber Churchill …«, begann Edward.

Selby hob eine Hand. »Ich weiß. Der Premierminister hat mich von eurer Vereinbarung unterrichtet. Ihr sollt auf die Bahamas reisen. Derzeit wird in London und Nassau alles in die Wege geleitet. Sobald wie möglich kommt euer Schiff, und bis dahin genießt ihr das Leben in luxuriöser Umgebung. Hört sich doch nicht schlecht an, oder?«

Ajax ahnte, was jetzt geschehen würde. Er selbst hatte Anteil daran gehabt.

»Ich gehe nicht auf die Bahamas«, sagte Herzog Edward schroff. »Das ist ein Einfall von Winston, dem ich nicht zugestimmt habe.«

»Aber der Premierminister hat gesagt …«, wandte Selby ein.

»Was Churchill sagt und was die Wahrheit ist, sind zwei unterschiedliche Dinge.« Edward sprang von der Ottomane auf und begann, in dem Büro auf- und abzugehen. Dabei huschte er gelegentlich durch Ajax' Blickfeld im Türspalt. »Er will mich aus der Reichweite der Deutschen haben. Um das zu erreichen, hat er für mich den Job auf den Bahamas vorgesehen. Aber das ist mir zu wenig. Ich will nach Washington, Walford. Ich will … ich verlange, Botschafter Großbritanniens in den USA zu werden.«

Durch die Pause, die jetzt entstand, wurde deutlich, wie überrascht Selby von dieser Forderung war. »Das liegt außerhalb meiner Entscheidungsgewalt. Nur das Parlament und der Premierminister bestimmen, wer diese Posten besetzt. Und soviel ich weiß, ist derzeit Lord Lothian mit dem Amt des britischen Botschafters in Washington betraut.«

»Der ist krank und wird sein Amt nicht mehr lange wahrnehmen können«, sagte Edward. »Bitte, Walford! Du musst versuchen, Churchill umzustimmen. Ich gehe nicht auf die Bahamas. Sag ihm, wenn das alles ist, was er mir bietet, werde ich mich nach anderen Möglichkeiten umsehen. Er weiß, was das bedeutet.«

»Das weiß ich auch. Und ich kenne dich gut genug, um zu wissen, dass du dein Land niemals an die Deutschen verraten würdest. So ist es doch, nicht wahr?«

Das Schweigen, das den Raum erfüllte, war lauter als der Lärm, der von der Rua Sacramento á Lapa hereindrang.

Sie verließen die Stadt Richtung Westen in zwei Wagen. Pascal und Timmy fuhren ein Lieferauto, das mit den Möbeln aus Paris beladen war. Ajax lenkte den dunkelblauen Packard, ein Botschaftsfahrzeug, an dessen breiten Kotflügeln der Union Jack flatterte. Auf dem Beifahrersitz saß Botschafter Selby, hinten im Wagen hatten es sich Edward und Wallis bequem gemacht. Selby dirigierte Ajax durch die Straßen und drückte selbst auf die Hupe, wenn er der Meinung war, Ajax gehe nicht energisch genug mit dem Signalhorn um. Nach einer Weile blieben die Häuser zurück. Rechts von ihnen öffnete sich das Land, ausgedehnte Wälder folgten, links lag das Meer. Darin ging eine rot-goldene Sonne unter, ihre Strahlen setzten die korallenfarbenen Bougainvilleen am Straßenrand in Flammen. Ajax seufzte. Wie gern hätte er das Panorama zusammen mit Lydie gesehen.

Sie erreichten das Fischerdorf Cascais, gerade als in den Fenstern der niedrigen Häuser die Lichter aufgesteckt wurden. Die Casa de Santa Maria lag außerhalb, direkt am Meer, nur durch eine Straße von der felsigen Küste getrennt. Ein zerklüfteter Küstenabschnitt verlief rechts und links der Villa. Neben dem Haus erstreckte sich eine Mauer, hinter der, so erklärte es Walford Selby, drei Hektar Garten lagen. Die einzige Nachbarschaft, einen Steinwurf entfernt, war eine kleine Station der Küstenwache. Ansonsten gab es ringsumher keine Anzeichen menschlichen Lebens.

»Hier werdet ihr euch wohlfühlen. Im Haus stehen euch ein Dutzend Bedienstete zur Verfügung. Niemand weiß, wo ihr seid.«

Drei Männer mit dunklem Haar und schwarz-weißer Livree kamen die Treppe zum Eingang hinunter und machten sich mit Pascal und Timmy daran, die Koffer der Windsors auszuladen. Ajax blieb neben dem Wagen stehen und schaute die Fassade empor, die mit rosenfarbenem Dekor überladen war. »Gehört das Haus der britischen Regierung?«, fragte Edward.

Selby richtete seine Krawatte. »Es ist Privatbesitz. Ein Freund von mir hat es vor einigen Jahren gekauft. Doktor Ricardo Espírito Santo Silva.«

»Der Bankier?«, fragte Wallis. Lag es am schwindenden Licht oder verengten sich ihre Augen tatsächlich zu Schlitzen?

»Genau der«, bestätigte Selby. »Ich bin ihm für seine Großzügigkeit sehr dankbar. Wollen wir uns im Innern umsehen? Es ist spektakulär, ein Schmuckstück. Ihr werdet bedauern, nur für kurze Zeit hierbleiben zu können.«

Der Botschafter hatte nicht untertrieben. Nie zuvor hatte Ajax eine derartige Pracht gesehen, nicht in der Villa am Boulevard Souchet und nicht im Domizil von Tiger Bermejillo in Barcelona. Was die Casa de Santa Maria von diesen Luxusadressen unterschied, war der Geist der Jahrhunderte, der durch die Räume schwebte. Die hohen Schlafgemächer, der Ballsaal, das Esszimmer, der Salon, jeder Winkel war Teil einer vergangenen Epoche, einer Zeit, als Portugal zu den mächtigsten und reichsten Nationen der Welt gehört hatte. Was jetzt davon übrig war, genügte, um Ajax' Blick ehrfürchtig an jedem Detail verharren zu lassen: an den prachtvollen Möbeln aus dem achtzehnten Jahrhundert, an den Fliesen aus blau-weißer Keramik, auf denen Figuren Heiligenlegenden nachstellten, an der hohen Decke aus dem grauen Holz libanesischer Zedern, auf der über hundert Jahre alte Malereien noch schwach erkennbar waren, und an der Terrasse im ersten Stock, die, von einer weinumrankten Pergola geschützt, den Blick auf den Sonnenuntergang im Meer erlaubte.

Edward und Wallis genossen verzaubert die Aussicht auf die Wellen, und der Herzog deutete mit ausgestrecktem Arm in die Ferne wie ein Entdecker aus goldenen Zeiten. Einer der Hausdiener brachte ein Tablett mit einem klaren Schnaps, den Walford Selby als Medronho vorstellte, einen Brand aus den Früchten des an der Algarve heimischen Erdbeerbaums. Auch Ajax und Pascal bekamen ein Glas, Timmy wurde eine Limonade gereicht. Einen Augenblick lang schwieg die Gruppe, nur das Rauschen der Brandung war zu hören und der Wind, der im Weinlaub sang. Ajax fiel auf, dass er schon lange keinen Moment der Ruhe mehr hatte genießen können. Seit Prinzessin Katharina in Paris aufgetaucht war, hatten sich die Ereignisse überschlagen, waren einen Abhang hinuntergerollt und zur Lawine angewachsen. Er nippte an dem Medronho und spürte, wie ihm der Hochprozentige durch die Adern rauschte.

Pascal bat Edward, einen Blick auf die Fracht zu werfen, um zu entscheiden, ob etwas ausgeladen werden sollte. Der Herzog verließ die Terrasse. Wallis gab Ajax mit einem Wink zu verstehen, dass er sich ebenfalls zurückziehen sollte. Was hatte sie vor? Ajax zögerte. Als er sich nicht rührte, schickte sie ihn mit der schroffen Aufforderung weg, er solle ihren Koffer in das Schlafzimmer mit dem großen Doppelbett und der Einrichtung aus der Zeit der Französischen Ostindienkompanie bringen und auspacken. Sie würde, betonte sie zu Selby gewandt, heute Nacht ihr safranfarbenes Negligé tragen, der Stoff sei bei dieser Hitze genau das Richtige, denn er hafte nicht auf der feuchten Haut.

Ajax verließ die Terrasse und ging nach draußen. Vor dem Haus waren Edward, Pascal und Timmy damit beschäftigt, im Lichtstrahl einer Taschenlampe den Transporter zu inspizieren und darüber zu beraten, was während der nächsten Tage mit den Möbelstücken geschehen sollte. Wie es schien, wollte Edward alles in der Casa de Santa Maria haben. Ajax schlich an ihnen vorbei, darauf bedacht, sich in den Schatten zu halten, die allmählich tiefer und länger wurden.

Er erreichte die Meerseite des Anwesens. Etwas weiter vorn und über ihm war die Terrasse mit der Pergola zu erkennen. Der Wind strich vom Wasser herüber und säuselte ihm in den Ohren, zudem war das Rauschen der Brandung so nah und laut dass er die Stimmen von Wallis und Selby zwar wahrnehmen, das Gesagte aber nicht verstehen konnte. Schritt für Schritt tastete sich Ajax an der Fassade entlang vorwärts. An dieser Stelle gab es keinen Weg, die Felsen reichten bis an das Haus heran, und er musste darüberklettern, um seinem Ziel näher zu kommen. Einmal löste sich ein Stein unter seinen Schuhen und polterte die Felsen hinab. Doch wenn der Botschafter und die Herzogin den Lärm gehört hatten, so reagierten sie nicht darauf. Ihre Stimmen erreichten Ajax' Ohren erst, als er unterhalb der Terrasse angekommen war.

»… herrliche Aussicht, und du bist ein großzügiger Gastgeber. Richte bitte deinem Freund, diesem Bankier, unsere

Grüße und unseren Dank aus.« Das war Wallis' Stimme. Selbys Bariton antwortete, doch die Frequenzen waren so tief, dass Ajax nicht verstand, was er sagte. Nun war wieder Wallis an der Reihe. »Dieses Haus ist wirklich wunderschön, aber es könnte sein, dass es mir zu leer ist. Ich bin so schnell gelangweilt und selbst schönen Dingen überdrüssig. Dann brauche ich Abwechslung.« Der Rest ging im Meeresrauschen unter.

Die Verstrebungen der Pergola reichten bis zu Ajax hinunter. Er überlegte, ob er ein Stück an dem Holzgitter hinaufklettern sollte, doch schon als er danach griff, spürte er, dass das Holz von der salzigen Gischt zerfressen war. Er musste sich mit dem begnügen, was ihm der Wind an Gesprächsfetzen zutrug.

»... nach Lissabon.« Wieder war es Wallis' Stimme. »Ich habe diese Stadt nur einmal kurz erleben können. Walford, ich bin sicher, du kannst mir die Altstadt zeigen, und danach verbringen wir einen Tag am Meer. Nur wir zwei.« Die tiefe Stimme des Botschafters war zu vernehmen. »Edward?«, fuhr Wallis fort. »Der hat ja nie Zeit für mich. Aber du könntest mir doch gewiss ein wenig Gesellschaft leisten, nicht wahr?«

Ajax konnte es zwar nicht sehen, aber er ahnte, was über seinem Kopf gerade passierte. Wallis würde einen Schritt auf Selby zugehen, ihm eine Hand auf den Arm, vielleicht sogar auf die Finger legen und einen Schluck aus ihrem Glas nehmen, um ihn über den Rand hinweg anzuschauen. Sie versuchte, den britischen Botschafter zu umgarnen, aber gewiss nicht aus Langeweile oder weil sie Walford Selby für einen reizvollen Mann hielt, sondern weil er ihr dabei helfen sollte, Churchill umzustimmen. Ajax erwartete, dass Selby anbiss und Wallis ihn im Gegenzug für ihre Gunst um einen kleinen Gefallen bitten würde.

Aber das geschah nicht. Ajax verstand zwar noch immer

nicht, was der Botschafter sagte, aber Wallis' Reaktion war dafür umso deutlicher. »Wie du willst, Walford. Aber ich prophezeie dir, dass du in ein paar Jahren – sagen wir lieber, in Kürze – ein alter Mann sein und dich an die verpassten Gelegenheiten deines Lebens erinnern wirst. Und es wird dir leidtun, einen Tag mit mir allein in den Wind geschlagen zu haben. Mir jedenfalls tut es jetzt schon leid, dich überhaupt gefragt zu haben.«

Das Stakkato schneller Schritte erklang. Eine Tür klappte. Dann herrschte Stille. Wallis war bei Selby abgeblitzt. Ob der Botschafter wirklich ihren Reizen hatte widerstehen können?, fragte sich Ajax. Oder hatte er gewusst, dass Wallis versuchte, ihn vor ihren Karren zu spannen? Jetzt war die Reihe an Ajax, das Gefährt aus dem Dreck zu ziehen.

Er wartete neben dem Packard auf Selby. Die Tür zur Villa ging auf, und ein Lichtstrahl ergoss sich über die mittlerweile nachtdunkle Auffahrt. Edward und Wallis verabschiedeten den Botschafter auf der Treppe.

»Bist du sicher, dass wir dir keinen der Angestellten als Chauffeur zur Verfügung stellen sollen?«, fragte der Herzog.

Ajax bemerkte, dass Wallis ihm nicht beipflichtete, wie es die Höflichkeit verlangt hätte. Sie stand neben ihrem Mann, hatte die Hände ineinandergelegt und schwieg.

»Nicht nötig«, sagte Selby und nahm Kurs auf seinen Wagen. »Ich kenne die Strecke, und ein Angestellter weniger bei euch bedeutet auch etwas weniger Komfort. Das kann ich nicht verantworten.«

»Rufst du an, wenn du mit Churchill gesprochen hast?«, rief Edward ihm hinterher.

Selby blieb stehen. »Das wird nicht möglich sein. Im Haus gibt es kein Telefon, die Leitungen reichen nicht bis hierher. Deshalb werde ich persönlich vorbeikommen und euch unterrichten, sobald es etwas Neues gibt.«

Die Windsors zogen sich ins Haus zurück, die Tür schloss sich. Die Gelegenheit war günstig.

»Sir?«, rief Ajax, als Selby zu seinem Wagen ging.

Selby fuhr zusammen. »Wer ist da?«

Ajax trat aus dem Schatten in das Licht der Gaslaterne, die einen kreisrunden Schein in die Auffahrt warf. »Ich bin es, Sir. Einer der Angestellten der Windsors. Mein Name ist Ajax Doggerton.«

Selby rührte sich nicht vom Fleck. »Was wollen Sie?«

Ajax hatte sich die Worte zurechtgelegt, trotzdem wusste er jetzt nicht, wo er anfangen sollte. So viel war geschehen. Er konnte den Botschafter nicht einwickeln wie Wallis. Deshalb kam er direkt zum Kern der Angelegenheit.

»Sie müssen dafür sorgen, dass Herzog Edward den Kontinent so schnell wie möglich verlässt«, sagte Ajax mit gedämpfter Stimme.

»Was?« Selby trat näher. Das Licht der Laterne fiel auf sein Gesicht und offenbarte eine Miene des Unwillens. »Was erlauben Sie sich, so mit mir zu reden?«

»Ich habe mit dem Premierminister verhandelt und dafür gesorgt, dass das herzogliche Paar auf die Bahamas gebracht wird«, fuhr Ajax fort und merkte erst, als er die Worte ausgesprochen hatte, wie verrückt sie für Selby klingen mussten. Bevor der Botschafter ihn unterbrechen konnte, redete Ajax einfach weiter. »Wir werden von einer deutschen Agentin verfolgt. Ich habe sie zuletzt in Barcelona gesehen. Ich bin sicher, dass sie uns auch hier finden wird. Wir … der Herzog muss vor ihr beschützt werden. Wenn Churchill dem Gesuch nach dem Botschafterposten in Washington nicht nachgibt, wird der Herzog Europa nicht verlassen wollen. Dann kommt es zur Katastrophe. Sie, Sir, können dabei helfen, diese abzuwenden.«

Selby war einen Schritt zurückgetreten. Es war deutlich,

dass Selby ihm nicht über den Weg traute. »Junger Mann«, sagte er lauernd, »Sie haben eine blühende Fantasie. Gewiss hat Winston Sie auch zum Tee eingeladen, und ich soll Ihnen vier Stück Würfelzucker mit auf die Schiffspassage geben. Oder bevorzugen Sie Sahne?«

Er ging eilig auf den Packard zu.

Ajax streckte eine Hand aus und hielt ihn fest. Der Botschafter versuchte, ihn abzuschütteln, doch das gelang nicht.

»Loslassen! Oder ich rufe um Hilfe«, zischte Selby.

»Genau darum bitte ich Sie ja«, sagte Ajax. »Rufen Sie den Premierminister an und helfen Sie, Edward in die Vereinigten Staaten zu bringen.« Dann ließ er Selby los.

Der Botschafter taumelte zu seinem Wagen, dabei warf er Ajax Blicke über die Schulter zu. Ohne ein weiteres Wort zu verlieren, stieg Selby ein, startete den Motor und fuhr davon.

Ajax schaute dem Wagen nach, bis das Brummen des Packard im Rauschen der Brandung untergegangen war. Als er sich schließlich umwandte, um zum Haus zurückzukehren, sah er einen roten Punkt auf der obersten Stufe der Eingangstreppe leuchten: das Glimmen einer Zigarette.

»Wir sind in Schwierigkeiten«, sagte Wallis, nachdem Ajax herangekommen und zwei Stufen unter ihr stehen geblieben war.

»Ich habe dem Botschafter unsere Lage geschildert«, sagte er. »Ich kann nur hoffen, dass er ernst nimmt, was er gehört hat. Nur er kann Churchill umstimmen. Das Haus hat kein Telefon. Wir können London von hier aus nicht erreichen.«

»Das meinte ich nicht«, sagte Wallis und zog an ihrer Zigarette. Der Geruch von Nikotin und Parfüm stieg in Ajax' Nase. »Noch mehr Schwierigkeiten?«, fragte er.

»Walford Selby ist ein Idiot. Es war ein Fehler, uns hierherzubringen. Dieses Haus gehört Ricardo Espírito Santo Silva«, sagte Wallis und blies eine Rauchwolke in die Luft. »Ich kenne ihn. Er ist ein glühender Verehrer des Deutschen Reichs und würde alles tun, um Hitlers Pläne zu unterstützen. Und nun, da wir hier sind, hat er Gelegenheit dazu.« Sie blickte auf das Meer hinaus. Das Mondlicht glitzerte auf dem Wasser. »Wir sollten so schnell wie möglich von hier verschwinden.«

Kapitel 31

Lissabon,
Mai 1940

Katharina zog den Hebel für die Landeklappen. Ein Ruck ging durch das Flugzeug, eine waldgrüne Bellanca 14, ein Tiefdecker mit einem Propeller und sechs Sitzen. Die starken Böen schüttelten die Maschine kräftig durch. Sie hatte mächtig viel zu tun, um das Flugzeug in der Luft zu halten.

»Bist du sicher, dass du uns heil wieder runterbringst?«, rief Tiger über den Motorenlärm. Er saß auf dem Platz des Co-Piloten. Lydie war kurz nach dem Start im hinteren Teil der Bellanca verschwunden und seither nicht wieder aufgetaucht. Sie schien den ersten Flug ihres Lebens alles andere als zu genießen.

Katharina hingegen war flugerfahren. Allerdings hatte sie nur einige Male selbst am Steuerknüppel gesessen. Da hatte sie Flugstunden genommen auf einem Gut ihres Onkels, des alten Herzogs von Braunschweig-Lüneburg, in Ostpreußen. Er besaß einen alten Doppeldecker und liebte es, damit über seine Ländereien zu fliegen. Damals hatte ihr Onkel auf dem Sitz hinter ihr gesessen und die Kontrolle über die Maschine gelegentlich an Katharina übergeben. Sie hatte den Doppeldecker über die Stoppelfelder gesteuert. Jetzt versuchte sie, sich an alles zu erinnern, was sie von den Flügen noch wusste.

Wieder ging ein Beben durch die Bellanca. Ein Schwarm Vögel näherte sich und drehte kreischend ab.

»Keine Sorge«, rief Katharina Tiger zu. »Eine Eucharistiefeier ist gefährlicher als das hier. Entspann dich!« Sie versuchte, mit zusammengebissenen Zähnen zu lachen, und klappte die Sichtblende herunter. Vor ihnen, im Westen, ging die Sonne unter. Sie konnte schon das Meer als blauen Streifen am Horizont erkennen und den Rauch aus den Fabriken um Lissabon herum aufsteigen sehen. Bald würde sich zeigen, ob sie die Maschine nicht nur starten und fliegen, sondern auch landen können würde – das war bekanntermaßen der schwierigste Teil beim Steuern eines Flugzeugs.

Tiger bediente das Funkgerät und verständigte die Flugaufsicht in Lissabon von ihrem Kommen. »Landebahn drei Anflug Richtung Westen«, rief er Katharina nach einigem Hin und Her zu.

Katharina formte mit Daumen und Zeigefinger einen Kreis und erntete einen befremdlichen Blick von Tiger. Diese Geste … »In Ordnung sollte das heißen«, sagte sie, als sie nun die Lichter der Stadt unter sich sah. Wo lag der Flughafen? Sie hatte einmal gesehen, wie der Co-Pilot eines Flugzeugs mit einer Karte und mit Lineal und Bleistift gearbeitet hatte, um den Piloten zu dirigieren. Tiger schien diese Technik nicht zu kennen.

»Du musst mich auf Kurs bringen«, rief sie ihm zu.

»Ich?« Er tippte sich gegen die Brust.

»Nein, nicht du«, gab sie zurück. »Der erfahrene Co-Pilot neben dir.«

Er zog eine Grimasse und starrte aus dem Fenster. »Der Flughafen wird außerhalb der Stadt liegen.« Er deutete nach Süden. »Dort vielleicht.«

Katharina zeigte auf den Kompass, darauf drehte sich

eine Skala um die Silhouette eines Flugzeugs, jedes Mal wenn sie die Pedale bewegte. »Ich brauche genaue Angaben. Hier muss irgendwo eine Karte sein.«

Es gab tatsächlich eine, aber Tiger konnte sie nicht lesen. Er faltete die Karte auf, immer weiter, bis sie Katharina die Sicht verdeckte. Sie schlug das Papier zur Seite. »Vergiss das!«, rief sie. »Frag über Funk, ob sie uns zum Flughafen dirigieren können. Es ist fast dunkel. Die Lichter entlang der Landebahnen werden uns den Weg weisen.«

Tiger zerknüllte die Navigationskarte und warf sie in den Fußraum. Einige Minuten später hatte er die Informationen. »Wir müssen in den Südosten der Stadt. Sie sagen, sie zünden zusätzliche Lichter an.«

Eine Viertelstunde später erspähten sie ihr Ziel. Katharina hatte die Bellanca eine Runde über Lissabon drehen lassen, bis es fast vollständig dunkel war. Die Lichter der Stadt schienen hell, durch die feuchte Luft vom Meer schimmerten die Straßen und Häuser in nebligem Glanz.

Die Leute von der Flugaufsicht hatten Wort gehalten. Die für sie reservierte Landebahn war tatsächlich heller erleuchtet als die drei anderen. Die Lichter flackerten im Wind, vermutlich hatte man Fackeln an den Seiten der Strecke aufgestellt. Bevor sie zur Landung ansetzte, wollte Katharina erst die Situation überblicken. Sie senkte die Bellanca, bis der Höhenmesser fünfzig Meter anzeigte, und steuerte quer über das Flugfeld, das an den Tagus grenzte. Der Fluss lag im Dunkeln, nur die Positionslichter vereinzelter Boote verrieten seinen Verlauf.

Katharina hielt den Atem an. Die Landebahn war viel zu kurz. Sie flog eine zweite Platzrunde, dann eine dritte. Zu kurz, zu kurz, zu kurz. Das kann ich nicht, wollte sie rufen, biss sich jedoch auf die Lippe. Tiger würde auch so wissen, dass jetzt der gefährlichste Teil ihrer Reise folgte. »Du hast noch gar nicht verraten, wie oft du schon geflogen bist«, rief er ihr zu, darum bemüht, die Lage mit einem Scherz aufzulockern.

»Oft genug«, gab Katharina zurück und hoffte, dass sie ihre Worte in den nächsten Augenblicken unter Beweis stellen konnte.

Das Funkgerät meldete sich. Tiger antwortete. »Wir sollen die Positionslichter einschalten«, gab er bekannt.

»Die müssen hier irgendwo sein.« Katharina fuhr mit einer Hand über die Instrumente. Sie hatte keine Zeit für derlei Unsinn. Sie war bis in die Haarspitzen darauf konzentriert, die Bellanca im nächsten Anflug auf die Landebahn zu bekommen. Das Problem dabei war, dass sie die Instrumente in der Dunkelheit nicht mehr lesen konnte und nicht wusste, wo man das Licht für die Armaturen anschaltete. Außerdem brauchte sie beide Hände für den Steuerknüppel und beide Füße für die Pedale. Sie benutzte den linken Fuß, und das Flugzeug gierte nach links, dann ließ sie das Pedal wieder los, und die Bellanca richtete sich gerade aus. War das genug? Lag die Maschine im richtigen Winkel zur Rollbahn? Gleich würden sie es herausfinden.

Sie drückte den Steuerhebel nach vorn, die Nase der Maschine senkte sich, das Flugzeug wurde schneller. Zu schnell, um aufsetzen zu können. Sie war bereits über die Hälfte der Landebahn hinausgeflogen, ohne den Boden zu berühren. Die Fackeln an den Seiten wischten an den Fenstern vorbei. Aus dem Funkgerät plärrte eine aufgeregte Stimme, sie wiederholte immer wieder dasselbe Wort. Katharina verstand es nicht.

Sie zog den Steuerknüppel zu sich heran und kam erst im letzten Drittel der Bahn in Bodenkontakt. Sie nahm das Gas weg und versuchte zu bremsen. Das Flugzeug war noch zu schnell, hob wieder ab und setzte dann mit einem Krachen auf. Das Kreischen von Metall folgte. Katharina wurde in ihrem Sitz herumgeschleudert, die Gurte hielten sie fest. Für einen Moment verlor sie die Kontrolle über den Steuerknüppel, der Metallstab schlug kräftig nach links und traf sie schmerzhaft am Knie. Es gelang ihr, ihn wieder in den Griff zu bekommen.

Bremsklappen. Schon kurz vor dem Abflug in Barcelona hatte Katharina den Hebel gefunden und ertastete ihn jetzt im Dunkeln. Sie zog. Die Bellanca verlor an Geschwindigkeit, raste aber immer noch so rasant wie ein Sportwagen über den Asphalt. Sie zog kräftiger, aber der Hebel stand bereits am Anschlag.

Mit einem Mal wurde es noch dunkler. Die Fackeln vor den Fenstern waren fort. Das Flugzeug war über das Ende der Landebahn hinausgeschossen und rutschte in Richtung Tagus. Die Panik, die in Katharina hochschoss, wurde durch das Rütteln noch verstärkt, das die Maschine erfasste, als sie über freies Feld raste. Durch die Frontscheibe waren die Lichter der Schiffe jetzt deutlich zu erkennen. Sie sausten auf den Tagus zu.

»Wir springen!«, rief Tiger und rüttelte an der Seitentür. Er bekam sie einen Spaltbreit auf, da krallte sich eine Hand in seine Schulter.

»Nein.« Lydies Gesicht tauchte im Cockpit auf. »Das ist zu gefährlich. Wir schaffen es auch so.«

Die Maschine rauschte weiter geradeaus. Das Ufer des Flusses näherte sich.

»Wir werden ertrinken, wenn wir nicht rausspringen!«, rief Tiger.

Katharina wusste nicht, wie es kam, aber Lydies Worte übten eine beruhigende Wirkung auf sie aus. Sie ließ den Steuerknüppel los. Dann beobachtete sie, wie das Wasser näher und näher kam. Es schien, als bewegte sich der Fluss auf sie zu, und sie selbst stand fest auf der Erde, ein Fixpunkt im Universum.

Sie hörte das Rauschen, als die Maschine aufs Wasser traf, und sie spürte den Ruck, als der Schlick sie festhielt und zum Stehen brachte. Sie versanken nicht.

»Ein Wunder!«, rief Tiger, drückte die Tür vollständig auf und sprang ins Freie. Ein Platschen war zu hören.

Katharina schluckte. Sie spürte eine Träne an ihrer linken Wange entlanglaufen, und ihre Hände auf den Oberschenkeln flatterten. »Lydie«, sagte sie. »Warum warst du dir so sicher, dass wir es schaffen?«

»Die Fackeln«, sagte ihre Gefährtin mit brüchiger Stimme, »ihre Flammen standen fast horizontal, weil der Wind so stark war, und man konnte daran sehen, dass er vom Fluss her wehte. Er hat geholfen, das Flugzeug rechtzeitig zu bremsen.« Sie atmete aus, lang und tief. »Gewusst habe ich es nicht.«

Katharina stieß einen Laut aus, der unter normalen Umständen ein Lachen gewesen wäre. Sie hörte Rufe, Tiger antwortete etwas. Der Strahl einer Taschenlampe huschte über das Flussufer, füllte kurz das Cockpit aus.

Katharina streckte eine Hand aus und legte einen Schalter um. Draußen an den Tragflächen leuchteten blaue und rote Lampen auf. Sie hatte die Positionslichter gefunden.

Kapitel 32

LISSABON,
MAI 1940

Der Flughafen von Lissabon war erst vor wenigen Wochen eingeweiht worden. Im Innern glänzte alles und roch wie aus dem Versandhaus. Der Bodenbelag war noch nicht von Gepäck und Schuhen zerkratzt, und die hohen Scheiben des Flughafengebäudes waren so klar, dass die Lichter der nächtlichen Stadt dahinter zum Greifen nah erschienen.

Percy Gallagher ging durch die Tür, die einer seiner Männer für ihn aufhielt. Die ersten Eindrücke von Lissabon waren: Sonnenlicht auf seinem Gesicht und Geschrei in seinem Rücken. Er schaute zurück in die Flughalle. Männer in Uniform rannten ans entlegene Ende des Gebäudes, dorthin, wo die Rollbahnen lagen.

Gallagher runzelte die Stirn. »Fragen Sie, was da los ist«, befahl er Cowell. Der Agent ließ seine Koffer stehen und eilte davon. Minuten später kehrte er mit der Information zurück, ein Flugzeug habe notlanden müssen. »Von einem Defekt in der Maschine war die Rede«, berichtete Cowell. »Alle Passagiere sind wohlauf.«

»Da haben wir ja Glück gehabt, dass das nicht unser Flug war«, sagte Gallagher. Und vielleicht, dachte er, haben wir noch mehr Glück und finden den Herzog von Windsor als Erste. Er nieste und zog die Nase hoch. Hoffentlich hatte er sich keine Erkältung aus Frankreich mitgebracht! Während er nach einem Taschentuch tastete, verfluchte er Ajax Doggerton. Der verräterische Student war es, der Gallagher zwang, das gewohnte Klima in London zu verlassen und das von Bakterien und Viren verseuchte Kontinentaleuropa zu durchqueren. Aber diese Mission würde bald beendet sein, da war er sich sicher.

Gallagher hasste Jazz. Er konnte es nicht ertragen, wenn ein Musiker einfach das spielte, was ihm gerade einfiel, oder »seine Empfindungen zum Ausdruck brachte«, wie die Liebhaber dieses Gedudels es nannten. Das sollte er sich mal erlauben! Längst läge das Vereinigte Königreich in Trümmern. Wer erfolgreich sein wollte, der spielte nach Noten, am besten nach der Partitur, die Gallagher komponiert hatte.

»Wie gefällt Ihnen die Musik?«, brüllte Botschafter Selby von der anderen Seite des Tisches herüber. Der Jazzkeller am Cais do Sodré war bis auf den letzten Platz besetzt. Auf der Bühne bemühte sich ein Trio aus Saxofonist, Kontrabassist und Schlagzeuger um die Gunst des Publikums, die Gäste saßen an Tischen, eine kleine Tanzfläche vor der Bühne war bis auf einen herumtaumelnden Betrunkenen frei, und über allen Köpfen hingen Rauchschwaden, denn jeder in diesem Loch paffte, als hinge sein Leben davon ab.

»Es ist fantastisch!«, schrie Gallagher zurück und klopfte zur Bestätigung seiner Worte mit der Hand den Rhythmus auf die fleckige Tischplatte. Er musste den Botschafter für sich gewinnen, von Selby hing der Erfolg der Operation ab. Nach der Ankunft im Hotel hatte er Kontakt mit ihm aufgenommen und ihn dazu genötigt, noch an diesem Abend die Lage zu besprechen. Erst hatte sich Selby gewunden und nach Ausreden gesucht, aber er war von Churchill unterrichtet worden, dass Gallagher kommen und Unterstützung benötigen würde, und dem Befehl von höchster Stelle konnte sich der Botschafter nicht widersetzen. Also hatte er vorgeschlagen, sich zu später Stunde mit Gallagher in der Botschaft zu treffen. Es hatte eine Weile gedauert, bis Gallagher Selby hatte verständlich machen können, dass das keine gute Idee war. Die britische Botschaft stand sehr wahrscheinlich unter Beobachtung deutscher, portugiesischer und spanischer Spione, vermutlich observierten sogar Briten das Gebäude. So hatte Selby schließlich einen alternativen Treffpunkt genannt, einen, wo man nicht auffiel und ungestört reden konnte.

Jetzt saßen sie im »Beduíno« in einer Menschenmenge und schrien sich an. Dennoch konnte niemand um sie herum verstehen, was sie besprachen. Zum Teil nicht einmal sie selbst.

»Ich bitte um Entschuldigung«, rief Selby, »was haben Sie gesagt?«

Gallagher stöhnte innerlich. Wenn das so weiterging, würden sie die halbe Nacht hier sitzen. Er versuchte es noch einmal. »Churchill hat mir gesagt, ich solle dafür sorgen, dass Herzog Edward auf dieses Schiff kommt.«

»Ach so!« Selby beugte sich über den Tisch. »Das wird nicht nötig sein. Ich habe dem Herzog angekündigt, dass ich ihn persönlich abholen werde.«

»Ich übernehme das. Befehl von oben.« Er hoffte, der Botschafter würde jetzt keinen Streit über Zuständigkeiten beginnen.

»Wir fahren zusammen«, sagte Selby. »Was halten Sie davon?«

»Einverstanden«, rief Gallagher, der nicht im Traum daran dachte, Selby mitzunehmen. »Wo ist er überhaupt? In welchem Hotel haben Sie ihn untergebracht?« Kurz flammte die Hoffnung in ihm auf, Edward würde in derselben Herberge wie er selbst logieren. Das würde alles enorm vereinfachen.

»In gar keinem Hotel.« Auf Selbys Gesicht breitete sich das selbstzufriedene Lächeln des fleißigen Pennälers aus. »Ich habe ihn aus der Stadt gebracht, weil das sicherer ist.«

Es dauerte die Länge eines Jazz-Standards, bis Gallagher verstanden hatte, wo Edward und Wallis waren: in einem abgelegenen Anwesen bei einem Fischerdorf an der Küste. Dort warte der Herzog darauf, dass man ihn abhole. Allerdings wolle er nicht auf die Bahamas, sondern nach Washington gebracht werden, um dort Botschafter zu werden.

War diesem Menschen niemals etwas gut genug? Gallagher verabscheute Leute wie Edward. Ständig bekamen sie nur das Beste serviert und verlangten trotzdem noch mehr. Eine Anstellung in der Karibik auszuschlagen! Was hätte Gallagher für so einen Job gegeben! Andererseits ... Er schmunzelte bei dem Gedanken, dass ihm das kalte, feuchte Wetter vermutlich schon nach drei Tagen fehlen und er Heimweh bekommen würde.

Der Betrunkene auf der Tanzfläche sorgte für Aufmerksamkeit, als er von der Musik zu immer wilderen Bewegungen angetrieben wurde, Bewegungen, die für seinen betäubten Gleichgewichtssinn zu viel waren. Er stürzte, jemand half ihm auf, und er tanzte weiter.

Ein Kellner kam und brachte die Getränke. Scotch. Oder das, was die Portugiesen dafür hielten. Gallagher drehte sein schmieriges Glas in der Hand, trank aber nicht. »Wer hält sich sonst noch in der Casa de Santa Maria auf?«, brüllte er.

Selby nippte an einem Ginger Ale. »Ein Dutzend Bedienstete«, sagte er. »Einheimische. Und die drei Angestellten des Herzogs.«

Doggerton. Gallagher durchfuhr es heiß. Jetzt nahm er doch einen Schluck, hieß den scharfen Alkohol willkommen, der Geschmack war zweitrangig. »Diese Bediensteten des Herzogs … befindet sich unter denen ein junger Mann, schottischer Akzent, breite Schultern, dunkles Haar?«

»Sie kennen ihn?« Selbys Worte trafen genau in den Moment zwischen Schlussakkord und Applaus. Die nun folgenden Begeisterungsrufe des Publikums machten eine Fortsetzung des Gesprächs für eine Weile unmöglich. Dann begann die Band eine langsame Nummer zu spielen.

»Sein Name ist Ajax Doggerton.« Gallagher war dankbar für die ruhigere Musik. Sie gönnte seinen Stimmbändern ein wenig Erholung. »Er arbeitet für die deutsche Abwehr. Herzog Edward schwebt in Gefahr.«

»Dieser junge Mann?« Selby wischte sich über das Gesicht. »Aber er hat …« Er unterbrach sich, schien nachzudenken.

»Was haben Sie gesagt?«, hakte Gallagher nach.

Der Botschafter schüttelte den Kopf. »Nichts. Ich bin nur einem Gedanken gefolgt.« Er nickte. »Jedenfalls ist dieser Doggerton auch im Haus. Wir müssen den Herzog schnellstmöglich warnen.«

»Das übernehme ich«, sagte Gallagher. »Ich rufe ihn an.« Bevor du kleines Diplomatenmännchen das machst und mir in die Quere kommst, dachte er, während er dem Botschafter zuprostete.

Selby leerte sein Ginger Ale. »Das wird nicht möglich sein.«

»Wie bitte?« Gallagher kniff die Augen zusammen. »Ich bin von Churchill persönlich beauftragt …«

Selby hob abwehrend die Hände. »Verzeihen Sie. Ich habe mich missverständlich ausgedrückt. In der Casa de Santa Maria gibt es weder ein Telefon noch ein Funkgerät.«

Für einen Moment musste Gallagher einen amüsanten Gesichtsausdruck aufgelegt haben, denn Selby lachte auf.

Dann fiel Gallagher in das Gelächter ein, weil er erkannte, dass das Schicksal auf seiner Seite war. »Dann werde ich mich beeilen müssen«, sagte er.

Selby nickte. Offenbar war der Botschafter nun angesichts der späten Stunde froh, dass Gallagher die Fahrt zur Casa de Santa Maria ohne ihn unternehmen würde. Eine Villa in einem Fischerdorf am Rand der Welt, ohne Telefon, ohne Auto. Edward saß in der Falle.

Aus dem Augenwinkel sah Gallagher, wie der betrunkene Tänzer von der Tanzfläche geschoben wurde, um Platz zu machen für die Paare, die dem langsamen Stück folgen wollten. Der Mann taumelte zwischen den Tischen hindurch auf Gallagher und Selby zu. Der Botschafter rief etwas, eine Warnung vermutlich, sprang auf und wich vor dem Mann zurück. Auch Gallagher wollte ihm aus dem Weg gehen, aber sein Stuhl war zwischen ihm und einem anderen Tisch eingeklemmt. Er kam nicht auf die Beine.

An den Tischen vor ihnen sprangen vier Männer auf. Sie umringten den Betrunkenen, hielten ihn an den Handgelenken fest und schoben ihn an der Theke vorbei ins Freie. Kurz darauf kehrten sie zu ihren Plätzen zurück, schauten auf die Bühne und wippten mit den Köpfen zum Takt der Musik.

Gallagher nickte Botschafter Selby zu. »Es ist immer hilfreich, wenn man sich auf seine Leute verlassen kann.«

Dieselben Männer saßen zusammen mit weiteren seiner Mitarbeiter eine Stunde später in Percy Gallaghers Hotelzimmer: zwei auf den Stühlen neben dem kleinen Schreibtisch am Fenster, drei auf dem Sofa, einer im Sessel, Cook und Cowell lehnten neben der Tür zum Bad, und zwei weitere Agenten hatten im Korridor Stellung bezogen und verhinderten, dass jemand der Suite zu nahe kam und belauschte, was gesprochen wurde.

Gallagher stand zwischen ihnen und fühlte sich wie ein Feldherr, sogar noch bedeutsamer, denn was er mit dieser Gruppe von Männern erreichen konnte, würde das Schlachtenglück aller echten Feldherren beeinflussen. Er vergewisserte sich, dass alle zuhörten, dann berichtete er davon, was Botschafter Selby ihm über Edward, Wallis, Ajax Doggerton und die entlegene Villa am Meer zugetragen hatte.

»Die Operation beginnt bei Sonnenaufgang«, sagte er. Am liebsten hätte er jetzt eine Landkarte von Cascais und Umgebung vor sich ausgebreitet, um mit einem mächtigen, Blitze schleudernden Finger darauf zu zeigen.

»Warum legen wir nicht sofort los?«, wollte John Saint Woods wissen, einer von Gallaghers intelligentesten Helfern. »Wir wollen den Herzog doch vor den Deutschen retten. Da sollten wir nicht riskieren, dass die ihn zuerst erreichen.«

Bis jetzt hatte Gallagher die Agenten in dem Glauben gelassen, sie sollten Edward beschützen. Nur Cook und Cowell kannten das wahre Ziel. Jetzt war es an der Zeit, auch den anderen die Wahrheit zu sagen – oder das, was sie dafür halten sollten.

»Die Situation hat sich verändert«, erklärte Gallagher. Sein Magen krampfte sich zusammen, als er sich vergegenwärtigte, dass er im Begriff war, einen Raum voller gefährlicher Männer anzulügen. »Gestern war Herzog Edward bei Botschafter Selby und hat versucht, ihn zu erpressen. Wenn Selby nicht dafür sorge, dass Edward britischer Botschafter in Washington werde, würde er nach Berlin gehen. Gleich morgen früh.« Gallagher lachte, es klang beinahe echt, genau wie die Geschichte, die er gerade auftischte. Beinahe. »Der arme Selby wusste gar nicht, wie ihm geschah. Er konnte Edwards Wunsch natürlich nicht erfüllen, deshalb will der Herzog nun alle Verbindungen nach London kappen und zur Gegenseite überlaufen. Wir müssen ihn und seine Frau davon abhalten.«

»Sie meinen, wir sollen die beiden nach England entführen?«, fragte Tom McLelland vom Sofa her.

»Ich meine: abhalten«, erwiderte Gallagher. »Mit allen Mitteln. Muss ich noch deutlicher werden?«

Im Raum breitete sich Schweigen aus, als den Agenten klar wurde, dass sie diejenigen sein würden, die den einst so beliebten Exkönig Großbritanniens eliminieren sollten.

»Das Problem ist«, fuhr Gallagher fort, »dass die Villa voller Bediensteter ist. Wir können also nicht einfach reinmarschieren und den Herzog beseitigen. Man würde uns bemerken, dann müssten wir die Zeugen töten, es würde ein Massaker geben. Unmöglich!«

»Wie machen wir es dann?«, fragte Cowell und strich sich über das schüttere Haar.

»Ganz einfach«, antwortete Gallagher. »Edward und Wallis erwarten, dass man sie abholt und zum Hafen bringt. Wir geben vor, ihre Eskorte zu sein, aber statt zum Hafen fahren wir sie an einen abgelegenen Ort, erschießen sie und vergraben ihre Leichen. Niemand wird sie finden.«

»Aber die beiden werden doch vermisst«, sagte Saint Woods.

»Natürlich.« Gallagher grinste. Das war eines der Probleme, die sich von selbst erledigen würden. »Wir werden die Nachricht streuen, dass sie entwischt und nach Berlin geflohen sind. Dort sind sie dann in einem Folterkeller der Gestapo verschwunden, die versuchen wird, Staatsgeheimnisse aus Edward herauszupressen. Berlin wird das dementieren. Aber denen glaubt sowieso niemand.« Die Operation versprach ein Erfolg zu werden. Ein einsamer Ort am Meer, eine fähige Mannschaft, zwei ahnungslose Opfer. Dann schmeckte Gallagher etwas Bitteres auf der Zunge.

Doggerton.

»Das eigentliche Problem sind weder der Herzog noch die Herzogin«, fuhr er fort. »Sondern einer unserer Männer. Ajax Doggerton.« Als er den Namen nannte, sah er einen Ruck durch Cook und Cowell fahren. »Er hat die Seiten gewechselt und kennt einige von uns. Ihn müssen wir zuerst ausschalten, um ans Ziel zu kommen. Gleich morgen früh fahren wir nach Cascais raus und bringen die Angelegenheit zu Ende.«

Kapitel 33

CASCAIS,
MAI 1940

Das Meer hob und senkte sich wie die Brust eines schlafenden Riesen. Ajax saß auf den Felsen vor der Casa de Santa Maria und schaute hinaus auf die See, versuchte, ein Muster in den Wogen zu erkennen, etwas, das Gleichmäßigkeit, Planung oder Absicht verriet. Doch die Wellentäler und Schaumkronen tauchten immer dort auf, wo er sie gerade nicht erwartete. Wenn hinter all dem etwas Vorherbestimmtes steckte, so war es zu kompliziert, um von einem Menschen wahrgenommen zu werden. So wie die Dünungen auf dem Ozean seines Lebens.

Es war die Stunde zwischen Nacht und Tag, eine Zeit ohne Gefälle. Die Dunkelheit war bereits verschwunden, aber das Licht noch nicht zu sehen. Fischkutter fuhren aufs Meer hinaus, begleitet von Schwärmen lärmender Möwen. Es roch nach Salz, Algen und ein wenig nach totem Fisch. Er beugte sich herab und steckte eine Hand ins Wasser. Es war so kalt, dass es sich anfühlte, als habe er sich daran geschnitten.

Schritte näherten sich. Jemand kletterte über die Felsen zu ihm hinüber. »Ist hier noch frei?«, fragte Wallis und ließ sich, ohne die Antwort abzuwarten, neben ihm nieder. Sie war wie für eine Dinnerparty herausgeputzt, trug ein fliederfarbenes Kleid mit breitem grünem Gürtel, der beinahe wie ein Korsett aussah, und eine dreireihige Perlenkette. Der schmale purpurfarbene Turban auf ihrem Kopf wurde von Nadeln zusammengehalten, an deren Enden Edelsteine blitzten, als das erste Licht jetzt ihren Kopf umschmeichelte.

»Ich konnte nicht schlafen und bin im Haus herumgewandert«, sagte Wallis. »Dieses ganze Anwesen riecht nach Leere. Zum Fürchten! Von der Terrasse aus habe ich dich hier sitzen sehen. Wie es scheint, bin ich nicht die Einzige, die es nicht im Bett aushält.« Sie holte ihre Zigaretten hervor. »Ich hoffe, ich störe dich nicht bei irgendetwas.«

Ajax reagierte nicht. Er wollte seine Gedanken nicht mit Wallis teilen. Er wollte, dass Lydie an seiner Seite saß.

»Du vermisst deine kleine Freundin.« Es war eine Feststellung, keine Frage. Wallis schien genau zu wissen, was in ihm vorging. Sie konnte in Männern lesen wie in Büchern. Deshalb war sie ja auch eine Meisterin darin, sich in jede Geschichte selbst hineinzuschreiben.

Ajax sagte nichts, das schien ihr als Bestätigung zu genügen. »Die Liebe«, sagte sie, »folgt merkwürdigen Pfaden. Manchmal führen sie einfach nur geradeaus, manchmal sind sie verschlungen, manchmal ist man lange unterwegs, bevor man ans Ziel kommt, und manchmal«, sie deutete auf das Meer hinaus, »fährt man los, verirrt sich und versinkt. Ich weiß, wovon ich spreche.«

War das ein weiterer Versuch, ihn zu umgarnen, ihn gefügig zu machen? Ajax schwieg.

»Ich kann verstehen, dass du mir kein Vertrauen entgegenbringst«, sagte Wallis. Die Zigarette klemmte unangezündet zwischen ihren Fingern. »Ich wollte die Gelegenheit nutzen, um mich bei dir zu bedanken. Ich weiß, dass ich dich gezwungen habe hierherzukommen. Das tut mir leid. Aber wie ich dir schon sagte: Ich würde es sofort wieder tun.«

Ajax lachte auf. »Hört sich wie ein Widerspruch an.«

»Nicht, wenn man weiß, wofür man kämpft. In meinem Fall ist es die Liebe meines Mannes und unsere gemeinsame Zukunft. Wenn er nach Berlin geht, um Hitlers Marionette zu werden, verliere ich ihn. Niemals werde ich das zulassen, nicht nach allem, was ich für unser Zusammensein durchgemacht habe.«

»Ich habe davon gehört, dass die königliche Familie gegen die Hochzeit war.« Ajax zog einen Fuß hoch, als eine Welle an den Steinen leckte.

»Dagegen war? Die hätten mich am liebsten gesteinigt und«, sie machte eine rasche Geste, »ins Meer geworfen. Ich war eine Bürgerliche. Und bin es in ihren Augen noch immer.«

»Aber aus reichem Haus, wie ich hörte.« Mit einem Mal war sich Ajax der einzigartigen Situation bewusst. Ganz Europa war vor Neugier geplatzt, als Wallis vor einigen Jahren neben Edward auf den Titelseiten der Zeitungen erschienen war. Bis heute wusste nur eine Handvoll Menschen, wer sie wirklich war. Und jetzt saß sie neben ihm und beantwortete seine Fragen.

»Meine Eltern waren arm, genauso wie deine.«

»Woher wissen Sie etwas über meine Eltern?«, fragte Ajax.

»Ich habe mir deinen Lebenslauf und Hintergrund angesehen, bevor wir dich nach Paris geholt haben. Was glaubst du, warum ich zugestimmt habe, dass du zu uns kommst? Weil deine und meine Vergangenheit ähnlich sind, Ajax. Wir kommen aus dem Nichts und haben uns hochgearbeitet, du bis zum College und ich bis kurz vor den englischen Thron.« Sie drehte die kalte Zigarette zwischen den Fingern. »Mein Vater starb kurz nach meiner Geburt, meine mittellose Mutter war auf die Wohltätigkeit ihrer geizigen

Verwandten angewiesen. Ich bin in einem Haushalt aufgewachsen, in dem man von der Hand in den Mund leben musste. Das hat mich stark gemacht und vielleicht auch gierig. Und eins hat diese Zeit mich bestimmt gelehrt: Unter mir kann sich jederzeit eine Falltür öffnen. Ich habe Angst, Ajax, selbst dann, wenn es mir gut geht und ich mich sicher fühlen könnte.«

Was er da zu hören bekam, wollte überhaupt nicht zu der Frau passen, die für ihn, für die ganze Welt Wallis Simpson war: eine herbe Schönheit, deren intelligentes Lachen ihr Gesicht zum Strahlen brachte. Sie trat immer selbstbewusst und elegant auf, ihre Bewegungen waren würdevoll. Jeder würde sagen, Wallis sei mehr als die Summe ihrer Teile, viel, viel mehr.

»Ich will dich nicht mit meinen Männergeschichten langweilen«, sagte sie. »Aber meine erste Ehe bin ich aus eben diesem Wunsch nach Sicherheit eingegangen. Earl war ein Marineoffizier aus Chicago. Doch die Zuverlässigkeit und finanzielle Unabhängigkeit waren nur schöne Träume. Nach außen hin war er jovial und freundlich, aber in Wirklichkeit war er ein gewalttätiger, eifersüchtiger Teufel. Eigentlich war auch er nur ein Opfer seiner Ängste, seiner Vergangenheit, seiner Familie, aber …« Sie machte ein Pause, schien zu überlegen. »Wenn er ausging, um sich zu betrinken, fesselte er mich ans Bett oder sperrte mich im Badezimmer ein, damit ich nicht weglaufen konnte.«

Ajax warf ihr einen raschen Blick zu, doch sie wandte das Gesicht ab.

»Irgendwann hatte ich die Kraft, mich von ihm zu trennen. Ich fand jemand anderen und zog nach Washington. Felipe war Sekretär der argentinischen Botschaft dort. Danach lernte ich Ernest Simpson kennen und ging mit ihm nach London. Der Rest der Geschichte ist bekannt.«

»Nur das, was in der Presse stand«, sagte Ajax. Seine Neugier war geweckt, jetzt wollte er mehr wissen. Die bekannteste Liebesgeschichte des zwanzigsten Jahrhunderts öffnete sich vor ihm wie ein Buch mit Seiten, die nur für ihn sichtbar waren.

Wallis steckte sich die Zigarette zwischen die Lippen. Sie versuchte sie anzuzünden, doch der Wind blies das Feuerzeug immer wieder aus. Ajax half dabei, die kleine Flamme mit den Händen abzuschirmen, und schließlich sog Wallis das Nikotin langsam und genüsslich ein. Dann öffnete sie den Mund, um den Rauch aufsteigen zu lassen – zusammen mit der Geschichte von Wallis und Edward.

»Ich war mit Ernest zu Besuch bei seinen Verwandten auf Burrough Court, in Leicestershire. Dort traf ich Edward zum ersten Mal.« Sie gluckste. »Ich war furchtbar erkältet, konnte zwischen all dem Geschniefe kaum meinen Namen hervorbringen. Außerdem hatte ich noch nie einen formal korrekten Knicks gemacht. Es ist ein Wunder, dass er sich nach dieser peinlichen Vorstellung später überhaupt an mich erinnerte.«

»Vielleicht war das beeindruckender als die perfekte Befolgung des Hofzeremoniells.« Ajax dachte an seine erste Begegnung mit Lydie, dabei waren sie beide auf dem Boden des Gare du Nord gelandet, und sie hatte ihn in die Nase gebissen. Er tastete danach, als könnte er noch immer den Abdruck ihrer Zähne spüren.

»Danach sah ich Edward eine Zeit lang nicht mehr«, fuhr Wallis fort, »sondern erst wieder im April 1931, als er von einer Südamerika-Reise zurückkehrte. Seine damalige Geliebte, Thelma Furness, veranstaltete ihm zu Ehren eine Dinnerparty auf ihrem Landgut in Melton Mowbray. Niemals wäre ich dorthin eingeladen worden, wenn nicht eine von Thelmas Freundinnen plötzlich krank geworden wäre.

Thelma wollte meinen Mann einladen, aber den gab es nicht ohne mich.«

»Die Einladung erwies sich dann wohl als Fehler«, sagte Ajax.

»Zunächst gerieten Edward und ich aneinander.« Wallis lachte leise. »›Madame, ich hoffe, Sie als Amerikanerin vermissen bei uns auf dem Lande die Zentralheizung nicht‹, sagte er zu mir.«

Sie imitierte Edwards Tonfall so gut, dass nun auch Ajax lächeln musste. »Was haben Sie darauf geantwortet?«

»Ich habe ihm frank und frei gesagt, dass ich vom Prinzen von Wales etwas Originelleres erwartet hätte.« Wieder lachte sie. »Das hat ihn erst brüskiert, aber er war von meiner Offenherzigkeit so eingenommen, dass er mich bei Tisch neben sich platzieren ließ. Als das Dessert serviert wurde, war mir klar, dass meine Zukunft in den Händen dieses Mannes lag, nicht in denen des Prinzen von Wales, nicht in denen des britischen Thronfolgers und nicht in denen des beliebtesten Junggesellen der Welt, sondern in seinen, in Edwards Händen.« Sie schwieg einen Moment. »Danach begann ein langer, steiniger Weg, aber er und ich sind ihn gemeinsam gegangen. Wir haben alle Opfer gebracht, die man von uns gefordert hat. Und wenn das Schicksal jetzt noch mehr von uns verlangt, sind wir dazu bereit. Solange ich nur meinen Mann nicht loslassen muss.«

Ajax hielt seine Unterarme umklammert. Er wünschte sich, Lydie festzuhalten. »So unterschiedlich sind wir vielleicht wirklich nicht«, stellte er fest.

»Im Grunde erleben wir alle dasselbe, egal, ob man ein Dienstmädchen liebt oder einen König. Das Besondere an der Liebe hat nichts mit den Umständen zu tun, sondern damit, was wir daraus machen, wie viel wir zulassen können und ob sie uns jeden Preis wert ist, denn irgendeinen zahlen wir immer. Nichts auf dieser Welt gibt es umsonst.«

Sie schwiegen eine Weile. Das Morgenlicht strich über die See. Nur am Horizont war der Himmel dunkel, hart und kalt wie Granit. Die Fischerboote kehrten zurück.

»Die kommen früh in den Hafen.« Wallis deutete auf die Kutter, immer mehr von ihnen näherten sich, fuhren vorüber und verschwanden bei der Landzunge, hinter der das Fischerdorf lag. Der Wind war kühler geworden, obwohl der Tag angebrochen war. Ajax erhob sich von den Steinen. »Ich glaube, es zieht Sturm auf.«

Kapitel 34

Cascais,
Mai 1940

Sie parkten die Wagen am Rand der Straße, etwa einen Kilometer von der Casa de Santa Maria entfernt. Gallagher ließ vier Männer an den Fahrzeugen aus dem Fuhrpark der britischen Botschaft zurück. Sobald Doggerton aus dem Weg geräumt sein würde, wollte sich Gallagher über Walkie-Talkie melden und die Wagen zur Villa bestellen, um Edward von dort fortzubringen – an einen Ort, von dem es keine Wiederkehr gab.

Mit den restlichen Agenten bahnte er sich einen Weg durch das Waldstück, das rechts der Straße verlief. Linker Hand lag der Ozean im frühmorgendlichen Licht, einzig am südöstlichen Horizont unterbrochen durch eine graue Linie, die Hügel hinter der Mündung des Tagus. Von dort wollte Herzog Edward per Schiff in seine Zukunft aufbrechen.

Wind brach vom Meer herein, wehte zwischen den knorrigen Stämmen der Korkeichen und Eukalyptusbäume hindurch und trieb trockenes Laub vor sich her. Einige Schritte von Gallagher entfernt nieste Saint Woods und erntete ein warnendes Zischen seines Nebenmanns. Gallagher hielt seinen Hut fest, damit er nicht von den Böen davongetragen wurde.

Eine Weile war nichts weiter zu hören als das Knistern

des Waldbodens unter den Schritten der Agenten, dann tippte Cowell Gallagher auf die Schulter und deutete auf eine Stelle zwischen den Bäumen, wo etwas rosafarben schimmerte. Die Casa de Santa Maria war nahe.

Gallagher dirigierte seine Leute von der Zufahrt des Anwesens weg nach Osten. Dort erstreckte sich eine Mauer, und hinter dieser lag der Garten. An der Mauer versammelten sie sich. Von der Casa de Santa Maria waren nur einige Fenster zu sehen, in denen sich die Morgensonne spiegelte. Gallagher tastete nach seiner Waffe. Er trug sie in einem Schulterhalfter unter dem Jackett. Die Berührung mit dem Metall und dem mit Holz verschalten Griff beunruhigte ihn. Lange Zeit hatte er nicht mehr selbst im Feld gestanden, bei seiner vorletzten Beförderung vor sechs Jahren war er an den Schreibtisch gewechselt und ein Meister darin geworden, Strategien zu entwickeln und Figuren auf jenem Schachbrett zu verschieben, zu dem Europa geworden war. Ob er dabei etwas verlernt hatte, würde sich zeigen.

Er gab Saint Woods das Zeichen zum Aufbruch. Der Agent machte sich auf den Weg zum Haus, er sollte an der Tür klingeln, ein Hausdiener würde öffnen. Wenn es Doggerton selbst war, sollte Saint Woods vorgeben, eine Panne mit dem Wagen zu haben, und Ajax aus dem Haus locken. Sollte aber einer der einheimischen Angestellten öffnen, musste der Agent nach Doggerton fragen und ihm eine andere Geschichte auftischen, um ihn allein außerhalb des Hauses sprechen zu können. Dann hätten sie ihn. Anschließend würde es ein Spaziergang sein, Edward und Wallis auszuschalten.

Saint Woods setzte sich in Bewegung.

*

»Ich geh schon«, rief Timmy, als die Türglocke erklang. Ihr tiefer Ton hallte von den gefliesten Wänden wider und echote durchs Haus wie durch eine Kathedrale. Ajax war gerade dabei, mit Pascal und einem der Portugiesen den Tisch im Salon für das Frühstück zu decken: kleine Tassen mit bitterem Kaffee, der mit Kardamon gewürzt war, dazu Äpfel, Orangen, ein paar Avocados, Salat, und natürlich fehlten Toast und Marmelade in acht Geschmacksrichtungen ebenso wenig wie eine Flasche Champagner in einem Kühler aus poliertem Silber.

Er strich die Servietten auf dem Tisch glatt und wunderte sich, dass Timmy noch nicht wieder aufgetaucht war. Der Junge wollte doch die Tür öffnen! Was trieb der Bursche nur wieder? Heute Morgen erst, nach seiner Begegnung mit Wallis am Meer, hatte er Timmy ein Eis schleckend hinter der Gartenmauer erwischt. Das Eis musste er aus der Kühltruhe der Villa stibitzt haben.

Ajax warf einen letzten prüfenden Blick auf die Tafel. Dann ging er in die Eingangshalle, um nach dem Rechten zu sehen.

Die Tür stand offen. Blütenblätter des Oleanders vor dem Haus waren hereingeweht und lagen auf den blau-rot-gelben Fliesen verstreut. Ein Heulen war zu hören. Erst dachte Ajax, es sei der Wind. Aber dann kehrte der Ton zurück, gefolgt von einer Männerstimme. Was war da draußen los?

»Wieso zieht es hier so?«, rief Edward von oben.

Ajax ging zur Tür und schaute heraus. Inzwischen war es so hell, dass er den Kies in der Einfahrt erkennen konnte. Doch nirgendwo war jemand zu sehen. Wer hatte dann die Türglocke geläutet? Wo war Timmy?

Gerade wollte Ajax nach draußen gehen, da kamen Edward und Wallis die Treppe herunter. Ajax schloss die

Tür von innen. Um Timmy würde er sich später kümmern müssen.

*

Der Junge zappelte im Griff von Saint Woods. Gallagher stand neben den beiden und versuchte, seinen Herzschlag unter Kontrolle zu bekommen. Von seinem Versteck an der Gartenmauer aus hatte er zusehen müssen, wie sein Plan fehlzuschlagen drohte. Saint Woods hatte geklingelt, aber weder Ajax Doggerton noch ein portugiesischer Hausdiener hatten geöffnet, sondern ein Knirps mit Sommersprossen und fuchsrotem Haar. Trotzdem hatte Saint Woods, wie er nun berichtete, nicht gezögert und auf Englisch gefragt, ob ihm jemand bei einer Panne helfen könne, sein Auto sei in der Nähe liegen geblieben. Der Knabe hatte auf Englisch geantwortet, er werde mal nachsehen, wer von den anderen Hausdienern Zeit habe. In der nächsten Sekunde hatte Saint Woods den Jungen bereits gepackt, ihm den Mund zugehalten und ihn die Treppe hinunter dorthin getragen, wo die anderen warteten.

»Was machen wir jetzt?« Cowell sprach aus, was sich wohl alle fragten.

In der Hand von Cook lag im nächsten Moment eine Pistole. Es klickte, als er den Sicherungshebel löste.

Der Wind trieb dunkle Wolken vom Meer heran, aber noch regnete es nicht. Im Gegenteil: Die Brise brachte warme Luft und Gallagher ins Schwitzen. Ihm war heiß, unangenehm heiß.

»Warten Sie, Cook!« Gallagher legte eine Hand auf die Pistole des Agenten. Er hatte keine Skrupel, ein Kind erschießen zu lassen, nicht er, nicht Percy Gallagher. Aber dieser Junge konnte nützlich sein. Er schaute auf ihn hinunter.

Der Kleine hing im Griff von Saint Woods, auf dem Mund dessen haarige Hand, die sein halbes Gesicht verdeckte, und schaute großäugig in die Runde.

Gallagher ging in die Knie. »Wir wollen dir nichts Böses. Wir sind von der britischen Regierung und müssen Ajax Doggerton sprechen. Er ist einer unserer Leute. Er hat Informationen für uns. Aber wir dürfen hier nicht gesehen werden. Vielleicht kannst du uns helfen.« Zur Bestätigung seiner Worte holte er seinen Ausweis hervor und hielt ihm den Knaben vor das Gesicht. »Kannst du lesen?«, fragte er.

Timmy versuchte, das Dokument zu entziffern. Gallagher klappte die Brieftasche zu und ließ sie wieder in der Innentasche seines Jacketts verschwinden. »Wir lassen dich jetzt los.« Er gab Saint Woods ein Zeichen. Langsam löste sich dessen Hand vom Mund des Jungen, die andere klammerte sich weiter um dessen Schultern.

Der Junge schluckte schwer, schrie aber nicht. Die Mündung von Cooks Pistole war, ohne dass er es sehen konnte, auf die Rückseite seines Kopfes gerichtet.

Der erste Schritt war getan. »Wie heißt du?«, fragte Gallagher.

»Timmy Walters«, war die Antwort. »Darf ich eine Frage stellen?«

Gallagher hatte mit vielem gerechnet, Tränen, Angst, Entsetzen, einer Aufforderung, freigelassen zu werden, oder stummem Respekt vor der Autorität der Regierungsleute. Aber auf Neugier war er nicht vorbereitet. »Ja, aber ich kann dir nicht versprechen, sie beantworten zu können«, sagte er.

»Sind Sie der Mann, dem Ajax von Paris aus Briefe geschrieben hat? Sind Sie sein Onkel? Er hat sich wegen der Post manchmal so komisch verhalten.«

»Ja, stimmt«, sagte Gallagher zu Timmy, »Ajax hat mir Briefe geschrieben.« Er zögerte. Wie weit sollte er gehen? »Ajax arbeitet für mich. Und du könntest das auch. Willst du das?«

Timmy nickte. »Soll ich gegen die Deutschen kämpfen? Bekomme ich eine Pistole?«

Die Männer, die um Timmy herumstanden, schmunzelten.

»Für mich zu arbeiten bedeutet nicht, Gewalt anzuwenden, sondern sie zu vermeiden«, erklärte Gallagher. »Man muss klug und geschickt vorgehen. Das kannst du doch bestimmt.«

Der Junge nickte.

»Du kannst mir dabei helfen, mit Ajax zu sprechen«, fuhr Gallagher fort. »Aber niemand sonst darf wissen, dass wir hier sind.« Er hob einen Finger. »Das ist von so großer Bedeutung, dass sogar der Ausgang des Krieges davon abhängen könnte.«

Timmy kaute auf seiner Unterlippe. »Was soll ich tun?«

»Ganz einfach.« Gallagher warf einen Blick um die Mauer herum und schaute zum Anwesen hinüber. Die Haustür war geschlossen. »Du gehst rein und rufst nach Ajax. Er soll rasch herauskommen. Warte nicht, bis Ajax erscheint oder Fragen stellt. Kehr einfach wieder zu uns zurück, sonst sieht dich noch jemand. Ajax wird uns schon finden.«

»Das ist alles?«, fragte Timmy, es klang ein wenig enttäuscht.

Gallagher spitzte die Lippen. »Das ist nur ein Eignungstest. Wenn du ihn bestehst, habe ich noch aufregendere Missionen für dich.«

»Dann passen Sie jetzt mal auf, wie ein Junge aus Manchester einen Schotten aus Plockton herbeizaubern kann.«

Timmy befreite sich aus dem Griff von Saint Woods, richtete seine Hosenträger und lief auf die Casa de Santa Maria zu.

Kapitel 35

LISSABON,
MAI 1940

»Aber sie müssen irgendwo in der Stadt sein!« Katharina rief so laut, dass die Gäste in der Lobby des Hotels Solar zu ihr hinübersahen und die Gespräche für einen Moment verstummten. Sie spürte Tigers warme Hand auf ihrem Arm. Der Diplomat saß neben ihr in einem Clubsessel. Lydie stand vor dem Fernsprecher, der an die Wand montiert war, und blätterte durch das darunter auf einem Holztischchen ausgelegte Telefonbuch von Lissabon. Tiger strich jetzt über Katharinas Schulter. »Ich habe alles versucht«, sagte er leise. »In der spanischen Botschaft hat man davon erfahren, dass Herzog Edward und Herzogin Wallis …«, er warf Lydie einen Blick zu, »… und Ajax Doggerton in Lissabon angekommen sind. Sie waren beim britischen Botschafter zu Gast und sind mit ihm davongefahren. Mit unbekanntem Ziel.«

»Kann Edward die Stadt schon wieder verlassen haben?«, fragte Katharina jetzt ebenfalls im Flüsterton. Die Vorstellung, dass sie nach all den Mühen zu spät gekommen sein könnte, zerrte an ihren Nerven, sie hatte das Gefühl, ihre Kopfhaut werde von Minute zu Minute straffer. Sie fasste sich an ihr hochgestecktes Haar.

»Natürlich kann er das«, sagte Tiger. »Aber nach England sind seit gestern nur Frachter unterwegs gewesen. So eilig kann es Edward nicht haben, dass er während der Passage auf Komfort verzichtet.«

»Und per Flugzeug? Das wäre doch auch möglich, oder?« Katharina stellte fest, dass sie immer hilfloser klang, und dieses Bewusstsein trieb sie noch tiefer in die Verzweiflung hinein.

Tiger schwieg und schüttelte den Kopf.

»Ich habe die Nummer gefunden«, raunte Lydie ihnen zu. Mit einem Finger markierte sie eine Stelle im Telefonbuch. »Espírito Santo Silva, Ricardo«. Sie las die Zahlen vor.

Tiger ließ Katharina los. »Das muss er sein. Willst du ihn nun anrufen oder nicht?«

Katharina zögerte. Espírito Santo Silva war der einzige Mensch, den sie in Lissabon kannte. Sie waren sich oft auf Empfängen in London, Paris und Berlin begegnet, wo der alte europäische Adel mit dem Geldadel zusammentraf. Ricardo hatte Katharina viele Komplimente gemacht, zum einen wegen ihrer Schönheit, zum anderen wegen der Modernität des deutschen Staates. Er bewunderte den Nationalsozialismus, war geradezu germanophil. Er liebte alles, was typisch deutsch war, kleidete sich in deutsche Offiziersuniformen, umgab sich mit Möbeln aus Traditionswerkstätten des Schwarzwalds und begrüßte seine Gäste mit ausgestrecktem rechtem Arm. Wenn es etwas über Edwards Aufenthaltsort zu erfahren gab, dann war der Bankier der Einzige in der Stadt, der ihr helfen konnte, denn Tigers Möglichkeiten waren erschöpft.

Es gab nur ein Problem: Katharina stand auf der Abschussliste des deutschen Außenministeriums. Ribbentrop hatte ihr verboten, weiter nach Edward zu suchen, aber sie hatte sich dem Befehl widersetzt. Kurz darauf hatte der Vicomte auf La Grange Fort versucht, Katharina zu töten. Es war nicht schwer zu erraten, dass Ribbentrop dahintersteckte. Im deutschen Spionagenetz in Südeuropa konnte sich Katharina leicht verfangen. Sich zu erkennen zu geben bedeutete, in Gefahr zu geraten. Sie sollte beseitigt werden.

Wusste Ricardo Espírito Santo Silva, dass Ribbentrop Jagd auf sie machte? Wie gut waren seine Kontakte nach Berlin? Wenn er eingeweiht sein sollte, würde er Katharina an die Deutschen ausliefern. Aber er war Katharinas einzige Chance, Edward zu finden. Sie musste das Risiko eingehen.

»Also gut«, sagte sie, »ich rufe ihn an.«

Eine Viertelstunde später verließen Katharina, Lydie und Tiger das Hotel Solar und machten sich auf den Weg, um Ricardo in einem Restaurant in der Altstadt zu treffen. Der Bankier hatte sie zum Frühstück eingeladen. »Du suchst den Herzog von Windsor?«, hatte er am Telefon gesagt. »Ich habe eine gute Nachricht für dich.«

*

CASCAIS,
MAI 1940

»Ajax! Ajax!« Das war doch Timmy! Die kleine Nervensäge war offenbar wieder aufgetaucht. Ajax schenkte dem Herzog gerade Kaffee nach. Er beschloss, die Rufe draußen im Hof zu ignorieren.

»Ajax!« Timmy gab nicht auf. Der Junge hatte zwar keine kräftige Stimme, trotzdem drangen die lang gezogenen Silben durch das offen stehende Fenster herein.

»Gehen Sie schon nachsehen, was der Knirps will«,

blaffte Edward. »Damit endlich Ruhe herrscht. Und danach«, er hielt die Zeitung hoch, eine englische Gazette aus der vergangenen Woche, die in schlechtem Zustand war, »bügeln Sie bitte die Times.«

Was mache ich hier nur für eine Arbeit?, fragte sich Ajax. Bald würde das ein Ende haben. Ajax hatte mit Wallis vereinbart, noch so lange zu bleiben, bis der Herzog und die Herzogin auf dem Schiff waren. Dann würde er sich von ihnen trennen und nach Lydie suchen, sie finden und mit ihr irgendwohin fahren, wo es keine Spione gab.

Ajax nahm die Zeitung, ging aus dem Salon zur Haustür und zog sie auf. Der Wind blies so stark, dass ihm ein Bogen der Times aus der Hand gerissen wurde und davonflog. Er klemmte sich den Rest unter den Arm. Wo steckte Timmy nun wieder?

Ajax rief nach ihm, erhielt aber keine Antwort. War der Junge schon wieder im Haus? Was hatte er überhaupt gewollt? Ajax steckte den dafür vorgesehenen Holzkeil unter die Tür und trat auf die Treppe hinaus. Dann rief er noch einmal.

Die Antwort schien unter den Bäumen hervorzukommen, die an die Gartenmauer grenzten. Ajax ging die Stufen herab. »Komm raus, Timmy! Ich habe keine Zeit zum Versteckspielen.«

Aber jetzt antwortete niemand mehr.

Er bog um die Ecke, dort, wo die Gartenmauer am Waldrand verlief. Zuerst sah er Timmy, dann eine Gruppe von Männern, dann die Pistolen, die auf ihn gerichtet waren. Als Nächstes erkannte er Cook, Cowell und schließlich Gallagher. Ajax' Verstand watete wie durch Schlamm. Was taten diese Leute hier? Er blinzelte. Das war nur ein Traum, ein Streich, den ihm seine Einbildung spielte.

Dann öffnete Gallagher den Mund. »Wenn du um Hilfe rufst, töten wir den Jungen.«

Einer der Männer packte Timmy und hielt ihn fest.

»He! Sie haben gesagt, ich soll Ihnen helfen«, rief er Gallagher zu, »Sie haben gesagt …« Eine Hand legte sich auf seinen Mund, eine andere griff in seine Haare und riss daran.

Zorn flammte in Ajax auf. Er stürzte sich auf den Kerl, der Timmy festhielt, und rammte ihm die Fäuste gegen die Brust. Der Mann schrie auf. Ajax stieß einem der anderen die Waffe weg und trat ihm gegen ein Schienbein. Jemand versuchte, seine Arme zu packen, aber er konnte sich losreißen, schlug um sich.

»Nicht schießen«, rief Gallagher. »Sonst ist der Herzog gewarnt.«

Etwas Hartes traf Ajax am Kopf, und der Schmerz machte ihn benommen. Er spürte Hände an seinen Fußknöcheln. Jemand zog. Im nächsten Moment prallte er auf den Boden. Kies drang in seinen Mund. Er spuckte, warf eine Handvoll Steine, ohne Effekt. Ein Fuß trat auf seine linke Hand, ein anderer auf seine rechte. Er ruckte, spannte seine Muskeln an wie beim Wettrudern in Cambridge, kam aber nicht von der Stelle.

Sie fesselten ihm die Hände vor dem Bauch, dann zogen sie ihn auf die Füße. Das Seil schnitt in seine Haut. Grobe Finger griffen nach seinem Unterkiefer und drückten auf das Gelenk, bis er den Mund öffnete. Ein Stück Stoff wurde ihm so tief in den Rachen gestopft, dass er glaubte, ersticken zu müssen. Er würgte, sah, dass mit Timmy dasselbe geschah, sah die Tränen in den Augen des Jungen. Ajax' Zorn wurde zu einem kalten Block aus Eis. Er funkelte Gallagher an.

Der Mann vom Geheimdienst wandte den Blick ab.

»Erledigt die beiden. Aber achtet darauf, dass man die Schüsse nicht bis hierher hört.« Ajax konnte noch erkennen, wie Gallagher ein Walkie-Talkie aus der Jackentasche zog. Ein Stoß in den Rücken ließ Ajax nach vorne taumeln. Es war nicht nötig, sich umzudrehen, er wusste auch so, dass es Cook und Cowell waren, die ihn in den Wald trieben.

Cowell zischte Timmy zu, er solle schneller gehen. Einmal ließ sich der Junge fallen, doch wenn er geglaubt hatte, damit seine Henker ausmanövrieren zu können, so hatte er sich getäuscht. Cowell drückte Ajax die Waffe gegen die Schläfe und drohte damit, ihn sofort zu erschießen, wenn Timmy nicht parierte.

Einen Fuß vor den anderen setzen. Ajax' Gelenke waren aus Gummi, Schweiß lief ihm am Rücken herab. Jeden Augenblick konnte sein Leben zu Ende sein, konnten ihm Cook oder Cowell eine Kugel in den Kopf jagen. Shakespeare fiel ihm ein, seine Lieblingsstelle aus Hamlet, in der der tragische Prinz darüber sinniert, dass es von allen Lebewesen einzig dem Menschen gegeben ist, darüber zu entscheiden, ob er leben oder sterben möchte. Für Ajax stand fest: Er wollte leben, um jeden Preis, er wollte Lydie wiedersehen und mit ihr den Rest seines Lebens verbringen.

Vögel suchten das Weite, als die kleine Gruppe unter den Bäumen entlangging. Knacken und knisternde Schritte im Unterholz verrieten, dass Wild in der Nähe war und sich in einen ruhigeren Winkel des Waldes zurückzog. Es roch würzig nach Baumharz und Moos, und über allem lag der süßliche Geruch der Vergänglichkeit.

»Anhalten«, befahl Cowell nach einer Weile. Seine Stimme erinnerte Ajax an jenen Tag am Cam, als er die beiden Agenten zum ersten Mal getroffen hatte. Er dachte an das Gluckern des Flusses, an das Rauschen des Bootes und an das platschende Geräusch, wenn die Blätter der Ruder ins Wasser stachen. Er dachte an den Geruch von Gänsekacke, das sicherste Zeichen dafür, dass es warm genug war, und er dachte an die Katzen, denen er das Leben gerettet hatte. Damals hatte Gallagher sie einfach ins Wasser geworfen, es wäre ihm gleichgültig gewesen, wenn sie gestorben wären. Sechs Leben. Einfach vernichtet. Das hätte ihm, Ajax, eine Warnung sein müssen. Jetzt waren er und Timmy die Katzen, aber diesmal streckte niemand eine Hand aus, um sie zu retten.

»Stellt euch dort vor die Baumwurzel«, sagte Cowell. Ein Klicken war zu hören.

Ajax sah sich um. So also sah der Ort seines Todes aus: ein Wald mit leicht ansteigendem Gelände, ein Baum, den ein Sturm gefällt hatte. Der Stamm lag schon lange dort, denn aus seiner Mitte wuchs ein langer grüner Stängel in die Höhe, ein neuer Baum vielleicht.

Ein Teil der alten Baumwurzel ragte in den Himmel, sie hatte ein mannsgroßes Loch im lockeren Waldboden hinterlassen, tief genug, um dort zwei Leichen zu verscharren. Tiere würden den Rest erledigen, und bald schon würden von Ajax Doggerton und Timmy Walters nicht mal mehr zusammenhängende Skelette übrig sein.

»Ob sie die Herzogin und den Herzog auch hier verlochen werden?«, fragte sich Ajax.

Die beiden Männer standen nebeneinander. Sie hoben die Waffen und legten an. Timmy fiel auf die Knie. Er stieß einen gedämpften Schrei aus, Tränen liefen über sein Gesicht.

Cook ließ die Waffe wieder sinken.

»Was ist los?«, fragte Cowell. Die Mündung seiner Pistole war weiter auf Ajax gerichtet.

»Ein kleiner Junge«, presste sein Partner hervor. »Muss es wirklich ein kleiner Junge sein?«

»Du bist nicht seine Mutter«, zischte Cowell. »Los, mach schon!«

»Erschieß du ihn doch.« Cooks Stimme war lauter geworden.

»Wenn du es jetzt nicht tust, gehe ich, dann musst du beide töten.«

Cook hob die Waffe wieder, richtete sie auf Timmy. Die Schultern des Jungen zuckten. Wieder ließ der Agent die Waffe sinken. »Zum Henker!«, brüllte er. »Warum müssen wir die Drecksarbeit erledigen? Es sind doch genug andere da.«

Cowell stöhnte auf. »Weil die anderen gerade dabei sind, Herzog Edward aus dem Haus zu locken, und er uns beide erkennen würde.« Er tippte sich mit dem Griff der Waffe gegen die Stirn. »Denk nach! Oder hör besser auf damit. Es kommt ja doch nichts dabei heraus.« Eine Pause entstand. »Ich mach's allein«, sagte Cowell schließlich. »Aber du bist mir was schuldig.«

Cook nickte, sicherte die Waffe und ließ sie unter seinem Jackett verschwinden.

Mit einem Mal waren Schritte zu hören. Sie näherten sich raschelnd im Laub. »Was geht hier vor? Ich habe Stimmen gehört.« Zwischen den Baumstämmen trat Botschafter Selby hervor. Er trug einen dunklen Anzug mit Nadelstreifen. Sein gewelltes Haar war vom Wind gezaust, und er starrte mit großen Augen auf die Szene.

Cowell zuckte zusammen und ließ die Waffe hinter seinem Rücken verschwinden. »Herr Botschafter …«, begann er. »Was tun Sie hier?«

»Die Frage habe ich gerade Ihnen gestellt«, kam die Antwort, »und ich wünsche …«

Ajax stürzte los. Er prallte gegen Cowell und ging mit ihm zu Boden. Blätter und Staub wölkten auf. Im nächsten Moment rannte Timmy los und versuchte, den zweiten Agenten auf dieselbe Weise zu Fall zu bringen. Cook fing den Stoß ab, taumelte aber rückwärts.

Ein Schuss explodierte. Vögel kreischten. »Stopp!« Walford Selby hielt eine Waffe in der Hand und richtete sie gen Himmel. »Sofort aufhören. Ich verlange eine Erklärung.«

Cowell kroch auf allen vieren über den Boden und suchte tastend nach seiner Pistole. Schließlich schien er zu begreifen, dass Selby sie aufgehoben hatte und in der Hand hielt. Cook ließ eine Hand unter seine Jacke gleiten, aber Selby richtete die Mündung der Pistole auf ihn. »Wollen Sie mich etwa erschießen?«, fragte er. »Ich dachte, wir stehen auf derselben Seite.«

Cook ließ die Hand sinken. »Natürlich, Sir, wir sind Verbündete.«

»Beweisen Sie es und werfen Sie Ihre Waffe zu mir herüber«, verlangte Selby.

Der Agent zögerte, dann holte er mit einer langsamen Bewegung die Pistole hervor. Er verharrte für einen Moment, lieferte sich mit dem Botschafter ein Blickduell und warf ihm die Waffe schließlich zu. »Wir müssen die beiden Gefangenen liquidieren, Sir«, erklärte Cook. »Sie haben ein Attentat auf Herzog Edward geplant.«

Selby hob die zweite Pistole auf und deutete damit zu Timmy hinüber, der gerade ungelenk versuchte, trotz seiner Handfesseln auf die Beine zu kommen. »Der Junge sieht wirklich gefährlich aus. Wollen wir doch mal hören, was er zu der Geschichte sagen kann. Los! Nehmen Sie den Gefangenen die Knebel aus dem Mund.«

»Sir«, sagte Cook, »diese Leute sind wirklich gefährlich.«

»Wenn Sie Angst vor dem haben, was aus ihren Mündern kommen könnte, bin ich jetzt nur umso neugieriger geworden.«

Cook und Cowell rührten sich nicht.

Selby legte an, wartete noch einen Moment, doch als sich keiner der beiden Agenten rührte, schoss er. Cook schrie auf und ging zu Boden. Mit beiden Händen umklammerte er seinen linken Fuß. Im Schuh klaffte ein Loch, von den Rändern stieg Rauch auf.

Cowells Gesicht verlor alle Farbe. Er packte Timmy am Kragen und zog ihm den Knebel aus dem Mund.

Der Junge atmete mit einem schrillen Laut ein. »Ihr Schweine!«, stieß er krächzend hervor. Er lief zu Ajax hinüber und zog mit den gefesselten Händen auch ihm den Stoff aus dem Mund.

Nie zuvor hatte frische Luft so gut geschmeckt. Ajax hustete und schluckte. Er spürte einen altbekannten Schmerz an seiner Hüfte und stellte fest, dass die Schusswunde aus Paris aufgeplatzt war, vermutlich, als er sich gegen Cowell geworfen hatte. Feuchtigkeit lief an seinem Bein entlang. Er wich zurück und lehnte sich gegen einen Baum. »Herr Botschafter«, keuchte er, »wie sind Sie hierhergekommen?«

»Bevor ich auf Fragen eingehe, will ich erst Antworten«, sagte Selby und dirigierte Ajax mit der Waffe in sichere Entfernung.

Ajax berichtete, was sich an diesem Morgen in der Villa ereignet hatte. Er stellte auch Gallaghers Rolle in der Scharade um Herzog Edward dar. Selby stellte Fragen, die Ajax beantwortete, offenbar zur Zufriedenheit des Botschafters. »Was Sie mir da erzählen«, sagte Selby, »passt mit meinem Beobachtungen zusammen.« Er hielt weiterhin die beiden Agenten im Blick. »Gallagher hat mir gestern berichtet, Sie, junger Mann, spionierten für die deutsche Abwehr. Da wusste er noch nicht, dass Sie kurz zuvor an mich herangetreten waren und mich davon überzeugen wollten, dass Herzog Edward in die USA gebracht werden sollte, da er sonst zu den Deutschen überlaufen könnte. Das entspricht nicht gerade dem Verhalten eines deutschen Spions, nicht wahr?« Selby hüstelte in eine Faust. »Ich wusste also, dass Gallagher mir etwas verschwiegen hat. Für einen Mann des Geheimdienstes ist das wohl normal, und vielleicht hätte ich nichts weiter darum gegeben. Aber die Lügen häuften sich. Gestern Abend hat Gallagher mir davon abgeraten, Herzog Edward persönlich aus der Villa zum Hafen zu begleiten. Gallagher wollte selbst noch in der Nacht nach Cascais rausfahren, weil Sie, Mister Doggerton, angeblich einen Anschlag auf den Herzog geplant hatten. Ich habe Gallaghers Plan zugestimmt. Doch dann habe ich nichts mehr von der Operation gehört. Und Gallaghers Verhalten erschien mir ohnehin verdächtig. Also habe ich mich auf den Weg hierher gemacht.«

»Aber wieso sind Sie nicht in der Villa, sondern hier bei uns im Wald?«, fragte Ajax und warf einen Blick auf Timmy, der damit beschäftigt war, die Stricke um seine Hände an der scharfen Kante eines Steins zu durchtrennen.

»Hinter Cascais habe ich die Botschaftswagen, die Gallagher sich ausgeliehen hatte, am Straßenrand stehen sehen, ein gutes Stück von der Casa de Santa Maria entfernt. Ein paar von Gallaghers Männern waren dort.« Selby senkte die Brauen. »Das kam mir merkwürdig vor, also habe ich angehalten, bevor die Kerle mich bemerken konnten. Ich wusste mir auf all das keinen Reim zu machen, aber mir war klar, dass diese Leute alles tun würden, um ihren Chef und ihre Mission zu schützen. Sie würden mich davon abhalten, die Villa zu erreichen. Deshalb habe ich beschlossen, mich dem Haus auf anderem Weg zu nähern, und der einzige Weg um die Straße herum führte durch dieses Waldstück. Dann habe ich Stimmen gehört. Und so habe ich Sie gefunden.«

Ajax atmete auf. Also hatte sein ungelenker Versuch, den Botschafter für sich zu gewinnen, letztlich doch zum Erfolg geführt, wenn auch auf völlig andere Art, als er es sich vorgestellt hatte. Ajax spürte einen Ruck an seinen Händen. Timmy hatte sich von dem Seil befreit und machte sich an Ajax' Handgelenken zu schaffen. Kurz darauf war auch er frei. Das Blut schoss zurück in seine Finger, Ajax ballte die Hände zu Fäusten und lockerte sie wieder. Er konnte zusehen, wie seine Haut Farbe annahm.

»Wenn Sie Doggerton glauben, begehen Sie einen großen Fehler, Botschafter Selby.« Cook keuchte, während er auf dem Boden saß und versuchte, seinen durchschossenen Schuh auszuziehen.

Selby schnalzte mit der Zunge. »Die Lage ist eindeutig. Der wirkliche Attentäter ist nicht dieser junge Mann hier, sondern Percy Gallagher. Leider bleibt mir nicht genug Zeit, um Hilfe aus der Stadt zu holen. Wir müssen den Herzog warnen. Sofort.«

Ajax erschauerte bei dem Gedanken, mit niemandem sonst außer dem Botschafter und Timmy gegen Gallaghers Männer antreten zu müssen. Aber was Selby gesagt hatte, stimmte: Wenn sie Edward und Wallis retten wollten, mussten sie augenblicklich zur Casa de Santa Maria und versuchen, die beiden zu warnen. »Was geschieht mit den beiden?«, fragte Ajax mit einem Kopfnicken zu Cook und Cowell.

»Die bleiben hier«, sagte der Diplomat. Er zielte auf Cowell und schoss auch ihm in den linken Fuß. Cowell brach mit einem Aufschrei zusammen. »Bis sie die Villa erreichen, haben wir die Situation dort unter Kontrolle.«

Ajax hoffte, dass Selby recht hatte. Er warf den beiden Agenten einen Blick zu, dann legte er die Hand auf Timmys Schulter und humpelte zwischen dem Jungen und Selby den Weg zurück, den sie gekommen waren.

Von fern näherte sich das Brummen eines Automotors.

Kapitel 36

Cascais,
Mai 1940

Wo blieben die beiden denn nur? Percy Gallagher lehnte an der Mauer und stieß mit der Ferse seines Schuhs gegen die Steine. Der Wind vom Meer war stärker geworden, er pfiff jetzt durch die Wipfel der Bäume. Cook und Cowell ließen sich Zeit. Immerhin trieben sie ihr dunkles Geschäft in sicherer Entfernung, denn es waren keine Schüsse zu hören. Vielleicht erledigten sie ihre Opfer auch lautlos.

»Boss«, sagte Saint Woods neben ihm. »Wir sollten nicht länger warten.«

Gallagher nickte. Zwar beobachteten seine Männer die Straße und verhinderten, dass jemand an der Villa auftauchen konnte, aber die Lage wurde zunehmend unsicher. Er stieß sich von der Mauer ab und gab das Kommando in das Walkie-Talkie. Kurz darauf näherten sich die drei Wagen. Alle waren Packard-Modelle, nur der vordere trug die kleinen Flaggen des Königreichs auf den Kotflügeln, sie zitterten im Wind. Die Wagen hielten, und die Agenten stiegen aus.

Gallagher trat hinter der Mauer hervor und überquerte den kleinen Hof, er stieg die Treppe hinauf und zog an dem Seil, das die Glocke im Innern ertönen ließ. Lange brauchte er nicht zu warten. Ein junger Mann in schwarzer Livree erschien und stellte eine Frage auf Portugiesisch. Gallagher zog seinen Ausweis und reichte ihn dem Hausdiener. »Herzog Edward«, sagte er und fügte zur Sicherheit »Windsor« an. Der Hausdiener nickte, sagte noch etwas und schloss die Tür. Gallagher wartete, schaute sich um. Seine Agenten hatten sich verteilt, damit sie im Pulk nicht so bedrohlich wirkten. Einige saßen in den Autos, andere standen neben den Wagen, wieder andere waren am Waldrand postiert, für den unwahrscheinlichen Fall, dass der Herzog die Flucht ergriff. Die Jagd war zu Ende. Was vor Monaten begonnen hatte, würde nun endlich zum Abschluss kommen, zu einem scheußlichen Abschluss, wie Gallagher sich eingestehen musste, aber eine andere Möglichkeit gab es nicht.

Die Tür ging auf. Herzog Edward stand auf der Schwelle, er tupfte sich mit einer Serviette den Mund. »Was kann ich für Sie tun, Mister …«, er schaute auf den Ausweis, den er in der anderen Hand hielt, »… Brookstein?«

Gallagher wischte die Sorgenmiene aus seinem Gesicht und versuchte es mit einem Lächeln. »Euer Gnaden, ich bin von der britischen Regierung damit beauftragt, Sie und Ihre Gattin sicher zum Hafen von Lissabon zu bringen. Das Schiff legt in Kürze ab.«

»Welches Schiff? Wohin fahren wir denn?« Edward runzelte die Stirn. »Haben Sie Nachricht von Churchill?«

Auf die Frage war Gallagher vorbereitet. Selby hatte ihm in der Nacht zuvor Edwards Wunschziel verraten. »Der Premierminister bittet Sie darum, es in Betracht zu ziehen, den Posten des Botschafters in Washington zu bekleiden. Die ›Honor of Essex‹ wird Sie nach Portsmouth bringen, von wo Sie weiter nach New York reisen. Dort wird Sie Lord Lothian, Ihr Vorgänger, empfangen.«

Edward lachte gekünstelt. »Kein Umweg über London, kein Empfang bei meiner Familie? Nun ja, ich hatte auch nicht damit gerechnet, dass diese Bande Wallis und mich noch einmal sehen wollen würde.« Er räusperte sich. »Geben Sie uns eine Stunde. Ich lasse derweil etwas zu trinken für Sie und Ihre Leute herausbringen.«

Gallagher schaute demonstrativ auf die Uhr. »Euer Gnaden müssen entschuldigen. Aber das Schiff geht bereits in einer Stunde, und die Passagiere gehen schon an Bord, während wir miteinander sprechen.«

Die Muskeln an den Schläfen des Herzogs zuckten. »Wie stellen Sie sich das vor, Mister Brookstein? Wir brauchen Zeit, um uns abfahrbereit zu machen. Halten Sie das Schiff auf.«

»Sir …«, begann Gallagher von Neuem.

»Bin ich der Lakai einer Reederei, oder bin ich der Herzog von Windsor?«, bellte Edward.

»Was ist denn hier los?« Die Herzogin tauchte neben ihrem Mann auf. Sie trug einen kleinen Turban, der mit Edelsteinen besetzt war.

Edward erklärte die Lage.

Wallis ließ einen Blick über die Einfahrt schweifen. »Ich glaube, wir sollten Mister Brookstein und seinen Leuten die Arbeit nicht so schwer machen«, sagte sie. »Wenn Winston uns anbietet, in die Vereinigten Staaten zu gehen, dann ist dies der Moment zuzugreifen. Wer weiß, ob er es sich nicht noch anders überlegt.«

Der Herzog faltete die Serviette zu einem akkuraten Quadrat und zog die Kanten straff. Er schaute Gallagher an, dann Wallis. Sein Blick wurde weich. Er lächelte. »Natürlich, Darling. Ich verstehe das. Ein Leben in deiner Heimat liegt in greifbarer Nähe, und statt mich mit dir zu freuen, benehme ich mich wie ein verwöhnter Junge.« Er wandte sich an Gallagher. »Wir sind gestern erst hier angekommen, unsere Koffer sind schnell gepackt. Wir können sofort fahren. Auf in die Neue Welt.«

Damit verschwand Edward im Innern des Hauses. Gallagher hörte ihn Befehle rufen. Wallis schmunzelte. »Mister … wie war doch gleich Ihr Name?«, fragte sie.

Es lag ein Funkeln in ihren Augen, ein Knistern in ihren Worten, das die Alarmglocken in Gallagher zum Läuten brachte. Sie stellte ihm eine Falle, dessen war er sich sicher. Doggerton musste ihr seinen wahren Namen verraten haben. »Brookstein«, sagte er. »John Francis Brookstein.« So hatte sein Onkel aus der Nähe von Reading geheißen, jener Mann, dem Doggerton die verhängnisvollen Briefe angeblich geschickt hatte. Natürlich war Onkel John schon lange tot.

Wallis' Züge entspannten sich nicht. »Mister Brookstein. Würden Sie bitte dafür sorgen, dass auch unsere Möbel auf das Schiff gebracht werden? Wir haben sie von Paris nach Barcelona und von Barcelona nach Lissabon mitgenommen. Es wäre doch ein Jammer, wenn wir jetzt ohne sie in unsere neue Heimat aufbrechen würden, finden Sie nicht? Ich lasse die Dienstboten die handlichen Stücke heraustragen. Sie haben ja genug Fahrzeuge dabei.«

»Aber meine Männer …«, sagte Gallagher.

»Sollen die etwa auch auf das Schiff?«, fragte Wallis.

Gallagher musste sich geschlagen geben. Er durfte jetzt keinen Verdacht erregen, nicht so kurz vor dem Ziel. »Wir laden ein, was in die Wagen passt. Den Rest senden wir Ihnen hinterher.«

Wallis überlegte einen Moment und stimmte dann zu.

Eine Viertelstunde später schritt das herzogliche Paar aus der Casa de Santa Maria. Die Hausdiener waren noch damit beschäftigt, die durch dicke Schichten Packpapier geschützten Möbel in die Botschaftsfahrzeuge zu hieven. Der Wagen mit den Fahnen blieb frei, darin nahmen Wallis und Edward auf der Rückbank Platz. Die Diener verfrachteten das Gepäck in den Kofferraum, Gallagher schwang sich auf den Beifahrersitz, und Saint Woods spielte den Chauffeur.

»Alle an Bord?«, fragte Gallagher und heuchelte Eile. »Geben Sie Gas, Peter.« Saint Woods startete den Motor und wendete. Im Vorbeifahren nickte Gallagher den zurückbleibenden Männern zu. Lieber hätte er sie dabeigehabt, aber er war sicher, mit Edward und Wallis auch allein, beziehungsweise mit seinem besten Mann an seiner Seite, fertig zu werden.

»Wie hat Churchill es geschafft, das Schiff so schnell herkommen zu lassen?«, fragte Edward, während das Auto Fahrt aufnahm.

Gallagher hatte sich das Passende zurechtgelegt. Er drehte den Spiegel an der Sonnenblende so, dass er die beiden Passagiere im Blick hatte. »Die ›Honor of Essex‹ legt heute planmäßig in Portugal an. Sie bringt Ihren Bruder, den Herzog von Kent, nach Lissabon. Er ist auf Staatsbesuch wegen des achthundertsten Jahrestags der Unabhängigkeit Portugals Er wird mit einem anderen Schiff zurückfahren. Die ›Honor of Essex‹ hat ihren Fahrplan geändert und wird Sie beide nach einem kurzen Zwischenstopp in Portsmouth in die USA bringen.« Gallagher beglückwünschte sich dazu, sich über die Schiffe informiert zu haben, die im Hafen von Lissabon anlegten. Die »Honor of Essex« gab es tatsächlich, auch der Duke of Kent war an Bord, und sogar der Anlass seines Besuchs war echt. Die Wahrheit, so viel wusste Gallagher aus Erfahrung, ist immer noch die beste Lüge.

Im nächsten Moment stellte sich heraus, dass er mit seinen Vorbereitungen nicht übertrieben hatte. »Ich habe davon in der Times gelesen«, erzählte Edward. »Ich war etwas überrascht, dass mein jüngster Bruder in der Nähe sein würde. Dann dachte ich, dass wir uns kaum über den Weg laufen würden. Und jetzt fahren wir sogar mit demselben Schiff.«

»Wie gesagt«, fuhr Gallagher fort, »der Dampfer wird Sie beide aufnehmen, aber der Herzog von Kent wird noch ein paar Tage in Portugal bleiben.« Gallagher steckte die Hände in die Jackentaschen und ballte die Fäuste. Er hatte die Feindschaft vergessen, die zwischen den Windsorbrüdern herrschte.

»Ich will meinen Bruder um keinen Preis treffen«, sagte Edward. »Vielleicht nehmen wir doch lieber ein späteres Schiff. Es muss doch andere geben.«

Die Situation drohte außer Kontrolle zu geraten. Die Zeit zu handeln war gekommen. Gallagher gab Saint Woods ein Zeichen, und der Agent nahm den Fuß vom Gas. Er schlug das Lenkrad nach links ein. Der Wagen machte einen Satz über die Begrenzung der Fahrbahn und rumpelte in den Wald hinein.

»Sind Sie betrunken, Mann?«, blaffte Edward von hinten.

Im zitternden Rückspiegel verschwamm das Bild des Paars auf der Rückbank. Gallagher atmete zweimal tief ein und aus. Er zog die Waffe, eine Browning, und drehte sich zu Edward und Wallis um, sodass er die Pistole auf den Herzog richten konnte.

»Unser Fahrer ist nüchtern«, eröffnete Gallagher. »Wir machen einen kleinen Umweg.«

Die beiden Passagiere schauten ihn voller Entsetzen an. Edwards Adamsapfel hüpfte. »Wer sind Sie? Wo ist Botschafter Selby? Haben Sie ihm etwas angetan?«

Gallagher staunte. Herzog Edward wusste, dass er sich in Lebensgefahr befand, trotzdem sorgte er sich um jemand anderen. So viel Mitgefühl hätte er dem Exkönig gar nicht zugetraut.

»Selby ist wohlauf. Er weiß nichts von dem, was hier geschieht. Und er wird es auch niemals erfahren.« Gallagher schaute aus dem Fenster. Sie waren von Bäumen mit dichtem Laub umgeben, die Straße war nicht mehr zu sehen. »Halten Sie an, Peter.«

Der Wagen stoppte. Saint Woods stieg aus und zog seine Waffe, dann öffnete er die Tür für den Herzog. Gallagher schmunzelte. Wir Briten, dachte er, bleiben selbst dann förmlich, wenn wir im Begriff sind, einen Mord zu begehen. Er tat es dem Agenten gleich und wartete, bis Wallis ausgestiegen war, dann schloss er die Tür des Packard mit einem leisen Klacken.

»Sie sind Percy Gallagher«, stellte Wallis fest.

Gallagher nickte. »Sie haben den Namen von Doggerton erfahren.«

»Er hat mir beschrieben, wie Sie aussehen«, sagte sie. »In London hätte ich Sie sogar in einer Menschenmenge erkannt. Aber hier habe ich Sie einfach nicht erwartet. Unser Verstand spielt uns manchmal merkwürdige Streiche.«

Saint Woods flüsterte Gallagher etwas ins Ohr. Der Mann hatte recht. Gallagher dirigierte Wallis und Edward vom Wagen weg. »Bitte, stellen Sie sich dort zwischen den Bäumen auf.«

Edwards Schultern strafften sich. »Damit es keine verräterischen Blutspuren auf der Karosserie gibt, wenn Sie die Fahrzeuge in die Botschaft zurückbringen?« Er lachte kalt. »Und wenn ich mich weigere?«

Gallagher musste nicht lange überlegen. »Dann werde ich Sie von meinem Mann erwürgen lassen. Das dauert zwar länger und ist für Sie unangenehmer, aber es wäre saubere Arbeit. Wählen Sie bitte selbst, Euer Gnaden.«

In Wallis' Augen schimmerte es feucht, als Edward ihr den Arm um die Schulter legte. »Wie mir scheint, haben sie uns ausmanövriert«, sagte er.

»Versuchen Sie nicht zu fliehen«, warnte Gallagher. »Unsere Projektile sind schneller.«

»Ich bin noch nie vor etwas davongelaufen.« Edward führte Wallis in eine Lücke zwischen zwei Bäumen. Dort legte er beide Arme um ihre Schultern. Sie barg das Gesicht an seiner Brust. »Verraten Sie mir nur eins«, forderte Edward Gallagher auf. »Hat der Premierminister meinem Vorschlag zugestimmt? Wären wir tatsächlich nach Washington gefahren, um dort ein neues Leben zu beginnen?«

Saint Woods legte auf das Paar an. Gallagher hob eine Hand und gebot ihm zu warten. »Churchill hat sich dazu nicht geäußert. Ich glaube nicht, dass er einverstanden gewesen wäre. Aber das macht jetzt keinen Unterschied mehr.«

Ein Schuss krachte. Gallagher fuhr zu Saint Woods herum, um ihn zu tadeln, denn er war noch nicht fertig gewesen. Da sah er den Agenten zusammenbrechen. Auf der Stirn des Mannes klaffte ein Loch.

Gallaghers Instinkte übernahmen die Kontrolle. Ohne darüber nachzudenken, was geschah, lief er zu dem Packard und duckte sich hinter dem Kofferraum des Wagens. Er hielt die Browning fest umklammert, der Griff war schweißnass. Woher war der Schuss gekommen?

»Ich bin ein guter Schütze, Mister Gallagher. Das müssen Sie zugeben. Jagderfahrung.« Diese Stimme. Gallagher wusste sofort, wem sie gehörte.

»Was tun Sie hier, Selby?«, rief er und wechselte die Position hinter dem Wagen. Eine Vorsichtsmaßnahme. Im nächsten Moment knallte es wieder, und eine Kugel streifte den Wagen etwa dort, wo Gallagher gerade noch gehockt hatte.

»Ich rette dem ehemaligen König Englands und seiner Frau das Leben«, rief Selby aus dem Wald heraus.

Gallagher feuerte in die Richtung, aus der die Stimme

gekommen war. Stille war die Antwort. Ein kurzer Blick zu Wallis und Edward verriet ihm, dass sich die beiden hinter einem Baustamm in Sicherheit gebracht hatten. Verdammt. Wenn sie jetzt entkamen, war alles umsonst gewesen.

Mit einem Satz war Gallagher auf den Beinen und stürzte zu den Windsors hinüber. Noch im Laufen legte er auf die beiden an, alles war jetzt besser, als das Ziel aus den Augen zu verlieren.

Etwas explodierte vor seinen Augen. Er taumelte, er war blind, er drückte den Abzug. Auf den Schuss folgte ein Schrei. Dann spürte er einen rasenden Schmerz an seinem Hals und ging in die Knie. Er wusste, dass er verloren hatte, schon bevor er das Gesicht von Ajax Doggerton über sich sah und in die Mündung einer Waffe blickte.

*

Nie hatte sich Ajax vorgestellt, wie es sein würde, wenn er Gallagher bezwingen würde, wenn der Drahtzieher hinter all seinem Unglück vor ihm auf dem Boden knien würde. Sollte er sich besser fühlen, von einem Gefühl der Macht über einen anderen Menschen durchströmt?

Ajax spürte nur eine entsetzliche Übelkeit in sich aufsteigen. Gallagher kniete vor ihm auf dem Waldboden, benommen von dem Schlag, den Ajax ihm versetzt hatte, als er hinter dem Baum hervorgesprungen war. Die Pistole in seiner Hand zitterte. Er ließ sie sinken. Er war nicht dafür gemacht, das Leben anderer Menschen zu bedrohen, nicht einmal dann, wenn sie so viel Unrecht getan hatten wie Percy Gallagher.

Trotzdem behielt er den Verräter genau im Blick, während Botschafter Selby mit Edward sprach und sich erkundigte, ob der Herzog und die Herzogin wohlauf waren. Wallis kniete neben Timmy und hielt ihn in den Armen. Der Junge weinte haltlos, er war von dem Tod von Gallaghers Agenten erschüttert und warf dem Mann mit der Schusswunde im Kopf immer wieder erschrockene Blicke zu, obwohl Wallis versuchte, ihn abzulenken.

»… sind dem Motorengeräusch durch den Wald gefolgt«, beendete Selby gerade seinen Bericht. Edward antwortete, Ajax hörte »Washington«, doch der Sinn der Worte drang nicht zu ihm durch. Zu sehr war er damit beschäftigt, etwas zu Gallagher zu sagen, ihm Vorwürfe zu machen, ihn lauthals zu verfluchen. Doch er brachte keinen Ton heraus. Worte waren jenseits dessen, was er angesichts dieses Mannes empfand.

Es war Gallagher, der das Schweigen brach. »Schießen Sie, Doggerton. Ersparen Sie mir die Schmach, in Ketten nach London gebracht und dort dem Henker überantwortet zu werden.«

Jetzt, endlich, fand Ajax die Sprache wieder. »Ich bin Ihnen keinen Gefallen schuldig, Gallagher. Und wenn ich Ihr Henker wäre, würde ich mich fragen, ob ich jemals wieder den Schmutz von den Händen bekommen würde, den Sie daran zurückließen.«

Gallagher lachte. »Ein echter Literat. Sie hätten am College bleiben sollen. Dann wäre uns beiden viel Ärger erspart geblieben.«

Mühsam richtete er sich auf, im nächsten Moment lief er los. Er war schnell, trotz seiner Körpermasse. Ajax hob die Waffe und legte auf den breiten Rücken an. Seine Hand zitterte, er stützte sie in der linken ab. Gallagher hatte offenbar mit Ajax' Zögern gerechnet und sucht nun den Schutz der Bäume.

Ajax kam zur Ruhe, kniff ein Auge zu und legte den Kopf so schief, dass er Kimme und Korn übereinanderbrachte.

Gallagher rannte weiter durch das Laub, zog eine Fontäne aus Blättern hinter sich her.

»Schieß!« Wallis' Stimme drang zu Ajax durch, doch auch ihre Worte lösten den entscheidenden Reflex seines Fingermuskels nicht aus.

Edward tauchte neben ihm auf, riss ihm die Browning aus der Hand. In der nächsten Sekunde explodierte ein Schuss, dann noch einer. Gallagher warf die Arme in die Höhe, taumelte, drehte eine Pirouette in der Luft und stürzte auf den Rücken.

Kapitel 37

LISSABON,
MAI 1940

»Meine Liebe! Wie schön, dich zu sehen!« Ricardo Espírito Santo Silva hauchte Küsse neben Katharinas Wangen, wiederholte die Begrüßung bei Lydie und schüttelte Tiger die Hand. Das Lokal lag am Rand der Lissaboner Altstadt, des Bairro Alto. Vor den Fenstern ruckelte eine gelbe Standseilbahn entlang, ein Wochenmarkt sorgte für Betriebsamkeit, und der Geruch von Käse und Fisch drang durch die offen stehende Tür herein.

Der Tisch war für vier Personen gedeckt. Katharina, Lydie und Tiger nahmen Platz. Man einigte sich darauf, Englisch miteinander zu sprechen. »Ich habe Ortolano bestellt«, sagte Ricardo. Er war ein schlanker Mann um die vierzig, das volle Haar trug er kurz geschnitten. Schon immer hatte Katharina sich in seiner Nähe unwohl gefühlt, denn er betrachtete andere Menschen stets so, als rechne er in Gedanken zusammen, was sie ihm an Gewinn einbringen könnten. Er hob eine Hand und schnippte mit den Fingern. Der Ärmel seines Jacketts verrutschte und gab den Aufschlag seines Hemds frei, an dem ein mit einem Edelstein besetzter Manschettenknopf blitzte.

Ein Kellner wieselte heran und brachte eine Flasche Wein, dann gab er bekannt, dass die Vögel in wenigen Augenblicken bereit seien.

»Ich bin nicht hungrig«, sagte Katharina. »Und wir haben eigentlich auch gar keine Zeit zum Essen.«

Ricardo lehnte sich zurück und breitete die Serviette auf seinen Beinen aus. »Aber es gibt Ortolano. Ich musste einige Beziehungen spielen lassen, um drei weitere Vögel für euch auftreiben zu können.« Er lächelte. »Es gibt nichts Schlimmeres auf dieser Welt, als eine Delikatesse zu verspeisen, ohne das Erlebnis mit anderen teilen zu können. Ich danke euch dafür, dass ihr hergekommen seid.«

»Was ist Ortolano?«, fragte Lydie. Niemand antwortete ihr.

Katharina rutschte auf ihrem Stuhl herum. »Am Telefon hast du von guten Neuigkeiten für mich gesprochen.«

»Als du nach Herzog Edward gefragt hast?« Ricardo nahm einen Schluck Wein, nickte dem Kellner zu und wartete, bis er allen eingeschenkt hatte, dann hob er das Glas und brachte einen Trinkspruch aus. »Auf die Freundschaft, die keine Grenzen kennt.«

Katharina prostete ihm und den anderen zu. Dann schaute sie Ricardo herausfordernd an. »Ich suche nach Edward. Weißt du, wo er steckt?«

»Natürlich weiß ich das«, sagte Ricardo. »Hätte ich dich sonst herkommen lassen? Das wäre unhöflich gewesen. Ah«, er klatschte in die Hände, »da kommt das Essen.«

Der Kellner und ein Kollege trugen vier Teller herbei, auf denen je ein Singvogel lag. Die Tiere waren vollständig, nur die Füße waren entfernt worden.

»Das ist Fettammer«, stellte Lydie fest. Jetzt schien sie das Gericht zu erkennen. Sie verzog das Gesicht.

»Sie kommen doch aus Frankreich, wie man an Ihrem wunderbaren Akzent hört. Dann sollte sie diese Gaumenfreude an Ihre Heimat erinnern, denn dort ist sie ein Traditionsgericht.« Ricardo strich mit den Fingern am Rand seines Tellers entlang. »In Lissabon ist so etwas nicht einfach zu finden. Zum Glück hat die Flüchtlingswelle auch französische Köche in unser Land gespült.«

Lydie schob den Teller weg.

»Ricardo«, sagte Katharina, »bitte! Es geht vielleicht um Minuten.«

Der Bankier schaute in die Runde, seine Miene wurde ernst. »Das ist nicht besonders taktvoll von euch. Ich lade euch zu einer französischen Spezialität ein, und ihr wollt nicht mal probieren. Aber bitte! Die Wünsche meiner Freunde gehen mir über alles.« Er warf dem Singvogel auf seinem Teller einen bedauernden Blick zu. »Edward ist in der Stadt. Der britische Botschafter ist ein guter Bekannter von mir und hat mich gebeten, dem Herzog und der Herzogin mein Anwesen an der Küste, die Casa de Santa Maria, zur Verfügung zu stellen, eine Villa in der Nähe von Cascais, etwa zwanzig Kilometer westlich. Dort wartet Edward auf die Ankunft eines Schiffes in Lissabon, das ihn von hier fortbringen wird.«

Katharina schob den Stuhl zurück und sprang auf. »Danke. Wir müssen sofort los.«

Espírito Santo Silva legte den Kopf schief und deutete auf Katharinas Stuhl. »Bitte, Prinzessin! Setz dich und hab ein wenig Geduld. Ich habe noch mehr Informationen für dich.«

Zögerlich ließ sich Katharina wieder nieder. Tiger und Lydie warfen ihrem Gastgeber misstrauische Blicke zu. Die Ammern rührten sie nicht an.

Nun lehnte sich der Bankier vor, stützte die Ellbogen auf den Tisch und verschränkte die Finger ineinander. »Ich weiß, dass Ribbentrop dich sucht. Du bist ihm irgendwie in die Quere gekommen, und jetzt will er dich vom Spielfeld fegen.«

Katharina durchfuhr es heiß. Sie hatte geahnt, dass Ricardo informiert sein könnte, hatte den Gedanken aber beiseitegeschoben. Dass er tatsächlich Bescheid wusste, versetzte ihr einen Stoß. »Und nun?«, fragte sie. »Wirst du mich verraten?«

Ricardo nickte mit entschlossener Miene. »Ja. Das werde ich. Du musst das verstehen. Ich habe Verbindungen nach Berlin, nach ganz oben. Es hat lange gedauert, sie aufzubauen, und eine hübsche Summe Geld gekostet. Berlin ist für mich wie Ortolano. Erst habe ich den Vogel blind gemacht, damit sich sein Fressverhalten ändert und er ununterbrochen das zu sich nimmt, was ich ihm serviere. Mein Geld, in diesem Fall. Als er gemästet war, habe ich ihn in Armagnac ertränkt, und nun bin ich kurz davor, die Früchte meiner Arbeit zu genießen und zu einem wichtigen Finanzier für deine Landsleute zu werden. Da kommst du daher und verlangst, dass ich dieses Gericht nicht genießen soll.« Er schaute auf den Singvogel herunter. »Das kann ich leider nicht, Prinzessin. Aber …«, er hob eine Hand, »… ich kann dafür sorgen, dass du einen Vorsprung erhältst. Ribbentrop weiß bereits, dass Edward in der Stadt ist. Er sagte mir, dass du auch hier auftauchen könntest. Ich sollte ihn sofort unterrichten, sobald ich das erfahre. Und nun werde ich ihn über deine Anwesenheit in Kenntnis setzen müssen. Aber erst«, er griff mit beiden Händen nach dem Teller mit Ortolano und hielt ihn hoch, »nachdem ich diesen Vogel verspeist habe. Und ich genieße ihn langsam.« Er lächelte ihr verschwörerisch zu.

Katharina wusste nicht, ob sie entsetzt oder dankbar sein sollte. Espírito Santo Silva hatte ihr ein Tor geöffnet, das sie zu ihrem Ziel führen konnte, er hielt das Tor sogar für sie auf, aber sobald sie dahinter verschwunden sein würde, wollte er es zufallen lassen. Ob Katharina wieder herausfand, würde dann an ihr selbst liegen. Noch hatte sie die Wahl, sie musste nicht zu dieser Casa de Santa Maria fahren, sie musste Edward nicht nach Berlin lotsen, sie musste nicht die Königin Englands werden. All das konnte sie jetzt hinter sich lassen und sich in Sicherheit bringen.

»Ich brauche deinen Wagen«, sagte sie, »und eine Wegbeschreibung zu dieser Villa.«

*

CASCAIS,
MAI 1940

Gallagher war tot. Der Mann, mit dem alles begonnen hatte, lag regungslos im Laub unter den Korkeichen. Der Wind wehte vereinzelte Blätter über ihn hinweg, über seine Beine, seinen Bauch, sein Gesicht. Ein roter Fleck war auf der linken Seite seiner Brust zu sehen.

»Blattschuss«, sagte Edward kalt und legte den Sicherungshebel der Pistole um. Ajax wusste, was man darunter verstand, obwohl er nie selbst zur Jagd gegangen war: Der Jäger legte auf das linke Schulterblatt des Wilds an, denn auf der Brustseite schlug an dieser Stelle das Herz, und wenn er traf, durchdrang die Kugel den Knochen, zerriss das lebenswichtige Organ und tötete auf der Stelle.

Es war vorbei. Erledigt. Stille breitete sich aus. Ajax hätte sich befreit fühlen müssen, stattdessen war er erschüttert.

»Wir müssen sofort verschwinden«, drängte Wallis. »Gallaghers Leute sind noch in der Nähe.«

Walford Selby ging zum Wagen. »Steigt ein. Ich bringe uns weg von diesem Ort des Schreckens.«

Kurz darauf holperte der Packard aus dem Wald heraus. Wallis und Edward hatten Timmy auf dem Rücksitz in die Mitte genommen, Ajax saß auf dem Beifahrersitz, und Selby ließ am Steuer alle Vorsicht fahren. Er raste zwischen den Bäumen hindurch wie ein Wintersportler beim Slalom, touchierte einen Stamm, behielt aber stets die Kontrolle über das Fahrzeug. In Windeseile erreichten sie die Straße. Ein rascher Blick in Richtung Villa verriet ihnen, dass Gallaghers Leute wohl noch keinen Verdacht geschöpft hatten. Zumindest war auf der Straße niemand zu sehen.

»Wir schaffen es«, rief Selby. Ajax konnte erkennen, dass die Finger des Diplomaten auf dem Lenkrad zitterten.

»Wohin fahren wir eigentlich?«, fragte Wallis. »In die Botschaft?«

»Das wäre wohl das Beste«, gab Selby zurück. »Meine Angestellten …«

»Nein. Nein. Nein«, ging Ajax dazwischen. »Das ist genau der Ort, an dem sie uns suchen werden. Vielleicht hat Gallagher dort jemanden postiert, der uns abfängt. Wir müssen die Stadt verlassen.«

»Die ›Honor of Essex‹«, stellte Edward fest. »Wir checken sofort auf dem Schiff ein und legen ab, bevor Gallaghers Leute etwas unternehmen können.«

»Was ist mit den Bahamas?«, wandte Wallis ein. »Was ist mit Washington? Wenn wir jetzt einfach losfahren, geben wir Winston Churchill Carte blanche. Dann kann er uns postieren, wo er will.«

»Vorsicht!« Ajax hatte den Wagen als Erster gesehen, eine Morris-Limousine, die ihnen entgegengekommen war und nun quer auf der Fahrbahn stand. An der rechten Seite kamen sie nicht vorbei, denn dort rauschte das Meer, linker Hand wäre genug Platz gewesen, aber dort stiegen nun zwei Frauen und ein Mann aus und beobachteten, wie der Packard auf sie zufuhr.

»Wer ist das nun wieder?« Selby bremste abrupt und brachte das Auto zum Stehen. »Gehören die zu Gallagher?«

»Schlimmer«, sagte Wallis, die ebenso wie Ajax erkannt hatte, wer ihnen den Weg versperrte.

Ajax zog sich aus dem Wagen. Er hörte die Rufe in seinem Rücken kaum, er lief auf Lydie zu. Licht floss um ihr Gesicht. Sie schaute ihn verblüfft an. Hatte sie denn nicht gewusst, dass er hier war?

»Stehen bleiben!«, rief die Frau neben Lydie. Ajax erkannte Prinzessin Katharina wieder, die deutsche Agentin, die sie in Paris vor Cook und Cowell gerettet hatte. Er achtete ebenso wenig auf ihr Kommando wie Lydie. Sie stießen so heftig gegeneinander, dass Lydie fast das Gleichgewicht verloren hätte, doch Ajax schlang die Arme um sie und hielt sie fest.

»Ja«, sagte sie, nachdem sie ihre Lippen von seinem Mund gelöst hatte, und Ajax wusste sofort, dass sie ihm auf die Frage antwortete, die er ihr vor einer Ewigkeit im Bistro am Boulevard Souchet gestellt hatte. »Ja«, wiederholte sie, und Tränen liefen ihr über die Wangen.

Ajax wischte sie weg. Seit er Lydie den Antrag gemacht hatte, war Europa im Chaos versunken, sie beide hatten ganze Staaten durchquert, zu Lande und in der Luft, waren in die Irre gelaufen und hatten schließlich doch zusammengefunden. Nichts konnte sie aufhalten, kein Krieg, keine Diktatoren, keine Waffen.

»Lassen Sie uns weiterfahren, Prinzessin.« Wallis' erschöpfte Stimme drang in Ajax' Gedanken. Sie war ausgestiegen, ebenso wie Edward und Tiger, und starrte Katharina an. »Eine Gruppe Attentäter ist hinter uns her, und wenn diese Leute zu uns aufschließen, werden auch Sie in Gefahr sein.«

Die Prinzessin ging auf Edward zu. »Dann sollten wir das hier besser schnell hinter uns bringen.« Sie trat nah an ihn heran. »Edward, komm mit mir! Wir haben Großes vor, viel mehr, als du mit deiner Frau jemals wirst erreichen können. Der mächtigste Mann Europas wartet auf uns.«

»Nach Berlin gehen?«, fragte Edward. »Ich muss sagen, seit du mir das Angebot in Paris unterbreitet hast, habe ich oft darüber nachgedacht. Ich finde die Vorstellung überaus reizvoll.«

Ajax presste Lydie noch fester an sich. Vor seinen Augen geschah genau das, was er und Wallis zu verhindern versucht hatten.

Edward machte ebenfalls einen Schritt auf Katharina zu, sie berührten sich beinahe. Wallis versuchte, ihn zurückzuhalten, doch er schüttelte ihre Hand ab. »Wenn du uns bis hierher folgen konntest«, fuhr Edward an die Prinzessin gewandt fort, »dann weißt du vielleicht auch, dass Premierminister Churchill mir angeboten hat, Gouverneur der Bahamas zu werden.« Der Herzog nickte Tiger zu. »Vielleicht hat unser gemeinsamer Freund dir davon berichtet.«

Tiger hob abwehrend eine Hand. Sein Gesicht war ernst.

»Und vielleicht weißt du dann auch, dass die Bahamas nicht der Traum meines Lebens sind. Ich würde dort verkümmern, ausbrennen wie eine billige Zigarette, an der man dreimal zieht, bevor sie sich in Luft auflöst. Berlin hingegen«, er zog das Gesicht eines Connaisseurs in einem Keller voller Amontillado, »Berlin hat alles zu bieten, was ich mir wünsche: Reichtum, Luxus, Aufmerksamkeit, eine schöne Frau an meiner Seite und vielleicht, vielleicht … vielleicht den englischen Thron, wenn der Führer geschickt vorgeht. Wie könnte ich ein solches Angebot jetzt noch ausschlagen, da Winston Churchill mir so übel mitgespielt hat?«

Katharina lächelte strahlend. Sie warf Tiger einen Blick

zu, der ihr zunickte, dann streckte sie eine Hand in Richtung Edward aus. Die Geste erinnerte an eine Braut, die darauf wartet, den Ring angesteckt zu bekommen. Für einen Augenblick hingen ihre Finger in der Luft, doch Edward machte keine Anstalten, danach zu greifen.

»Es gibt da aber etwas«, fuhr er fort, »das mir wichtiger ist als die Bahamas, Washington, London, Berlin, Paris oder irgendein anderer Ort auf der Erde.« Er drehte sich um und kehrte zu Wallis zurück, legte einen Arm um ihre Schultern und drückte sie an sich. »Die Liebe zu meiner Frau.« Edward flüsterte die Worte, dennoch waren sie über dem Sausen des Windes zu verstehen.

Katharinas Stimme klang erstickt, als sie sagte: »Mit Wallis wirst du auf einem Felsen in der Karibik enden. Ich biete dir ein Königreich.«

Edwards Züge wurden hart. »Du solltest wissen, dass ich schon einmal eins ausgeschlagen habe. Es hat mir nicht eine Sekunde lang leidgetan, und ich lehne wieder ab. Mein Königreich finde ich in den Armen meiner Frau.«

»Edward«, mischte sich Tiger ein, »Katharina hat recht mit dem, was sie sagt. Du solltest mit ihr gehen und versuchen, wieder englischer König zu werden. Es geht hier nicht allein um dich. Wenn du wieder auf den Thron kommen und mit dem Deutschen Reich Frieden schließen könntest, würde Hitler England nicht angreifen. Dann würde auch Spanien nicht in den Krieg hineingezogen. Die Deutschen würden nur im Osten kämpfen, und in unseren Ländern wäre die Ruhe wiederhergestellt. All das hängt nur von dir ab. Denk darüber nach. Du würdest der Welt viel Leid ersparen.«

Edward schüttelte den Kopf. »Ich verstehe, dass du um dein Land besorgt bist, Tiger. Aber selbst wenn es mir gelingen sollte, wieder König zu werden, so wäre ich eine Marionette des Führers, und was daraus entstehen kann, sehen wir gerade in den von den Deutschen besetzten Gebieten. Daran würde ich selbst dann keinen Anteil haben wollen, wenn ich ein machtgieriger Despot wäre.«

Katharina rang die Hände. »Edward! Bitte! Ohne dich werde ich niemals wieder eine Prinzessin sein, ich kann nicht einmal nach Deutschland zurückkehren. Hilf mir!« Sie ging einen Schritt auf Edward und Wallis zu, nur um sofort wieder zwei Schritte zurückzuweichen.

»Du solltest dich zusammennehmen«, riet ihr der Herzog. »Ich habe dich immer geschätzt, weil du eine Frau von Format bist. Verlier jetzt bitte nicht die Würde, und verhalte dich nicht wie ein kleines Mädchen, das kein Hündchen zum Geburtstag geschenkt bekommt.«

Ajax sah, wie ein Ruck durch die deutsche Agentin ging. Was hatte sie vor? Langsam ließ er die Hände von Lydies Rücken gleiten. Er war bereit, die Prinzessin aufzuhalten, sollte sie etwas Unbedachtes unternehmen.

Katharina wandte sich um und stieg in die Morris-Limousine. Sie drehte den Zündschlüssel. Gab sie sich geschlagen? Fuhr sie einfach davon, nachdem sie ihr Ziel so lange und beharrlich verfolgt hatte?

Im nächsten Augenblick plärrte der Schrei eines verwundeten Tiers über die Straße. Alle zuckten zusammen. Noch einmal lärmte es, dann nahm Katharina ihre Hand von der Hupe. »Wenn man keine Verbündeten hat, wendet man sich an seinen schlimmsten Feind«, rief sie aus der offen stehenden Tür.

Walford Selby fuhr herum und schaute Richtung Casa de Santa Maria. Auch Ajax' Blick schnellte dorthin, an die Stelle, wo die Straße hinter einer Kurve verschwand.

»Katharina!« Lydie versuchte mit einem Griff aufs Lenkrad zu verhindern, dass die Prinzessin wieder auf die Hupe drückte, doch Katharina stieß sie weg. Der Lärm ertönte ein weiteres Mal.

Lydie packte Katharinas Arm und zerrte sie aus dem Wagen. Die Prinzessin war von dem Angriff so überrascht, dass sie kaum Widerstand leistete. Sie landete auf allen vieren im Staub. »Was tust du?«, rief Katharina.

»Unser gemeinsamer Weg endet hier«, sagte Lydie und schwang sich auf den Fahrersitz. Ihre Lippen bebten.

Aus Richtung der Casa de Santa Maria war Motorenlärm zu hören. An der Biegung tauchte die Kühlerhaube von einem der Botschaftsfahrzeuge auf.

Lydie legte den Rückwärtsgang ein und setzte den Wagen schlingernd ein Stück zurück. »Einsteigen, schnell!«, rief Ajax den anderen zu. Edward, Wallis, Timmy und Walford Selby kamen herbeigerannt, Edward riss die hintere Tür auf und schob Wallis in den Fond, Selby stieg auf der anderen Seite ein, Ajax schwang sich auf den Beifahrersitz und zog Timmy auf seine Beine. Ein Schuss krachte.

Der Wagen fuhr an, ruckte, blieb stehen. Lydie hatte den Motor abgewürgt. Sie drehte mit beiden Händen am Zündschlüssel und pumpte mit dem Pedal – dem Kupplungspedal!

Ajax erinnerte sich daran, dass Lydie bei ihrer ersten Begegnung erzählt hatte, nicht Auto fahren zu können. Deshalb waren sie gemeinsam durch das nächtliche Paris spaziert, ein unvergessliches Erlebnis. Jetzt aber drohte ihnen der Tod, wenn sich der Wagen nicht in Bewegung setzte.

Ein Knall war zu hören. Glas splitterte. »Geben Sie Gas!«, brüllte Edward von hinten. »Los doch!«, schrie Wallis.

»Lass mich fahren!«, forderte Ajax Lydie auf. In diesem Moment erweckte sie den Motor wieder zum Leben. Der Wagen machte einen Satz, als sie das Gaspedal bis zum Boden durchtrat und den Gang mit einem Zahnschmerzgeräusch ins Getriebe drückte. Dann schossen sie davon.

Die Straße verlief in Kurven direkt an der Küste, und mehr als einmal geriet Lydie die Limousine gefährlich nah an die Felsen, über die weiße Gischt spülte. Jedes Mal, wenn sie die Kontrolle über das Auto zu verlieren drohte, schrie Wallis auf dem Rücksitz auf, Ajax zog zischend die Luft durch die Zähne ein, und Timmy hielt sich die Augen zu.

»Wo haben Sie fahren gelernt?« Edwards Stimme drohte sich zu überschlagen.

»Nirgendwo«, gab Lydie zu. Dann presste sie wieder die Lippen zusammen. Auf ihrem Gesicht lag der Ausdruck höchster Konzentration.

Ajax kurbelte das Fenster herunter und richtete den Seitenspiegel so aus, dass er die Straße hinter ihnen sehen konnte. Gallaghers Agenten verfolgten sie in einem der Botschaftsfahrzeuge. Undeutlich konnte er zwei Gestalten hinter der Windschutzscheibe erkennen. Aus einem der hinteren Seitenfenster ragte etwas, ein Tischbein, die Möbel des Herzogs verstopften den Wagen. Die Agenten hatten sich an Edwards Anweisungen, die Möbel zu verladen, halten müssen, um keinen Verdacht zu erregen. Jetzt sorgte die Fracht dafür, dass nur zwei Männer den Flüchtenden folgen konnten. Einer von ihnen lehnte sich aus dem Seitenfenster heraus und zielte mit einer Pistole auf sie. Doch der Schuss blieb aus. Stattdessen änderte sich das Brausen des Winds von einem tiefen Brummen zu einem hohen Säuseln. Häuser erschienen rechts und links der Straße, einfache Bauten, vor denen Fischernetze auf Gestellen aufgespannt waren. Sie hatten Cascais erreicht, das Dorf, das vor der Casa de Santa Maria lag. Menschen waren auf der Straße, eine Mutter schob einen Kinderwagen, ein Mann flickte den Reifen eines auf dem Kopf stehenden Fahrrads. Eine Gruppe Männer stand vor einer Taverne zusammen und unterhielt sich mit ausholenden Gesten.

Lydie trat auf die Bremse und riss das Lenkrad herum. Der Wagen schlingerte, wurde langsamer und stieß gegen eine Hauswand. Blauer Putz rieselte auf die Motorhaube. War das Absicht gewesen oder Lydies bescheidenen Fahrkünsten zuzuschreiben? Ajax hatte keine Gelegenheit, sie zu fragen, denn die Tür des Hauses wurde aufgerissen und eine Familie strömte daraus hervor, eine Wolke Kinder, gefolgt von vier Erwachsenen, die Männer hatten zornrote Gesichter, die Frauen schauten besorgt in den Wagen. Ajax hatte Mühe, die Leute auseinanderzuhalten, so schnell liefen sie um den Wagen herum und schrien durcheinander. Immer wieder deuteten sie auf den Schaden, den Wagen und redeten durch das heruntergelassene Fenster aufgeregt auf Lydie ein. Ajax stieg aus, eine Frau fasste nach seinen Armen und schaute an ihm herunter. Als sie das Blut an seiner Seite sah, verfiel sie in lautes Rufen. Ajax versuchte sie zu beruhigen. Als er die Straße hinauf zurückschaute, war der Wagen mit Gallaghers Männern verschwunden.

*

Katharina konnte ihre Wut kaum zähmen, das Gefühl brannte in ihr und machte sie rasend. Edward hatte sie zurückgewiesen, ihr die gemeinsame Zukunft vor die Füße geworfen. Jetzt hielt sie den Blick gesenkt. Es gab nicht einmal Scherben, die sie hätte zusammenkehren können. Nur Schmutz.

»Prinzessin.« Tiger legte ihr eine Hand auf die Schulter. Seine Stimme klang wie ein Schnurren.

Katharina fuhr herum und schlug ihm ins Gesicht. »Ich bin keine Prinzessin mehr, und jetzt ist gewiss, dass ich auch nie wieder eine sein werde.« Ihre Stimme überschlug sich. »Wenn du mich noch einmal so nennst, werde ich …«

Ihr Blick fiel auf den Wagen, mit dem Edward, Wallis und die anderen aus dem Wald herausgekommen waren. »Wohin wollten sie fahren? Tiger! Wohin könnten Edward und Wallis unterwegs sein?« Sie lief auf den Wagen zu und zog Tiger an einer Hand hinter sich her.

»Zur britischen Botschaft«, rief Tiger. »Das jedenfalls würde ich tun.«

»Genau«, sagte Katharina. Sie schaute in den Wagen, das Zündschloss war leer, sie hatten den Schlüssel mitgenommen. »Deshalb würde ich dort auch nicht nach ihm suchen.« Edward hatte sich als einfallsreiches Wild erwiesen, das seinen Häschern immer wieder durch die Finger geschlüpft war – weil er niemals das getan hatte, was die Gegenseite von ihm erwartete. Erfolgreiches Verhalten legt man nicht wieder ab. Gewiss würde er nicht in der Botschaft Schutz suchen.

Katharina erinnerte sich an das Gespräch mit Espírito Santo Silva. Der Bankier hatte ihr einen entscheidenden Hinweis gegeben. »Weißt du, wo in Lissabon die großen Schiffe anlegen?«, fragte sie Tiger.

»An der Biegung des Tagus, am Cais du Sodre«, antwortete er. »Was hast du vor? Er hat doch glasklar zu verstehen gegeben, dass er nicht mit dir gehen wird.« Er schaute ihr tief in die Augen. »Vergiss Edward«, sagte er. »Komm mit mir zurück nach Barcelona. Zusammen könnten wir die Welt aus den Angeln heben. Wir wären das berühmteste Paar in ganz Spanien. Die Zeitungen würden über uns berichten, so wie sie seinerzeit über Edward und Wallis berichtet haben.«

Katharina sah ihn an. Tiger war ein attraktiver Mann von erheblichem Einfluss. Und er war reich. Sie müsste nur ein Wort sagen, vielleicht noch nicht einmal das, und er würde sie auf Händen nach Spanien tragen. Vielleicht liebte er sie sogar, doch das war nicht das, was sie wollte. Sie wollte nicht einmal mehr die Rolle der Prinzessin bekleiden, die ihr von Geburt wegen zustand. Alles, wonach ihr jetzt verlangte, war, Edward für die Zurückweisung zu bestrafen – und Wallis gleich dazu. Wenn Katharina Edward nicht haben konnte, sollte die Herzogin ebenfalls leer ausgehen. Besser noch: Die bürgerliche Heuchlerin sollte für den Rest ihres Lebens um ihren Mann trauern. Dafür würde Katharina sorgen.

»Was hast du vor?«, fragte Tiger, als sie sich in den Wagen setzte und nach den Kabeln unter dem Lenkrad tastete.

»Ich habe unterwegs hierher etwas Nützliches gelernt«, antwortete sie.

»Wie man einen Herzog verliert?«

Sie nickte grimmig. »Und wie man ein Auto ohne Schlüssel startet.«

Kapitel 38

Berlin,
Mai 1940

»Fertig, Herr Außenminister!« Der Techniker legte den Telefonhörer auf die Gabel, den er sich kurz zuvor ans Ohr gehalten hatte. »Funktioniert alles. Die Leitungen sind frei und abhörsicher.«

Von Ribbentrop stützte sich auf der Schreibtischplatte auf und verabschiedete den Mann mit einem Nicken. Das war jetzt das fünfte Telefon, das man auf seinem Tisch installiert hatte. Vor einigen Wochen, als der Angriff auf Frankreich begonnen hatte, waren es noch zwei Apparate gewesen – und schon deren ständiges Klingeln hatte ihm die Nerven geraubt.

Er griff nach dem Hörer ganz rechts, um mit SS-Chef Himmler zu sprechen, da läutete einer der anderen Anschlüsse. Von Ribbentrop hob zweimal den falschen Hörer ab, bevor er den richtigen Apparat erwischte. »Zum Teufel!«, rief er. »Ich habe nur zwei Hände und zwei Ohren.«

»Entschuldigen Sie, Herr Außenminister, ich rufe später wieder an.« Das war Gottfriedsen. Er war mit der Aufklärung des Falls Schneewittchen beauftragt.

»Sprechen Sie, Gottfriedsen!«, forderte von Ribbentrop ihn auf. Himmler musste warten. Das hier war wichtiger.

»Ich kenne den Aufenthaltsort von Schneewittchen«, sagte sein Adjutant.

Sofort schnellte von Ribbentrops Pulsschlag in die Höhe. »Wo steckt sie?«

»In Lissabon. Dort ist sie mit Ricardo Espírito Santo Silva zusammengetroffen. Heute früh.«

Von Ribbentrop rieb sich die Stirn, während er versuchte, die Teile des Puzzles zusammenzusetzen. Schneewittchen, Prinzessin Katharina, war aus La Grange Fort entkommen und hatte ein Blutbad hinterlassen. Die Suche nach ihr hatte gedroht, im Sande zu verlaufen, bis eine Tageszeitung in Barcelona ein Bild des Herzogs von Windsor veröffentlicht hatte. Edward war überraschend in der halb zerstörten Stadt aufgetaucht. Es war wahrscheinlich, dass Katharina versuchen würde, ihn in Barcelona zu erreichen. Doch als von Ribbentrops Leute in der Stadt ankamen, fehlte von Edward und Katharina jede Spur. Es war nicht einmal sicher, ob die Prinzessin überhaupt dort gewesen war, hieß es. Doch von Ribbentrop wusste es besser. Diese Frau verfolgte ihr Ziel mit einer Hartnäckigkeit, die selbst ihm Respekt abnötigte. Wie es schien, waren sie nun beide in Lissabon.

»Haben unsere Leute den Herzog und die Prinzessin im Visier? Sind sie an ihnen dran?« Von Ribbentrop spürte, wie der Hörer in seiner Hand rutschig wurde.

»Noch nicht«, sagte Gottfriedsen, »aber wir …«

»Herrgott noch mal!« Er konnte sich nicht länger beherrschen. »Arbeiten nur Idioten für mich?« Für einen Moment tauchte das hämische Gesicht von Heydrich auf, der sein Gegenspieler im Kampf um die Gunst Adolf Hitlers war. Wenn von Ribbentrop in dieser Angelegenheit versagte, würde er die längste Zeit Außenminister gewesen sein. »Solange Prinzessin Katharina im Feld ist, wird der Führer Direktive 17 nicht anordnen. Das ist Ihnen hoffentlich klar.«

»Ich weiß, Herr Außenminister. Schneewittchen könnte die Angriffspläne verraten.« Gottfriedsens Stimme blieb ruhig. Konnte man diesem Kerl denn nicht wenigstens den Anflug einer Gefühlsäußerung entlocken? Warum regte er sich nie auf? »Aber das wird nicht geschehen.«

»Wieso sind Sie da so sicher? Lassen Sie sich nicht alles aus der Nase ziehen.«

Was der Adjutant als Nächstes sagte, ging im Klingeln des neu eingerichteten Telefons unter. Von Ribbentrop hob den Hörer ab und knallte ihn wieder auf die Gabel. »Wiederholen Sie das!«, wies er Gottfriedsen an.

»Der Herzog soll mit einem Dampfer, der ›Honor of Essex‹, Lissabon mit dem Ziel Portsmouth verlassen«, fuhr der Mann am anderen Ende der Leitung fort.

»Postieren Sie Ihre Leute auf dem Schiff und davor. Sobald Schneewittchen dort auftaucht, schlagen Sie zu.« Er schnaufte. »Sie wissen, Gottfriedsen: Ich muss diese Frau nicht lebendig wiedersehen. Schaffen Sie sie diesmal wirklich beiseite.« Er legte auf, lehnte sich zurück, spürte, wie sich sein Herzschlag beruhigte.

Das Telefon klingelte erneut. Derselbe Apparat. Von Ribbentrop presste die Lider zusammen, langte nach dem Hörer. »Was ist denn noch?«

»Herr Außenminister«, sagte Gottfriedsen, »ich fürchte, so einfach ist die Lage nicht. Auf dem Dampfer und davor befindet sich eine Menschenmenge. Die Leute feiern den achthundertsten Jahrestag der portugiesischen Unabhängigkeit. Dazu ist der Herzog von Kent eingeladen, der mit genau diesem Dampfer angekommen ist. Er wird Sicherheitspersonal dabeihaben. Ein Anschlag auf Schneewittchen hätte durch diese Faktoren eine Erfolgswahrscheinlichkeit von höchstens zwanzig Prozent.«

»Können Sie die Frau denn vorher abfangen?«, fragte von Ribbentrop. »Bevor sie zum Hafen kommt.«

»Das wäre möglich«, antwortete Gottfriedsen, »aber das

Schiff legt bereits in einer Stunde ab. Es könnte sein, dass die Zielperson schon an Bord ist.«

Von Ribbentrop schlug mit der Faust auf die Tischplatte, die Telefone gaben protestierende Klingelgeräusche von sich. Am liebsten hätte er Gottfriedsen befohlen, den ganzen Kai von Lissabon mit Garben aus einem Maschinengewehr säubern zu lassen, wenn sich dadurch die Chancen erhöhen würden, Prinzessin Katharina zu treffen.

Er stutzte. »Was ist mit einer Bombe?«, fragte er.

»Herr Außenminister?«

Aus der Suppe der Wut, die in seinem Innern kochte, stieg eine Idee an die Oberfläche wie ein gut durchgegartes Stück Fleisch. »Eine Bombe«, sagte er, »die einer von unseren Männern an Bord des Dampfers versteckt. Sie geht hoch, kurz bevor das Schiff ablegt. Edward wird an Bord sein, Wallis und Prinzessin Katharina. Damit erledigen wir gleich mehrere Probleme auf einmal.« Ein ums andere Mal rasteten die Gedanken in seinem Kopf ein, bis sie ein funktionierendes Getriebe bildeten. »Wir würden den Portugiesen einen Denkzettel verpassen und ihnen zeigen, dass sie nicht unangreifbar sind, bloß weil sie mit den Briten gemeinsame Sache machen. Außerdem würden wir den Hafen sabotieren, sodass eine Zeit lang keine Schiffe mehr dort anlegen könnten, schon gar keine britischen.« Wieder schlug er auf den Tisch. »Das ist es!«

Im nächsten Moment fielen ihm die zahllosen Unbeteiligten ein, die bei einem Anschlag ums Leben kommen würden. Er sah den Kai von Lissabon übersät mit Körpern, schreienden und herumirrenden Menschen, es schauderte ihn.

»Das könnte funktionieren«, ließ sich Gottfriedsen vernehmen. »Eine Bombe könnte niemand zu uns zurückverfolgen. Man würde sie den spanischen Anarchisten zuschreiben. Vielleicht bringt der Vorfall sogar Franco dazu, sich gegen England zu wenden und sich uns anzuschließen.«

Von Ribbentrop drängte das Schreckensbild aus seiner Fantasie. Die Vorteile überwogen. »Können unsere Männer den Sprengstoff in der Kürze der Zeit auftreiben?«

Gottfriedsen lachte. »Ich glaube, dass ist in einer Stadt wie Lissabon das geringste Problem.«

*

LISSABON,
MAI 1940

Der Wind rauschte in allem, was rauschen konnte: in den Schornsteinen der großen Schiffe, in den Planen, die Frachtkisten vor Regen schützten, in den Flaggen, die den Jahrestag der Unabhängigkeit fröhlich flatternd feierten, in den Instrumenten der weiß uniformierten Blaskapelle, in den Frisuren der Damen und unter den Hüten der Herren. Am Kai des Lissaboner Hafens, in der Mündung des Tagus, lagen die Dampfer dicht nebeneinander. Eine nicht enden wollende Schlange von Flüchtenden führte zur »SS Quanza«. Daneben lag die »Honor of Essex«, ein Dampfer der Lord-Chamberlain-Klasse, auf dem dreihundert Passagiere Platz fanden. Auf diesem Schiff ging es ruhiger zu, es war ausschließlich offiziellen britischen Gästen vorbehalten. Von dort läutete gerade eine Signalglocke.

»Ich glaube, wir müssen jetzt Lebewohl sagen.« Wallis lächelte Ajax und Lydie zu. »Sonst verpassen wir noch die Abfahrt – trotz allem, was wir dafür auf uns genommen haben.«

»Was wird aus Ihnen beiden?«, fragte Edward.

»Wir kehren für einige Tage nach Paris zurück …«, erwiderte Ajax.

»… bevor wir nach England gehen«, ergänzte Lydie und drückte Ajax enger an sich.

Er zuckte zusammen, erwiderte aber die Umarmung. Die Wunde an seiner Seite war frisch verbunden. Die portugiesische Familie in Cascais hatte es sich nicht nehmen lassen, ihn zu verarzten. Gallaghers Männer waren nach Lydies Manöver und der Aufmerksamkeit, die sie damit hervorgerufen hatte, zurückgeblieben. Seither waren sie nicht mehr zu sehen gewesen, und Ajax hoffte, dass das so bleiben würde.

»Ich wünsche euch Glück«, sagte Walford Selby und schüttelte Edward die Hand. Wallis umarmte den Botschafter. »Das nächste Mal sehen wir uns unter glücklicheren Umständen. Dann werde ich auch dem Anlass entsprechend gekleidet sein.« Die Herzogin hatte sich darüber beklagt, dass ihr Gepäck in dem Wagen auf der Straße nach Cascais zurückgeblieben war, allerdings rasch eingesehen, dass das ein verhältnismäßig geringes Opfer war im Vergleich zu dem, was sie hätten erleiden sollen.

»Sie beide melden sich bitte später bei mir in der Botschaft«, sagte Selby zu Ajax und Lydie. »Ich werde Sie mit allem Nötigen für die Rückkehr nach Frankreich ausstatten, Geld, Visa, ein wenig Gepäck. Dann werden wir auch die aktuellen Neuigkeiten aus Frankreich hören und überlegen, ob Paris wirklich ein sicheres Ziel für Sie ist. Die Wehrmacht hat die Stadt beinahe erreicht.«

»Wir werden vorsichtig sein«, versprach Lydie. Insgeheim planten sie, sich nach Nordfrankreich durchzuschlagen, um bei Lydies Familie in Camembert Unterschlupf zu finden. So hatten sie es in aller Eile beschlossen, doch um genaue Pläne zu schmieden, war noch nicht genug Zeit gewesen.

Nun hielt Edward auch Ajax die Hand hin. Er ergriff sie. Die Männer drückten zu, beide mit großer Kraft, dann ließ Edward als Erster los. »Ich habe mich in Ihnen getäuscht, Ajax. Wallis und ich haben Ihnen unser Leben zu verdanken. Wenn Sie jemals nach Washington kommen …«

»… oder auf die Bahamas«, wandte Wallis ein – das Ziel des Paares würde erst festgelegt werden, wenn sie von Portsmouth aus mit Premierminister Churchill sprechen konnten.

Edward runzelte die Stirn. »Jedenfalls sind Sie uns immer und überall willkommen.« Er schüttelte auch Lydie die Hand.

»Das waren jetzt genug Sentimentalitäten.« Wallis drängte sich an Edward vorbei, legte Ajax die Arme um den Hals und presste ihre Wange an sein Gesicht. »Diese Reise hätte interessant werden können, aber wir beide haben uns ja schon in jemand anderen verliebt«, flüsterte sie ihm zu. Sie zog ihn noch enger zu sich heran. Ihr Duft strömte in seine Nase. Die Zeitspanne, die sie ihn festhielt, dauerte so lange, dass Ajax über ihre Schulter sehen konnte, wie Edward ihnen einen Blick zuwarf.

Herzog Edward und Herzogin Wallis gingen die Gangway hinauf. Oben angekommen drehten sie sich noch einmal um und winkten Ajax, Lydie und Walford Selby zu. Edward warf der nur fünfzig Meter entfernten Menschenmenge einen Blick zu Ajax wusste genau, was in diesem Moment in dem Herzog vor sich ging. Es hatte einmal eine Zeit gegeben, da wäre er nicht unerkannt geblieben, da hätte man nach ihm gerufen, versucht, ihn zu berühren, und Frauen wären angesichts seiner Nähe in Tränen ausgebrochen. Auch jetzt stand eine Menge am Kai, aber die

Leute waren mit dem Herzog von Kent beschäftigt, der sich anschickte, eine Rednertribüne zu erklimmen. Edward war seinem Bruder aus dem Weg gegangen, um nicht doch noch ins Ziel des allgemeinen Interesses zu geraten, denn dort, das wussten sie aus Barcelona, war es gefährlich. Der Herzog und die Herzogin kehrten der Szenerie den Rücken zu und verschwanden im Innern des Schiffes.

»Wo ist eigentlich Ihr junger Begleiter?«, fragte Walford Selby.

»Timmy?«, wollte Lydie wissen. Sie hatte den Jungen sofort in die Arme geschlossen, kaum dass sie außer Gefahr gewesen waren, und er hatte sich nur mit Mühe von ihr lösen können. Die Küsse, die Lydie ihm auf die Wangen gedrückt hatte, hatte er mit dem Handrücken weggewischt und dabei angeekelt das Gesicht verzogen.

»Ich weiß nicht«, sagte Ajax ein wenig enttäuscht. Timmy sollte mit Edward und Wallis nach England fahren und dort in einem Haushalt der königlichen Familie eine neue Anstellung finden. Dass er sich nun zurückgezogen hatte, ohne Lebewohl zu sagen, war bedauerlich.

»Diese Kinder!«, sagte Selby und zwinkerte Ajax zu.

*

Während die anderen Abschied nahmen, hatte Timmy einen Eisverkäufer auf dem Kai entdeckt. Zwar stand auf dem Bauchladen des Mannes etwas auf Portugiesisch, aber Timmy wusste sofort, was in den Behältern war, weil sie in einem Bad aus Eiswürfeln standen und bunte Eistüten neben der Aufschrift abgebildet waren. Erstaunlicherweise wimmelte der Eismann alle Kunden ab und steuerte schnurstracks auf die »Honor of Essex« zu.

Timmy beobachtete, dass der Offizier am Ende der

Gangway einen kurzen Blick in die Eiskanister warf und dann auf die Uhr an seinem Handgelenk tippte. Der Eisverkäufer, ein dicker Mann mit einem dunklen Vollbart und einer bunten Mütze, eilte auf das Schiff. Timmy lief ihm nach, die Aussicht auf ein Eis schien ihm angenehmer als weitere Küsse von Lydie. Ein Passagier auf dem Oberdeck rief dem Mann mehrmals zu, doch der reagierte nicht, sondern hielt auf die Treppe zu und verschwand im Innern des Schiffes.

Was hatte dieser Eisverkäufer vor? Timmy folgte ihm weiter, darum bemüht, keine Geräusche zu verursachen. Auf dem ersten Kabinendeck blieb der Mann schließlich stehen, schaute prüfend den Gang entlang und machte sich an einer Klappe in der Korridorwand zu schaffen. Wie Timmy von seinem Versteck hinter der Notfallausrüstung her erkannte, klinkte er einen Deckel aus, holte etwas unterhalb seines Bauchladens hervor und legte es in die Aussparung in der Wand. Dann schloss er die Klappe wieder und ging den Weg zurück, den er gekommen war.

Timmy erstarrte. Der Eisverkäufer kam direkt auf ihn zu. Timmy beschloss, ihm einfach entgegenzugehen und eine Melodie zu pfeifen. Zwar schlug sein Herz bis zum Hals, und mit der Melodie klappte es nicht so recht, aber als er dem Mann auf dem engen Korridor begegnete, würdigte der ihn nur eines kurzen Blickes und stieg die Treppe wieder hinauf. Einen Moment noch wartete Timmy, aber der Mann kehrte nicht zurück. Auf die Gefahr hin, von einem der Passagiere dabei erwischt zu werden, wie er sich an den Brandschutzanlagen zu schaffen machte, nahm er mit bebenden Fingern die Klappe von der Wand.

Kapitel 39

LISSABON,
MAI 1940

»Ajax! Ajax!« Timmy kam die Gangway hinuntergerannt.

Er wollte wohl doch noch Lebewohl sagen, stellte Ajax erleichtert fest. Mit ausholender Geste winkte er dem Jungen entgegen. Er würde ihn vermissen, seine Sommersprossen, sein rotes Haar, seine Offenheit und seine Tapferkeit. Die hatte Timmy nicht nur im Kampf gegen Cook und Cowell unter Beweis gestellt. Ajax öffnete die Arme, um Timmy zu umfangen, doch der Junge blieb steif vor ihm stehen. »Ajax«, keuchte er atemlos, »ich muss dir was zeigen – auf dem Schiff.«

Ein feiner Regen setzte ein, während Timmy ihm an seinem Hosenbein zerrend berichtete, was er beobachtet hatte. Wollte der Junge den Abschied hinauszögern? Ajax entschied, Timmys Drängen nachzugeben, und folgte ihm zusammen mit Lydie. Am Ende der Gangway hielt sie ein Mann in einer dunklen Marine-Uniform auf und verlangte, Tickets und Visa zu sehen. Walford Selby schloss von hinten auf, sprach auf ihn ein und sorgte dafür, dass Ajax und Lydie auf das Schiff gelassen wurden. »Aber höchstens zehn Minuten«, rief er ihnen nach.

»Wir müssen runter zu den Kabinen.« Timmy führte sie eine mit blauem Teppich belegte Treppe hinab und zu einer in die Wand eingelassenen Klappe. Ajax hob den Deckel ab.

In der Nische hinter der Klappe war ein Feuerwehrschlauch untergebracht, und zwischen dessen Schlaufen lag eine Eisenkugel, sie war schwarz lackiert und hatte die Größe eines Fußballs. Drei Zapfen ragten daraus hervor. Timmy bestand darauf, dass Ajax ein Ohr gegen das Ding legen sollte. Ajax beugte sich vor und berührte vorsichtig das kalte Metall. Als er das Ticken hörte, wusste er, dass die Gefahr noch nicht vorbei war – nicht für Lydie und ihn und erst recht nicht für Edward und Wallis. Die Attentäter gaben offenbar nicht auf.

»Timmy, du hast deine Sache gut gemacht.« Ajax legte seine Hände auf die schmalen Schultern des Jungen. »Lauf so schnell wie möglich zu Botschafter Selby. Wir kommen gleich nach.«

»Wir müssen sofort den Kapitän verständigen«, hört er Lydie neben sich sagen, nachdem Timmy verschwunden war. Auch ihr schien klar zu sein, womit sie es zu tun hatten. »Die Passagiere müssen das Schiff verlassen.«

»Und wenn es dazu schon zu spät ist?« Ajax musterte die Eisenkugel. »Wir wissen nicht, auf welche Zeit der Zünder eingestellt ist. Vielleicht explodiert diese Bombe erst, wenn der Dampfer schon auf hoher See ist, vielleicht aber schon im nächsten Augenblick.«

Lydies Gesicht verlor jegliche Farbe. »Können wir den Sprengsatz entschärfen?«

»Ich bin Literaturstudent, kein Ingenieur«, sagte er. »Außerdem sehe ich keinen Zünder, nur diese Zapfen. Wir können nichts tun.« Er atmete tief ein. »Außer, das Ding so schnell wie möglich vom Schiff wegbringen.«

Er sah sie an, auf dem Grund ihrer dunklen Augen lag eine große Furcht. Er musste keine Argumente vorbringen, um sie von dem zu überzeugen, was unausweichlich war. Sie biss sich auf die Unterlippe. »Ich werde an deiner Seite bleiben«, sagte sie mit fester Stimme.

»Nein«, erwiderte er. »Du musst den Kapitän suchen und ihn dazu bringen, das Schiff und den gesamten Anleger evakuieren zu lassen.«

»Ich will bei dir bleiben«, berharrte sie. »Außerdem wird mir niemand glauben.«

»Ich würde dir sofort glauben.« Er lächelte, als er die Hände nach der Metallkugel ausstreckte. »Du kannst sehr überzeugend sein.«

Lydie küsste ihn heftig und rannte los.

Als ihre Schritte auf der Treppe verklungen waren, legte Ajax die Fingerspitzen auf den Eisenball. Er spürte ein sanftes Vibrieren. Kam das aus dem Innern der Kugel oder aus ihm selbst? So langsam, wie ein Schläfer am Morgen die Lider hebt, hob er das Objekt an. Es war erstaunlich schwer, so schwer, dass sich Ajax fragte, ob das Innere überhaupt einen Hohlraum besaß. Das Ticken aus den Eingeweiden der Bombe ließ seine Zweifel verfliegen.

Er wusste nicht, wie empfindlich ein Zeitzünder war, aber Timmy hatte berichtet, der Eisverkäufer sei schnellen Schrittes im Schiff verschwunden. Wenn der Attentäter keine Angst gehabt hatte, die Bombe durch zu starke Bewegungen zu zünden, so musste Ajax das ebenso wenig.

Er klemmte sich die Kugel unter den Arm, sicherte sie mit beiden Händen und lief los.

*

Katharina zwängte sich durch die Menge. Die Szenerie schien einem jener Trickfilme zu entstammen, die sich Adolf Hitler so gerne anschaute: Soldaten in Paradeuniformen marschierten am Kai entlang, schoben sich zu den Klängen einer Blasmusikkapelle zwischen den Geflüchteten hindurch, die mit verzweifelten Mienen auf ihren Koffern hockten. Männer, Frauen und Kinder drängten mit solcher Gewalt auf eines der Schiffe, dass sie dabei andere ins Hafenbecken stießen. Auf einer Tribüne klopfte ein Mann gegen ein Mikrofon und begann eine Ansprache auf Englisch. Englisch! Katharina warf den Kopf herum, doch der Redner war nicht Edward, sondern sein jüngerer Bruder, der Herzog von Kent. Sie hatte ihn in London kennengelernt. Die Brüder waren verfeindet. Wo er auftauchte, würde Edward bestimmt nicht zu finden sein.

Aber wo dann?

Es begann zu regnen, trotzdem war Katharina heiß. Zwischen den Uniformen und den zerschlissenen Kleidern der Geflüchteten hing die verbrauchte Luft, dazu kam der Dunst, der aus dem Hafenbecken aufstieg. Wo sollte sie Edward suchen? Sie konnte doch nicht jedes einzelne Schiff durchkämmen. Vielleicht hätte Tiger ihr helfen können, doch den hatte Katharina auf der Straße nach Cascais stehen lassen. Natürlich hatte er mit ihr fahren wollen, vermutlich hätte er sein Angebot, gemeinsam nach Barcelona zu gehen, wiederholt, und ebenso vermutlich wäre Katharina beim zweiten Mal darauf eingegangen. Aber sie wollte kein zweitklassiges Leben an Tigers Seite. Sie wollte Rache.

Wo steckte Edward bloß? Katharina blieb vor einem Dampfer stehen, dessen Name von einer Reihe wartender Passagiere verdeckt wurde. Die Leute, die darauf hofften, sich einschiffen zu können, sahen allesamt etwas heruntergekommen aus. Hier würde er bestimmt nicht zu finden sein. Noch einmal schaute Katharina zu der Rednertribüne hinüber. Dort hatte der Herzog von Kent anscheinend Schwierigkeiten mit dem Mikrofon, denn ein Mann in grauem Overall überprüfte den Sitz der Kabel.

Das am nächsten liegende Schiff hieß »Honor of Essex«.

Im nächsten Moment sah sie ihn. Edward lief die Gangway hinunter, stieß die einsteigenden Leute beiseite und rief etwas, sein Gesicht war angstverzerrt. Der junge Schotte – Ajax – lief hinter ihm her.

Katharina ging zu einem Stapel Bauholz herüber und griff nach der größten Latte, um die sie ihre Finger schlingen konnte.

*

»Eine Bombe? An Bord unseres Schiffes?« Wallis starrte Lydie ungläubig an. Gerade eben hatte es geklopft, die junge Französin hatte vor der Tür gestanden und behauptet, das Schiff drohe in die Luft zu fliegen.

»Was ist denn los?«, rief Edward aus dem Innern der Kabine.

»Lydie ist hier und …« Wallis konnte den Satz nicht zu Ende bringen, denn die Französin drängte an ihr vorbei und wiederholte in kurzen Sätzen, was sie Wallis gerade berichtet hatte. »Ich soll den Kapitän verständigen, damit er Alarm gibt, aber ich fürchte, dass mir niemand glauben wird«, stieß sie hervor. »Aber Ihnen beiden würde man zuhören.«

Wallis schüttelte den Kopf. »Auf die Brücke? Durch das Gewühl, das auf dem Oberdeck herrscht? Es wäre sicherer, das Schiff sofort zu verlassen und so weit wie möglich davon wegzukommen, bevor dieses Ding explodiert.«

Edward nickte. »Ihr beide lauft los!«, rief er. »Bringt euch in Sicherheit! Ich suche Ajax und helfe ihm.«

Bevor Wallis etwas dagegen einwenden konnte, war Edward schon auf dem Korridor.

Wallis wollte ihm folgen, doch Lydie hielt sie fest. »Bitte!«, sagte sie. »Wir müssen zum Kapitän. Helfen Sie mir, all diese Menschen zu retten.«

Das Gefühl, in Lebensgefahr zu schweben, fiel von Wallis ab. Was dieses Dienstmädchen fertigbrachte, würde auch ihr gelingen. Sie war nicht länger die Herzogin von Windsor, eine Frau, die immer versuchte, das Beste für sich herauszuschlagen. Sie war Wallis, sie war mit einer deutschen Spionin fertig geworden und mit einem Haufen verräterischer Briten, sie hatte sich in einer vom Krieg gezeichneten Welt behauptet. Sie würde keinen Rückzieher machen.

»Gehen wir.«

*

»Ajax!«

Er hörte Edwards Stimme, bevor er die Gangway erreichte. Dann sah er die erhobene Hand und den in die Höhe gereckten Kopf. Die Eisenkugel klemmte unter seinem Arm, und er versuchte, die Stöße der anderen Passagiere abzufangen, während er auf den Herzog zueilte.

»Lydie hat mir alles erzählt«, rief ihm Edward entgegen. »Ich helfe Ihnen, das Ding von Bord zu bekommen.«

»Nein, Sir!«, wollte Ajax erwidern. Doch Edward war bereits losgelaufen, schob die Männer und Frauen, die sich die Gangway hinaufdrängten, beiseite und rief, so laut er konnte: »Macht Platz für den Herzog von Windsor! Macht Platz für den Herzog von Windsor!«

Tatsächlich wichen einige der Passagiere aus, als Edward sich einen Weg zwischen ihnen hindurchbahnte. Offenbar strahlten seine Stimme und sein Auftreten so viel Autorität aus, dass niemand seine Anweisung hinterfragte, jedenfalls nicht für den Moment, und der genügte. In Edwards Windschatten lief Ajax die Gangway hinunter, hielt das Gleichgewicht zwischen Geschwindigkeit und Sicherheit und fand sich auf dem Beton des Anlegers wieder. Pfützen hatten sich darauf gebildet. Es roch nach nassem Stein.

»Wohin jetzt?« Edward schaute Ajax erwartungsvoll an.

Ajax sah sich suchend um. Der Hafen war voller Menschen, dahinter lag eine dicht befahrene Straße. Es musste einen anderen Ausweg geben.

»Wir bringen sie auf die Flussmitte raus«, rief er. »Ich brauche ein Boot.«

Sie liefen den Kai entlang. Ajax spürte sein Herz wie wild schlagen. Er versuchte, nicht daran zu denken, dass der Zünder jede Sekunde losgehen konnte. Während er rannte, warf er einen Blick über den Rand der Mole ins Wasser, zunächst war nicht viel zu erkennen, der Regen ornamentierte die Oberfläche, dann konnte Ajax auf den Grund des Hafenbeckens schauen. Es war tief genug, damit die großen Dampfer anlegen konnten, aber war es auch tief genug, damit der Wasserdruck die Explosion abschwächte?

Bevor er sich dazu entschließen konnte, die Metallkugel ins Wasser zu werfen, machte Edward ihn auf eine Reihe Fischerboote aufmerksam, die an einem Anleger aus Holzbohlen festgemacht waren. Zwischen zwei Kuttern dümpelte ein Ruderboot mit drei Bänken, die vier Riemen waren eingeholt, ein Tau verband das Heck des Bootes mit einem Poller.

»Das da«, rief Ajax.

Edward war schon bei dem Poller und nestelte an dem Tau. Niemand beachtete sie. Ajax legte die Bombe auf den Holzbohlen des Anlegers ab und ließ sich in das Boot hinunter. Es schaukelte unter seinem Gewicht. Er fand den Schwerpunkt, stellte sich breitbeinig hinein, langsam griff er nach der Kugel und deponierte sie zwischen den Maschen eines unter den Sitzbänken liegenden Fischernetzes.

Edward hatte den Knoten des Taus gelöst, nur noch eine

lose Schlinge hielt das Boot fest. Er ging in die Knie und machte sich daran, ebenfalls einzusteigen.

»Warten Sie!« Ajax hob abwehrend eine Hand. »Ich erledige das allein. Es gibt keinen Grund, dass wir beide in Gefahr geraten.«

Edward versuchte, zuversichtlich zu lächeln. »Zu zweit können wir schneller rudern«, sagte er. Seine Beine hingen bereits über dem Boot.

»Sir, allein bin ich leichter und schneller«, entgegnete Ajax. »Stoßen Sie mich ab.« Er wischte sich die nassen Haare aus den Augen, da tauchte hinter Edward eine Gestalt auf. Beinahe hätte er Prinzessin Katharina nicht erkannt, so verzerrt waren ihre Züge: ihre Nasenflügel waren gebläht und ihre Augen und ihr Mund waren aufgerissen. Sie stürzte auf Edward zu und hob mit beiden Händen ein Stück Holz über den Kopf.

Ajax' Warnung kam zu spät. Der Schlag traf Edward mit voller Wucht. Er schrie vor Schmerz und fiel vom Anleger hinab ins Boot. Der Kahn wackelte, Wasser schwappte über das Dollbord.

Ajax hatte keine Zeit zu verlieren. Er ließ sich auf die Sitzbank in der Mitte fallen, packte die Riemen und drückte die Blätter ins Wasser. Das vertraute Gefühl von glatt gescheuertem Holz in den Händen schenkte ihm Selbstvertrauen. Er zog durch, das Boot ruckte vom Anleger weg.

Prinzessin Katharina rief etwas Unverständliches, schleuderte ihm ihre Wut hinterher. Sie nahm Anlauf und sprang, landete mit einem dumpfen Laut im Boot und keuchte, dabei trat sie gegen die Bombe. Die Kugel rollte zur Seite und landete in der Bilge, die am tiefsten Punkt des Bootes schwappte.

»Nicht berühren!«, brüllte Ajax. Doch Katharina schien ihn überhaupt nicht zu hören, ebenso wenig wie sie Interesse an irgendetwas oder irgendjemand anderem zu haben schien als an Herzog Edward. Noch immer hielt sie die Holzlatte fest, holte damit gegen den zwischen den Bänken liegenden Mann aus.

Ajax ließ die Ruder los und sprang auf. Das Boot begann sich zu drehen. »Edward!«, rief er.

Der Herzog rollte herum und hob beide Arme abwehrend über seinen Kopf. Statt sein Gesicht zu treffen, krachte der Schlag gegen seine Unterarme, ließ ihn aufschreien. Er packte eines von Katharinas Handgelenken und stieß sie von sich. Dann kam er auf die Füße. Edward schüttelte sich. Blut rann an seiner linken Wange herab. Er schwankte, das Schaukeln des Bootes drohte ihn vollends aus dem Gleichgewicht zu bringen.

»Ruder weiter«, kommandierte der Herzog über die Schulter. »Mit ihr werde ich allein fertig.«

»Hören Sie auf damit!«, rief Ajax der Angreiferin zu. »Wir haben eine Bombe im Boot.« Sie folgte seinem Fingerzeig mit ihrem Blick und schaute auf die Eisenkugel, zögerte lange genug, damit Edward sich auf sie stürzen konnte. Der ehemalige König und die Prinzessin rangen miteinander. Ajax' Blick streifte die Seite der »Honor of Essex«. Turmhoch ragte der Stahlkoloss jetzt über ihnen auf, an der Reling standen Passagiere mit Schirmen und deuteten auf sie hinunter. Dazwischen blitzte Messing in der Sonne, er erkannte die weißen Mützen der Schiffsoffiziere. Eine Sirene ertönte. In die Menschen kam Bewegung.

Er ließ sich auf die Ruderbank fallen, drehte den Bug des Bootes vom Hafen weg und legte sich in die Riemen. Der Wind pfiff ihm durch das Haar, der Regen peitschte sein Gesicht, als er auf die Flussmitte zusteuerte, dorthin, wo das Wasser am tiefsten war.

Er fühlte sich wieder wie bei der Regatta auf dem Cam.

Der Fluss glitt unter ihm hinweg. Nicht die Strömung brachte ihn vorwärts, er selbst war die Strömung, er pullte, er atmete, er glaubte die Befehle des Steuermanns zu hören. Die Muskeln an seinen Armen brannten, er stemmte die Füße gegen die Sitzbank vor ihm, er pullte, er atmete. Das Boot flog über das Wasser. In seinem Rücken lag die Rettung. Vor ihm hielt Edward Katharina im Griff. Er hatte von hinten einen Arm um ihre Arme geschlungen. Sie trat nach ihm, er versuchte auszuweichen. Ihre Bewegungen glichen einem Schreittanz auf rutschigem Parkett.

Pullen, atmen. Ajax zog durch. Er warf einen Blick nach hinten. War das schon die Flussmitte? Er war mittlerweile ein gutes Stück vom Anleger entfernt, auch der Dampfer war kleiner geworden, einzig Edward und Katharina waren noch in Gefahr.

Ajax hievte die Riemen aus dem Wasser und klemmte sie am Dollbord fest. Das Boot hatte so viel Geschwindigkeit aufgenommen, dass es weiterfuhr. Er beugte sich zur Bilge über dem Kiel hinab. Die Metallkugel schimmerte schwarz und feucht. Ajax griff danach, bereit, sie über Bord zu werfen.

Dann geschah alles zur selben Zeit.

Katharina versetzte Edward einen Stoß und brachte ihn aus dem Gleichgewicht. Er lockerte seinen Griff, ruderte mit einem Arm, fand aber die Balance in dem schlingernden Boot nicht wieder. Mit dem anderen Arm hielt er sie weiter umklammert. Derart verbunden kippten sie nach hinten, langsam, als hätten sie die Bewegung einstudiert, dann fielen sie mit einem Klatschen ins Wasser.

»Nein!«, rief Ajax. Verzweiflung überfiel ihn. Er konnte die Bombe hier nicht versenken, nicht an der Stelle, an der gerade die Köpfe der beiden aus dem Wasser auftauchten.

Aus dem Innern der Metallkugel erklang ein Zischen.

Ajax hob sie hoch und stemmte sie auf seine rechte Schulter. Die Bombe lag an seinem Ohr. Das Ticken hatte aufgehört. Er spannte alle Muskeln an, der Regen klatschte ihm ins Gesicht und lief ihm in die Augen. Er konnte nichts mehr sehen. Das Zischen aus der Kugel klang laut und bösartig. Er beugte sich zurück, so weit es die Schwerkraft erlaubte. Dann stieß er die Last mit aller Kraft von sich. Die Bombe beschrieb einen Bogen in der Luft, traf auf das Wasser, und eine Fontäne spritzte auf. Sie war viel größer, als sie hätte sein dürfen, wuchs sogar weiter, und Ajax hatte gerade noch Zeit, die Arme schützend vor sein Gesicht zu halten, bevor ihn die Druckwelle vom Boot fegte.

Kapitel 40

Cambridge,
April 1992

»Die Explosion war so ohrenbetäubend, dass alles Treiben am Hafen und auf den Schiffen zum Erliegen kam.« Miss Imbert nestelte an ihrem Halstuch und schaute über den Fluss. Die Sonne ging über dem Cam unter. Roger stellte fest, dass er sein Sandwich unangerührt festhielt. Der Kaffee in seiner anderen Hand war kalt geworden. Er nahm trotzdem einen Schluck.

»Was ist geschehen?«, fragte er. »Hat Ajax überlebt?« Er erinnerte sich an die Zeit, als er ein kleiner Junge gewesen war und seine Mutter ihm Gutenachtgeschichten vorgelesen hatte. Damals hatte sie immer dann aufgehört, wenn es am spannendsten war, und einfach das Licht gelöscht.

Miss Imbert ließ das Licht brennen. »Die Bombe ist weit genug vom Anleger entfernt hochgegangen, niemand dort wurde verletzt. Auch die meisten Schiffe blieben unbeschädigt. Ein Fischerboot sank. Die Besatzung, zwei Männer, wurde niemals gefunden. Bombensplitter trafen die ›Honor of Essex‹. Das Schiff war zwar rechtzeitig evakuiert worden, aber einige Passagiere hatten die Warnung in den Wind geschlagen und das Schauspiel von der Reling aus verfolgt, sie wurden getroffen, erlitten Verletzungen. Todesopfer waren nicht zu beklagen.«

»Ein tragisches Ereignis«, sinnierte Roger.

»Es hätte schlimmer kommen können. Wenn Ajax nicht so beherzt reagiert hätte, wären vielleicht Hunderte Menschen gestorben.«

»Was ist aus ihm geworden?«, fragte er noch einmal. »Ist er …?«

Der Blick der Archivarin blieb auf den Fluss gerichtet. »Edward überlebte. Auch er war verletzt, aber nicht schwer. Vielleicht hatte der Kahn die Druckwelle in seiner Richtung abgefangen. Prinzessin Katharina scheint nicht so viel Glück gehabt zu haben. Sie wurde jedenfalls nie wieder gesehen. Entweder ist sie im Tagus ertrunken, oder sie hat sich ans Ufer gerettet und ihre Rachepläne aufgegeben.«

Roger beschloss, sich vorläufig darauf einzulassen, dass Miss Imbert seine Frage nach Ajax unbeantwortet ließ.

»Könnte Katharina Tigers Angebot angenommen haben?«, mutmaßte er stattdessen.

Die Archivarin zuckte mit den Schultern. »Tiger hat nie geheiratet. Vielleicht, weil er nicht der richtigen Frau begegnet ist. Vielleicht war aber auch das Gegenteil der Fall.«

»Sie meinen, Katharina hat sich bei Tiger vor ihren Landsleuten versteckt?«

»Ich meine überhaupt nichts. Die Wahrheit ist ein Tropfen in einem Meer der Möglichkeiten. Fest steht, dass die Prinzessin und die Operation Schneewittchen rasch in Vergessenheit geraten sind. Sogar über Edward und Wallis hat bald niemand mehr gesprochen.«

»Dann sind die beiden also nicht nach Washington gegangen«, stellte Roger fest.

»Sondern auf die Bahamas«, fuhr sie fort. »Es muss einen großen Streit zwischen ihnen und dem Premierminister gegeben haben, doch schließlich willigten sie ein, ein paar Jahre auf den Inseln zu verbringen, damit Hitler nicht noch einmal versuchen konnte, sich ihrer zu bemächtigen. Nachdem der Krieg zu Ende war, kehrten sie nach Paris zurück. Soviel ich weiß, haben sie nie wieder in der Öffentlichkeit über die Ereignisse jenes Sommers gesprochen.«

»Und Lydie?«, wollte Roger wissen. Insgeheim hatte er die Französin ins Herz geschlossen, ihre Tapferkeit und ihre Liebe zu Ajax Doggerton hatten ihn am meisten beeindruckt, obwohl Miss Imbert ausgerechnet ihren Charakter besonders nüchtern dargestellt hatte.

»Was aus ihr geworden ist, weiß ich nicht«, antwortete die Archivarin. »Menschen wie sie verschwinden im Getriebe der Weltgeschichte, niemand interessiert sich für sie. Vermutlich ist sie nach Paris oder in ihre Heimat im Norden Frankreichs gegangen. Unwichtig.« Sie machte eine wegwerfende Handbewegung. »Aber mein Bericht hat ein wesentlich bedeutenderes Ende, Mister Ennis. Wie ich glaube, haben Sie genau zugehört und wissen, worum es sich bei Direktive 17 handelte.«

Roger nickte. »Hitlers Plan, Großbritannien anzugreifen. Natürlich.«

Zu seiner Überraschung griff Miss Imbert nach seiner Hand und drückte sie. Er spürte, wie ihre Finger zitterten. »Die Direktive trat am 1. August 1940 in Kraft, am 9. August begann die ›Battle of Britain‹, die Schlacht um Großbritannien. Aber es war zu spät! Winston Churchill war zu dieser Zeit längst auf den Angriff der Deutschen vorbereitet. England verteidigte sich erfolgreich, wie wir beide wissen. Hätte Hitler früher losgeschlagen, würden wir jetzt möglicherweise Deutsch miteinander sprechen.«

»England gewann den Krieg gegen Deutschland …«, Roger kratzte sich die Stirn, »… wegen dieser Geschehnisse?« Er merkte erst nach einigen Augenblicken, dass er sie mit offenem Mund anstarrte.

Sie lächelte, so wie eine Lehrerin einen Schüler anlächeln

würde, der die universelle Weisheit in den Werken Shakespeares erkennt.

»Was für eine beeindruckende Geschichte«, sagte er und blickte auf den Cam. Jetzt, am Abend, waren keine Rudersportler mehr auf dem Fluss unterwegs, aber Roger glaubte, noch immer das Zischen der Boote und das Klatschen der eintauchenden Ruderblätter zu hören. »Ich danke Ihnen dafür, dass Sie all das mit mir geteilt haben. Bitte erlauben Sie mir, noch einmal auf die Akte zurückzukommen, wegen der ich bei Ihnen vorstellig geworden bin. Ist diese Geschichte das, was in der Akte zu lesen steht? Jener Akte, die mein Großvater damals gerettet hat, jener Akte, die Sie angeblich nicht finden können?«

Ihr Blick wurde ernst, sie blinzelte einige Male schweigend, schien zu überlegen. »Die Geschichte von Edward und Wallis ist niedergeschrieben worden«, sagte sie nach einer Weile. »Es war das deutsche Außenministerium, das die Ereignisse zusammengetragen und dokumentiert hat. Die Deutschen waren schon immer Meister im Archivieren von Unterlagen, besonders wenn es sich um so brisantes Material handelte.«

»Das deutsche Außenministerium?«, fragte Roger. »Hat von Ribbentrop diese Akte angelegt?«

»Er war ein gerissener Mann. Er wusste um die Sprengkraft von Edwards Erlebnissen. Also sammelte er in den Jahren nach 1940 alle Informationen, die er zu den Ereignissen finden konnte.« Sie amtete durch. »In der Akte, die Sie suchen, werden die Umtriebe des britischen Geheimdienstes offengelegt, die Machenschaften eines gewissen Percy Gallagher, der versuchte, den ehemaligen König Englands zu töten – angeblich, weil dieser ehemalige König zu den Deutschen überlaufen wollte. Verstehen Sie, Mister Ennis? Wenn diese Dokumente während des Krieges an die Öffentlichkeit geraten wären, hätte Premierminister Churchill zurücktreten müssen.«

»Ohne Churchill hätten wir verloren«, sagte Roger.

»Sie verstehen tatsächlich«, fuhr die Archivarin fort. »Von Ribbentrop hat zwar Edward nicht nach Berlin lotsen können, aber er hatte die Akte und damit eine Waffe, die während des Krieges eine verheerende Wirkung gehabt hätte.«

»Deshalb also hat mein Großvater Lance sie im Deutschen Reich gefunden.«

»Wie Sie mir heute Morgen berichtet haben, war Lance Ennis als Soldat einer Abteilung zugeteilt, die damit beauftragt war, Dokumente wie dieses zu bergen. Ihr Großvater hat geglaubt, sein Vorgesetzter sei ein Verräter, deshalb hat er die Windsor-Akte vor der Vernichtung bewahrt und gerettet. Einige Zeit wurde sie in einem Archiv in den USA gelagert. Aber seit sie wieder in England ist, sitze ich darauf wie auf einer Bombe.«

»Wenn diese Akte so gefährlich ist«, sagte Roger, »warum vernichten Sie sie dann nicht?«

»Die Geschichte kann niemand ungeschehen machen«, antwortete Miss Imbert. »Es ist wichtig, dass wir uns an das erinnern, was gewesen ist, um erkennen zu können, was vor uns liegt. Diese Unterlagen enthalten nur einen Teil der Affäre um Edward und Wallis. Von Ribbentrop hat es nicht geschafft, alle Details herauszufinden. Aber mir ist das gelungen.«

»Wie haben Sie …«, begann Roger, aber sie ließ ihn nicht zu Wort kommen.

»Es gibt da nur ein Problem: Papier überdauert, aber ich werde nicht ewig leben.« Sie griff wieder nach ihrem Halstuch. »Wenn meine Erinnerung erlischt, wird die Windsor-Akte alles sein, was von den Ereignissen des Sommers 1940 übrig bleibt. Das Bild, das sie wiedergibt, ist unvollständig, voller Vorurteile, Fragen und falscher Schlüsse. Darin ist Edward ein Verräter, der an den Galgen gehört hätte, und Wallis nichts weiter als eine Männer verschlingende Furie. Ajax und Lydie würden zu ihren Helfershelfern abgestempelt, weil diese Aufzeichnungen nur an der Oberfläche kratzen. Trotzdem bewahren sie, was verloren zu gehen droht. Verstehen Sie jetzt, weshalb ich diese Dokumente nicht vernichtet habe?«

Roger lächelte sie an. »Sie können beruhigt sein, ich kenne die Geschichte ja jetzt.« Es sollte eine scherzhafte Bemerkung sein. Die Ernsthaftigkeit in ihrem Blick überraschte ihn.

»So ist es, Mister Ennis«, sagte Miss Imbert und erhob sich. »Hüten Sie sie gut. Es kommt darauf an, was wir wissen, und nicht nur darauf, was irgendwo geschrieben steht.« Sie strich sich den Mantel glatt und band ihr Halstuch neu.

»Warten Sie!« Roger sprang auf, er wollte sie festhalten, zog jedoch die Hand zurück. »Sie haben mir nicht erzählt, was mit Ajax geschehen ist. Und was ist nun mit der Windsor-Akte? Kann ich eine Kopie bekommen? Ohne Belege kann ich meine Story nicht schreiben.«

»Eine Kopie?«, fragte sie und lächelte ihn an. »Die haben Sie längst.« Sie steckte die Hände in die Manteltaschen. Es war kühl geworden. »Ich wünschen Ihnen alles Gute, Mister Ennis.« Sie ging davon, und erst jetzt fiel Roger auf, dass ihr Halstuch die Farben Rot, Blau und Weiß zeigte, die Farben des Union Jack, die Farben der Trikolore.

Kapitel 40

CAMBRIDGE,
APRIL 1992

Ajax presste die Augen zusammen. Der Geruch des Flusses war in seiner Nase, füllte seinen Rachen, der metallische Geschmack von Wasserpflanzen und Fisch lag auf seiner Zunge. Er ruderte mit den Armen, strampelte mit den Beinen. Die Bombe! Sie musste hochgegangen sein, kurz nachdem er sie in den Fluss geworfen hatte. Die Detonation war so stark gewesen, dass sie ihn von dem Ruderboot geworfen hatte. Erstaunlicherweise spürte er keinen Schmerz. Das musste daran liegen, dass er dabei war, bewusstlos auf den Grund des Tagus zu versinken. Er ertrank.

Ajax wollte nach Luft schnappen, aber er wusste, dass dann Wasser in seine Lunge eindringen würde. Ohne Sauerstoff würde er jedoch nicht mehr lange durchhalten, er musste atmen, bevor alles vorbei war.

Er öffnete den Mund. Da war Luft. Sie drang tief in seinen Körper ein, füllte ihn aus, beruhigte seinen Herzschlag. Es gab kein Wasser, jedenfalls nicht um ihn herum. Einen Steinwurf entfernt plätscherte der Cam.

»Alles in Ordnung, Dog?«

Eine Hand legte sich auf seine Schulter. Ein junger Mann stand neben ihm. Er trug ein Trikot mit dem Wappen von Cambridge auf der Brust.

Ajax fand sich in dem Achter wieder, der zum Trocknen

vor das Bootshaus gestellt worden war. Er kam oft her und schaute nach dem Rechten, und manchmal setzte er sich in eines der Boote, schloss die Augen und stellte sich vor, wie er atmete und pullte, wie der Steuermann Befehle rief und die Strömung ihn und seine Mannschaftskameraden über das Wasser trug. Zu rudern und zu leben – das waren zwei sehr ähnliche Sportarten.

»Ja«, sagte er, »alles in Ordnung, Oliver. Es ist der alte Traum. An gewissen Tagen lässt er mich einfach nicht los.«

»Könnte ich dann das Boot haben?«, fragte der junge Mann. Oliver war der Enkel von Ben, Ajax' altem Freund aus vergangenen Tagen.

»Ich helfe dir, es zu Wasser zu lassen.« Ajax kam nicht sofort auf die Beine, und Oliver musste ihm helfen.

»Das mit dem Boot schaffe ich schon allein«, sagte der junge Mann mit einem sorgenvollen Blick. »Schon gut, Dog.«

Ajax schmunzelte und trat beiseite, ließ es sich aber nicht nehmen, die Ruder aus dem Bootshaus zu holen. Im Innern liefen ihm zwei junge Katzen vor die Füße, beinahe wäre er über sie gestolpert. Die Tiere lebten seit Generationen im Bootshaus. Jeder wusste, woher sie gekommen waren und warum sie ausgerechnet ein Bootshaus als Zuhause hatten. Sie wurden akzeptiert, und die kräftigsten Kater eines Wurfs dienten den Ruderteams sogar als Maskottchen und mussten es dulden, auf den Mannschaftsfotos mit abgelichtet zu werden. Eine ganze Reihe dieser Bilder hing an der Wand, an der Ajax jetzt vorüberging. Sie erschien ihm wie eine Ahnengalerie mit Katern aus fünf Jahrzehnten.

»Obacht«, rief er den jungen Katzen zu, während er nach den Paddeln griff, »sonst erwischt euch Dog.«

Dog. Ajax liebte diesen Namen. Er hatte ihn schon immer getragen, es hatte sogar eine Zeit gegeben, da war diese eine Silbe als Schlachtruf über den Cam geflogen. Später dann, nach seiner Rückkehr vom Kontinent, hatte sich etwas geändert. Er hatte sein Studium samt Rudersport wieder aufgenommen, mit Summa cum laude abgeschlossen und über Shakespeares Komödien promoviert. Er hatte sogar einen Posten als Dozent am Trinity College in Cambridge gefunden und war, so bildete er es sich jedenfalls ein, bei seinen Studenten so gefürchtet wie beliebt. Sie dankten ihm die ungezählten Stunden in Seminaren und seine Geduld mit ihren Hausarbeiten mit einem neuen Rufnamen: Doc. Und seither wusste Ajax nie, wenn er das Wort hörte, ob es eine Respektsbezeugung oder eine Verspottung seines Nachnamens sein sollte. Shakespeare, dachte er dann immer, hätte einen solchen Umgang mit der englischen Sprache geliebt.

Er fand die Ruder, nahm zwei aus der Halterung und wunderte sich darüber, wie schwer sie waren. Früher, als er jung gewesen war, hatte er die Ruder für den gesamten Achter geschultert. Jetzt hingegen … Er wollte sich nichts anmerken lassen und versuchte, in normaler Geschwindigkeit zurückzugehen. Oliver saß bereits im Boot und hielt sich an der Kante des Anlegers fest, um nicht auf den Fluss getrieben zu werden. Ajax reichte ihm die Ruder an, und der junge Mann befestigte sie in den Dollen. »Danke, Dog«, sagte er und stieß sich ab. Ajax sah ihm nach, wie er Fahrt aufnahm und im Gegenlicht der tief stehenden Sonne verschwand.

Er hörte Schritte hinter sich. Er drehte sich nicht um. »Wie wäre es jetzt mit einer Kahnpartie?«, fragte Lydie, legte ihm von hinten die Hände auf den Nacken und massierte ihn an der Stelle, an der sich der Schmerz eingenistet hatte. Er lebte dort seit dem Tag, an dem Edward Ajax aus dem Tagus gezogen hatte. Die Verletzung war verheilt, doch das Stechen war geblieben. Lydies Hände wirkten Wunder dagegen. Sie war alles, was er brauchte. So war es in den vergangenen fünfzig Jahren gewesen, so würde es immer sein.

Er wandte sich zu ihr um. Sie trug das Seidentuch aus dem Gare du Nord. Zu Hause hütete sie es wie einen Schatz und holte es nur zu besonderen Gelegenheiten hervor. Zuletzt hatte er es an ihr gesehen, als Enids Enkel, sein Großneffe, geheiratet hatte.

Lydies Gesicht hatte Farbe angenommen, das kam nicht oft vor, denn im Archiv arbeitete sie meist im Kunstlicht. »Du warst lange an der frischen Luft«, stellte er fest.

»Ich habe mit Mister Ennis die Sonne im Park genossen«, sagte sie. »Er war ein geduldiger Zuhörer.«

»Du hast ihm alles erzählt?«

»So, wie du es vorgeschlagen hast. Es tut mir leid, dass ich erst skeptisch war. Aber jetzt weiß ich, dass wir das Richtige tun.«

*

Roger Ennis beobachtete die beiden Älteren aus der Ferne. Nachdem die Archivarin sich von ihm verabschiedet hatte, war er ihr gefolgt – über die Green Dragon Bridge, einen Weg am anderen Flussufer entlang und bis zum Bootshaus eines Ruderclubs. Dort hatte sie sich mit einem Mann getroffen. Er war in ihrem Alter, trug einen dunklen Mantel und hatte dichtes weißes Haar. Sie hängte sich bei ihm ein, und gemeinsam hielten die beiden auf eine Flotte von Ruderbooten zu, kleine, behäbige Boote, wie sie an warmen Tagen von Touristen und Verliebten gemietet wurden.

Roger beobachtete, verdeckt vom Stamm einer Linde am Ufer, wie die beiden einen Mann bezahlten und er ihnen eines der Boote zuwies. Dann stiegen sie hinein und wurden abgestoßen. Die Strömung griff nach dem Boot und zog es mit sich fort.

Ein Weg verlief am Fluss entlang. Roger setzte sich in Bewegung, erst ging er schnell in die Richtung, in der die Strömung floss, aber das kleine Ruderboot entfernte sich so zügig, dass er rennen musste. Der alte Mann saß an den Riemen. Immer größer wurde die Entfernung zwischen Roger und dem Boot. Schließlich sah er es hinter einer dicht bewaldeten Flussbiegung dümpeln. Miss Imbert hatte sich neben ihren Begleiter gesetzt und schlang die Arme um seinen Nacken. Roger war sicher, dass es sich um Ajax Doggerton handelte, ebenso sicher, wie er jetzt wusste, dass man den Nachnamen der Dame französisch aussprach und dass ihr Vorname Lydie war. Dann sagte sie etwas zu ihrem Begleiter, etwas, das Roger zu verstehen glaubte, obwohl er es nicht hören konnte, und legte ihre Stirn gegen seine. Über die Entfernung, über das Säuseln des Flusses konnte Roger die Vertrautheit zwischen den beiden spüren, sie in ihren Gesten sehen, Gesten, die im Laufe eines Lebens immer mehr denen des anderen glichen. Die Zeit floss weiter. Der alte Mann, Ajax, griff nach den Riemen und drehte das Boot um, sodass es nun auf Roger zukam.

Er blieb stehen, wartete darauf, dass das Paar an ihm vorbeiruderte. Als Lydie und Ajax auf seiner Höhe waren, hob er still eine Hand zum Gruß. Dann sah er, wie die beiden auf dem Fluss allmählich verschwanden.

Nachwort

Das Tauziehen zwischen England und dem Deutschen Reich um den Herzog von Windsor zählt zu den bizarrsten Episoden des Zweiten Weltkriegs. Die unergründlichste Rolle spielte Edward selbst. Seine wahre Haltung zu Hitler-Deutschland bleibt bis heute ein Feld von Spekulationen.

Edward hatte 1936 als König von England abgedankt, um seine große Liebe, die US-Amerikanerin Wallis Simpson, zu heiraten, und war mit ihr ins Exil nach Paris gegangen. Dort geriet das Paar ins Visier des britischen und des deutschen Geheimdienstes. Insbesondere das deutsche Außenministerium unter Joachim von Ribbentrop versuchte, den Exkönig für sich zu gewinnen.

Als im Mai 1940 die Wehrmacht auf die französische Hauptstadt zumarschierte, begann die Flucht von Edward und Wallis durch das vom Krieg aufgewühlte Europa. Die Windsors zogen sich zunächst nach Südfrankreich zurück und suchten Zuflucht im Château de la Croë bei Nizza. Weil der italienische Diktator Mussolini in den Krieg einzutreten drohte, verließen die beiden das Schloss nahe der Grenze nach kurzer Zeit wieder, denn Edward war Offizier der britischen Armee und lief Gefahr, als solcher von den Italienern gefangen genommen zu werden.

Das Paar fuhr in Begleitung einiger Angestellter und mit einem Lastwagen voller Möbel über die spanische Grenze nach Barcelona. Der deutsche Geheimdienst verfolgte die Windsors. Während sich ein deutscher Spion an ihre Fersen heftete, versuchten Diplomaten der deutschen, britischen und spanischen Seite, Herzog Edward in seinen Entscheidungen zu beeinflussen, darunter auch Don Javier Bermejillo oder »Tiger«, wie er genannt wurde. Eine Jagd über die Iberische Halbinsel begann.

Winston Churchill wusste, welche Gefahr die Anwesenheit des Herzogs auf dem Kontinent darstellte, und wollte Edward aus der Reichweite der Deutschen manövrieren, indem er ihm einen Posten als Gouverneur auf den Bahamas anbot. Edward hingegen schlug vor, in die USA zu reisen, aber darauf ließ sich Churchill nicht ein. Der Streit zwischen dem Herzog und dem Premierminister drohte zu eskalieren – ein Umstand, den sich von Ribbentrop zunutze machen wollte. Er lud Edward und Wallis ein, sich einige Wochen in einen maurischen Palast in Ronda, Andalusien, zurückzuziehen. Dort, so hoffte der deutsche Außenminister, würden sich die Windsors davon überzeugen lassen, mit Berlin zusammenzuarbeiten.

Edward und Wallis gingen auf das Angebot der Deutschen nicht ein. Stattdessen entkamen sie von Ribbentrops Netz, indem sie über Madrid nach Lissabon reisten. Dort sorgte der britische Botschafter Edward Selby dafür, dass sie vorübergehend eine Villa in Cascais beziehen konnten, ein Anwesen des Bankiers Ricardo Espírito Santo Silva. Während das Paar auf die Schiffspassage wartete, erschienen auch in der Villa nach und nach Diplomaten und Spione und versuchten, Edward zu ködern. Die Deutschen hatten ihn gefunden, und der britische Geheimdienst hatte mittlerweile Männer in Lissabon postiert, um Edward wiederum von den Deutschen fernzuhalten, wenn nötig mit Gewalt. Da sich der Herzog nie eindeutig politisch positioniert hatte, die Zeit bis zu seiner Abreise auf die Bahamas aber immer knapper wurde, versuchten die Deutschen, ihn zu entführen. Der Plan schlug fehl. Was genau an jenem Tag in den Wäldern hinter dem Anwesen in Cascais vorgefallen ist, ist nicht bekannt. Fest steht, dass Edward und Wallis schließlich an Bord eines Schiffes gebracht wurden und Portugal verließen. Das Gerücht, an Bord ticke eine Bombe, geht auf den Bericht eines deutschen Agenten zurück, der Edward in Angst versetzen und von der Reise abhalten wollte.

Das Paar erreichte die Bahamas unversehrt und leitete die britische Kronkolonie fünf Jahre lang. Nach Kriegsende kehrten Edward und Wallis nach Paris zurück, wo der Herzog am 28. Mai 1972 starb. Wallis überlebte ihren Mann um vierzehn Jahre. Sie starb am 24. April 1986. Beide wurden nebeneinander auf dem königlichen Friedhof von Frogmore in England bestattet.

Was der Herzog von Windsor von den Ambitionen der Deutschen hielt, ihn wieder auf den Thron zu setzen, hat er niemals öffentlich preisgegeben. Aufschluss gibt die sogenannte Windsor-Akte, eine Sammlung von Telegrammen und Briefen aus dem im Roman beschriebenen Zeitraum. Die Akte wurde im April 1945, gegen Ende des Krieges, im Harz entdeckt. Das deutsche Außenministerium hatte versucht, sie dort zu verbergen. Zusammen mit der Windsor-Akte landeten über vierhundert Tonnen Archivmaterial in Marburg, wo Fachleute der US-Armee den Papierberg durchkämmten.

Dabei stießen die Amerikaner auf die Dokumente über die Irrfahrt von Edward und Wallis und reichten sie nach einer Weile an die britische Regierung weiter. Während die US-Spezialisten der Meinung waren, der Inhalt sei einzig und allein dazu da gewesen, deutsche Propaganda zu verbreiten und den Widerstand des Westens gegen Hitler-Deutschland zu schwächen, schienen die Briten die Angelegenheit für delikat zu halten. Außenminister Ernest Bevin bezeichnete die Windsor-Akte als »heißes Eisen«. König George VI. ordnete an, dass sein Bruder rechtzeitig gewarnt werden müsse, sollten die Dokumente jemals öffentlich werden. Winston Churchill sorgte dafür, dass die Akte nach dem Krieg unter Verschluss gehalten wurde. Nicht einmal Historiker erhielten zu Forschungszwecken Zugang.

Die Geheimniskrämerei erregte in den 1950er-Jahren die Neugier von John Wheeler-Bennett. Der britische Historiker war von der Regierung mit der Aufarbeitung des Archivmaterials aus dem Harz betraut und wollte Lücken und Verbote nicht akzeptieren. Er fand Verbündete im Außenministerium und im Königspalast, die einen Mikrofilm der Windsor-Akte anfertigen und ihm zuspielen ließen. Um den Film aus der Reichweite der britischen Behörden zu bringen, sandte Wheeler-Bennett ihn zu seinem Kollegen Ray Sontag in die USA. Als die britische Regierung 1953 davon erfuhr, war es zu spät.

Winston Churchill versuchte, die Veröffentlichung zu verhindern, indem er US-Präsident Eisenhower einschaltete – ohne Erfolg. Dem britischen Kabinett schlug der Premierminister schließlich ein Publikationsverbot für wenigstens zehn, besser noch zwanzig Jahre vor. Das Kabinett legte nach langer Debatte eine Sperrfrist von vier Jahren auf die Dokumente.

Als Teile der Windsor-Akte am 29. Juli 1957 frei zugänglich wurden, bezeichnete die britische Regierung sie als stark gefärbte Quelle der Nazis und beschrieb Edward als einen loyalen Briten, der seinem Land stets treu gedient habe. Der Herzog selbst kommentierte: »Zu keinem Zeitpunkt habe ich mich mit dem Gedanken getragen, irgendeinen dieser Vorschläge anzunehmen. Ich strafte sie mit der

Verachtung, die sie verdienten.« An anderer Stelle bezeichnete Edward die Dokumente als Fälschung.

Bis heute ist die Windsor-Akte nicht vollständig veröffentlicht. Weitere Teile sind im Jahr 1996 publik gemacht worden. Der Historiker Michael Bloch hat in seinem lesenswerten Buch »Operation Willi« (benannt nach Edwards Codenamen im deutschen Außenministerium) die Ereignisse jenes Sommers 1940 anhand der bekannten Unterlagen zu rekonstruieren versucht.

Die Frage, ob Herzog Edward mit den Nationalsozialisten sympathisierte, lässt sich nicht eindeutig beantworten. Wie viele seiner Zeitgenossen verfolgte auch er die Veränderungen im Deutschen Reich, insbesondere die Sozialreformen, zunächst mit Interesse, zumal Adolf Hitler die Zusammenarbeit von Deutschland und England als wichtigsten Baustein der europäischen Politik bezeichnete. Hitler hatte die Vision, dass Deutschland das kontinentale Europa beherrschen werde, während England die Weltmeere und seine Kronkolonien unter Kontrolle behalten sollte. Hinzu kam, dass viele konservative britische Politiker Nazi-Deutschland als Bollwerk gegen die Sowjetunion und den Kommunismus betrachteten und Hitlers Ziele, soweit sie bekannt waren, unterstützten.

Hitler plante, Edward mit der deutschen Prinzessin Friederike von Braunschweig zu verheiraten, um England und Deutschland zusammenzubringen. Die ersten Bande zwischen der Prinzessin und dem König waren gerade geknüpft, da erschien Wallis Simpson auf dem Parkett der feinen englischen Gesellschaft, und für Edward waren alle anderen Frauen, alle Pläne, sogar das Königreich vergessen. Was geschehen wäre, wenn Edward Wallis nicht kennengelernt hätte, beschäftigt seither die Historiker.

Im Oktober 1937 unternahm das herzogliche Paar eine Reise nach Deutschland, wo es mit Hitler zusammentraf. Als offiziellen Grund der Reise gab Edward an, er wolle sich über die sozialen Lebensumstände der Arbeiter informieren, tatsächlich aber hoffte er, die inzwischen gewachsenen Spannungen zwischen den Ländern lockern zu können, und vermutlich wollte er Wallis einen Staatsbesuch erleben lassen, obwohl er nicht mehr König war. Dass der Herzog ausgerechnet Hitler-Deutschland als Ziel wählte, zeigt in den Augen vieler Historiker, wie arglos er gegenüber der deutschen Regierung war.

Viele Ereignisse in diesem Roman entsprechen den tatsächlichen Begebenheiten oder sind an diese angelehnt. Das gilt zum Beispiel für die Szene auf dem Obersalzberg. Adolf Hitler hatte sich im Berghof eine Halle zu einem Kino umbauen lassen. Dort versorgte ihn Propagandaminister Joseph Goebbels mit den neuesten Filmen aus Hollywood, darunter Zeichentrick. Hinweise auf Hitlers Begeisterung für Comicfiguren tauchten im Jahr 2008 in Norwegen auf, als hinter einem mit »A. Hitler« signierten Gemälde Blätter mit Zeichnungen von Disneyfiguren gefunden wurden, einige der Bilder trugen die Initialen A. H.

Herzog Edward musste tatsächlich von Paris aus zu einer Inspektionsreise nach Nordfrankreich aufbrechen, um die Stellungen der französischen Truppen zu prüfen. Dabei stellte er Schwachstellen ausgerechnet dort fest, wo kurz darauf die Wehrmacht angriff. Dass beide Ereignisse – Edwards Beobachtungen und Hitlers Invasion – in Zusammenhang gestanden haben könnten, ist historisch nicht belegt, aber ein reizvolles Gedankenspiel.

Dank

Der Autor dankt Reinhard Leveringhaus für seine Anmerkungen zum Flug in einer Bellanca 14. Susanne Schulte ist mit kritischem Blick über die Seiten des Romans geflogen. Für die sichere Landung hatte ich mit meiner Lebens- und Schreibgefährtin Jutta Wieloch die beste Co-Pilotin.